Книги Павла Корнева
в серии
**ФАНТАСТИЧЕСКИЙ
БОЕВИК**

**ПОВЯЗАННЫЙ КРОВЬЮ
МЕЖСЕЗОНЬЕ
ПОСЛЕДНИЙ ГОРОД
ПЯТНО
ПУТЬ КЕЙНА**

**ДИВИЗИОННЫЙ КОМИССАР
БЕЗ ГНЕВА И ПРИСТРАСТИЯ**

РЕЗОНАНС

Цикл «ПРИГРАНИЧЬЕ»
**ЛЕД
СКОЛЬЗКИЙ
ЧЕРНЫЕ СНЫ
ЧЕРНЫЙ ПОЛДЕНЬ
ЛЕДЯНАЯ ЦИТАДЕЛЬ
ТАМ, ГДЕ ТЕПЛО
ЛЕД. ЧИСТИЛЬЩИК
ЛЕД. КУСОЧЕК ЮГА**

В соавторстве
с Андреем Крузом
**ХМЕЛЬ И КЛОНДАЙК
ХОЛОД, ПИВО, ДРОБОВИК
ВЕДЬМЫ, КАРТА, КАРАБИН
КОРОТКОЕ ЛЕТО**

Цикл «СИЯТЕЛЬНЫЙ»
**СИЯТЕЛЬНЫЙ
БЕССЕРДЕЧНЫЙ
ПАДШИЙ
СПЯЩИЙ
БЕЗЛИКИЙ**

Цикл «ЭКЗОРЦИСТ»
**ПРОКЛЯТЫЙ МЕТАЛЛ
ЖНЕЦ
МОР
ОСКВЕРНИТЕЛЬ**

Цикл «НЕБЕСНЫЙ ЭФИР»
**РЕНЕГАТ
РИТУАЛИСТ**
(в двух томах)
**РЕВЕНАНТ
РУТИНЕР**

Цикл «ДОРОГА МЕРТВЕЦА»
**МЕРТВЫЙ ВОР
ЦАРСТВО МЕРТВЫХ
СВИТА МЕРТВЕЦА
ПОВОДЫРЬ МЕРТВЫХ
ГУБИТЕЛЬ ЖИВЫХ**

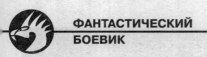
ФАНТАСТИЧЕСКИЙ БОЕВИК

ПАВЕЛ КОРНЕВ
РЕЗОНАНС

РОМАН

Москва, 2021
«Издательство АЛЬФА-КНИГА»

УДК 82-312.9(02)
ББК 84(2Рос=Рус)6-445я5
К67

Серия основана в 1992 году
Выпуск 1294

Художник
М. Поповский

Корнев П. Н.
К67 Резонанс: Фантастический роман. — М.: «Издательство АЛЬФА-КНИГА», 2021. — 345 с.: ил. — (Фантастический боевик).

ISBN 978-5-9922-3338-4

Тебе семнадцать. Позади гимназия, впереди жизнь от зарплаты до зарплаты и служба то ли счетоводом в бухгалтерской конторе, то ли телеграфистом на почте. А быть может, ссылка или даже каторга... если решишь добиваться лучшей доли на митингах и в уличных стычках с политическими оппонентами. Ну и как тут упустить возможность не только одним махом возвыситься над обывателями-мещанами, но и превзойти снобов-аристократов и богатеев-капиталистов, способных купить все, только не способность управлять сверхэнергией? Правда, не купить ее и тебе — придется рискнуть и пройти инициацию. И пусть при неудаче немал шанс угодить в сумасшедший дом, игра точно стоит свеч, ведь лишь сила и власть способны даровать человеку истинную свободу.

Увы, всегда найдется кто-то хитрее, наглее и крепче, и стремление к свободе запросто может обернуться не только упорной работой над обретением могущества, но и бескомпромиссной борьбой за выживание. Как бы не пришлось на первых порах спать вполглаза и с заточкой под подушкой...

УДК 82-312.9(02)
ББК 84(2Рос=Рус)6-445я5

© Корнев П. Н., 2021
© Художественное оформление,
«Издательство АЛЬФА-КНИГА», 2021

ISBN 978-5-9922-3338-4

Часть первая
ИНИЦИАЦИЯ

Первый резонанс у каждого уникален и неповторим. И речь вовсе не о том, что кто-то входит в это состояние легко и непринужденно, а кого-то цепляет лишь на самых последних витках. Дело в эффекте. Одни начинают видеть звуки и чувствовать на вкус слова, другие обретают способность ощущать эмоции или принимать радиосигналы. Но иной раз голоса незримых собеседников в голове — лишь галлюцинации, не более того. Не самый плохой вариант, для окружающих — так уж точно.

Бывает, соискатели делаются источниками теплового или электромагнитного излучения. Один такой уникум как-то даже запек себя и пару товарищей собственными микроволнами, прежде чем санитары успели распознать побочный эффект резонанса и усыпить его хлороформом. Именно поэтому стихийных пирокинетиков сначала гасят инъекцией транквилизаторов и лишь после этого тушат — их самих и все кругом.

Но подобных случаев от силы один-два на тысячу, они погоды не делают. Куда чаще люди оказываются неспособны выбраться из транса самостоятельно, и под воздействием сверхэнергии их организм идет вразнос. На моих глазах у человека взорвалась голова, и это еще повезло, что соседей просто забрызгало кровью и заляпало вскипевшим содержимым черепной коробки; все могло закончиться куда как хуже — для нас, не для него.

А вот сам я в свой первый резонанс ничего необычного не ощутил. Вообще ничего не ощутил — одну лишь абсолютную тишину, поглотившую не только рык мощного автомобильного движка, шуршание гравия под колесами и гул встречного потока воздуха, но и весь окружающий мир без остатка. И меня — вместе с ним.

— Два кубика кофеина! Быстрее коли! Да шевелись ты! Если еще и этот загнется, не только мне — всей бригаде головы поотрывают! Ну что за выезд сегодня такой, еще и на десятый виток пошли...

ГЛАВА 1

Железнодорожный вокзал Зимска оказался неожиданно большим и просторным для захудалого провинциального городка — по сути, разросшейся станции трансконтинентальной магистрали. За последнюю неделю мы успели вдоволь насмотреться на эти утилитарные одноэтажные строения, если и не возведенные по одному типовому проекту, то похожие друг на друга, словно близнецы.

Другое дело — здесь. Основательное каменное здание в два этажа с просторным залом ожидания, газетным киоском, палаткой с газированной водой, буфетом и не обычной для вокзалов закусочной, а полноценным рестораном.

Но это все не для нас. Не для меня — так уж точно. Выделенная на поездку сумма, казавшаяся столь внушительной поначалу, разошлась на удивление быстро, и теперь все сбережения составляли мятая трешка с мелочью да талон на питание в вагоне-ресторане, действительный по завтрашнее число.

От мысли о неизбежном возвращении домой в случае неудачи с инициацией неприятно засосало под ложечкой, усилием воли выбросил ее из головы.

Нет, нет и нет! Статистика на моей стороне! Посетивший гимназию рекрутер ясно дал понять, что отбраковывался лишь каждый десятый соискатель, и не было никаких причин не верить его словам. Как и ставить под сомнение собственную удачу.

Все будет хорошо!

Ну а пока было просто жарко. Еще совсем недавно зал ожидания заполоняли наши многочисленные попутчики, но четверть часа назад ушел очередной пассажирский экспресс на Новинск и стало свободней, удалось даже занять пару соседних скамей. А вот духота никуда не делась: зависшее в зените июньское солнце жарило просто нещадно, и из распахнутых настежь дверей и окон не доносилось ни единого дуновения ветерка. И на улицу подышать свежим воздухом тоже было не выйти: всех возжелавших покинуть здание соискателей заворачивали обратно жандармы железнодорожного корпуса. В оцепление вокзала пригнали целое отделение, посреди замощенной брусчаткой площади и вовсе прокаливался на солнцепеке двухосный броневик.

Ладно хоть еще имелась возможность утолять жажду из фонтанчика с питьевой водой, иначе пришлось бы тратиться на ситро. Говорят, в такую погоду куда лучше пить чай, но и без того уже взопрел в своей гимназистской форме, напьюсь горячего — и окончательно пропотею.

Я вздохнул и попытался незаметно для окружающих оправить штанины, ставшие слишком короткими задолго до выпускных экзаменов и получения аттестата. С рукавами гимнастерки дела обстояли ничуть не лучше, но ничего более представительного в моем гардеробе попросту не было, и не имелось никакой возможности купить легкий летний костюм, как у сидевшего по соседству на жесткой лавочке Левы Ригеля. Ну а нарядиться по примеру Аркадия Пасечника в рубаху-поло, просторные прогулочные брюки, сетчатые теннисные туфли и панаму не хватило бы еще и духу.

Гимнастерка в какой-то мере добавляла солидности, а так, в отличие от плечистого товарища, выглядел бы даже не пацаном, а мальчишкой в коротких штанишках. Пусть за последний год заметно вытянулся, шириной плеч и крепостью сложения не приблизился к Аркаше даже близко. Он и брился не как одноклассники, уже не от случая к случаю, а каждый день.

Я взял за лакированный козырек фуражку, несколько раз обмахнулся ею и вернул обратно на голову.

— Жарко, — сказала Лия.

Разобрать, вопрос это или утверждение, не удалось, поэтому я неопределенно кивнул и вновь уткнулся в книгу, но сразу украдкой глянул на занимавших скамью напротив девушек.

Инга — спортивная, стройная и подтянутая, была в белой юбке до колен и синей блузе. Русые волосы она стригла вызывающе коротко, а цвет глаз за все время нашего знакомства я так и не определил; просто не решался присматриваться, опасаясь встретиться взглядом. Лицо с высокими скулами и широким ртом кому-то могло показаться излишне жестким, но впечатление это было обманчивым. Переполнявшая девушку внутренняя сила делала ее ярче и привлекательней всех, кого я только знал.

Симпатичная и смешливая Лия со своим вздернутым носом, милыми ямочками на щеках и рассыпавшимися по плечам кудряшками каштановых волос на фоне подруги терялась примерно так же, как по всем статьям мы с Левой проигрывали Аркаше.

Впрочем, «мы» — это громко сказано. В отличие от меня Лев был скорее сухопарым, а не откровенно худым. По сути, объединяли нас лишь любовь к чтению, близорукость и ячейка Февральского союза молодежи. Хотя, если разобраться, значение имело лишь последнее обстоятельство: алые, с голубой каймой значки, несшие на себе аббревиатуру этой организации, украшали одежду всей нашей пятерки.

— Что читаете? — спросила вдруг Инга.

Мы со Львом приподняли книги, демонстрируя обложки.

— Неожиданно! — не удержалась от удивленного возгласа Лия.

Лева листал последний номер журнала «Вокруг света» с броским, пусть при этом и совершенно безграмотным подзаголовком «В поисках четырнадцатого Эпицентра» и счел нужным уточнить:

— И почему же?

— Ой, да с тобой все понятно! — отмахнулась Лия. — А вот за Петей не замечала раньше тяги к точным наукам.

Я с деланой беспечностью пожал плечами и приготовился отложить книгу, если кто-то вдруг решит заглянуть в нее, но никого задачник по физике для техникумов не заинтересовал. Не интересовал он и меня, просто учебное пособие наилучшим образом скрывало вложенный внутрь детектив с роковой красоткой на обложке.

— И что интересного пишут? — поинтересовалась Лия, понятное дело, вовсе не содержимым задачника.

Лев опустил журнал и с готовностью произнес:

— По одной из версий наш Эпицентр пусть и крупнейший, но при этом тоже вторичный источник. Существует немало свидетельств, что некая неизвестная пока аномалия расположена где-то в глубинах Черного континента. По некоторым выкладкам ее радиус вполне может превысить тринадцать километров, а это значит...

Я едва удержался от страдальческого вздоха. Лева вечно увлекался самыми невероятными теориями о природе сверхэнергии, практиковал медитацию и занимался не боксом или даже джиу-джитсу, а куда более экзотическими боевыми, как он называл их, искусствами наших юго-восточных соседей. Вот и сейчас, сев на любимого конька, он собрался выдать на-гора кучу не слишком-то интересной информации, а просто уткнуться в книгу и не обращать внимания на эту болтовню было бы по меньшей мере невежливо.

Спасла ситуацию, пусть и не желая того, Лия.

— Подожди-подожди! — попросила она, достала из кармашка зеленого платьица носовой платок, уткнулась в него и в стремительном темпе пулеметной очереди четырежды чихнула. — Простите...

Ну а дальше вернулся от газетного киоска Аркадий.

— Свежая пресса! — объявил он и протянул Инге утренний выпуск «Февральского марша».

Та мельком глянула на заголовок передовицы и зашуршала листами желтоватой бумаги, выискивая статью, посвященную результатам выборов в парламент.

«Правящая коалиция устояла!» — бросилась в глаза крупная надпись, и неуютно засосало под ложечкой.

— «Социал-демократы выиграли войну, но проиграли генеральное сражение. Увеличив собственное присутствие в нижней палате, они не сумели сформировать социалистическое правительство большинства и будут вынуждены продлить сотрудничество с центристами как минимум до конца следующего года, — начала вслух читать Инга. — Сокрушительное поражение на выборах потерпел Рабочий союз, серьезно потесненный впервые прошедшим в парламент «Правым легионом». Также не лучшим образом обстоят дела у левоцентристской партии «Земля и воля», в то время как консервативному «Земскому собору», представляющему интересы помещиков и крупных землевладельцев, удалось некоторым образом усилить свои позиции...»

— Ну еще бы Рабочий союз не пролетел! — раздраженно фыркнул Аркадий. — После того как центристы протащили новый закон о стачках и добились запрета независимых трудовых советов, ничего другого и ждать не стоило! Профсоюзы у капиталистов с рук едят, вот народ и потянулся, кто к «псам», а кто к «легионерам». А наших агитаторов и те и другие гоняли!

Я досадливо поморщился. Никаких приятных воспоминаний агитация в рабочих кварталах у меня не оставила. И сторонники радикальных пролетарских советов — «псы», и «легионеры» — их набирающие силу оппоненты из противоположного лагеря полагали, будто лучше других смогут защитить интересы простых рабочих, и потому не только вели настоящие уличные сражения друг с другом, но и не упускали случая надавать тумаков агитаторам Республиканской социал-демократической партии, молодежным крылом которой и выступал Февральский союз. С учетом того, что против молодчиков в синих рубахах «Правого легиона» мы с «псами» действовали сообща, а против самих «псов» обычно объединялись с центристами-скаутами, оставалось лишь удивляться, как за всю предвыборную кампанию я умудрился обойтись лишь подбитым глазом и расквашенным носом.

— Ничего страшного не произошло! — ободрила нас Инга. — К следующим выборам подготовимся лучше, только и всего. Возможно, и вовсе ни с кем в коалицию вступать не придется!

Прозвучавшая в этих словах уверенность приятным холодком отозвалась меж лопаток, но долго воодушевление не продлилось. Просто Аркаша вдруг встрепенулся и сделал стойку, будто обнаружившая дичь ищейка.

— Реваншисты! — негромко сказал он. — Взгреем?

Я проследил за его взглядом и обнаружил у фонтанчика с питьевой водой парочку ребят в одинаковых черных рубахах с серебряными значками-орлами, но не раскоронованными — республиканскими, а старорежимными, при скипетре и державе.

Отговаривать товарища от драки я и не подумал, отложил книгу, накрыл ее фуражкой. Никогда не любил махать кулаками и с превеликим удовольствием вернулся бы к чтению, но со сторонниками реставрации монархии у меня были личные счеты, выходившие далеко за рамки политических разногласий. Семейные, можно даже сказать, — при подавлении контрреволюционных выступлений погиб дед со стороны мамы, а несколькими годами позже саботаж на железной дороге привел к крушению поезда, в котором ехал старший брат отца. И пусть эти молодчики не имели к тем делам никакого касательства, но кровь не вода.

Я поднялся с лавочки, но еще прежде чем успели всполошиться девчонки, нас остановил Лев.

— Не дурите! Заберут в участок, и тогда точно на инициацию опоздаете.

Аргумент рассудительного товарища заставил меня опуститься обратно на лавочку, а вот Аркаше он убедительным не показался.

— Инициация? Тоже мне — большое дело! Будущее за техникой, а все эти сверхэнергии — ничто по сравнению с прогрессом!

Лия запрокинула голову и с прищуром посмотрела на него снизу вверх.

— Почему тогда не отказался?

Аркадий лишь повел мощными плечами и промолчал, а девушка обратила свое внимание на меня.

— А ты, Петр?

Я снял очки и, выгадывая время на раздумье, принялся протирать стекла кусочком замши.

— За компанию, — озвучил в итоге лишь третью по значимости причину, поскольку первая была слишком личной, а вторая — насквозь меркантильной, и хмыкнул. — А что? Сами же на собрании ячейки твердили, будто мне требуется активней врастать в социум!

— Твердили, — кивнула Инга и откинула упавшую на глаза короткую прядь русых волос. — Но в первую очередь инициация позволит раскрыть внутренние ресурсы организма! Мы — передовой отряд прогрессивного человечества и не можем позволить себе упустить возможность стать сильнее! Только сильные люди способны изменить мир к лучшему! Нам нужны новые знания и та власть, которую дает Эпицентр!

Произнося эту речь, девушка поднялась с лавочки, и я даже засмотрелся на нее, до того меня проняло. Не слова проняли — все это прекрасно понимал и сам, — но ощущавшиеся едва ли не физическими толчками эмоции. А уж выглядела сейчас Инга так, что пришлось заложить ногу на ногу.

— Мне другое непонятно, — сказал Лев, нарушив своим возгласом странное наваждение; сердце сразу забилось ровнее. — Посмотрите кругом — тут никто особо друг друга не знает. И в поезде было точно так же. Да что там далеко ходить! Из всего города отобрали двенадцать человек. — Он развел руками. — Да не смотрите вы на меня так, я специально узнавал! Вот и получается, что почти половина от этого количества — наша ячейка! Однозначное нарушение нормального распределения статистической выборки!

— Да просто мы уже прошли предварительный отбор! В ячейку кого попало не возьмут! — Аркаша беспечно отмахнулся и хитро прищурился. — Меня другая диспропорция беспокоит: девушек в два раза меньше юношей! — Под пристальными взглядами Инги и Лии наш товарищ несколько даже смутился и сдвинул панаму на затылок. — Я это к чему: на собрании перед проверкой способностей говорили, что в половом вопросе у них абсолютное равноправие, а на деле все не так!

Лев усмехнулся.

— Да отказываются просто, особенно деревенские. У кого в семнадцать уже дети, кого замуж выдать собираются. Мою сестренку точно никуда не отпустят, папенька ей ремня всыплет и обратно за прилавок в лавку отправит!

— А-а-а! — понимающе протянул Аркадий. — Ну да, кому-то же надо семейный уют обеспечивать!

Это он от жары лишнего сболтнул, не иначе.

— Мы обязательно донесем эту точку зрения до твоей невесты! — отчеканила Инга, но, прежде чем успела завести разговор об искоренении буржуазно-мещанских пережитков, захрипела черная тарелка репродуктора:

— К первому пути прибывает экспресс на Новинск! Повторяю...

На посадку пригласили пассажиров первого вагона, и все кругом засуетились, начали доставать и проверять литерные билеты. К выходу на перрон быстро выстроилась длинная очередь, а вот мы остались сидеть на лавочках.

Наш вагон — четвертый, просто нет смысла в самую сутолоку лезть. Я только убрал книгу в фанерный чемоданчик средних размеров и устроил его на коленях.

— Пригласят — и пойдем! — решил Аркадий, оценил очень уж неторопливое продвижение очереди и хмыкнул. — Медленно они как-то!

— Опять жандармы документы проверяют, — предположил Лев, и точно — когда через полчаса нас пригласили на посадку, так сразу пройти через небольшую площадь к вагонам не получилось: только предъявили билеты жандармскому унтеру, придерживавшему локтем болтавшийся на ремне угловатый пистолет-пулемет, и тот сразу велел отойти в сторону.

— Ждите! — коротко бросил он, не снизойдя до объяснений, и дал отмашку подчиненному. — Следующих запускай!

Дабы придать движению пассажиров хоть какую-то упорядоченность, проход ограничили гипсовыми клумбами с чахлыми и пожухлыми цветами, нам пришлось сместиться в сторону и расставить чемоданы в тени колонн. Второй жандарм расположился так, чтобы контролировать обстановку, но трехлинейку с примкнутым штыком оставил висеть на плече.

Судя по всему, причиной столь пристального внимания стали значки Февральского союза молодежи, но мысль о политических антипатиях унтера я всерьез рассматривать не стал и решил, что подозрительной тому показалась сплоченность нашей компании сама по себе. Как верно подметил Лев, соискатели представляли собой сборище на редкость разнородное, за время пути попутчики успели сбиться разве что в землячества, а никак не в клубы по интересам.

— Четвертый вагон еще есть? — спросил жандарм и тут же гаркнул. — Сдай назад! Пятый еще не вызывали!

— Пусть ждут! — подтвердил унтер и обратил свое внимание на нас. — Документы!

Тут-то все и случилось. Откуда взялись тащивший сразу два обтянутых кожей чемодана рыжий парень и едва поспевавшая за ним чернявая девица, внешностью чем-то напоминавшая галку, я не заметил, отвлекся, доставая сопроводительные бумаги.

— Куда прешь?! — возмутился жандарм, загораживая дорогу растрепанной парочке.

— Третий! — крикнул запыхавшийся после быстрого бега парень. — Третий вагон! Замешкались!

— Замешкались они! — недовольно проворчал унтер, но билеты у рыжего все же принял.

И — жахнуло! Окна третьего вагона разом вышибло все до одного, полыхнуло внутри; и сразу выплеснулось наружу, принялось лизать борта оранжевое пламя. Следом осыпалось на брусчатку остекление крытого перехода над путями, мелькнуло и заколыхалось на легком ветру красно-черное полотнище анархистов, захлопали выстрелы.

Первым, как ни странно, среагировал на случившееся рыжий парень — он ухватил подругу за руку и утащил ее за ближайшую колонну. Унтер не последовал за ними, вместо этого сорвал с плеча оружие, но открыть стрельбу не успел, сразу дернулся и ничком повалился на пыльную мостовую; вокруг его головы начало быстро растекаться кровавое пятно.

Следующая очередь прошла чуть выше, от стены полетели куски выбиваемой пулями штукатурки, и Аркаша ухватил пистолет-пулемет, метнулся с ним за гипсовую клумбу, Лев тоже не сплоховал и потянул наших спутниц под укрытие колонн, а вот я оказался попросту не в силах принять случившееся.

Взрыв, пожар, стрельба...

Жандармы вскинули винтовки и слаженно пальнули, но если один укрывался за простенком и лишь выглядывал из двери, то второй остался на открытом пространстве и потому сделался первоочередной мишенью анархистов. В грудь бойца железнодорожного корпуса угодило сразу несколько пуль, он всплеснул руками и упал, тогда загрохотал, задергался пистолет-пулемет в руках приподнявшегося над клумбой Аркаши.

«Зарница»! В памяти сами собой всплыли знания, полученные на военных играх, я ухватил унтера за кожаный ремень портупеи и в несколько судорожных рывков затащил его за колонну ко Льву и девушкам.

Увы, Лии хватило одного только взгляда на простреленную голову, чтобы вынести вердикт:

— Мертв!

И я не стал тратить время попусту, вместо этого рванул застежки кожаного подсумка. Аркаша в несколько длинных очередей сжег все патроны и теперь с разряженным оружием оказался в самой настоящей западне: анархисты палили по нему безостановочно, от клумбы во все стороны летели куски гипса, воздух заполонила белая взвесь.

Я выудил из подсумка прямой и узкий магазин, снаряженный пистолетными патронами, и крикнул:

— Аркаша! Держи!

Глазомер не подвел, магазин ударился о камни и отскочил к Аркадию. Тот ухватил его и принялся перезаряжать пистолет-пулемет, я же расстегнул кобуру на ремне унтера и вытянул из нее массивный вороненый револьвер.

— Дай! — протянула руку Инга, и даже мысли не возникло отказать.

Стреляла она куда лучше моего; знал это по совместным вылазкам в тир. Впрочем, «лучше моего» стреляли в ячейке решительно все, разве что за исключением Лии, и то не факт.

Инга перехватила револьвер двумя руками, высунулась из-за колонны и выпустила по засевшим на переходе анархистам сразу несколько пуль. Аркаша поддержал ее длинной очередью и рванул к нам, продолжая палить на бегу. Когда он стремительным броском проскочил открытое пространство и укрылся за колонной, на меня накатило облегчение и начал понемногу отпускать шок, сердце застучало бешено часто, зашумело в голове, сделались ватными ноги.

Вот только ничего еще не кончилось, кровавое безумие только начинало набирать обороты. Перезарядивший трехлинейку жандарм не сумел даже толком выглянуть из двери: лишь сунулся наружу и тут же спрятался обратно, когда в лицо полетели щепки измочаленного пулями косяка, а пламя со взорванного вагона уже перекинулось на соседние. Их пассажиры, давя друг друга, выскакивали наружу прямо под выстрелы анархистов. В паникующей толпе появились новые жертвы: кого-то уложили наповал сразу, кого-то попросту затоптали.

Убитых наверняка оказалось бы несравненно больше, но тут послышался рык мощного автомобильного движка, из-за здания вокзала к железнодорожным путям выкатился броневик; его башенка повернулась, длинной дульной вспышкой полыхнул ствол пулемета.

Крупнокалиберные пули легко прошили галерею, посыпались обломки досок и рам, осколки чудом неповрежденных до того стекол, но кто-то из анархистов все же уцелел, вниз полетели гранаты, и, уж не знаю, пробили осколки железные листы бронированного автомобиля или наводчику перекрыли обзор клубы пыли, только грохот коротких очередей мигом смолк, и броневик рывком сдал назад.

Тут-то из дверей вокзала и выскочил растрепанный молодой человек в светлом парусиновом костюме. Он выбежал на залитый кровью перрон и вскинул левую руку, будто пытался отгородиться от обстрела.

Будто пытался? Или же — отгородился?!

Витавшая в воздухе пыль пошла волнами, словно ее толкнуло невидимым щитом, а в отставленной в сторону правой руке незнакомца как по волшебству сформировался сгусток шаровой молнии. С каждым мгновением он искрился все ярче, ярче и ярче, и хоть анархисты открыли беспорядочную стрельбу, в цель не угодила ни одна из пуль.

При попадании в мерцающую защиту те не отскакивали, не плющились и не рикошетили — лишь полностью теряли скорость и мертвыми свинцовыми осами падали на брусчатку, звенели и раскатывались в разные стороны. Всякое столкновение оставляло на энергетическом щите мутное пятно, от них начали расползаться и соединяться в сеть белесые прожилки, и тогда молодой человек резким взмахом руки отправил шаровую молнию в переход над железнодорожными путями.

И вновь грохнуло! Взрыв прозвучал не так басовито, как первый, но галерею попросту разнесло на куски, словно в нее угодил фугасный снаряд!

Вот тогда-то в моих приоритетах и произошли сдвиги воистину тектонических масштабов. Меркантильные интересы и любовные чаяния оказались сметены осознанием того простого факта, что я и сам хочу обладать подобной властью, желаю управлять сверхэнергией, а не просиживать штаны в бухгалтерии какого-нибудь заштатного завода. Более того — это мое новое устремление отнюдь не было пустыми мечтаниями и я обладал реальной возможность желаемое обрести.

Дело оставалось за малым — не провалить инициацию и пережить свой первый резонанс.

ГЛАВА 2

На инициацию мы опоздали. Не окончательно и бесповоротно, и не мы одни, но из-за муторных следственных действий и долгого ожидания нового состава весь заранее утвержденный график отправился прямиком псу под хвост.

Вопреки первоначальным планам в Новинске не задержались ни на час, прямо на вокзале оставили в камере хранения багаж и в срочном порядке выдвинулись к Эпицентру. С автобусами тоже не сложилось, нас — усталых и вымотанных долгой дорогой — погрузили в обычные грузовики. Впереди катил кургузый двухосный броневик на высоких колесах с ребристыми протекторами, замыкали колонну машина с солдатами и еще одна полуторка с зенитной установкой в кузове.

Столь серьезные меры безопасности больше не казались чрезмерными, теперь они не удивляли, а лишь заставляли ежиться в ожидании нового нападения. Помимо всего прочего, на крышах кабин грузовиков были смонтированы вертлюги с ручными пулеметами. Сопровождавший нас боец сразу приладил на свое оружие диск с патронами, но нервозности не выказывал, спокойно сидел на приступке и смолил папиросу.

Как я уже успел заметить, весь автотранспорт был отмечен одинаковыми эмблемами в виде стилизованной модели атома, такой же символ с парой узких поперечных нашивок обнаружился на шевроне пулеметчика, а вот погон на зеленовато-песчаного оттенка гимнастерке не было вовсе, как не имелось и кокарды на панаме.

Солнце висело в зените и не на шутку припекало, поток встречного воздуха был горячим, в лицо летела поднятая колесами головных машин пыль. Девушки прикрыли лица косынками; я придерживал фуражку, не позволяя ветру сорвать ее с головы. После бессонной ночи на тряской дороге начало укачивать: то и дело клевал носом, несколько раз даже едва не падал с протянувшейся вдоль борта лавочки.

— Эх, а на дирижабле или пассажирском аэроплане давно бы на месте были! — мечтательно вздохнул Аркаша. — Не пришлось бы на паровозе через всю страну неделю тащиться. И это нас еще экспрессом отправили!

— Был бы у тебя папа инженер, летал бы на дирижабле, — рассмеялся Лев, но из-за жары и усталости дружеская перебранка увяла, толком не успев начаться.

Я задремал и какое-то время даже кемарил — встрепенулся, когда над головой низко-низко прошло звено истребителей. Показалось даже, будто сумел разглядеть головы летчиков.

— «Чайки»! — на глаз определил марку бипланов Аркадий и обратился к пулеметчику: — Беспокойно тут у вас?

Тот последний раз затянулся и выкинул окурок за борт кузова.

— Да не, у нас — тишина и спокойствие! Положено, вот и сопровождаем.

— А как же анархисты?

Боец непонятного подразделения беспечно пожал плечами.

— А что — анархисты? Где мы и где они? Тут особо охраняемая территория, не баран чихнул! Сюда никому постороннему ходу нет!

— Чего они к нам вообще привязались? — спросила Лия.

Пулеметчик даже головой покачал.

— Ну, барышня! Вы же из политически подкованных, неужто с убеждениями этих поганцев незнакомы? Каждый человек свободен ровно настолько, насколько это не ограничивает свободу других, так?

Лев при этих словах аж рот от удивления разинул. Нет, главный постулат анархистов для него откровением вовсе не стал, просто очень уж удивительно оказалось услышать подобную сентенцию из уст неотесанного солдафона. И сразу возник резонный вопрос: а так ли тот неотесан?

Мне даже стало интересно, в каком подразделении он служит, но постеснялся спросить, промолчал.

— А мы тут при чем? — поинтересовалась Инга. — Какое отношение мы имеем к их свободе?

— Конкретно вы, барышня, не имеете, — с улыбкой ответил пулеметчик. — Но это пока. А вот после инициации из людей заурядных вы с товарищами перейдете в разряд неординарных. Смекаете?

— Нет! — отрезала Инга, которую явственно покоробило обращение «барышня».

— Ну о каком равенстве прав и свобод может идти речь после обретения вами сверхспособностей? Просто так, что ли, университетские умники трубят о неминуемом наступлении диктатуры сверхлюдей?

— Чушь какая! — фыркнула Инга и отвернулась.

Дальше какое-то время ехали молча. Сонливость понемногу отступила, и я украдкой поглядывал на девушку, но вскоре утомился протирать стекла очков от пыли, да и припекало чем дальше, тем сильнее; из-под фуражки потек пот, гимназическая гимнастерка на спине и под мышками стала неприятно влажной. Поток встречного воздуха нисколько не помогал, наоборот — на зубах уже так и скрипело от мелких песчинок.

Сначала ехали по степи с выжженной солнцем травой, затем за правой обочиной потянулись перелески, а слева начали вырастать поросшие кустами холмы. Постепенно заросли становились все гуще и гуще, а потом чуть ли не разом высокие деревья сгинули и кругом зазеленел густой молодняк.

— Шестидесятый километр, — пояснил пулеметчик. — До этого самого места от Эпицентра выброс дошел, все деревья повалило. Но это не везде так.

Грузовики на полной скорости проскочили по мосту через узкую речушку, и тогда наш сопровождающий приподнялся с приступки и принялся всматриваться куда-то назад, но почти сразу успокоился и уселся обратно. Как выяснилось некоторое время спустя, внимание его привлек нагонявший колонну мотоциклист. На неплохой скорости тот обошел нас по обочине, и в глаза бросилась странная конструкция «железного коня», а именно — непривычная форма бензобака и полное отсутствие трубы глушителя. При этом мотор отнюдь не ревел, и его негромкое стрекотание полностью потерялось на фоне гула автомобильных движков.

— Да как так-то? Что за модель такая?! — не удержался я от удивленного возгласа.

Пулеметчик самодовольно улыбнулся.

— Экспериментальная, на электрическом ходу! Шесть лошадок, между прочим!

— Да ерунда! — не поверил Лев. — Аккумулятор больше самого мотоцикла должен быть!

— Тю-у! — протянул боец. — Нет там аккумулятора! Движок мотоциклист напрямую сверхэнергией запитывает. Для операторов шесть лошадиных сил — это плюнуть и растереть, хоть час ехать могут, хоть два! Устанет, конечно, но примерно как на велосипеде.

— Обалдеть! — только и протянул я, донельзя впечатленный услышанным. — Вот это дело! И на бензин тратиться не надо!

Увлекавшийся мотоспортом Аркадий озадаченно покачал головой.

— А не шутишь? Никогда раньше таких не видел!

— Откуда бы? — усмехнулся пулеметчик. — Большинство операторов сверхэнергии в Новинске живет. Даже в столице меньше, пусть и не на порядок.

— А сколько их вообще всего? — полюбопытствовал Лев.

Боец озадаченно поправил панаму.

— Вот ты спросил! Насколько знаю, в год что-то около десяти тысяч соискателей со всей страны набирается, когда больше, когда меньше. И еще тысячу иностранцев по соглашению с Лигой Наций принимают.

Лева задумался.

— Если нынче у нас тридцатая годовщина...

— Экий ты быстрый! — с ходу прервал эти подсчеты пулеметчик, смял зубами бумажный мундштук папиросы, закурил и лишь после этого снизошел до пояснений: — С резонансом только перед войной разобрались, а спираль и того позже проложили.

— Спираль?

— Сами скоро все увидите! — отмахнулся боец, сплюнул табачные крошки и задумчиво глянул в небо. — Тысяч сто пятьдесят — двести, наверное, наберется тех, кто в резонанс войти сумел и обучение до конца довел. Но это не точно.

— А за границей как? — поинтересовалась Лия.

— Да кто ж этих басурман знает? — развел руками пулеметчик. — Говорят, они там друг другу глотку готовы перегрызть, лишь бы инициацию пройти.

— Нихонские милитаристы именно поэтому и вторглись в Джунго! — блеснул эрудицией Лев. — На оккупированных территориях расположен четвертый по мощности и третий из доступных источник сверхэнергии! В журнале «Вокруг света» об этом была статья!

Тут дорога пошла в обход высокого холма, а когда тот остался позади, автоколонна вновь выкатилась на равнину. Там, сколько хватало взгляда, зеленели небольшие рощицы, а в небе неспешно дрейфовали сразу два дирижабля. И явно не пассажирских — на обшивке ближнего отчетливо виднелась точно такая же эмблема, что и на борту броневика, а надпись гласила «ОНКОР-11».

— Почти приехали, — уверил нас боец и не обманул: уже минут через пять колонна добралась до небольшого населенного пункта с лаконичным названием «Сорок шестой километр».

— А где Эпицентр? — спросил Аркадий, с интересом оглядываясь.

— Там! — махнул пулеметчик на восток.

Я присмотрелся, но ничего необычного в указанном направлении не заметил. Если только небо чуть светлее показалось да слегка глаза заломило, но и только.

— Да не пяльте зенки! — одернул нас боец. — Ничего отсюда не увидите и не почувствуете. Кордон неспроста именно здесь поставили. На заставах у Эпицентра сутки через трое люди дежурят, иначе проблемы начинаются — у кого со здоровьем, у кого с головой. А тут нормально — жить можно.

Мы откинули задний борт и помогли спуститься девушкам, затем построились в тени ближайшего здания. Немного дальше в степи виднелись бетонные купола долговременных огневых позиций, а на некоторых крышах уставились в небо спаренные стволы зенитных установок, и я усомнился в словах сопровождающего, будто вооруженную охрану нам придали исключительно по причине заведенных руководством порядков.

Впрочем, эти мысли недолго занимали меня, очень уж сильно навалилась жара, стоило только пропасть потоку встречного воздуха, даже голова кружиться начала. Ладно хоть еще обошлось без проволочек, и почти сразу соискателей стали вызывать из строя одного за другим.

Во всех машинах набралось человек сто, поэтому перекличка долго не продлилась, уже минут через пять я влил в себя кружку теплой воды и оказался наделен чистой книжкой личного учета, комплектом одежды и мешком для старых вещей.

— Инга, тут душ! — донесся от женской раздевалки крик Лии, и я поспешил в раздевалку мужскую, да только там царило сущее столпотворение и соискателей запускали споласкиваться чуть ли не по секундомеру.

Расслабиться не получилось, но хоть освежился. Выданные хлопчатобумажные штаны и рубаха с длинным рукавом подошли по росту, при этом оказались слишком широкими и напоминали то ли больничную пижаму, то ли тюремную робу, как ее принято изображать в газетных карикатурах. Не хватало разве что вертикальных полос, да к шапочке с плоским верхом непонятно для чего пришили завязки. Надевать ее не стал; как и все, вышел в коридор с непокрытой головой.

В вестибюле пришлось выстоять еще одну очередь, на этот раз — к секретарю. Тот выискивал соискателя в списке и вписывал необходимые данные в книжку личного учета, а заодно присваивал номер, который его помощник тут же наносил на рубахи и мешки с личными вещами.

Меня обозначили, как «38/4573».

Дальше все шли в фотостудию, где делали снимки анфас и в профиль, а заодно снимали отпечатки. Я не на шутку встревожился, когда мне вымазали подушечки пальцев тушью и велели приложить их к соответствующим листкам учетной книжки. Вкупе со странной одеждой предчувствия возникли самые нехорошие.

— Зачем это еще?! — возмутился рыжий парень — тот самый, который так удачно опоздал в злосчастный третий вагон. Звали его, как успел узнать, Антоном.

Седовласый старичок поднял равнодушный взгляд и вздохнул.

— Ну а как иначе, молодой человек? Вот напутаете вы с этими своими энергиями и как потом клочья мяса опознавать без отпечатков пальцев?

Сказано это было столь равнодушным тоном, что я поверил в объяснение сразу и безоговорочно.

Как-то резко расхотелось управлять «этими своими энергиями», но удержался, не поддался панике. Оттер пальцы от туши, перешел в следующий кабинет и оказался на приеме у стоматолога. Тетка средних лет с удивительно мощными руками велела сесть в кресло, откинуть голову и открыть рот. Я напрягся, но прием ограничился осмотром зубов с помощью зеркальца да диктовкой какой-то абракадабры медсестре.

— Свободен!

Второй раз просить не пришлось, и я спешно покинул кабинет, а в коридоре столкнулся с Ингой и Лией. Девушкам выдали столь же бесформенные штаны и рубахи, только им еще пришлось подворачивать рукава и штаны. Улыбнулся бы, да было не до того.

Медкомиссия! Я вдруг сообразил, что мы проходим медицинское обследование, и снял очки, растерянно протер стекла полой рубахи.

Могут ли отсеять соискателя уже на этом этапе — вот в чем вопрос. Могут или нет?

Подавив невольную дрожь, я прошел еще пару специалистов и пристроился в конец небольшой очереди в последний кабинет с терапевтом. Следом подошли Лев и Аркадий, а вот девушки скучковались в другом конце коридора — их принимал свой специалист.

— Жарко! — сказал Аркаша и принялся обмахиваться учетной книжкой.

Лев потел ничуть не меньше товарища, но беспокоился совсем по другому поводу.

— Интересно, инициация сегодня будет? — спросил он, ни к кому конкретно не обращаясь. — Тридцатое июня — последний оптимальный день...

Поинтересоваться, с чего это он взял, я не успел, поскольку подошел мой черед идти на прием. В просторном светлом кабинете за столом сидел профессорской внешности дядечка-врач, ассистировала ему симпатичная медсестра лет двадцати на вид со светлыми волосами, подстриженными коротко, точь-в-точь как у Инги.

Обратил на это внимание, когда передавал учетную книжку врачу, а еще подметил, что в кабинете отсутствует таблица для проверки зрения. Это как-то немного успокоило.

— Разувайтесь, — попросила медсестра, а стоило мне выполнить распоряжение и прижаться спиной к стене рядом с планкой для измерения роста, объявила: — Сто восемьдесят пять сантиметров.

После пришла очередь измерения веса. Медсестра уравновесила устройство, сдвинув гирьку по рейке с делениями, и поджала губы.

— Пятьдесят семь восемьсот, — оповестила она врача и сочла нужным добавить: — Недобор массы тела.

— Не страшно! — благодушно улыбнулся дядечка, делая в моей учетной книжке новую запись. — Были бы кости, мясо нарастет!

Спорить с врачом медсестра не стала и попросила:

— Раздевайтесь.

Я стянул через голову рубаху, положил ее на свободный стул, затем избавился от штанов, и тогда последовало уточнение:

— Полностью, пожалуйста.

Справиться с замешательством и завязками удалось далеко не сразу, но все же стянул черные ситцевые трусы и кинул их на стул к остальной одежде, оставшись в чем мать родила.

Девушка с абсолютно невозмутимым видом опустилась передо мной на колени и принялась нажимать пальцами на пах, затем отработанным движением оттянула с головки крайнюю плоть, сразу вернула ту на место и выпрямилась.

— Без особенностей, — оповестила она доктора, и тот шлепнул в мою учетную книжку соответствующий штамп.

— Внутренние патологии?

Затейливый жест медсестры обернулся легким жжением в области темени, и лишь крайнее удивление позволило сохранить невозмутимость, когда начавшая опускаться волна тепла миновала пупок и ушла ниже.

— Без патологий!

И вновь к желтоватой бумаге приложился очередной штамп.

— Замечательно! А что у нас, Валечка, с особыми приметами?

Медсестра смерила меня оценивающим взглядом и начала перечислять:

— Нависающие надбровные дуги, глаза серые, с оттенком зеленого, короткие мочки ушей, над левым соском — черное родимое пятно диаметром пять миллиметров.

Девушка опустила глаза, и я ощутил, как к щекам приливает кровь, но ничего вроде давешнего «без особенностей» не прозвучало, был отмечен вертикальный шрам над правым коленом в три сантиметра длиной, а затем меня попросили повернуться спиной. Там отметили еще пару родимых пятен, и лишь после этого прозвучало долгожданное:

— Надевайте трусы, проходите к столу.

А стоило только выполнить распоряжение, как медсестра что-то негромко прошептала. Я вздрогнул и развернулся к ней.

— Что, простите?

— Число расслышал? — уточнил доктор.

Я собрался с мыслями и сказал:

— Шестнадцать.

Тут же девушка сказала еще даже тише прежнего:

— Сорок восемь.

Но на этот раз я был к чему-то подобному готов и повторил число без всякого труда. Доктор шлепнул в учетную книжку новый штампик, велел закрыть глаза и коснуться указательными пальцами кончика носа. Затем пришлось проследить за движением молоточка, после этим же молоточком меня постучали по коленям и разрешили вставать и одеваться.

— А книжка? — спросил я, прежде чем покинуть кабинет.

— Останется у нас, — объявил дядечка. — Свободен!

Я вышел в коридор, меня сменил Аркаша, а Лев удивленно спросил:

— Ты чего такой красный?

— Сам увидишь, — сдавленно выдал я и поспешил к выходу.

К Эпицентру выдвинулись уже во второй половине дня после не слишком плотного, но сытного обеда. Солнце припекало, и пришлось надеть шапочку, да еще и затянуть на бантик завязки, чтобы ту не сорвало с головы потоком встречного воздуха.

Четверть часа спустя попался пропускной пункт с отметкой «Двадцать пятый километр», сразу после него потянулись полосы распаханной земли, будто государственную границу обустроили. Приложив ладонь ко лбу козырьком, я присмотрелся, но конца контрольно-следовой полосы не разглядел. Да и кончалась ли она вовсе или замыкалась вокруг Эпицентра кольцом? Это было бы логично.

Дрейфовавшие в небесной выси дирижабли остались позади, а потом я ощутил, как понемногу начинает прогревать изнутри непонятной природы тепло. Странное воздействие ощутили и остальные; то на одной машине, то на другой кто-нибудь перегибался через борт и принимался исторгать из себя полупереваренный обед. Мне — нормально.

Мало-помалу сделалось заметно витавшее впереди марево, воздух там словно светился, и смотреть на него стало неприятно, сразу начинало печь глаза. А в остальном — степь как степь: слева ровная как стол, справа холмистая, но и там, и там с пожелтевшей словно после долгой засухи травой.

Понемногу заломило кости и закрутило суставы, пересохла глотка; словно и не пил всего четверть часа назад. Ветер сделался неприятно сухим, он будто наждаком царапал кожу и заставлял прятать в ладонях лицо. Один из наших спутников грохнулся в обморок, и Лия принялась обмахивать его, но без толку. А столбы на обочинах все мелькали и мелькали.

Двадцать... Семнадцать... Четырнадцать...

Когда впереди замаячило несколько приземистых строений, автоколонна съехала с дороги на укатанное колесами поле к уже стоявшим там трехосным машинам с вытянутыми кузовами, высокими сетчатыми вставками над бортами, открытыми кабинами и непривычно объемными бензобаками, коих у каждого автомобиля оказалось по два.

Всех, кому стало плохо в дороге — а набралось таких человек десять и еще двое попросились с ними, сразу по прибытии на место погрузили в один из грузовиков и отправили обратно, даже не став пытаться привести в чувство и оказать первую помощь на месте.

— Отсеялись, — сказал Лев, бледный, потный и весь какой-то несчастный.

У меня и самого состояние напоминало ломку при сильнейшем гриппе, но сдаваться я не собирался. Возможно, очень скоро придет сожаление о своей упертости, такое случалось со мной не раз и не два, но сейчас даже мысли не возникло отказаться от инициации. Три изначальных причины — это и без того немало, а я, помимо всего прочего, до сих пор находился под сильнейшим впечатлением от действий оператора сверхэнергии на вокзале Зимска и во что бы то ни стало намеревался сравняться с ним, а то и превзойти.

И плевать на головную боль. Сейчас все решится. Прямо сейчас!

Увы, это самое «прямо сейчас» никак не наступало и не наступало. Мужчина средних лет с двумя угольниками на шевроне хоть и распределил нас по машинам, но отдать команду на отправление ему не позволил караульный у шлагбаума.

— Сейчас не их время, господин старший лейтенант! — объявил он.

— Да еще немного — и они спекутся!

— У меня приказ!

Старший лейтенант на своем настаивать не стал и пожал плечами.

— Может, оно и к лучшему, — едва слышно проворчал он и отошел.

Пришлось ждать. От нечего делать я повертел головой по сторонам, разглядел сразу несколько затянутых маскировочной сеткой зенитных точек, топливозаправщик и броневик рядом с ним, а немного дальше — причальную мачту дирижаблей. За шлагбаумом, точнее — сразу после столба с цифрой один, дорога раздваивалась: одно ответвление шло прямиком к Эпицентру, другое резко забирало вправо и начинало огибать источник сверхэнергии по широкой дуге.

А кругом — желтая степь и марево раскаленного воздуха над ней. И еще — ярко-голубое небо. Чистое-чистое, глубокое-глубокое, без единого облачка. Неожиданно понял, что подобного оттенка не видел ни разу в жизни. Даже закружилась голова...

Лева отбежал в сторону и согнулся в приступе рвоты, мы с Аркашей подхватили его под руки и помогли выпрямиться. Мне и самому стало как-то очень нехорошо, знобило, и пересохла глотка, но накатившая после взгляда в небо слабость понемногу отступала, на ногах я стоял уверенно и твердо.

Бросил взгляд на девушек — те укрылись от палящих лучей в тени борта и, судя по всему, чувствовали себя неплохо.

— Внимание! — повысил голос старший лейтенант. — Стройся!

Пришлось изображать подобие неровной шеренги; на занятиях по военной подготовке нам влепили бы большой и жирный кол, но сейчас никто делать замечаний не стал. Стоим — уже хорошо.

— Отказ от претензий в случае гибели у всех родные подписали? Риск не слишком высок, но смотрите — еще есть время передумать! — заявил вдруг старший лейтенант, выждал немного и махнул рукой на восток. — Это Западный луч, прямая дорога на Эпицентр! После прохождения инициации сможете продвигаться по нему непосредственно до своего витка. А сейчас вас повезут по спирали, это займет куда больше времени, зато интенсивность излучения станет нарастать постепенно. По прямой от стартовой позиции до центра спирали тринадцать километров, а каждый из двенадцати витков приблизит к Эпицентру лишь на километр.

— А что придется делать? — послышался девичий голос. — Нам ничего не объяснили!

— Ничего делать не придется! Просто постарайтесь расслабиться! — ответил старший лейтенант, бросил взгляд на наручные часы и продолжил: — На западном направлении излучение самое слабое, на восточном — наоборот. Дорога проложена таким образом, что за южную дугу достигается пик интенсивности витка, а на северной оно остается неизменным. Традиционно окружность разделена на квадранты и румбы, последних — тридцать два.

— Румб — это направление на морском компасе! — выкрикнул кто-то из строя.

— У моряков — направление. У нас — сектор в одиннадцать с четвертью градусов от этого румба и до следующего. Отсчет начинается с запада и идет против часовой стрелки. В первом румбе каждого витка интенсивность излучения наименьшая, к концу шестнадцатого она достигает своего предела.

У меня от столь сумбурных объяснений голова кругом пошла. А вот чуток оклемавшийся Лева лишь покивал, словно эта лекция подтвердила какие-то его догадки.

— Наши способности будут как-то зависеть от того, в какой именно момент мы войдем в резонанс? — спросил вдруг Антон — тот самый рыжий счастливчик.

Старший лейтенант поколебался немного, но на показавшийся ему неудобным вопрос все же ответил:

— Будут! И от витка, и от румба. В первую очередь — от витка.

— А какой виток самый перспективный? — продолжила расспросы чернявая девица.

— Не важно! — отмахнулся лейтенант. — Вы в любом случае не сможете контролировать процесс инициации. Мой вам совет — просто расслабьтесь!

Совет был неплох, и я бы с превеликим удовольствием ему последовал, да только нервы едва ли не звенели от напряжения. Еще и это тягостное ожидание непонятно чего...

— Дирижабль! — встрепенулся вдруг Аркадий.

Я обернулся и обнаружил, что к причальной мачте и в самом деле приближается небольшой аэростат, а его то ли сопровождают, то ли конвоируют два истребителя. Надпись на борту гласила: «Общество изучения сверхэнергии». Ниже было написано что-то куда мельче, разобрать слова не удалось. А вот Аркаша хоть и сощурился, но все же прочитал:

— «Под патронажем великого князя Михаила»... — Он скривился и сплюнул под ноги. — Контра!

Я бы тоже сплюнул, да пересохло в глотке. Контра и есть.

Великий князь Михаил на протяжении двух последних десятилетий возглавлял засевших в сенате монархистов. И пусть мой папа всерьез полагал, будто лишь нежелание этого старорежимного реликта содействовать возвращению из зарубежного изгнания своего венценосного кузена уберегло и уберегает республику от попыток реставрации монархии путем вооруженного мятежа, мне казалось правильным поставить к стенке всех реваншистов разом.

Один из транспортов укатил на взлетное поле, принял там полдюжины человек и вернулся к пропускному пункту. Проверка документов много времени не заняла, почти сразу шлагбаум дрогнул и ушел вверх, автомобиль резко тронулся с места, быстро набрал скорость и, заложив крутой вираж, вывернул на окружную дорогу.

— По машинам! — скомандовал старший лейтенант. — Пошли! Пошли! Быстрее! Занимайте места по правому борту!

Мы подсадили Ингу и Лию, забрались следом сами и потеснились на лавке, давая возможность усесться рядом уже знакомому рыжему парню и его чернявой спутнице. Противоположную лавку заняли мужчины и женщины в возрасте от двадцати до тридцати лет в столь же невыразительных больничных одеяниях.

Нас семеро, их семеро. Очень интересно.

Я огляделся и обнаружил, что в других машинах соотношение выдерживается столь же строго. Один соискатель, один... А кто? Инструктор? Санитар? Реаниматолог? Непонятно.

Но зато стало ясно, почему инициацию проводят столь ограниченными партиями, — иначе и машин не напасешься, и персонала никакого не хватит.

— Ну, чтоб не пятьсот верст! — произнес старший в медицинской бригаде и спросил: — Все облегчились? Я серьезно — остановок не будет, придется по-морскому, с борта!

— А долго ехать?

— Кому как. Самое большее — двенадцать часов. Вода и сухой паек у нас припасены, а вот удобствами машина не оборудована, примите к сведению. И никаких шуток — остановки в пути не предусмотрены.

Инга с Лией переглянулись, спустились по лесенке у заднего борта и поспешили к выстроенному немного на отшибе отхожему местаму. Я бы, наверное, тоже последовал их примеру, только понял вдруг, что ноги сделались ватными и едва ли получится проделать весь этот путь и забраться обратно в кузов.

Ничего, потерплю...

Караульный, выждав какое-то определенное время, дал отмашку, и с места тронулась первая машина, а еще минут через пять за ней покатила следующая. Я забеспокоился даже, успеют ли вернуться девчонки, но обошлось. Стояли еще никак не меньше четверти часа, прежде чем рыкнул мощный движок и наш трехосный автомобиль выкатил на дорогу, занимая стартовую позицию.

Боец у поднятого шлагбаума вновь махнул клетчатым черно-белым флажком, и грузовик неожиданно шустро для своих немалых габаритов сорвался с места и все быстрее, быстрее и быстрее покатил к столбу, отмеченному единицей. А потом шофер принялся крутить руль, автомобиль вошел в поворот и помчался по укатанной грунтовке — той самой спирали, о которой нам и толковал пулеметчик.

Немедленно повеяло противоестественным жаром, будто к печи в литейном цехе подступил, но зной тут же отступил, сменился неприятной тяжестью. Меня словно продавливали через сгустившееся пространство — и не забивали гвоздем в доску, а процеживали через марлю рыхлым творогом.

Никак не удавалось наполнить воздухом легкие, а тело словно задеревенело, и лишь поэтому я не заорал в голос. Все, что сейчас мог, — это скрипеть зубами да стискивать пальцами край лавки. Остальным приходилось ничуть не лучше. Остальным — это претендентам, наши сопровождающие никаких неприятных ощущений, такое впечатление, не испытывали.

— Скорость? — спросил старший смены.

— Пятьдесят! — отозвался водитель и скрежетнул каким-то рычагом. — Зафиксировал!

Автомобиль мчался по грунтовой дороге необычайно ровно, словно гоночный болид на треке, но из-за этого становилось только хуже. Сбросить оцепенение никак не получалось, а изматывающее давление несильно, но все же неуклонно росло. Я словно очутился на раскрученной до предела карусели, только тут вместо центробежной силы...

Додумать спутанную мысль не успел: Лев вдруг встрепенулся и стиснул тонкими пальцами мое запястье.

— Там! — ткнул он перед собой свободной рукой. — Эпицентр там! Разве вы не чувствуете?! Да посмотрите же! Вон он!

Кто-то из медбратьев даже присвистнул от удивления.

— Поверить не могу! На первом румбе резонанс схватил! Ну и какой счастливчик его жребий вытянул?

А вот кто не напоминал счастливчика, так это сам Лева. Речь его сделалась бессвязной, он начал выкрикивать слова в темпе пулеметной очереди, беспрестанно перескакивая с темы на тему.

— Сверхэнергия пронизывает весь мир! Ноосфера! Мы все — источники информации! Вы слишком громко думаете! Перестаньте! Прекратите немедленно!

Пальцы товарища стиснули запястье с такой силой, что показалось: еще немного — и сломаются кости, а дальше я вдруг неким иррациональным чутьем уловил непонятное мельтешение на самой границе зрения, будто бы размеренное движение автомобиля через переполненное сверхэнергией пространство вызвало к жизни странный стробоскопический эффект.

Интенсивность всполохов стала нарастать и перерождаться в колющую пульсацию, но тут старший санитар резко бросил:

— Чей он? Не спим!

Крепкий парень лет двадцати сорвался с места, приложил к лицу Льва марлю, смоченную хлороформом, тогда только стиснувшие мое запястье пальцы утратили свою стальную хватку, а секунд через десять наш товарищ и вовсе обмяк, качнулся вперед.

Санитар подхватил его, не дав упасть со скамьи, перекинул через плечо и легко выпрямился, ничуть не смущенный немалым грузом.

— Все! Пошел!

Медбрат оттолкнулся ногой от заднего борта и сиганул из кузова. Сердце сжалось в ожидании неминуемой катастрофы, но спрыгнувший на дорогу санитар даже не покачнулся, словно грузовик и не мчался со скоростью пятьдесят километров в час. Слегка присев, парень тут же выпрямился и зашагал обратно к пропускному пункту.

— Тоже так сможете, — с усмешкой бросил начальник смены, заряжая ракетницу.

— А стоит ли? — спросил кто-то из его подчиненных. — Тут идти-то!

— Правила умными людьми писаны! — возразил старший санитар, поднял руку, и с громким хлопком к небу взмыла зеленая ракета.

Меня переполняли вопросы, но стробоскоп уже погас, и вернулось изматывающее давление сверхэнергии, вновь стало трудно соображать. Каждый оборот автомобильных колес словно проворачивал винт незримого пресса, и тот с бездушной неумолимостью сминал меня все сильнее и сильнее; казалось даже — дышу через раз. Тут не до разговоров...

Дальше все запомнилось урывками. В какой-то момент степь перестала быть ровной словно стол, начали попадаться холмы, зазеленели кустарник и невысокие деревца, а потом солнце вдруг как-то разом очутилось за правым плечом. Дальше небольшие рощицы превратились в лес, и вот уже короткая тень побежала впереди автомобиля. А на обочинах мелькали, мелькали и мелькали верстовые столбы.

Но не верстовые, конечно же нет. Столбы отмечали румбы.

Отпускать начало на семнадцатом. Противоестественное давление никуда не делось, просто его интенсивность перестала нарастать. Понемногу я даже свыкся с ним — словно человек на страшной глубине, едва не раздавленный толщей вод, дальнейшее погружение которого приостановилось, и гибель перестала казаться неминуемой.

— О! — обрадовался старший санитар. — Выплыли? Чай, вода, сэндвичи?

При этих словах сидевший на краю скамьи рыжий Антон перегнулся через задний борт и ясно дал понять, что сейчас ему не до еды. Впрочем, у меня никакого аппетита не было тоже.

— Пить... — прошептал я пересохшими губами, и один из санитаров сунул в руку железную кружку.

Вода оказалась невкусной и слишком теплой, немного даже замутило. Решил в следующий раз просить чая. Если, конечно, успею снова захотеть пить. Если раньше не накроет резонанс...

Аркаша тоже напился, повернулся к Инге и спросил:

— Ты как?

Девушка слабо улыбнулась в ответ.

— Все хорошо.

Лия держала кружку двумя руками, и те ходили ходуном, хоть машину почти не трясло.

— Вы тоже слышите их? — спросила она вдруг. — Голоса! Никак не могу разобрать, что они говорят!

Я ничего подобного не слышал, наоборот — уши словно заложило, и Аркадий тоже покачал головой, а вот Инга задумалась и сказала:

— Не голоса. Это как камертон...

— Ну-ка, цыц! — разозлился вдруг старший санитар. — Первый резонанс у всех разный, не сбивайте друг другу настрой!

Разговор сразу сошел на нет. Холмы остались позади, дорога нырнула в низину, и с обеих сторон к обочинам подступила тайга. Сознание оставалось ясным, только навалилась непонятная апатия. Жарило просто немилосердно, но пить не хотелось, и как-то незаметно я задремал.

Очнулся, когда солнце принялось светить в лицо. Теперь грузовик вновь мчал по степи с редкими пятнами зелени, и уже ничего не напоминало о непролазной тайге. Ландшафт менялся как-то слишком стремительно — едва ли я пребывал в забытье дольше пятнадцати минут.

Я попытался припомнить курс геометрии и высчитать протяженность первого, самого длинного витка, но в итоге сбился и точного результата не получил, понял только, что речь идет примерно о восьмидесяти километрах.

О-хо-хо... Полтора часа на жесткой лавке под палящим солнцем — это и без всякого резонанса сущая пытка!

Впереди замаячила пыльная полоса Западного луча, и старший санитар взглянул на часы.

— Ну что, детишки, готовы ко второй завесе?

Мелькнул столб с цифрой два, автомобиль пересек радиальную дорогу, и я словно рухнул в озеро после прыжка из гондолы зависшего в неведомой выси дирижабля. Плашмя. Но просто уйти на дно не позволили, взяли на буксир и потянули, да так, что трением сдирало плоть с костей.

Привыкнуть к такому было попросту невозможно, не привык к этому и я, просто впал в какое-то странное оцепенение. И вынырнул из него лишь к концу семнадцатого румба.

На этот раз попросил чая.

— С сахаром? Или рафинад вприкуску?

От одной только мысли о сладком замутило, и я замотал головой.

— Чай! Просто чай!

Остальные тоже очухались, только на этот раз никто не стал распространяться о своих впечатлениях, ехали молча. Как ни странно, чувствовал я себя примерно так же, как и на северной дуге первого витка. Пусть мы и стали ближе к Эпицентру на целый километр, никаких новых неприятных ощущений это обстоятельство не принесло.

Но все еще изменится. Впереди нас ждала третья завеса.

И я понял — не хочу. Не желаю терпеть эту пытку и дальше, изнывая от жары и тряски на жесткой лавке. Только не в ситуации, когда достаточно лишь попросить, и один из санитаров сиганет со мной из кузова, а там уже ничто и никто не помешает улечься на траву и наконец-то расслабиться.

Что удержало? Да уж точно не полтора витка, оставшиеся позади, и даже не восьмидневная поездка в плацкартном вагоне!

Что тогда? Боязнь разочаровать товарищей и уронить себя в глазах Инги? Мои три заветных мотива? Лишь недавно осознанное желание обрести истинную силу?

Нет, нет и нет! Ничего из этого не смогло бы заставить набраться терпения, спасла положение банальная логика. Ну а как иначе? Сейчас я на всех парах несусь к Западному лучу, откуда до пропускного пункта останется пройти два километра по прямой. И какой тогда смысл суетиться раньше времени, если и без того двигаюсь в нужном направлении? Опять же, резонанс может случиться буквально в любой момент, Лева тому примером.

А ну как получится пройти инициацию еще до конца этого витка? Нет, ну а вдруг?

Где-то впереди в воздух взлетела зеленая сигнальная ракета, а минут через пять мы проскочили мимо стоявшей на обочине парочки: санитара и его подопечного. Последний проводил нас каким-то совсем уж тоскливым взглядом, и стало ясно: этот не вошел в резонанс, соскочил, не дотерпев до Западного луча.

И я скривился в горькой ухмылке, радуясь собственной предусмотрительности. Все же хорошо обладать рациональным складом ума и не позволять эмоциям брать верх над разумом.

Пересохшие губы лопнули, выступила кровь, но это настроения мне испортить уже не смогло. Я умный и предусмотрительный — чего не отнять, того не отнять.

Лучше немного потерпеть, но зато не придется ждать попутный транспорт, и получится дойти до пропускного пункта своим ходом. Хватит с меня этих машин. На всю жизнь за сегодня наездился!

ГЛАВА 3

Когда впереди замаячил столб с цифрой три, я испытал... разочарование. Всерьез ведь рассчитывал войти в резонанс до конца витка, но никакого отклика не уловил. А между тем тридцать второй румб на исходе, вот-вот на новый заход пойдем.

Я медлил и выжидал, кусал губы, прислушивался к собственным ощущениям. Три часа пытки. Сто восемьдесят минут тряски на жесткой лавке. Десять тысяч восемьсот секунд изматывающего зноя. И что — все впустую, все напрасно?

Инга, государственные льготы, компания единомышленников. Власть.

А еще — полный тоски взгляд сдавшегося соискателя. Вспомнил его — и передернуло. Ерунда, конечно. Не мог ничего такого разглядеть и сам все придумал, но будто наждаком меж лопаток продрало.

В резонанс проще всего войти на завесе, так неужели не потерплю один румб? Сколько это на третьем витке — километра два? Не так уж и долго возвращаться придется, если выйду из игры чуть позже!

И я упрямо стиснул зубы. Миг спустя передумал и о своей упертости пожалел, но Западный луч уже остался позади, мы пошли на третий виток, и на сей раз меня не проламывало через незримую завесу — сверхэнергия беспрепятственно проникла в организм, потекла по венам и артериям вместе с кровью, изменяла и жгла.

Но и прежнее давление никуда не делось, просто теперь начало распирать изнутри. Пропорции тела нарушились, руки и ноги стали слишком длинными, а голова с каждым мигом все сильнее разбухала и грозила взорваться. Из носа потекла кровь, глаза едва не вываливались из орбит, язык во рту разбух так, что я оказался не в состоянии вымолвить ни слова. И вместе с тем прекрасно отдавал себе отчет, что эти невероятные метаморфозы иллюзорны и в действительности с моим физическим телом не происходит ровным счетом ничего необычного. Вот только это не отменяло того простого факта, что еще немного — и взорвется голова...

Сдался я на втором румбе третьего витка. Просто не смог больше терпеть. Да и не видел смысла. Это не мое. Это не для меня. Никакое могущество не стоит того, чтобы подвергать себя подобным мучениям.

Наверное, я бы даже сумел в итоге выдавить просьбу ссадить, но тут где-то впереди свечой в небо ушли сначала оранжевая, а за ней и красная ракеты. Потом и вовсе донеслась частая-частая стрельба.

— Если что — объезжай по целине! — приказал старший санитар водителю, и тот опустил на лицо мотоциклетные очки. Его напарник без промедления откинул лобовое стекло на капот и разложил сошки ручного пулемета, после деловито изготовил оружие к стрельбе.

Лезть со своей просьбой я просто-напросто побоялся. И постеснялся, конечно, тоже, но в первую очередь промолчать заставил именно страх. В кого стреляли и собираются стрелять? Что тут вообще происходит?!

Минут через пять мы проскочили мимо распростертого на обочине тела. Одет человек был не в одну из стандартных белых «пижам», а в нечто, напоминавшее смесь комбинезона и ливреи, тогда кто-то из санитаров уверенно произнес:

— Благородные начудили.

Вновь послышалась стрельба, но уже откуда-то со стороны второго витка, и вновь я промолчал, решив еще немного потерпеть. Хотя бы пару румбов...

Ближе к концу первого квадранта наш автомобиль промчался мимо санитара, стоявшего рядом со своим присевшим на обочину подопечным. Он помахал рукой, и стало ясно, что тут с инициацией проблем не возникло. А дальше почти сразу попался еще один успешно вошедший в резонанс соискатель.

От беспрестанного давления сверхэнергии меня мутило и тошнило; я судорожно стиснул занемевшими пальцами край лавочки, наверное, даже раскачивался и что-то неразборчиво мычал. Или нет. Не помню.

Главное — внутри крепла уверенность. Раз не размазывает о незримую преграду, раз наполняет энергия — значит, вот-вот войду в резонанс. Надо лишь самую малость подождать. Совсем немного, еще чуть-чуть. К тому же рациональная часть моего сознания упрямо талдычила, что мы отмахали от Западного луча никак не меньше двадцати пяти километров, и уже рукой подать до северной дуги с ее вполне приемлемой стабильностью.

Так почему бы и не потерпеть? Смогу ведь? Смогу, да? Справлюсь?

На семнадцатом румбе я выдул кружку чая и две — воды. Все выпитое моментально выходило с потом, да еще продолжала понемногу сочиться из носа кровь. По рубахе на груди расползлось бурое пятно, оно уже подсохло по краям, ткань там встала колом.

Аркаше тоже пришлось несладко, остальные переносили этот виток несравненно лучше, и я задумался, не станет ли проще на следующем мне самому, но сразу выкинул эти мысли из головы. Никакого «следующего витка» не будет. Мне — до Западного луча! Точка!

На подъезде к радиальной дороге грузовик заметно дернулся, и мотор его зазвучал чуть иначе. Забрезжила надежда, что дело — в технической неисправности и перегревшийся движок вот-вот выйдет из строя, тогда все решится без всякого моего участия, и впоследствии не придется краснеть, вспоминая постыдную слабость. И домой мы отправимся все вместе. Не я один, а сразу все!

Вот и уговорил себя еще немного потерпеть и даже гордился силой воли секунду или две. Четвертая завеса обернулась разлитым в пространстве статическим напряжением — мигом встали дыбом волосы, забегали по коже разряды, задергали судороги. И всякий последующий укол оказывался сильнее предыдущего!

Взвыл бы в голос, да свело челюсти и перехватило дыхание. Но это у меня. Лия неожиданно вскочила на ноги и заголосила:

— Уберите их! Уберите их с меня! Да помогите же!

Девушка принялась стряхивать с одежды что-то, видимое ей одной, и далеко не сразу я осознал, что это не воображаемые жуки или змеи, а сгустки оранжевого пламени.

Подвернутые рукава рубахи загорелись, и старший смены рявкнул:

— Гасите ее! Живо!

Но никто не стал обливать Лию водой. Сидевший напротив санитар воткнул ей в шею шприц и разом впрыснул все его содержимое, до упора утопив поршень, а пришедшая ему на смену тетка лет тридцати обернула девушку плотным полотенцем с какой-то огнеупорной пропиткой, вроде бы даже асбестом.

В следующий миг санитарка подхватила Лию на руки и выпрыгнула из кузова — только мы их и видели. Я бы попросился следом, но не смог. Меня трясли судороги.

Старший смены выплеснул на обугленный участок скамьи кружку воды и покачал головой.

— Стихийный пирокинетик, подумать только! — А когда позади остался столб, отмечавший границу второго румба, спросил у водителя: — Что со скоростью?

— Сорок восемь. Порядок! — последовал уверенный ответ, и мы помчались дальше.

Движок и не думал перегреваться, работал как часы. З-за-раз-за...

На пятом витке что-то неладное стало твориться со зрением. На самом деле я по обыкновению загадал доехать лишь до конца четвертого, но в последний миг снова передумал. Тут и там в небо взлетали зеленые, желтые и оранжевые сигнальные ракеты; счастливчики, сумевшие войти в резонанс, попадались на глаза куда чаще прежнего. А я, чего греха таить, безумно хотел войти в их число. И слишком много всего перенес, чтобы упустить эту уникальную возможность из-за недостаточного упорства.

Но на очередной завесе меня так и не зацепило. И не зацепило никого из моих спутников, а вот соискателей из других машин на обочинах я насчитал полный десяток. До заветной цели оставалось рукой подать, скрипнул зубами, продолжил терпеть.

Если разобраться, чувствовал себя относительно неплохо. Быть может, дело было в очередном понижении скорости грузовика или просто начал привыкать организм, но больше не казалось, что сейчас расплющит о сгустившееся пространство или взорвусь изнутри. Только вот глаза...

Глаза пекло сильнее с каждой минутой, из них катились слезы, но видел я при этом все предельно четко. Болезненно резко, если уж на то пошло. Когда украдкой глянул на Ингу, ее профиль еще долго возникал цветной фотографией всякий раз, стоило только смежить веки.

В любой другой момент лишь порадовался бы этому обстоятельству, теперь же изображение жгло каленым железом. И еще вдруг понял, что глаза у девушки самые обычные — карие, а вовсе не искрящиеся сапфировой синевой, как почему-то думалось раньше.

Это невесть с чего не на шутку огорчило, словно сейчас не имелось несравненно более серьезных поводов для душевных волнений, вроде непонятно с чего прорезавшегося сверхзрения. Уж не знаю, каким чудом удалось сдержаться и не выдавить пальцами глаза, до того невыносимую боль вызывал каждый взгляд. А стоило лишь зажмуриться или даже просто моргнуть — и становилось только хуже.

Да пропади пропадом этот резонанс!

Как обычно, неприятные ощущения стали отпускать в начале северной дуги, благо протяженность витков неуклонно сокращалась и домчал грузовик до семнадцатого румба минут за тридцать или около того.

«Чем дальше, тем проще», — подумал я и протянул руку, в которую немедленно вложили кружку с водой. Половину расплескал, но что-то все же влил в себя, стало легче.

Тогда окинул взглядом попутчиков, хотел проверить состояние товарищей, а вместо этого заметил, как с лихорадочной поспешностью что-то беззвучно шепчет чернявая девица. Никогда не обладал способностью читать по губам, а тут с кристальной ясностью понял, что это не молитва, а бесконечное повторение одного-единственного слова «нет».

— Нет! Нет! Нет! — И потом уже в голос: — Нет! Только не сейчас! Слишком рано! Не надо!

На крик обратил внимание начальник бригады, он подскочил к девчонке и потребовал:

— Перестань сопротивляться! Просто расслабься!

Та этих слов будто не услышала вовсе.

— Слишком рано! Я не хочу! — завизжала она, и старший смены отвел назад руку.

— Транквилизатор! — потребовал медбрат, получил шприц и попытался воткнуть в шею истерички иглу, но стеклянный цилиндр попросту взорвался, в пальцах остался зажат один только поршень.

Никто не видел, лишь мое сверхзрение позволило если и не разглядеть, то уловить, как вокруг девицы сплетаются тончайшие нити незримой энергии. Она стала неотъемлемой частью окружающего пространства и времени, словно уложенный в нужное место кусочек мозаики, но изо всех сил пыталась сопротивляться и оттягивать момент резонанса. Разрушала гармонию. Шла вразнос.

Энергия переполняла ее и, не находя выхода, бурлила в крови, приливала к голове. Артерия на шее набухла и пошла уродливыми буграми, черные глаза побелели и засветились электрическим сиянием, а сама девушка вдруг приподнялась над лавкой и взмыла в воздух.

Прежде чем начальник смены успел хоть что-то предпринять, его подопечная сместилась к заднему борту, а затем искаженный судорогой рот распахнулся во вновь ставшем беззвучным крике. Почудилось отчаянно-тоскливое: «Руди...» —

а следом негромко хлопнуло, и голова девчонки разлетелась брызгами крови и ошметками запеченного мозга.

Старший санитар принял основной удар на себя, но алые капли долетели и до нас, забрызгав большей частью Антона. Тот оказался крепким орешком, лишь судорожно сглотнул и не проронил ни слезинки. Я видел это со всей отчетливостью. Сверхзрение — это хорошо...

— Вот же дура безмозглая! — зло выдал медбрат, вытирая с лица кровь сунутой кем-то тряпкой. — Теперь с объяснительными замучают!

Иных эмоций, кроме злости, гибель соискателя у него не вызвала, и дальше все пошло по заранее установленному плану. Как ехали, так и продолжили ехать, даже не притормозили...

Шестой виток обернулся гигантской центрифугой. Меня вдавило спиной в борт с такой силой, что неминуемо бы треснули ребра и раскрошился позвоночник, иди речь о физическом проявлении центробежной силы, но нет — что-то смещалось внутри меня, и не более того.

Почему не попросил высадить на Западном луче? Да просто навалилась апатия. Ну и глупо было бы соскакивать на половине пути. Нерационально. Поздно.

Бедная дуреха погибла именно из-за своего опрометчивого желания перебороть уже накативший на нее резонанс. Нарушила гармонию, пошла вразнос и — пуф! Я всерьез полагал, что уже опутан нитями незримой энергии и любая попытка выйти из игры обернется фатальным исходом. Лишиться головы нисколько не хотелось, проще было перетерпеть.

А между тем безумная центрифуга все ускорялась и ускорялась. Разноцветные сигнальные ракеты взлетали в небо уже беспрестанно, частенько попадались на обочинах соискатели и санитары. Ну а мы неслись по южной дуге прежним составом.

Все изменилось на семнадцатом румбе. Нет, одномоментно давление никуда не делось, просто вошли в резонанс Инга и рыжий Антон. Вошли без истерик и криков, как-то обыденно-незаметно. Погрузились в транс, как мне показалось, — легко и непринужденно.

— Золотой дубль! — присвистнул начальник смены. — Это мы удачно съездили!

Наших спутников напоили водой с предварительно накапанным в нее пахучим лекарством и уложили на днище кузова, тогда Аркадий, которого трепало ничуть не меньше моего, нашел в себе силы спросить:

— Разве не опасно их дальше везти?

— А чего тут опасного? — удивился один из санитаров. — Северная же дуга, не южная! Интенсивность, чай, не растет. До Западного луча в лучшем виде доедут.

И — доехали.

Седьмой виток обернулся падением в огнедышащий зев домны, а до восьмого мы добрались, когда солнце уже вовсю клонилось к горизонту. Его лучи били по глазам всполохами стробоскопа, каждая такая вспышка выжигала что-то у меня внутри, но — привык. Точнее, свыкся.

Едем дальше.

Немного погодя пришел черед и девятого витка, и вот там уже удалось расслабиться и задышать полной грудью. Солнце село, воздух посвежел, поток воздуха накатывал приятной прохладой, а от изматывающего давления не осталось и следа. Разве что заложило уши, но болезненных ощущений на фоне всего остального это уже не вызвало.

Первый раз серьезно зацепило меня в самом начале северной дуги. Что-то рвануло, потянуло и тут же отпустило, словно зубцы невидимой шестерни соскользнули и не сумели раскрутить до нужной скорости. Потом был еще один рывок. И еще. Все без толку. Ложные поклевки.

А ближе к концу витка они и вовсе сошли на нет. Накатили тишина и спокойствие. Умиротворенность. Отступила усталость, стихла боль в измученном теле. Я перестал быть частью этого мира, отгородился от него, завернулся в непроницаемую пелену сверхэнергии, поплыл в мягкое и приятно ничто.

Транс не сумела разрушить даже воткнутая в шею игла. Так — будто комарик куснул. И толчки ладоней в грудную клетку тоже ощущались словно бы через слой из трех перин.

Вот уж не понимаю, к чему вся эта возня. Все ведь хорошо! Все просто замечательно!

Но санитары так почему-то не считали, и, когда окружающий мир вдруг треснул и раскололся, один дюжий малый даже подхватил меня на руки и сиганул из кузова грузовика, как раз проносившегося мимо столба за номером десять.

Раззява! Он точно что-то сделал не так. Наверное, не удержал меня и позволил шибануться головой о землю. Точнее даже — о наковальню. В толк не возьму, откуда та могла взяться посреди дороги...

Очнулся на койке в больничной палате. Сразу ощупал голову, но не обнаружил ни бинтов, ни даже мало-мальской шишки. Прислушался к собственным ощущениям — ничего не болело. Удар пригрезился? Очень похоже на то...

Я откинул простыню и уселся на кровати, не испытав при этом никакого намека на головокружение. Более того, был бодр и полон сил.

Остальные койки в палате пустовали, на тумбочке лежала чистая одежда: пижама, напомнившая тюремную униформу из газетных карикатур, и мои собственные ботинки, а не вполне уместные в данных обстоятельствах мягкие тапочки. Тут же обнаружились очки, точнее, лишенная стекол оправа.

Вспомнилась картинка расколовшегося мира, и я сообразил, что стекла лопнули в тот самый миг, когда вошел в резонанс.

Я ведь вошел в резонанс?! Аж мурашки по коже побежали от одной только мысли, что все было напрасно и безумный заезд в итоге вогнал меня в шок, не позволив завершить инициацию!

Желая безотлагательно разувериться в этих своих опасениях, я сделал глубокий вдох, закрыл глаза, сосредоточился и... Ничего. Вообще ничего. Вновь обретенные способности никак себя не проявили, не удалось уловить ни малейших намеков на сверхсилу.

Да что же это такое? Неужели все было зря?! Во рту стало кисло от разочарования и обиды, но я заставил себя успокоиться, схватил рубаху и сверился с нарисованным на груди номером — тот оказался моим, только чуть ниже обнаружилась приписка: «9/32».

Ха! Это ведь точно неспроста! Ведь так?

Я быстро оделся, обулся и двинулся к входной двери, а уже по пути не удержался и мельком глянул в окно — судя по открывавшемуся из него виду, привезли меня в тот самый корпус, где проходил медкомиссию. Тогда выскочил из палаты и поспешил по коридору к закутку дежурной сестры. Сидевшая за столом в небольшой нише тетенька мигом оторвалась от чтения газеты, придвинула к себе журнал регистрации и макнула в чернильницу стальное перо.

— Скажите... — начал было я, когда она вписала в свободную графу номер с моей груди.

— Сначала в столовую, затем в двадцать первый кабинет, — заявила медсестра.

Я не удержался и спросил:

— Скажите, а инициация... Я ее прошел?

— В двадцать первом кабинете все объяснят! — отрезала тетенька, потом сжалилась и сказала: — Да прошел ты, прошел. Беги завтракай.

— Да я...

— Ну-ка, марш в столовую!

Новость привела в чудесное расположение духа, и вступать в пререкания я не стал, буквально скатился по лестнице на первый этаж и озадаченно завертел головой по сторонам. Заметил через открытые двери столовой стоявшего в очереди к раздаче Аркашу, схватил из стопки верхний поднос и присоединился к товарищу.

— Привет! Ты как?

Аркадий улыбнулся и протянул руку.

— Голова гудит, а в остальном как огурчик!

— Остальных не видел?

— Инга по врачам ходит, а Лия уже в Новинск уехала. Ей направление в РИИФС выдали.

— РИИФС — это что?

— Республиканский институт исследования феномена сверхэнергии.

— Здорово! — искренне порадовался я за девушку. — А Лева?

— Его еще вчера отсюда увезли, я узнавал. Говорят, уникальный случай. Вроде так быстро еще никто в резонанс не входил.

Подошла наша очередь, мы получили по тарелке перловки, два ломтя белого хлеба с кубиками сливочного масла и стакану компота. Я попросил еще один стакан — выдали и его.

А когда расположились за одним из столов, то спросил:

— Ты потом долго еще катался?

Аркаша постучал себя пальцем по груди.

— До восьмого румба одиннадцатого витка доехал. Санитары изматерились все.

На рубахе товарища синей краской было выведено «11/8», и я опустил взгляд на собственную надпись. На сей раз ее смысл загадкой не стал. Девятый виток, тридцать второй румб.

Еще б узнать теперь, каким образом это обстоятельство скажется на способностях! Впрочем, инициацию я прошел, остальное вторично.

Ели молча. Просто смолотили еду и разошлись в разные стороны, поскольку в двадцать первом кабинете Аркаша успел побывать еще до завтрака. Такое впечатление — не только он, очереди у нужной мне двери не оказалось. Постучал, дождался разрешения и переступил через порог.

Внутри посетителей дожидались уже знакомые мне профессорской внешности доктор и симпатичная светловолосая медсестра. Пришлось вновь оголяться, но на этот раз дело ограничилось лишь визуальным осмотром, после которого мне и шлепнули очередной штампик «Без особенностей».

Рефлексы тоже оказались в норме, а потом какое-то время доктор расспрашивал о вчерашних ощущениях и что-то заносил в карточку личного учета, а что-то отмечал в своей тетради. Под конец сказал:

— Сейчас иди в кинозал, это в конце коридора. Потом — в двенадцатый кабинет, оттуда в семнадцатый. Возможно, по результатам обследований назначат что-то еще.

В дверь незадолго до того постучали, и я не решился приставать с расспросами касательно своих новых способностей, лишь уточнил:

— А в каком кабинете принимает окулист?

Доктор откровенно удивился.

— А зачем тебе, молодой человек, понадобился окулист?

Я показал свою лишенную линз оправу.

— Да вот, очки вчера разбил.

— А они точно тебе нужны?

На миг вопрос поставил в тупик, а потом я вдруг осознал, что прекрасно вижу и без очков. Если разобраться, куда лучше, нежели прежде видел с ними. Перехватившая мой взгляд медсестра сдержанно улыбнулась, я смутился и поспешил покинуть кабинет, а в коридоре остановился перевести дух.

Вот так дела! Ну и ну!

Пока стоял, обратил внимание на других соискателей, беспрестанно сновавших по коридору туда и сюда. Некоторые выглядели сонными и даже болезненными, но помощь санитаров требовалась считаным единицам; в основном все передвигались самостоятельно. Правда, неплохим состоянием могли похвастаться лишь те, кто пережил вчерашнее испытание, а вот остальные...

Усилием воли я отогнал воспоминание о разлетевшейся на куски голове черноволосой девицы и поспешил в сторону кинозала. На входе там дежурила сестра в белом халате, она справилась о завтраке, а после утвердительного ответа выдала пилюлю и стаканчик с водой.

— Легкое расслабляющее, — пояснила тетенька в ответ на мой озадаченный взгляд.

Объяснение откровенно удивило, но куда сильнее поразило содержимое киноленты. Думал, предстоит просмотр заранее отснятого инструктажа, а на деле пришлось пялиться на вращение черно-белой спирали. Оно притягивало взгляд и гипнотизировало своей размеренностью, разве что изредка с какой-то непонятной периодичностью на неуловимые глазом мгновения проявлялись изображения, которые не удавалось ни распознать, ни даже толком разглядеть.

Сидевшие в мягких креслах зрители следили за экраном с неослабевающим интересом и, казалось, даже не моргали. Все новые посетители странного киносеанса очень быстро обмякали в своих креслах, чтобы некоторое время спустя встрепенуться и покинуть зал, а вот меня не проняло ни через десять минут, ни через пятнадцать. Только от почти неуловимого мелькания вставок разболелась голова.

Плюнул на все, двинулся к выходу. Там замялся, не зная, стоит ли рассказать медсестре о нулевой реакции на просмотр, но так и не решился. Не из стеснительности даже, если разобраться, просто не захотел привлекать к себе лишнего внимания — а ну как это какое-то очередное испытание и я его не прошел?

А если ничего серьезного — так и вовсе говорить не о чем. И я выкинул странный кинофильм из головы и отправился на поиски двенадцатого кабинета. На лестнице столкнулся с прыгавшей через ступеньки Ингой; та кивнула на ходу и поспешила дальше в компании рыжего Антона.

Вспомнилось, что и в резонанс они вошли практически одновременно, накатил глупейший приступ ревности, но совладал с ним без всякого труда. Сейчас было попросту не до душевных терзаний, требовалось как можно скорее разобраться со своими новыми способностями.

Так ведь и не объяснил никто, какими именно возможностями наделила меня инициация!

К двенадцатому кабинету выстроилась небольшая очередь, но продвигалась она чрезвычайно быстро — внутрь запускали сразу по несколько человек за раз, долго ждать не пришлось. Как оказалось, прием вели сразу три молодых специалиста — то ли студенты старших курсов, то ли аспиранты. Один контролировал установку, напомнившую электрический генератор, второй занимался радиоприемником и панелью с набором электроламп, а третий — в белом халате с закатанными рукавами — как раз менял воду в оцинкованном металлическом баке.

— Минуту обожди, — попросил он, отставил ведро и кивнул. — Тридцать литров тютелька в тютельку. Давай бумаги!

Я протянул учетную книжку, и парень записал объем и температуру воды, потом ободряюще улыбнулся.

— Ну-с, приступим! Закатываем рукава, опускаем кисти в воду, концентрируемся на тепле и по сигналу сбрасываем энергию. На все про все дается десять секунд. Готов? Тогда время пошло!

Задание вогнало в ступор. Как и то, с какой легкостью другой соискатель раскрутил ротор генератора, просто ухватившись за клеммы контактов. А тот, что готовился прийти ему на смену, заставил мигать гирлянду электроламп — надо понимать, всего лишь усилием воли. И мне — так же?!

Я погрузил кисти в воду и напрягся изо всех сил, но какого-либо эффекта не ощутил. Аспирант взглянул на градусник и нахмурился.

— Ну, и чего ты ждешь? — раздраженно спросил он.

— Да я пытаюсь!

— Плохо пытаешься! Эффекта ноль! — Парень вдруг прищелкнул пальцами. — Стой! А ты в кинозале был?

Я кивнул.

— В транс входил?

Мелькнула мысль соврать, но ничем хорошим обернуться вранье не могло, поэтому на сей раз отрицательно покачал головой.

— Ну так чего ты пыжишься? — фыркнул аспирант. — Тебе в двадцать второй! Не сказали на выходе разве?

— Нет, — промямлил я.

— Все, беги! Не задерживай людей!

Я вытер ладони о штанины и, как был, с закатанными рукавами вышел в коридор и поспешил к лестнице. Очереди к нужному кабинету не оказалось, постучал, дождался разрешения, вошел.

— Чем обязаны? — выжидающе уставился на меня пузатый дядька.

— В кинозале в транс не вошел, сказали — к вам...

Во рту пересохло, сердце лихорадочно колотилось, ожидал чего угодно — даже откровенных насмешек, но хозяин кабинета деловито отодвинул на край стола кружку и блюдце с сушками и позвал:

— Андрей! Посмотри мальчика!

Из-за ширмы выглянул худой ассистент лишь на пару лет старше меня самого. Он зыркнул пристальным взглядом, от которого по коже побежали мурашки, но этим все и ограничилось.

— Абсолют, Макар Демидович, — заявил ассистент после этого. — Отклик нулевой.

Мне сделалось нехорошо, а пузатый дядечка, напротив, заметно оживился.

— Прямо вот абсолют?

Ассистент неуверенно пожал плечами.

— Ну или около того.

— И насколько — около?

Андрей обреченно вздохнул и указал мне на кушетку.

— Ложись. — Сам он достал колоду странного вида карт, разложил их веером и продемонстрировал звезды, прямоугольники, волнистые линии и все такое прочее. — Сейчас я стану посылать ментальные сигналы, твоя задача — назвать изображение. Понятно?

— Да.

— Глаза закрой. Поехали!

В голове было пусто-пусто, никаких догадок касательно изображения не возникло, сказал наобум:

— Треугольник!

Так дальше и гадал, пока не прозвучала команда:

— Достаточно! Макар Демидович, один из десяти. Говорю же: абсолют!

— Продави его, Андрюша! — распорядился толстяк. — Давай-давай, не филонь! Надо прояснить клиническую картину!

— Да что там прояснять?! В «последний вагон» человек заскочил!

— Тридцать второй румб девятого витка — это далеко не гарантия абсолюта! Абсолют непредсказуем!

Андрей обреченно вздохнул, велел мне сесть и достал из кармана луковицу серебряных часов, начал раскачивать их на цепочке.

— Просто смотри и ни о чем не думай.

Я смотрел и не думал. Ну, старался не думать. Гипнозу не поддался, ощутил только некую болезненную пульсацию над глазами и в темени, будто ледяными иглами кололо. Об этом и рассказал, когда поинтересовались ощущениями.

— Еще и уклон в негатив! — заметил ассистент, вытирая носовым платком вспотевшее лицо.

— Подозрение на уклон в негатив! — поправил его дядечка и впервые поднялся из-за стола. — Молодой человек, сейчас мы сделаем вам инъекцию одного раскрепощающего сознание препарата. Волноваться совершенно не о чем, это нужно для подстройки под колебания сверхэнергии.

— А это точно необходимо? — забеспокоился я.

— Можете позволить себе провести несколько месяцев в медитациях для достижения состояния просветления? Нет? Тогда давайте воспользуемся передовой медицинской химией!

И мне сделали укол.

— На кушетку ложитесь и ждите, — сказал после этого ассистент, а сам включил проигрыватель грампластинок, но, вопреки ожиданиям, из динамика не зазвучала музыка, доносился один только фоновый шум да через равные промежутки времени из-за какого-то дефекта повторялся шорох иглы звукоснимателя.

Поначалу ничего не происходило, я просто лежал на кушетке и бездумно пялился в потолок, а затем сам не заметил, как дыхание подстроилось под размеренный хрип иглы. Мир начал открываться с какой-то неожиданной стороны, делаться глубже и обрастать дополнительными подробностями. А еще почудилось давление чужой воли, но легко отмахнулся от него, отрешился, сосредоточился на игре солнечных зайчиков, круживших по потолку в ритме, задаваемом шуршанием проигрывателя.

Стоило только присмотреться к светлым пятнам, и следом начала вращаться вся комната, а потом и кушетка подо мной, но ее движение выбивалось из общего ритма, и этот диссонанс вызывал столь сильное ощущение дискомфорта, что даже затошнило. Захотелось раскинуть руки и замедлить вращение, но тело мне больше не повиновалось, тогда попытался, будто находясь во сне, изменить окружающую действительность силой собственной воли. И — получилось!

Часть светлых пятен прекратила вращение, замерла на месте, словно сработал эффект стробоскопа. Постепенно начали замирать и другие солнечные зайчики, они сливались, становились все крупнее и ярче, пока не осталась лишь единственная точка. Эпицентр.

Я и раньше существовал в одном ритме с ним, но только сейчас сумел это осознать и ощутить переполнявшую окружающую действительность энергию. Точнее, сверхэнергию.

Больше мне не составляло никакого труда дотянуться до нее, теперь я был способен использовать ее по своему собственному усмотрению. Ну или по крайней мере — обладал возможностью для соответствующей попытки. Еще бы только разлепить веки...

Когда я открыл глаза, бледный и потный ассистент жадно хлебал чай.

— Абсолют и негатив. Макар Демидович, типичный негатив! Меня всего проморозило!

— Если и так, то ничего типичного тут нет! Абсолюту трех кубиков никак хватить не могло, а при подстройке негатива температура градусов на десять упала бы. Но я на истину в последней инстанции не претендую, подозрение поставим, — возразил дядечка, сделал в моей учетной книжке какие-то пометки и сказал: — Попробуйте сесть. Ну как, голова не кружится?

— Нет.

— Ведро за ширмой.

«Какое еще ведро?» — собирался спросить я, но рвотный позыв расставил все по своим местам. Ведро! Где это чертово ведро?!

Я метнулся за белую занавесь, избавился от полупереваренного завтрака, умылся у рукомойника, вытерся висевшим тут же полотенцем.

— Биение энергии ощущаете? — уточнил хозяин кабинета.

— Ага.

— Тогда идите в двадцать четвертый, а далее — по предварительному расписанию.

С учетной книжкой в руке я дошел до названного кабинета и заглянул в распахнутую настежь дверь. Оказалось, открыто и окно, и даже так в комнате пахло чем-то горелым.

— Разрешите?

Подтянутый господин с щегольскими усиками и прилизанными волосами вдавил в пепельницу окурок и поманил меня к себе, забрал медицинские записи, ознакомился с ними и сказал девушке в белом халате:

— Марина Сергеевна, коллеги просят клиническую картину прояснить. Проведите двойной тест, будьте так любезны, — попросил он, доставая из жилетного кармашка золотую зажигалку.

— Присаживайтесь, пожалуйста, — предложила девушка со слишком худым и строгим, поэтому не очень-то симпатичным лицом, и попросила закатать рукава, а после нахмурилась. — Это у вас откуда?

Внимание ее привлек синяк, охвативший багровым браслетом левое запястье, пришлось пояснить.

— Повезло, что не оторвали, — хмыкнул щеголь, раскурил новую папиросу и протянул ее помощнице, та затянулась и ткнула меня в руку ярко вспыхнувшим угольком.

— Ай, черт! — вскрикнул я и от неожиданности даже вскочил на ноги. — Совсем обалдели, что ли?!

— Сядьте, молодой человек! — потребовала девица и положила папиросу в пепельницу. — Придется немного потерпеть. Да садитесь же! Мы теряем время!

Я немного поколебался, но все же поднял опрокинутый стул и опустился на самый его краешек. Медсестра откинула крышку алюминиевого чемоданчика и выбрала из заполнявших его стеклянных цилиндров схожий диаметром с папиросой. Вставила трубку в непонятное устройство, поднесла то к моей руке и предупредила:

— Будет немного больно, потерпите.

Но нет, когда сиреневой вспышкой мигнул выброс сверхэнергии, никаких особенно неприятных ощущений я не испытал, да и по размерам новый ожог оказался заметно меньше первого.

— Вот молодец! — похвалила медсестра и приложила к запястью обычную на вид линейку. — Тридцать процентов от нормы! — объявила она, измерив диаметр пятнышка опаленной кожи.

Щеголь хмыкнул.

— До нижней границы десятого витка дотянул? Нетипично.

Он внес данные в учетную книжку, а его помощница сноровисто наложила на мое обожженное запястье повязку. Этим дело не ограничилось, и кожу на правой руке повредили сразу в двух местах — поцарапали обычным скарификатором и для сравнения надсекли устройством для фокусировки сверхэнергии. Больно не было, точнее — не было больно, пока ранки не обработали медицинским спиртом, а там аж перекорежило всего.

— Зайдите к нам перед двадцать первым кабинетом, — попросил напоследок щеголь. — Только обязательно — нужно будет скорость регенерационных процессов оценить.

Я кивнул и отправился восвояси, будто неудавшийся самоубийца — с повязками сразу на обоих запястьях. Рядом с двенадцатым кабинетом в гордом одиночестве подпирал стену Аркаша, он перехватил мой удивленный взгляд и пояснил:

— Ингу жду. — О повязках спрашивать не стал, у самого были забинтованы обе руки.

Пару минут спустя к нам вышла Инга, и сразу вспыхнула красная лампочка над дверью, а по зданию разлетелся пронзительный звонок. Реакция последовала незамедлительно: двое дюжих санитаров выкатили из служебного помещения каталку и чуть ли не вприпрыжку помчались с ней по коридору. Они с ходу влетели в кабинет и очень скоро вывезли оттуда рыжего Антона — тот выглядел слегка ошалелым, обе его кисти оказались замотаны бинтами.

Инга заглянула в дверь и с нескрываемой тревогой спросила:

— Что с ним?

— Пустяки, кипятком ошпарился! — беспечно отмахнулся аспирант, ответственный за бак с водой, и обратился к товарищу: — Представляешь, за один подход вскипятил! Самородок, чтоб его черти драли!

Я нерешительно помялся на пороге, потом шагнул в заполненную паром комнату.

— Можно?

— А, снова ты! Заходи! — Аспирант залил в бак новую порцию воды, сверился с показанием градусника и поправил уже внесенную в мою учетную книжку температуру. — Приступай!

Я опустил кисти в бак и спросил:

— А что делать-то?

— Просветления достиг, так? Ну вот! Тянешься к силе, копишь в течение десяти секунд и выплескиваешь в воду. Сразу только не останавливайся, вываливай, сколько сможешь. Понял?

— Э-э-э...

— Да что сложного-то? Надуваешься, как воздушный шар, и сбрасываешь давление в воду. Только не давление, а тепло.

Парень достал спортивный хронометр с секундомером и выжидающе уставился на меня, а я зажмурился и обратился к едва уловимому присутствию сверхсилы, уловил ее напряжение и коротко выдохнул:

— Готов!

— Поехали!

Усилием воли я изменил плавный ток энергии, завел ее в себя и попытался удержать; не смог, тогда, повинуясь какому-то наитию, раскрутил подобно волчку. И — сработало!

Давление начало стремительно нарастать и распирать меня изнутри, в груди разгорелось пламя, как если бы пытался слишком долго задерживать дыхание, по жилам потек жидкий огонь, из глаз — слезы.

— Жги!

Команда оказалась как нельзя более кстати — бешеное вращение пошло вразнос, и я едва успел вытолкнуть бушевавшую во мне силу вовне, прежде чем та сама вырвалась наружу неконтролируемым потоком.

Боялся обвариться, но вода лишь чуть нагрелась. Это немного даже разочаровало, но вместе с тем я испытал ни с чем не сравнимое облегчение. И по причине того, что больше не рвала бушевавшая внутри энергия, и от первого наглядного подтверждения собственных сверхспособностей.

Сознание оставалось ясным-ясным, а вот организм к подобным перегрузкам оказался откровенно не готов. Рубаха на спине взмокла, в ушах застучала кровь, ноги начали подгибаться. Попытался выпрямиться — и едва не упал.

— Иди к лампочкам сядь! — потребовал аспирант и попросил коллегу: — Обработай его пока!

Когда я плюхнулся на окруженный металлической рамкой табурет рядом с коробом радиоприемника, в его динамиках вдруг прибавилось хрипов и шумов, но не слишком заметно, да и лампочки мигнули лишь раз или два.

— Поток чистый.

— Уверен? У него подозрение на негатив в анамнезе!

— Говорю же: у меня чисто! У тебя какие показатели?

— В пределах нормы для своего витка. Температуру на градус поднял — это двенадцать киловатт мощности примерно.

— Меньше на самом деле! — отозвался оператор генератора. — Ты вечно выход завышаешь!

— Не веришь — сам проверь!

Пришлось идти к силовой установке и браться за ручки с металлическими клеммами.

— Тут все просто, — последовал краткий инструктаж, — чем больше прокачаешь через себя энергии, тем лучше. И не старайся выплеснуть все чохом! Во-первых, ограничений по времени никаких. Во-вторых, ты лишь проводник, а не источник. Понял?

Я не слишком уверенно кивнул, поскольку мысли были заняты совсем другим. Градус. Я нагрел тридцать литров воды на один-единственный градус. А рыжий Антон за то же самое время довел ее до кипения или около того! Во сколько же раз он мощнее меня? Ладно, его неспроста самородком назвали, а что с остальными? Я в пределах нормы или...

— Эй, не спи! Приступай уже!

Ничего не оставалось, кроме как вновь обратиться к биению сверхэнергии и попытаться резким усилием воли раскрутить тяжеленный ротор. Щелкнула искра, и я с испуганным вскриком отпустил рукояти.

— Эй-эй! Ну чего ты творишь?! — возмутился ответственный за прибор. — Спокойней давай! Тут выплески не нужны, потрудись стабильность обеспечить! Чем дольше продержишься — тем лучше!

Я понятия не имел, как можно упорядочить движение силы, которое едва-едва улавливал и почти не контролировал. Ничего путного в голову не шло, решил импровизировать. На вдохе втянул в себя энергию и уже привычным напряжением воли раскрутил, но не попытался на этот раз удержать ее внутри, а без промедления перенаправил в силовую установку. Та басовито загудела, ротор мало-помалу начал наращивать обороты, пусть и очень неспешно, зато стабильно и без рывков.

— Не вижу признаков негатива. Ход плавный, напряжение не скачет.

Слова приободрили, и я поднажал. Работать с генератором оказалось все равно что ехать на велосипеде против стремительного течения по ручью с глинистым дном. Приходилось не просто изо всех сил раскручивать внутри себя силу и равномерно вливать излишки в агрегат, но и удерживать ее вращение под контролем. Грубо говоря — крутить, крутить и крутить педали в ситуации, когда малейшая заминка, равно как и слишком сильный рывок обернутся неминуемой потерей равновесия. А упущу биение энергии — пиши пропало, испытание прервется.

Не беда? Наверное, так. Вот только сто к одному, что результаты испытаний будут приниматься в расчет при дальнейшем распределении. Я толком не знал, какое обучение еще предстоит пройти, но заранее не желал оказаться в числе отстающих. И потому выкладывался на полную катушку, благо размеренная работа по перекачке энергии давалась несравненно проще, нежели ее разовый выплеск при попытке нагрева залитой в бак воды.

Не могу сказать, будто совсем уж поначалу не напрягался, но особых сложностей с концентрацией не испытывал. Раскрутившийся внутри маховик черпал энергию откуда-то извне, а на мою долю оставалось лишь поддержание правильного баланса. Я был не источником силы, но лишь передаточным звеном. Вот только, как оказалось, звеном слабым.

Постепенно на поддержание закачивания энергии в агрегат начало уходить все больше и больше моих собственных сил, а стабильное вращение сделалось прерывистым, пришлось сцепить зубы и задействовать все свои внутренние резервы. По лицу заструился соленый пот, защипало глаза, сбилось дыхание, и начало ломить тело, а сердце так и вовсе забилось в каком-то совсем уж лихорадочном ритме, как если бы и в самом деле изо всех сил крутил педали, направляя в горку драндулет с гнутым восьмеркой колесом.

Усталость заставила потерять сосредоточенность, а недостаточная концентрация помешала удержать под контролем биение сверхэнергии; и без того уже прерывистое вращение духовного маховика сменилось резким рывком в какой-то новой плоскости. Сверкнул электрический разряд, меня ощутимо тряхнуло и откинуло от генератора. Ротор с тихим жужжанием начал замедлять вращение, потом остановился.

В голове часто-часто застучало, перед глазами начал мельтешить стробоскоп. Я согнулся в три погибели, пытаясь перевести дух, но спокойно отдышаться не дали.

— Ну-ка!

Один из аспирантов ухватил меня за руку и заставил усесться на окруженный металлической рамкой табурет. Радиоприемник захрипел, замерцали лампочки, но вердикт остался прежним.

— Фон в норме. Не вижу особого уклона в негатив.

— Да и у меня частота вращения почти не гуляла, — высказался оператор силового агрегата. — Внеси три минуты двадцать пять секунд чистого времени и пятьсот ватт выработки.

Аспирант, уже опорожнивший оцинкованный бак, выполнил просьбу товарища и наморщил лоб.

— Мощность — всего девять киловатт? У меня больше было.

— У тебя всегда больше! Ты десять секунд на подготовку даешь, а потом они еще секунды две-три пыжатся! И девять киловатт четко в стартовые двадцать процентов от пикового значения девятого витка вписываются, а двенадцать — уже нет.

— Эти нормы не учитывают реальный разброс значений! Елки, да мне пять минут назад бак вскипятили!

— Ну этот-то никак на самородка не тянет! Пиши итоговые девять киловатт и не выпендривайся!

— Да пишу я, пишу!

В этот момент дверь распахнулась и вошел ассистент толстяка из двадцать второго кабинета.

— О, ты здесь! — припомнил он меня и спросил коллег: — И что у него с негативом?

— Ничего, — ответил аспирант, ответственный за радиоприемник и гирлянду лампочек. — На уровне измерительных погрешностей.

— Да не может быть! — возмутился Андрей.

Я вытер рукавом рубахи вспотевшее лицо и спросил:

— Что за негатив-то?

— Оперирование сверхэнергией в противофазе. Собственные конструкции в этом случае так себе обычно выходят из-за проблем с фокусировкой, но зато при столкновении со стандартными происходит взаимоуничтожение. Чужую защиту взламывать — милое дело! Только в этом случае приходится атакующий стиль практиковать, без вариантов. — Аспирант протянул мне учетную книжку и указал на дверь. — Дуй в семнадцатый! А ты, Андрей, если уверен в диагнозе, выпиши ему направление в третий кабинет.

— Не могу, — досадливо поморщился тот и вдруг предложил: — Сходи сам туда, попроси посмотреть.

Я замялся.

— Как же без направления?

— Не хочешь — не ходи. Это тебе надо, не мне.

— Подумаю, — пробурчал я и отправился в семнадцатый кабинет, пребывая в отнюдь не самом добром расположении духа.

И результаты двух новых обследований его тоже нисколько не улучшили. Сначала меня попросили усилием воли поднять установленную на весы килограммовую гирю, и это задание я благополучно провалил, заработав отметку «склонность к телекинезу отсутствует». Потом на весы поставили меня самого, да еще нацепили широкий брезентовый ремень — не иначе страховочный монтажников-высотников; двумя цепями он крепился к вмурованным в пол железным кольцам.

— Попробуйте воспарить над полом, — предложил молодой человек, какой-то слишком уж прилизанный и манерный. — Толкните себя силой, но умоляю — предварительно не стоит ее копить. Никаких выплесков, одно только ровное давление.

Ну я и надавил. Уменьшил собственный вес на пару килограммов, обзавелся записью «склонность к левитации отсутствует» и оказался выпровожен в коридор. Четко, быстро, по-деловому. На обитателей семнадцатого кабинета мои способности впечатления определенно не произвели.

Впрочем, а сумел ли я впечатлить хоть кого-нибудь? Даже устойчивость к гипнозу была расценена лишь как некоторое отклонение от нормы, а никак не уникальный случай. Досадно.

Мелькнула мысль и в самом деле сходить в третий кабинет, но сразу выкинул ее из головы. Ясно и понятно, что без направления там делать нечего. Проси не проси посмотреть — толку не будет. Да и не хотелось навязываться. Никогда такого не любил.

Я свернул учетную книжку в трубочку и поспешил к лестнице на второй этаж, а там столкнулся с Ингой и Аркадием.

— Ты не отстрелялся еще? — удивился мой товарищ. — А мы уже направления получили.

— Ого! И куда?

— Меня на специальные курсы при каком-то ОНКОР отрядили, а Инга вместе с Лией в институте сверхэнергии учиться будет.

— Только на разных кафедрах, — подтвердила девушка и заторопилась. — Аркаша, идем! Надо успеть пообедать, скоро из города машина придет!

И они ушли, оставив меня в самых что ни на есть растрепанных чувствах. Поначалу испытал мимолетную радость из-за того, что Аркадия не зачислили в одно учебное заведение с Ингой, но ее тут же сменило волнение за собственное будущее. У меня-то никакого направления еще нет! Вообще никуда! И будет ли?

Я прислонился к стене и перелистал учетную книжку. В слишком уж лаконичных отметках ничего толком не понял, кроме одного — мои способности на общем фоне ничем особенным не выделялись.

Постоял, помялся, поколебался. Затем собрался с решимостью и отправился на поиски третьего кабинета. Впустую убил на это минут десять и даже заподозрил аспирантов в розыгрыше, потом только догадался обратиться к вахтеру. Тот указал на уходящую вниз лестницу.

Третий кабинет оказался просторным подвалом с голыми каменными стенами, сводчатым потолком и темными проемами коридоров. Посреди помещения под тусклой лампочкой стоял застеленный клеенкой стол, на том вместо замысловатых приборов лежали вперемешку с яичной скорлупой хлебные крошки и вывалившиеся из переполненной пепельницы папиросные окурки.

Здешние обитатели были под стать обстановке. Два мужичка средних лет в темно-синих рабочих комбинезонах научных сотрудников нисколько не напоминали и самое большее могли проходить по разряду обслуживающего персонала. Но я о вежливости забывать не стал и сначала поздоровался, а потом уже сказал, что меня направили сюда из двадцать второго кабинета.

Дядечка с пышными усами и немалых размеров проплешиной на макушке протянул руку и требовательно прищелкнул пальцами, а когда я передал учетную книжку, быстро ее пролистал и спросил:

— Направление где?
— Мне сказали так подойти, — промямлил я.
— Кто сказал?
— Ассистент...

Второй из здешних обитателей закурил и посоветовал:

— Трофим, гони его в шею без направления! Это опять Андрейка через голову доцента прыгнуть решил. Надоел пуще горькой редьки уже этот энтузиаст!

На что-то подобное я и рассчитывал изначально, а потому потянулся за учетной книжкой, но усатый только отмахнулся.

— Погодь, Савелий! Возможную склонность к негативу ему тем не менее диагностировали.

— Кто диагностировал? Андрейка?

— Нет. Сам!

— И что ты предлагаешь?

— Заводи свою шарманку, проверим парня.

— Тогда ты начинай, мне коридор подготовить надо.

Трофим подошел к одному из темных проходов, включил дополнительное освещение, и только тут я разглядел, что метрах в пяти от входа закреплен холст с нарисованной по центру мишенью.

— Воду уже кипятил? — уточнил усатый дядька, а после моего кивка продолжил: — Все точно так же — копишь силу и выпускаешь в центр мишени. Только работаешь не с тепловой энергией, а создаешь волну, будто воздух перед собой толкаешь. Давлением. Усек?

— Да вроде бы...

— Тогда вперед!

После изматывающей работы с генератором я уже худо-бедно оправился, но одновременно некоей сопричастности к энергиям высшего порядка утратить еще не успел, поэтому сконцентрироваться получилось быстро. На первом вдохе уловил биение сверхсилы, на втором дотянулся до нее, на третьем направил в себя и стал накручивать, будто на веретено пряжу. Почти моментально внутри начало концентрироваться нематериальное опаляющее облако, я, сколько мог, терпел жжение и резь, а когда давление достигло предела, выбросил вперед руку и толчком воли выплеснул из себя концентрированную силу. Не выплеснул даже — просто перестал удерживать, отпустил.

Сверкнуло! Пальцы обожгло, и на глазах от боли выступили слезы, но обошлось без серьезной травмы — помахал кистью, подул, и жжение быстро унялось, на коже осталось лишь небольшое покраснение.

— Отвратительное исполнение, ужасная фокусировка, — покачал головой Трофим.

Мой выплеск пошёл вкривь и вкось и зацепил лишь самый край мишени; в холстине там осталась неровная рваная дыра.

Перед глазами замелькали серые точки, в голове зашумело, а ноги стали ватными. Идти к столу я не решился и навалился на стену, а усатый дядька снял раму и оглядел следующую мишень метрах в пяти за ней — уже неповреждённую.

— Аховая дальность, — вздохнул Трофим, и я пожалел, что послушался совета и вообще сюда пришёл.

— Ну как? — крикнул из другого коридора Савелий.

— Да как, как? В пределах нормы, как! Ты там готов?

— Да, запускай.

Так и подмывало спросить, каким образом ужасная фокусировка и аховая дальность могут соответствовать какой бы то ни было норме, но момент для этого выдался не самый подходящий, поскольку подошло время нового испытания.

— Просто иди, — указал Трофим на тёмный проход. — Почувствуешь сопротивление — проламывайся изо всех сил. Только дави не телом, а волей. Понял?

Я не понял, но кивнул и двинулся в указанном направлении. Первые два шага проделал без всякого труда, затем уловил едва заметное давление словно бы сгустившегося пространства и легко его преодолел. Перешагнул через черту на полу с цифрой два, подступил к следующей и немного даже замешкался, прежде чем сумел продолжить путь. После пришлось наклоняться, будто двигался против сильнейшего встречного ветра, а на пятиметровой отметке и вовсе уткнулся в невидимую стену — мягкую и упругую, но при этом совершенно точно непреодолимую.

— Волей дави! — напомнил свой совет Трофим. — Давай, порази нас! Я верю в чутьё Андрюшки! Ты сможешь!

Стоило только обратиться к сверхэнергии, и незримая преграда разом подалась. Сопротивление никуда не делось, я не провалился вперёд, а продавил себя, сумев продвинуться к следующей черте, и вот там уже залип окончательно и бесповоротно.

— Всё, на шестёрке спёкся! — крикнул Трофим напарнику, и незримая преграда мигом испарилась, чуть на пол не рухнул от неожиданности.

На подгибающихся ногах я вернулся к столу и без спросу плюхнулся на табурет: на хорошие манеры у меня попросту не осталось сил.

— Скажите, а шесть метров — это как?

Трофим внес пару отметок в мою учетную книжку, потом пояснил:

— Результат выше среднего, но негатив мы только после семи метров диагностируем. Пока у тебя пограничный результат, и сразу скажу: обычно в спорных случаях подозрение не подтверждается.

— Ни разу на моей памяти не подтвердилось, — вставил свои пять копеек присоединившийся к нам Савелий.

— На стеклах проверим, тогда уже ясность появится.

— Да пустая трата времени!

— Рубль поставишь?

Дядьки ударили по рукам и за прохождением мной последнего испытания стали следить с несравненно большим интересом, не сказать — азартом.

«Стекла» оказались самыми настоящими силовыми экранами — вроде того, что довелось лицезреть на вокзале в Зимске, только эти выглядели тончайшими и совсем прозрачными. Ими через равные промежутки перегородили коридор, который до того был закрыт. Поставленная же передо мной задача оказалась и нетривиальна, и предельно проста: требовалось их пробить.

Теперь я уже знал, что расфокусированный выплеск силы дотянется в лучшем случае до половины из целей, а то и вовсе уйдет в сторону много раньше, поэтому спешить не собирался, намеревался для начала все хорошенько обдумать и рассчитать.

Увы, на подготовку банально не оставалось времени.

— Не спи! — поторопил меня Савелий. — Они же каждую божию секунду целую прорву энергии сжирают!

— Сфокусируй выплеск! У тебя получится! — подсказал Трофим, вовсе не желавший проигрывать товарищу целковый.

— Да как его сфокусировать-то? — озадачился я.

— Снежки в детстве лепил, так? Вот и сомни силу поплотнее, лететь дальше будет.

Снежки — лепил. Но снежки лепят из снега, а не из энергии!

К тому же за сегодняшний день я так вымотался, что теперь оказался попросту не в состоянии задействовать свои определенно не самые великие сверхспособности. Дотянуться до энергии никак не получалось, чувствовал ее присутствие и ощущал леденящее покалывание, а закрутить и направить в нужное русло уже не мог.

От перенапряжения и жутчайшего разочарования закружилась голова и заложило уши, тонким комариным писком зазвенел подступающий обморок, и звук этот поплыл, начал едва заметно пульсировать, так же, как с размеренной периодичностью шуршала в двадцать втором кабинете по странной грампластинке игла звукоснимателя. Мерцание электрического света наложилось на слабое мигание силовых экранов, а после лампочка и вовсе закружилась над головой и превратилась в сияющий обод, чтобы тут же распасться на отдельные огни. Знакомый стробоскопический эффект проявился на сей раз неожиданно сильно и резко, и уже не я закрутил должным образом поток энергии, а сверхсила закрутила меня самого.

Каким чудом не потерял равновесия и не грохнулся на пол — не знаю. Но именно что — чудом. Просто вывалился вдруг из этого безумного водоворота, и не вывалился даже, а стал осью бешено вращающегося колеса, абсолютно недвижной точкой изначального отсчета всего и вся.

Энергия хлынула в меня бурным потоком, я зачерпнул, сколько смог, попытался смять и сконцентрировать, породить подобие шаровой молнии, но, поскольку больше действовал руками, а не волей, сила вырвалась наружу и ослепительным разрядом унеслась вдаль по коридору, развевая один энергетический экран за другим.

— Семь из десяти! — объявил Трофим.

— Еще и холодком повеяло, — поскреб плешивый затылок Савелий. — Неужто и впрямь — негатив?

Я ничего не сказал и ничего не спросил. Меня нагнал обморок.

ГЛАВА 4

Отпаивали меня холодной водкой и горячим чаем.

Граненый стакан я принял бездумно и глотнул из него, еще пребывая в полуобморочном состоянии. Тут же закашлялся и захрипел, получил кружку и быстро хлебнул, но чай обжег рот как-то совсем уже немилосердно, аж глаза на лоб полезли. Зато вмиг пришел в себя.

— Эх, молодо-зелено, — вздохнул Савелий. — Нешто водки раньше не пробовал?

Я помотал головой.

— Что за поколение малахольное пошло? — хмыкнул дядька и влил в себя недопитый мною алкоголь. — Чай пей. Чай тоже помогает.

— Коньяк лучше действует, — заметил Трофим, — но чего нет, того нет.

— Да все, хорошо уже, — заявил я, не спеша, впрочем, подниматься с табурета.

И он каким-то слишком шатким казался, а уж на ногах и подавно могу не устоять. Рука с кружкой так и вовсе ходуном ходит, и это не нервный тремор, это от усталости.

— Негатив мы тебе не диагностируем, — заявил Трофим, что-то вписав в мою учетную книжку. — Неоднозначные у тебя результаты. Один нейтрально-отрицательный, другой условно-положительный.

— И официального направления нет, — поддакнул его плешивый товарищ. — Нам и обследовать тебя не положено было! Узнает кто, что в резонанс вогнали, по головке точно не погладят. Видано ли дело — и суток с инициации не прошло!

Я захлопал глазами.

— В резонанс? Так это резонанс был?

Трофим кивнул.

— А что еще? Запомни хорошенько свои ощущения — это твой ключ к резонансу. На тебя гипноз не действует, до всего своим умом доходить придется. Так что еще повезло, можно сказать. Только без инструктора даже не пытайся снова в транс войти. Войти — войдешь, да не факт, что опять успеешь в обморок грохнуться. А то выгоришь, и вся недолга.

— В резонансе себя контролировать — настоящее искусство, чтоб ты знал! — подтвердил Савелий. — Не хвост собачий!

На том меня и выпроводили. К этому времени уже худо-бедно оклемался, но подъем из подвала на второй этаж обернулся одышкой, лицо покрылось испариной, рубаха на спине в очередной раз стала влажной от пота. Утешало лишь то обстоятельство, что попадавшиеся в коридорах соискатели вид имели ничуть не менее измученный, а некоторые так и вовсе уже не могли передвигаться самостоятельно, их возили на каталках. И ведь утром все такие бодренькие были!

В двадцать втором кабинете меня сразу избавили от повязок, и если оставленный сигаретой ожог в размерах не уменьшился и лишь поблек, то его энергетический собрат превратился в едва заметную бледно-розовую точку. Аналогичным образом дела обстояли и с порезами на правой руке: след от скарификатора превратился в поджившую царапину, в то время как второй разрез протянулся по коже едва заметной белой ниточкой.

Разница была прекрасно видна и невооруженным глазом, но исключительно визуальным осмотром медсестра не ограничилась. Она нацепила на голову оптический прибор, состоявший из целого набора разнокалиберных линз, вооружилась линейкой и начала диктовать щеголю какой-то бессмысленный набор цифр.

— Ага. Ага, — кивал тот, внося данные в мою учетную книгу. — Ничего выдающегося. О! А вот это уже интересно!

Отрывистые замечания не на шутку разожгли любопытство, и, прежде чем покинуть кабинет, я поборол нерешительность и спросил:

— И что со мной?

— Все замечательно! — заявил в ответ щеголь, беспечно покачивая закинутой на ногу ногой. — Скорость регенерации тканей при механических повреждениях в два с половиной — три раза превышает оную способность обычных людей. Точнее позволит определить полноценное обследование, но не вижу смысла тратить на это время — показатель в пределах нормы. А вот заживление повреждений энергетического характера протекает существенно выше средних значений. Но опять же — насколько именно выше, могут дать ответ только комплексные тесты. Что-то еще?

— Нет, благодарю, — мотнул я головой, вышел в коридор и встал в конец длинной очереди, выстроившейся к двери кабинета напротив.

Надолго внутри никто не задерживался, вскоре попал на прием к дядечке профессорской внешности и я. Тот быстро пролистал учетную книжку, что-то хмыкнул себе под нос и вновь просмотрел записи, на этот раз — куда внимательней прежнего. После взял стопку сшитых суровой нитью и опечатанных сургучом листов и внес мое имя в верхнюю пустую строку.

Я невольно сглотнул в ожидании вердикта, но дядечка никуда не торопился. Он заполнил какой-то бланк, поставил подпись и передал его медсестре. Та не глядя шлепнула треугольную печать и протянула бумажку мне.

Листок оказался путевкой в общежитие при распределительном центре Новинского отделения Министерства науки, и я во все глаза уставился на хозяина кабинета.

— Простите...
— Да-да, молодой человек? Слушаю.
— А направление на учебу? Всем моим знакомым выдали такие.

Дядечка ободряюще улыбнулся.

— Не беспокойся на этот счет, получишь направление в самом скором времени. На текущем этапе удовлетворяются лишь предварительные заявки аккредитованных учебных заведений на абитуриентов с определенными характеристиками. То, что кто-то им не соответствует, — это нормально. Обычное дело.

От разочарования и обиды защипало глаза, но я пересилил себя, криво улыбнулся и спешно покинул кабинет. Очень уж не хотелось раскисать на глазах у смазливой медсестрички, будто той было до меня хоть какое-то дело. Ну или мне до нее.

На лестнице я сделал несколько глубоких вдохов и кое-как взял себя в руки, успокоился. Пусть и не получилось сразу попасть в один институт с Ингой, еще ничего не решено, раз только предварительные заявки обрабатывают.

Зачислят еще! Ну а нет — тоже убиваться не стану, я ведь прошел инициацию! Не отсеялся в самом начале, не сошел с ума, не погиб в свой первый резонанс. И самое главное — не сдался. Не сдался и добился поставленной перед собой цели. Все остальное вторично.

Но — обидно.

Ни Инги, ни Аркадия отыскать не вышло — как видно, их уже увезли в город. Я без особого аппетита пообедал, получил мешок с вещами, переоделся и присоединился к остальным то ли еще соискателям, то ли уже операторам, которые оккупировали тенистую часть двора. Во второй половине дня в здании стало не продохнуть, а на улице гулял хоть какой-то ветерок.

Разговоры почти не велись, в основном все сидели молча. Юноши не пытались впечатлить своими новыми способностями девушек, девушки не строили глазки и не кокетничали; все медленно приходили в себя после утомительных испытаний. Наверное, и поход в кинозал сказывался не лучшим образом: многие болезненно морщились и массировали виски. Еще и жара...

Изредка подъезжали автобусы; иногда их сопровождали мотоциклы с установленными на колясках ручными пулеметами, иногда — открытые вездеходы с крупнокалиберным вооружением на турелях. Но не армейские: и на тех и на других неизменно белели эмблемы в виде стилизованной модели атома. Представители учебных заведений поднимали над головой таблички или попросту выкликивали нужные фамилии, грузили своих подопечных в транспорт и уезжали. На остальных это действовало угнетающе.

Меня забрали в числе последних. Уже поздним вечером нами битком набили два душных и прокаленных автобуса и повезли в город, не снизойдя до хоть каких-либо объяснений и пояснений. Их должны были дать уже на месте.

«На месте» оказалось комплексом новеньких двухэтажных домов на окраине Новинска. Территорию распределительного центра окружал высокий забор, попасть внутрь и выйти наружу можно было лишь через пропускной пункт. Плац, столовая, медсанчасть и основной корпус с вывесками «Администрация» и «Библиотека», за ним какие-то не до конца разобранные бараки. Вроде бы условия для проживания не из худших, но, когда после регистрации и скудного ужина нас разместили в длинном, казарменного типа помещении, стало откровенно не по себе. Очень это все напоминало даже не армию, а исправительное заведение — то, которое закрытого типа, для малолетних правонарушителей.

Перед отбоем закрепленный за помещением дневальный велел выстроиться у кроватей — к нам пожаловало высокое начальство.

— Ровнее становитесь! Ровнее! — придирчиво потребовал он, а затем и сам вытянулся по стойке «смирно» и на одном дыхании выдал: — Ваше благородие, новоприбывшие для проведения инструктажа построены!

В казарму вошли двое: господин лет сорока в федоре и дорогом, определенно пошитом на заказ костюме и тип чуть постарше, назвать которого господином не повернулся язык. Бульдожье лицо, кряжистая фигура, военная выправка, да и пиджак кроем напоминал скорее китель. На голове — картуз.

Старорежимное обращение неприятно царапнуло слух, а выказываемое дневальным подобострастие заставило приглядеться к «их благородию» внимательней. Вытянутое лицо отличалось тонкими чертами, но при этом казалось волевым и, как принято говорить, породистым. Щеки были гладко выбриты, от левого уха под воротник сорочки уходил тонкий белый шрам. И слегка подергивалось нервным тиком левое же веко. Осанка — будто шпагу проглотил или тросточку вроде той, что сейчас зажал под мышкой, но, в отличие от державшегося на шаг позади спутника, военного он ничем не напоминал.

«Из бывших», — решил я и сам поразился тому обстоятельству, сколько деталей сумел подметить за эти несколько секунд. Прежде подобной наблюдательностью похвастаться не мог, и дело было точно не в одном только избавлении от близорукости — помимо всего прочего, каким-то неуловимым образом изменилось само восприятие окружающей действительности.

— Я — комендант распределительного центра, — объявил господин, — и вы какое-то, искренне надеюсь, очень недолгое, время пробудете здесь под моим попечением.

Холеное лицо оставалось бесстрастным, а вот слова буквально сочились презрением, но никому из нашей разношерстной компании и в голову не пришло возмутиться; напротив — все стояли, затаив дыхание. И я — как все. Даже стало чуточку стыдно из-за собственного конформизма и захотелось назло всем выдать какую-нибудь дерзость, но справиться с этим необдуманным порывом оказалось предельно просто. Благоразумие. Мне хотелось думать, что таким образом сказалось именно благоразумие.

— Правил немного: под категорическим запретом находятся нарушение установленного администрацией распорядка дня, воровство, драки и любая, подчеркиваю — абсолютно любая политическая агитация. Все замеченные в данных проступках понесут самое суровое наказание!

Благоразумными среди нас оказались не все. Кое-кому не хватило ума проникнуться серьезностью момента и промолчать.

— И что нам сделают? — ухмыльнулся крестьянской внешности бугай, высоченный и широкоплечий, с натруженными руками. — Мы — сверхлюди!

Комендант брезгливо дернул плечом, и громилу сшибло с ног, протащило по крашеным доскам пола в конец помещения и хорошенько шибануло о стену. Там он и остался лежать. Вроде бы живой.

Проделано все оказалось столь виртуозно, что выброс силы не только не зацепил никого из соседей бедолаги, мы его даже не почувствовали. Я так уж точно. А значит, не смог бы и защититься. И осознание этого факта заставило замереть на месте подобно соляному столбу.

Как видно, к аналогичному выводу пришли и остальные, в казарме воцарилась полнейшая тишина. Никто и с ноги на ногу не переминался, а уж о своих конституционных правах, наверное, даже слишком громко подумать боялись.

— Вы не сверхлюди! — объявил нам комендант. — Вы даже не личинки сверхлюдей, иначе не оказались бы здесь! Вы — просто личинки! — Он заложил руки за спину и прошелся по проходу, внимательно изучая остолбеневших соискателей. Передо мной задержался, но ничего не сказал, почти сразу двинулся дальше. — До обретения полного контроля над сверхэнергией трехмесячный перерыв в посещениях Эпицентра с гарантией сводит способности к нулю без какой-либо возможности их реанимировать! Трехмесячный арест — и вы снова никто!

Дойдя до конца помещения, комендант с презрением глянул на неподвижное тело, развернулся и пошел обратно.

— И вот еще что! Любое применение сверхспособностей во время нахождения в распределительном центре карается не менее строго, чем вышеперечисленные проступки!

Тут не выдержал молодой человек в форме какого-то провинциального лицея.

— Господин комендант... — Он поднял руку, будто находился на уроке, заметил, как переменился в лице окликнутый им мужчина, и спешно поправился: — Ваше благородие, разрешите обратиться! — Дождался благосклонного кивка и выпалил: — А если способности проявятся непроизвольно? Без всякого умысла? Что тогда?

— Всякое использование сверхспособностей будет признано умышленным! — последовал жесткий ответ. — Начиная с сегодняшнего дня и до отбытия станете получать препараты, временно подавляющие возможность оперирования сверхэнергией. Принимать их или нет — личное дело каждого. О последствиях вы предупреждены.

На этом инструктаж и завершился. Когда комендант покинул казарму, дневальный дал команду разойтись и дважды дунул в медный свисток. Почти сразу прибежали санитары с носилками, погрузили на них так и не очнувшегося бедолагу и уволокли в медчасть.

Следом принесли воду и пилюли, начали выдавать под подпись. Никто от них не отказался, в том числе и я. Поколебался немного, правда, стоит ли глотать непонятную химию, но в итоге решил проявить благоразумие. Пусть лунатизмом отродясь не страдал, только мало ли как нервотрепка скажется? Долбану кого-нибудь во сне молнией — и что тогда?

Проглотил синюю горошину, запил глотком воды, разделся и забрался в кровать. Почему-то подумалось, что с зачисленными в учебные заведения абитуриентами обращаются совсем иначе. С этой мыслью и уснул.

Говорят, утро вечера мудренее, а вот меня после пробуждения еще долго не оставляла сонливость, да и во рту стоял мерзкий привкус чего-то горько-лимонно-медикаментозного. Вне всякого сомнения, так проявлялись побочные эффекты принятого на ночь препарата, и я понадеялся, что больше в распределительном центре мне ночевать не придется.

Соседи выглядели ничуть не лучше, многие зевали, кого-то дневальному и вовсе пришлось расталкивать и сгонять с кроватей, а потом чуть ли не волоком тащить в уборную. Умывание холодной водой разогнало туман в голове и придало бодрости, утро перестало казаться унылым, а перспективы — безрадостными. В конце концов, своего я добился — инициацию прошел, дальше будет проще.

Гимназическая форма выглядела мятой и пыльной, но заменить ее было нечем, оделся. Когда оправлял гимнастерку, пальцы наткнулись на значок Февральского союза молодежи, и сразу вспомнились слова коменданта о запрете любой политической агитации. Не потому ли он замедлил шаг, проходя вдоль строя? Да и глянул тогда как-то совсем недобро.

Снимать символ нашей организации не хотелось, это казалось чем-то постыдным, чуть ли не предательством идеалов. От одной только мысли, что повстречаюсь без него с Ингой, огнем загорелись щеки, но благоразумие оказалось сильнее стыда. Значок я снял. Просто не убрал в мешок, вместо этого перецепил на внутреннюю сторону клапана нагрудного кармана. Вроде как замаскировался, а не принципами поступился.

Что заставило так поступить: страх или все же благоразумие, не смог бы ответить даже самому себе. После вчерашней выходки коменданта грань между этими понятиями сделалась для меня чрезвычайно тонка.

Перед завтраком всех обитателей распределительного центра выстроили на плацу, набралось нас под две сотни. Больше всего оказалось крестьян, но их численное превосходство не было подавляющим: хватало и выходцев из рабочего класса, детей мещан и разночинцев. Наособицу небольшими компаниями сгруппировались смуглые черноволосые иноверцы, отпрыски торгашей и пограничного служивого люда. Девушки тоже стояли отдельно, они составляли никак не меньше трети от общего количества собравшихся.

— Смирно! — Крик заставил выпрямиться и замолчать, но никто по струнке тянуться не стал, разве что несколько подхалимов из первых рядов.

Появился комендант. Он прошелся по плацу, помахивая тросточкой, и лучи солнца заиграли на гранях хрустального навершия ее рукояти. Никаких претензий к внешнему виду собравшихся высказано не было, нас будто сочли недостойными разноса, хоть поводов для него, судя по презрительно кривящимся губам «их благородия», имелось превеликое множество.

— Сегодня в полдень состоится вводная лекция, после начнется ваше распределение по учебным и... прочим заведениям! — объявил комендант, сделав в конце фразы столь многозначительную паузу, что у меня засосало под ложечкой. — На завтрак шагом марш!

Несмотря на команду, выдержать подобие строя не получилось даже близко, но хоть не ломанулись к столовой неуправляемой толпой, а выдвинулись отрядами. У входа пришлось дожидаться своей очереди, зато обошлось без толчеи внутри.

Завтрак обилием отнюдь не поразил: стакан компота, ломоть вчерашнего хлеба, кубик масла, вареное яйцо. Все.

Кто-то начал возмущаться, но его сразу урезонил паренек из заехавших сюда на день раньше — как оказалось, нормально кормят уже после зарядки. И точно: по окончании завтрака нам велели бежать в казарму, раздеваться до трусов и возвращаться на плац.

— Дайте хоть пищу переварить! — возмутился дородный юноша в недешевом костюме.

— Чтобы тебя, жирдяй, на солнцепеке удар хватил? — презрительно скривился назначенный нашему отряду староста. — Шевели булками!

Тучным возжелавший отдыха паренек вовсе не был и, как мне показалось, вполне мог всыпать грубияну по первое число, но проглотил оскорбление и безропотно отправился переодеваться. Остальные потопали следом.

После вышли, выстроились, проводили заинтересованными взглядами девчонок в купальниках, которых повели куда-то за полуразобранные бараки на другую площадку. Посмотреть было на что, удивительно, как еще никто вслед не засвистел.

Дальше все пошло своим чередом: разминка, прыжки на месте с хлопками над головой, повороты корпуса, наклоны вперед. Когда разогрелись, нас распределили на группы и погнали от одного спортивного снаряда к другому. Помахали трехкилограммовыми гантелями, покачали пресс, отжались, подтянулись на турнике.

Десять подтягиваний и двадцать отжиманий мне дались с немалым трудом — очень уж жарко было, даже несмотря на раннее утро. Весь по́том так и обливался.

Затем пришел черед трехкилометрового кросса. За территорию не выпустили, накручивали круги вдоль забора. И вот это уже оказалось испытанием серьезней некуда. Дыхание моментально сбилось, заныл пресс, закололо печень, в голове застучал пульс. Еще и солнце палило на протяжении почти всей дистанции, редко где был тенек, стало жарко, пересохла глотка, пот начал разъедать глаза.

Попытался — думаю, и не я один! — сжульничать и, наплевав на запрет, обратиться к сверхсиле, да только без толку: ощутить ток внешней энергии не вышло. Так дальше и бежал, едва переставляя ноги, но хоть не плелся в числе отстающих. Кого-то даже обгонял. Иногда.

В итоге в казарму я заполз с языком на плече. Все, чего хотел, — это принять душ и рухнуть в кровать, но не вышло.

— Эй, городской! — остановил меня среднего роста паренек в косоворотке, плечистый и с мускулистыми руками. — Стяни сапоги!

— Чего? — опешил я.

— Глухой, что ли? Разуться помоги!

Парень был деревенским — судя по хромовым сапогам, из кулаков, — вот и решил самоутвердиться за счет городского привычным для себя образом. Неспроста же ор поднял на всю казарму, всеобщее внимание привлекая.

— Давай сам! — ответил я отказом и попытался отодвинуться, но не тут-то было.

Сильный толчок в грудь заставил отступить, а кто-то из кулацких подпевал незаметно опустился на четвереньки у меня за спиной, я налетел на него и со всего маху грохнулся на пол. На чистом инстинкте успел прижать подбородок к груди, как когда-то учили в борцовской секции, но и так падение вышло крайне жестким. Воздух вырвался из отбитых легких, взорвались болью ребра. Да и после, когда прояснилось в глазах, ни встать, ни перевалиться на бок не сумел из-за придавившей к половицам ноги.

— Снимай!

Имейся возможность пустить в ход сверхспособности — сделал бы это без всяких колебаний, сейчас же ничего не оставалось, кроме как ухватиться одной рукой за носок, а другой — за пятку упертого в грудь сапога. А какие варианты? Звать на помощь дневального? Так это драка, а драться нельзя...

Послышались смешки, и крепыш расплылся в довольной ухмылке, слегка приподнял ногу, ослабляя давление на ребра. Тут-то я и вывернул его стопу вбок! Силенок порвать связку не хватило, но и так мой обидчик взвыл от боли и попытался отпрыгнуть, тогда лягнул его опорную ногу, завалив рядом с собой. Меня тут же ухватили за плечи и оттащили в сторону, а вот тумаков отвесить уже не успели, мигом отпустили, стоило только раздаться громогласному окрику:

— Отставить!

В казарму забежал невесть куда отлучавшийся дневальный, вслед за ним зашел вчерашний спутник коменданта.

— Что здесь происходит? — потребовал он объяснений.

Воцарилась тишина, и я обмер. Стоит только кому-то открыть рот, и окажусь впутанным в драку. Комендант как пить дать не станет разбираться, кто был зачинщиком, а кто жертвой, «их благородие» точно накажет всех без разбора в назидание остальным!

— У товарища после бега ноги опухли, — быстро произнес я, поднимаясь с пола. — Он попросил помочь сапоги стянуть, а я по неопытности слишком сильно потянул. Но, надеюсь, ногу не вывихнул, ведь нет?

Державшийся за двухъярусную кровать деревенский задира зло на меня зыркнул и процедил:

— Со мной все в порядке.
— Медицинская помощь требуется?
— Нет!
— Тогда живее одевайтесь, если не хотите пропустить второй завтрак!

После этого заявления никто в казарме задерживаться не стал, все поспешили в уборную. Прибежавшие первыми успели занять закрепленные у одной из стен душевые лейки, из которых бежали тоненькие струйки воды, остальным пришлось ждать своей очереди или приводить себя в порядок у рукомойников.

В открытую на меня никто не пялился, но нет-нет да и ловил брошенные украдкой взгляды. Это нервировало. И пугало.

Немного погодя появился и вознамерившийся повеселиться за мой счет кулак, прихромал он не один, а в компании парочки подпевал. Такой расклад сулил сплошные неприятности, и оставалось уповать лишь на то, что сегодня же получу назначение на новое место. Ну или его получат они. Тоже не самый плохой вариант. А пока имело смысл держаться от этой троицы подальше.

Сполоснулся я в итоге буквально за пять секунд и спешно вернулся в казарму под пригляд дневального. Там оделся и даже успел немного успокоиться, прежде чем пришло время отправляться на второй завтрак, который, в отличие от предыдущего приема пищи, оказался несказанно сытней. В одни руки давали порцию каши и две сосиски, а вместо компота из сухофруктов — чай.

Из столовой всех погнали в главный корпус, где рассадили уже не отрядами, а по месту инициации. Насколько удалось понять, подавляющее большинство постояльцев распределительного центра вошли в резонанс на восьмом витке, только треть сделала это на девятом, а никого другого тут и не было вовсе.

Выступать перед нами взялся профессор Чекан, заведовавший кафедрой пиковых нагрузок в том самом институте исследования феномена сверхэнергии, куда уже зачислили Ингу и Лию, и невольно зародилась надежда на благоприятный исход.

А ну как еще примут?

Дородный, не сказать — толстоватый профессор в старомодном твидовом костюме встал за кафедру, оглядел присутствующих и постучал ложечкой по горлышку стеклянного графина. Звон заставил смолкнуть шепотки, воцарилась тишина.

— Для меня большая честь поздравить собравшихся с успешной инициацией! Вместе с тем развитие навыков оперирования сверхэнергией потребует колоссальных усилий, а потому дифирамбов петь не стану и сразу перейду к главному. Все вы вошли в резонанс на восьмом и девятом витках базовой спирали, именно это обстоятельство и сыграло определяющую роль в формировании ваших способностей. Как известно, по мере приближения к Эпицентру существенным образом возрастает концентрация сверхэнергии; соответственно ранняя инициация свидетельствует о высокой чувствительности, а это палка о двух концах. Условно говоря, из такого оператора получится хороший диагност или хирург, способный на ювелирное вмешательство, но тонну металла взглядом он никак не расплавит. Силенок не хватит.

Послышались смешки, да я и сам окончательно расслабился. Мы-то почти дотянули до конца спирали! Мы-то о-го-го!

— С другой стороны, — продолжил лекцию профессор Чекан, — если человек сумел войти в резонанс лишь на последних витках, это свидетельствует о чрезвычайной устойчивости к энергетическому воздействию. Грубо говоря, такой оператор неприспособлен к тонкому управлению сверхсилой. Скальпель — это не его. Его призвание — махать молотом.

Собравшиеся загомонили, и заведующий кафедрой поднял руку, призывая к тишине.

— Мощность оператора прямо пропорциональна произведению квадрата номера витка и квадрата расстояния от внешней границы этого витка до истинного Эпицентра в километрах, но обратно пропорциональна разности между первым показателем и расстоянием от эпицентра до середины витка.

Из этого объяснения ничего не понял даже я, а большинство присутствующих в лучшем случае закончило пятилетку, если вовсе не три класса сельской школы, поэтому профессор взял кусок мела и принялся писать на доске.

— Пример для первого витка! — заявил он, выводя: — «$\pi \times 1^2 \times 12^2 / (11{,}5 - 1)$». Получается сорок три расчетных единицы, что дает нам итоговую мощность в размере два с половиной киловатта. — Понимания в глазах слушателей не прибавилось, и последовало новое пояснение: — Условно говоря, четыре лошадиных силы.

Тут уж собравшиеся принялись горячо обсуждать услышанное, и озвученное профессором значение никого не воодушевило. Меня — так уж точно.

Четыре лошадиных силы — это курам на смех! Мотоцикл больше выдает!

Профессора столь бурная реакция вовсе не удивила, и он поспешил привести новый расчет.

— В случае восьмого витка цифры выглядят следующим образом: «$\pi \times 8^2 \times 5^2 / (8 - 4{,}5)$». То есть оператор сможет развить пиковую мощность в сто семнадцать лошадиных сил. Для девятого витка этот параметр составит шестьдесят лошадиных сил.

Услышанное одновременно и порадовало, и огорчило. И не меня одного — в аудитории снова зашумели, тогда завкафедрой в очередной раз поднял руку.

— Не забывайте о молоте! К тонкому оперированию вы практически не приспособлены, а высокие нагрузки быстро утомляют. Предел любого оператора — это час работы на мощности, близкой к пиковой.

— Ну, тоже неплохо, — проворчал кто-то из моих соседей.

— И это еще не все! — чуть ли не выкрикнул профессор Чекан. — Резонанс! Ничуть не меньшую роль играет резонанс! — Все вновь притихли, и продолжил он уже спокойней: — Длительность резонанса напрямую зависит от протяженности румба и скорости движения при инициации, для восьмого витка она составляет минуту тридцать шесть секунд, а для девятого — на тринадцать секунд меньше. Пустяк? Отнюдь нет! Формулу приводить не стану, скажу только, что в состоянии транса пропускная способность с каждой секундой увеличивается в геометрической прогрессии! А оператор способен управлять лишь объемом энергии, не превышающим выход резонанса. Это объективный предел, который не превзойти!

Не могу сказать, будто на собравшихся заявление произвело хоть какое-то впечатление, о слишком уж отвлеченных материях зашел разговор. Профессор осознал свою ошибку и поспешил ее исправить:

— Выход резонанса оператора восьмого витка аналогичен энергии, которая высвобождается при взрыве сорока четырех килограммов тротила. Для девятого витка тротиловый эквивалент составляет четырнадцать килограммов.

Вот тут нас и проняло. Это ж какая мощь! Вот это да!

Заведующий кафедрой оглядел зал со снисходительностью взрослого, проходящего мимо детской песочницы.

— А теперь — о не слишком приятном обстоятельстве... — произнес он не очень-то и громко, но все мигом заткнулись. — Во-первых, для достижения озвученных значений придется много и долго работать над собой. Во-вторых, эталонным считается шестой виток. Вырабатываемая операторами этого витка мощность достигает четырехсот пятидесяти лошадиных сил, а энергетический эквивалент резонанса равен взрыву трех с половиной центнеров тротила. И в-третьих, самое печальное: переход с витка на виток невозможен.

Озвученные значения вогнали в ступор, но профессору этого показалось мало, и он продолжил вбивать гвозди в крышку гроба моей мечты об обретении несказанного могущества.

— По существующей классификации разряды операторам присваиваются по сумме часовой выработки и выхода резонанса. На пике своего развития никто из здесь присутствующих не сможет подняться выше восьмого разряда. Никто и ни при каких обстоятельствах!

Поднялся ропот, который крайне своевременно перекрыл чей-то громогласный вопрос:

— Господин профессор! И что нам теперь делать?

Тот благожелательно улыбнулся.

— Совет один: не стоит грезить о великих свершениях, надо устраивать жизнь и получать специальность, которая позволит заработать на хлеб с маслом! Увы, составление сложных энергетических конструкций не для вас, но никто не пожалеет, если направит свои умения в созидательное русло! Заключайте контракты с частными работодателями! Они нуждаются в операторах сверхсилы! А государство — нет. Государство поставит вас в строй и заставит сражаться за интересы кучки политиканов и капиталистов! И не надейтесь на быстрое продвижение в армии! Что такое сорок четыре килограмма тротила по сравнению с бомбардировщиком, способным обрушить на врага тонну бомб? А кто вы в сравнении с артиллерийской батареей? Я вам прямо скажу — пушечное мясо! Выберите жизнь, а не смерть!

Округлое лицо профессора так сильно раскраснелось, что лично у меня в искренности прозвучавшего заявления не осталось ни малейших сомнений. От этого сделалось не по себе.

— А так можно? — вновь послышался все тот же голос. — Мы можем заключить договор с кем угодно?

— Да, это так! — подтвердил завкафедрой уже спокойней, достал носовой платок и промокнул со лба испарину. — Будущий работодатель вложится в ваше образование, но этот долг окажется не слишком обременителен. И вам вовсе не обязательно овладеть особыми премудростями! Самый простой вариант — генерация электроэнергии. Себестоимость одного киловатт-часа составляет шесть копеек, а вам на руки заплатят не меньше четырех!

И тут вопросы посыпались, будто из рога изобилия.

— А это много или мало?

— Сколько будет выходить в месяц?
— А какой график?
— Кто даст такую ставку?
— Где можно записаться?

Профессор Чекан поднял руку, призывая всех к молчанию, дождался наступления тишины и начал обстоятельно отвечать:

— Выход резонанса и работы на протяжении часа у оператора восьмого витка достигает ста тридцати семи киловатт, что обеспечит доход в размере пяти с половиной рублей. Мало? В месяц чистыми выйдет сто шестьдесят пять рублей! Один час работы в день обеспечит вам половину средней заработной платы! На восьмом витке можно входить в резонанс каждые семь часов, выводы делайте сами! И ведь нет нужды простаивать в промежутках!

Собравшиеся вновь зашумели, на этот раз — возбужденно. И было из-за чего! Перспектива заколачивать за два часа работы столько же, сколько получает какой-нибудь счетовод за полный день, могла показаться соблазнительной очень и очень многим.

Но только не мне! Капиталисты выжимают из работников все соки, именно так сколачиваются и преумножаются состояния. И будущие живые генераторы энергии очень сильно удивятся, увидев установленные им нормы выработки. Да и в каких условиях придется работать, тоже большой вопрос. Как по мне, проще день-деньской в конторе бумаги с места на место перекладывать, чем снабжать энергией рудник где-нибудь посреди тайги.

Когда стихла очередная волна шума, профессор продолжил:

— Подобные условия предоставляют «Республиканская электрическая компания на паях», «Северное энергетическое общество» и многие генерирующие артели. Но контракты подписывать стоит лишь с аккредитованными организациями, поэтому настоятельно советую предварительно согласовывать их со здешним стряпчим. Это совершенно бесплатно!

— А где можно посмотреть весь список? — раздался новый выкрик.

— Сегодня во второй половине дня центр посетят представители работодателей. А перед тем рекомендую получить учетные книжки и проконсультироваться с сотрудником института сверхэнергии. На электричестве не сошелся клином белый свет, это самая неквалифицированная работа. Если у кого-то имеется склонность к генерации тепловой энергии, есть смысл обратить внимание на вакансии металлургических предприятий. И для телекинетиков тоже найдется куда более высокооплачиваемая работа. Сварщики, монтажники-высотники, да мало ли какие варианты предложат? Дерзайте!

— А государственные вакансии будут?

— Будут, — подтвердил профессор без запинки, но с откровенной брезгливостью. — Только запомните: в контракте с частными работодателями заранее пропишут все ваши обязанности, а государственная кабала на следующие пять лет превратит вас в бесправного раба! И не сомневайтесь даже, что использованы ваши уникальные способности будут наиболее нерациональным и даже извращенным образом. Скорее всего, вам поручат самое мерзкое из всех возможных занятий: убивать себе подобных! Я призываю вас сделать правильный выбор и предпочесть созидательный труд служению кровавому ремеслу войны!

На этом лекция и подошла к своему логическому завершению. Зал я покинул в откровенно расстроенных чувствах. Работать на износ, в поте лица обеспечивая норму прибыли капиталистам, нисколько не хотелось. Становиться под ружье не хотелось ничуть не меньше. Для большинства постояльцев распределительного центра и тот и другой варианты были кардинально лучше их прежнего житья-бытья, а у меня с полным средним образованием имелась возможность зарабатывать сопоставимые деньги без всяких сверхспособностей.

И потом — девятый виток! Реши я заняться генерацией электричества, буду получать на руки примерно столько же, сколько получают чернорабочие; очень уж незначительные объемы энергии смогу прокачивать через себя. Шестьдесят лошадиных сил — вроде бы немало, а на деле все не очень здорово. Еще и придется какое-то время учиться, что тоже не бесплатно. Не могу себе этого позволить. И в институт сверхэнергии меня тоже не возьмут — не судьба вместе с Ингой учиться.

Удивительно, но осознание этого факта не ужаснуло. Куда сильнее ранила собственная никчемность. Стоило ли столько терпеть, чтобы в итоге оказаться у разбитого корыта?

Впрочем, один из моих мотивов еще мог сыграть, и первым делом я побежал проведать местного стряпчего. Тот оказался свободен — остальные либо не восприняли совет профессора всерьез, опасаясь связываться с юристом-крючкотвором, либо решили посетить его позже, когда будут на руках все необходимые бумаги.

— Чем могу помочь? — поинтересовался лысоватый мужчина средних лет с бухгалтерскими нарукавниками на локтях.

— Подскажите, пожалуйста, при заключении контракта с частным работодателем все льготы остаются в силе?

— Конечно! — заявил стряпчий, не задумавшись ни на миг.

— Но вот тут написано: «для поступивших на государственную службу», — заметил я, выложив на стол обтрепанную вырезку газетной статьи о начале весеннего отбора соискателей. — Имеется в виду распределение через этот центр или именно государственная служба?

Юрист нахмурился и нацепил болтавшиеся до того на шнурке очки с толстыми линзами, бегло просмотрел текст.

— Ах это! — разочарованно протянул он. — Нет, погашения образовательных кредитов в таком случае за счет государственных средств не происходит. Но это не важно! Частные работодатели предоставляют собственные беспроцентные займы с хорошей отсрочкой возврата! С учетом будущих доходов такой подход куда более выгоден!

Более выгоден?! От крепкого словца удалось удержаться с превеликим трудом.

Кредит у меня уже был. Точнее, влезть в долги пришлось папе, оформившему ссуду для оплаты моего обучения в гимназии. И сумма с учетом набежавших за три года процентов накопилась немалая. Думал избавиться от долгов одним махом, а мне предлагают влезть в новые! Сумасшедший дом!

Как бы то ни было, я вежливо попрощался и заглянул в столовую, но обеденное время еще не подошло. Ни к одной из компаний прибиваться не стал и поступил привычным для себя образом: отправился в библиотеку. Только, вопреки обыкновению, на картотечный каталог с беллетристикой даже не взглянул, попросил в читальном зале республиканский закон о сверхэнергии.

Брошюра оказалась потрепанной и замызганной, дополнительно к ней было подшито несколько более поздних изменений, что гарантировало получение актуальной информации, но удобству чтения нисколько не способствовало. Пришлось изрядно пошелестеть желтоватыми страницами, прежде чем окончательно убедился в правильности толкования газетной заметки стряпчим. Все льготы и в самом деле распространялись исключительно на тех операторов сверхэнергии, которые поступали на государственную службу. Помимо этого, им гарантировалось бесплатное обучение и трудоустройство, но вот повлиять на распределение никакой возможности не было. Куда пошлют — туда пошлют, а пять лет отработки по стандартному контракту — это не шутки. Угодить на этот срок в армию мне нисколько не хотелось.

Заодно убедился, что комендант центра отнюдь не был самодуром. В законе черным по белому оказался прописан запрет на обучение управлению сверхэнергией лиц, имевших склонность к асоциальному поведению. Таких на первоначальном этапе отсеивали рекрутеры, но угодить в категорию неблагонадежных можно было и после инициации. Попался на краже — отсеялся сразу. Ввязался в драку — второго шанса могут и не дать.

И даже более того — под строжайшим запретом для соискателей и абитуриентов находилась любая политическая активность. Они лишались права избирать и быть избранными, а после завершения обучения могли занимать выборные должности лишь в пределах Особой научной территории, единственным крупным населенным пунктом которой являлся Новинск. В остальном на стокилометровом удалении от Эпицентра располагалось только несколько таежных деревень.

Немудрено, что в столовую я пришел отнюдь не в самом лучшем расположении духа. Просто оказался поставлен перед очень уж неприглядным выбором: мог либо найти какой-нибудь чрезвычайно выгодный частный контракт, либо сыграть в лотерею с государством и получить возможность списать образовательный кредит в обмен на заключение пятилетнего договора. А там — куда распределят. Может, все и неплохо обернется...

Так думал я, получая на раздаче картофельное пюре с котлетой, тарелку солянки, ломоть ржаного хлеба и стакан компота. К обеду немного припозднился, поэтому свободных столов хватало с избытком, сел наособицу, но только выхлебал суп, как рядом устроил поднос с едой среднего роста паренек с неброской и вместе с тем располагавшей к себе внешностью.

— Семен! — представился он, протянув руку.

Пришлось пожать ее и сказать в ответ:

— Петр.

Навязавший свое общество парень составил тарелки на стол и начал хлебать солянку, но почти сразу отвлекся и заявил:

— А здорово ты кулака на место поставил!

Лесть — великая вещь, вот только мне упоминание о стычке испортило и без того не самое лучшее настроение. Я через силу выдавил из себя улыбку и ничего говорить не стал, продолжил есть.

— Если еще полезут, можешь на меня рассчитывать! — продолжил Семен, которого ничуть не смутила столь сдержанная реакция на свои слова. — Ты ведь из наших, надо держаться вместе!

Я недоуменно глянул на собеседника, тот в ответ постучал пальцем по значку Февральского союза молодежи у себя на груди. Это заставило приглядеться к Семену внимательней. Каштановые волосы, стрижка полубокс, умные черные глаза, выглядит чуть старше остальных. Он был не из нашего отряда и, наверное, приметил символику союза, когда вместе ехали в автобусе.

Думаю, любой нормальный человек на моем месте лишь порадовался бы встрече с единомышленником, меня же она скорее раздосадовала. Я плохо сходился с незнакомыми людьми и отнюдь не горел желанием заводить новые знакомства. И уж точно не видел смысла делать этого в распределительном центре.

— Я собираюсь сколотить первичную ячейку. Никому не позволим себя задирать, да? — Он вновь протянул руку. — Ну, уговор?

Перспективы очередной стычки с кулаком и его прихвостнями меня не на шутку тревожили, вдвоем противостоять их нападкам было бы несравненно проще, а участнику полноценной ячейки о такой ерунде и вовсе не пришлось бы волноваться, вот только из головы не шел запрет на политическую агитацию.

Я не хотел угодить в список неблагонадежных. А еще терпеть не мог общаться с незнакомыми людьми. Это и решило дело. Но даже так проигнорировать протянутую руку оказалось непросто — аж перекорежило всего из-за собственно невежливости. Переборол себя, слабину давать не стал.

— Не пойдет, — буркнул я и уткнулся взглядом в тарелку с пюре.

— Да что с тобой такое? — опешил Семен. — Мы — оплот передового мира! По одиночке нам не выстоять под натиском буржуазных реакционеров!

Я покивал, соглашаясь с этими словами, и продолжил трапезу.

— Почему? — задал тогда собеседник прямой и конкретный вопрос.

Отмалчиваться было совсем уж невежливо; я пожал плечами и привел самую очевидную причину:

— Комендант сказал — никакой политики.
— Да ничего он нам не сделает! Этот запрет незаконен!
— Законен.
— И что с того? — пристально уставился на меня Семен. — Струсил, да? Испугался? Так, может, ты значок для красоты носил, а на деле — буржуазный соглашатель?

Кровь прилила к лицу, но я переборол и смущение, и раздражение, продолжил молча орудовать вилкой.

— Чего молчишь? — На этот раз вопрос прозвучал откровенно угрожающе. — Язык проглотил?
— Когда я ем, я глух и нем.

Семен выругался, переставил тарелки обратно на поднос и пересел за другой стол. Меня это лишь порадовало.

Представители работодателей, с чьей-то легкой руки поименованные «покупателями», пожаловали вскоре после обеда. Кто-то воспользовался услугами извозчика, кто-то прикатил на таксомоторе, несколько человек въехали в ворота распределительного центра на велосипедах. На улице к этому времени пекло уже просто невыносимо, поэтому расположились все в вестибюле административного здания, где было самую малость прохладней.

Поначалу от красочных плакатов и буклетов зарябило в глазах, да еще соискатели набились в помещение, будто сельди в бочку, и приходилось тратить кучу времени, пробираясь от стенда к стенду. Впрочем, мог бы и не суетиться. Единственной более-менее перспективной вакансией показался специалист по сверхточной сварке, но с моей отметкой о слабой фокусировке потоков энергии ловить там было нечего.

В остальном же, такое впечатление, набирали разнорабочих со сверхспособностями. Везде декларировались минимальные сроки обучения, а о будущих ставках не упоминалось ни полслова. Исходя из разговоров, ситуация и вовсе складывалась абсолютно безрадостная: если те, кто вошел в резонанс на восьмом витке, еще могли рассчитывать на вполне приемлемые доходы, то мне с моими шестьюдесятью лошадиными силами предстояло вкалывать до седьмого пота за вознаграждение той самой лошади. Одной, не шестидесяти.

Как бы то ни было, у столов гражданских «покупателей» вовсю толпился народ, они только и успевали, что раздавать листовки и заученно отвечать на однотипные вопросы. А вот с небольшим опозданием пожаловавшие их армейские коллеги взялись проводить агитацию куда как более активно, не сказать — с огоньком. Для начала два подпоручика и мичман вдрызг разругались с помощником коменданта, а когда на шум свары начали подтягиваться соискатели, эта троица с шуточками и прибауточками высмеяла заявление профессора о том, что рекрутов станут использовать в качестве ударных единиц на передовой, после принялась вещать о том, что на флоте и в авиации имеется сильнейшая потребность в несравненно более квалифицированных кадрах.

Назывались такие профессии, как акустик и активный подавитель шумов, постановщик оптических иллюзий и целеуказатель бомбометания, специалист дальнего обнаружения летательных аппаратов и наводчик зенитной батареи, ликвидатор торпедной угрозы и охотник на подводные лодки, координатор артиллерийской батареи и организатор контрбатарейной стрельбы, сапер на дистанционное разминирование.

Посулы вербовщиков вкупе с надбавками за разряды и выслугу лет звучали весьма заманчиво, дополнительным стимулом было пожалование унтер-офицерских званий и снижение отработки до четырех лет с возможностью уже сегодня перебраться в нормальное общежитие для рекрутов. Ну а сомневающимся намекали, что частники много обещают, но чем и в каких условиях придется заниматься, заранее угадать нельзя. А тут — стабильность.

Только нет, спасибо. Служба в армии точно не для меня

Не подписывать контракт ни с частным работодателем, ни с государством? Был возможен и такой вариант. Но в этом случае при отсутствии средств на весьма недешевое обучение способности сойдут на нет через три-четыре месяца сами собой.

Я покрутился, потолкался и в итоге жутко расстроился, но в уныние впадать не стал, взял себя в руки, отправился в администрацию за учетной книжкой с уже вклеенной фотографией и еще двумя снимками, прицепленными к титульному листу обычной канцелярской скрепкой. Просто решил последовать совету профессора навестить присланного институтом консултанта и — опоздал; к этому времени тот уже закончил прием и собирался уходить.

— Да вы только посмотрите! — взмолился я.

Подтянутый мужчина лет тридцати на вид с круглым, но при этом ничуть не полным лицом, короткой стрижкой и каким-то неуловимым намеком на военную выправку глянул в ответ с нескрываемым осуждением.

— Молодой человек! Мне противна сама мысль о сверхурочной работе, и благотворительностью я тоже не занимаюсь. Это противоречит моим принципам.

Я располагал тремя рублями с мелочью, поэтому тяжко вздохнул и покачал головой.

— Не уверен, что потяну консультацию в частном порядке.

Консультант сунул под мышку потертый кожаный портфель и насмешливо прищурился.

— Неужто разорит пара кружек пива?

Я подумал, что вполне могу позволить себе такие траты и даже полез в карман за деньгами, но был остановлен сотрудником РИИФС. Пришлось идти вместе с ним в буфет при столовой.

— Мне светлого, — распорядился консультант, повесив портфель на крючок круглого стоячего столика, свою летнюю шляпу и мою учетную книжку он положил перед собой. — И бери сразу две!

Я так и поступил. Разменял в буфете свою единственную трешку, принес консультанту две пузатые запотевшие кружки.

— Молодой человек! — возмутился тот и заглянул в мои бумаги. — Петр! Ты ставишь меня в неловкое положение! Я не пью в одиночестве. Это противоречит моим принципам, и сейчас не тот случай, когда ими можно поступиться.

— А нам это не запрещено?

Консультант покачал головой, и я упрямиться не стал. Было невыносимо жарко и душно, а запотевшие кружки выглядели на редкость привлекательно и буквально манили взгляд. Опять же мне требовалась консультация, а уже потраченные на выпивку деньги назад точно было не получить.

Пришлось идти за еще одной кружкой.

— Какое самое слабое? — уточнил у буфетчицы, не спеша делать заказ.

— «Бархатное».

Его и взял. Вернулся за столик, снял фуражку, и консультант протянул руку.

— Альберт Павлович.

— Приятно познакомиться. Петр.

На том формальности подошли к концу, мы выпили. И если я лишь глотнул темного пива, почти не горчившего и с приятным карамельным послевкусием, то консультант не отрывался от кружки, пока ее не осушил.

— Ну-с, приступим! — объявил после этого Альберт Павлович и быстро пролистал мою учетную книжку. — Э-э-э, брат, не повезло тебе в «последний вагон» заскочить! На десятом витке горя бы не знал, а так — ни туда и ни сюда.

Я озадаченно вытаращился на собеседника, тот догадался о причине моего замешательства и улыбнулся.

— Не слышал разве, что некоторым румбам собственные названия дали? Первый румб четвертого витка — это «входной билет», а тридцать второй девятого — «последний вагон». Дело в том, что энергия во время резонанса на первых трех витках и с десятого по двенадцатый не прибывает в геометрической прогрессии, а копится в обычном режиме. Не спрашивай почему, просто прими к сведению, что возможности это ограничивает самым кардинальным образом, отсюда и такие названия.

— Ничего не понимаю, — чистосердечно признался я, отпив пива. — А чем тогда десятый виток лучше девятого?

— Востребованностью, Петр, проистекающей из повышенной сопротивляемости излучению и малочисленности. Любой оператор может приблизиться к Эпицентру самое большее до внутренней границы своего витка, а с учетом нормального распределения, сам понимаешь, лишь единицы проходят инициацию в конце спирали. На десятом и одиннадцатом витках это случается немногим чаще. Всех их немедленно принимают на технические должности. Водители, санитары, егеря, чистильщики, дорожные рабочие. Вакансий много — людей мало.

Я оживился и напомнил:

— У меня сопротивляемость на уровне десятого витка!

Альберт Павлович приложился ко второй кружке, но ее лишь ополовинил и снова взялся изучать учетную книжку.

— Около семидесяти процентов? Максимально высокий уровень для девятого витка, но само по себе это ничего не значит. Склонность к негативу добавила бы тебе очков в кое-каких учреждениях — жаль, не подтвердилась. О, абсолют! А нас почему-то не уведомили!

В голосе собеседника прозвучала искренняя заинтересованность, но он тут же поскучнел.

— А-а-а! Понятно, — разочарованно протянул консультант. — Диагностировал ассистент, а доцент поставил эти выводы под сомнение. И восприимчивость к медикаментозному воздействию свидетельствует не в твою пользу. Высокая устойчивость, но не абсолют. Досадно. С абсолютом в анамнезе ты бы еще в первый день распределение получил.

Я не удержался от обреченного вздоха.

— Что за абсолют-то?

— Полнейшая невосприимчивость к ментальному воздействию. С одной стороны, абсолют — это некомандный игрок, с другой — никакой эмпат не прочтет его эмоций и даже самый искусный телепат не сумеет навязать свою волю.

Разочарование я смыл длинным глотком пива.

— И что посоветуете, Альберт Павлович?

— Не падать духом! — ободряюще улыбнулся тот. — Я серьезно, Петр. Это самое важное. И думаю, частный сектор не для тебя. Дождись государственного распределения. Кое-какие интересные моменты в твоем анамнезе все же есть. Атипичные для девятого витка, а к такому настороженно относятся, но на улице точно не окажешься. Пристроят к делу. Что бы вам на вводной лекции ни вещали, всех пристраивают.

С этими словами консультант в один глоток влил в себя остававшееся в кружке пиво, нацепил на макушку шляпу и сунул портфель под мышку.

— Не вешай нос, Петр! Все будет хорошо! — заявил пребывавший в отменном расположении духа сотрудник РИИФС и направился к выходу.

— До свидания, Альберт Павлович, — пробормотал я и, в отличие от него, торопиться не стал, пиво допивал без всякой спешки.

Показалось то с учетом жары просто отменным, и, хоть было легким, в голове приятно зашумело, возникло желание купить еще одну кружку, но вовремя опомнился и делать этого не стал, вышел на улицу.

За время наших посиделок в буфете большинство «покупателей» уже успело разойтись, поредела и толпа соискателей. Я огляделся и решил, что численность обитателей распределительного центра сократилась как минимум вдвое. И человек десять еще стояли у пропускного пункта в ожидании транспорта с вещевыми мешками и фанерными чемоданами.

Я заметил Семена, который что-то втолковывал двум паренькам рабочей наружности, и подивился его неугомонности, но толком приглядеться помешала команда переодеваться для вечерних занятий физкультурой. После кружки пива ни подтягиваться, ни бежать кросс не хотелось, но деваться было некуда — поплелся вслед за остальными. Порадовался лишь, что солнце начало клониться к горизонту, а то как-то очень уж неприятно кожу на спине пекло; не иначе утром успел сгореть.

Переоделись, построились, после переклички приступили к упражнениям. Меня немного мотало, и нормативы давались куда тяжелее прежнего, но худо-бедно справился. А уже непосредственно перед кроссом выяснилось, что стычка в казарме без последствий для моего обидчика не прошла: ногу ему все же вывихнул — пусть и несильно, но от пробежки тот отказался наотрез.

Инструктор лишь плечами пожал.

— Кто не бежит, тот подметает плац.

— Я не должен! У меня нога болит!

— Отказ от занятий приравнивается к нарушению режима. Поставить в известность коменданта?

— Нет.

Когда деревенского задиру послали за метлой и раздались обидные смешки, он кинул на меня столь убийственный взгляд, что сделалось не по себе. И хоть из кулацких подпевал в лагере остался только один, устроить «темную» они могли и вдвоем. И ладно если просто отмутузят, как бы голову сгоряча не проломили. Провинциальные нравы, насколько слышал, просты до безобразия.

Именно по этой причине всякий раз пробегая мимо полуразобранных развалин бараков, я внимательно присматривался к строительному мусору и в особенности к доскам. А заметив искомое, сделал вид, будто завязываю распустившийся шнурок, присел и легко выломал из трухлявой деревяшки ржавый гвоздь сантиметров десять длиной, завернул его в платок и сунул в парусиновый ботинок. Стало давить на стопу, но не слишком сильно, намозолить кожу точно не успеет, а у меня теперь будет какое-никакое оружие.

Человеку, повелевающему сверхэнергией, глупо полагаться на острый кусок железа? Человеку повелевающему — глупо. А вот неумехе вроде меня, который не только понятия не имеет, на что именно способен, но еще и глушит способности медицинскими препаратами, впору хвататься за любую соломинку. Даже не представляю, сколько времени уйдет на сотворение электрического разряда или шаровой молнии, а вот ткнуть гвоздем — секундное дело. И гвоздем я точно никого не убью. Главное, чтобы сверхсилой не долбанули по мне самому.

Именно последнее опасение и заставило лишь сделать вид, будто глотаю перед сном пилюлю, а на деле спрятать ее в пальцах. Проверить это оказалось предельно просто, никто за нами не следил и прием подавляющего способности препарата не контролировал. Дневальному было откровенно не до того: людей переводили на места выехавших постояльцев, уплотняя казармы, и до самого отбоя в комнатах и коридорах царила ни на миг не утихающая суета.

Когда погасили свет, я развернул и вновь завернул гвоздь в платок, но уже так, чтобы намотанная со стороны шляпки ткань позволяла уверенней удерживать его в руке. Ребячество чистой воды, да только есть немалый шанс решить дело, просто показав импровизированную заточку. Тогда-то на рожон не полезут, тогда точно отстанут. Ну не дураки же они в самом деле!

Что еще радовало, помимо зажатого в кулаке ржавого гвоздя, так это доставшийся мне второй ярус. Да, падать высоко, зато сверху не навалятся и простыней не спеленают. Шансов отбиться куда больше.

Так думал я, пока не провалился в сон. Проснулся рывком, с лихорадочно бьющимся сердцем, а кругом — тишина и спокойствие. Лежал и какое-то время пялился в потолок, не позволяя закрыться глазам, затем вновь задремал, но очнулся уже буквально через пару минут. Ну, так показалось.

В беспокойном забытье чудилась всякая чертовщина, она моментально забывалась при пробуждении и лишь оставляла после себя ощущение чего-то неправильного и пугающего. Так до самого утра и продремал вполглаза и рассвет встретил усталым и разбитым. Но — небитым. Никто на меня так и не напал.

Побудка, умывание, построение, завтрак. Дальше все пошли собираться на утреннюю зарядку, а мне дневальный вручил ведро и швабру.

— Сегодня моешь пол! — объявил он. — Шевелись!

После вчерашних физических упражнений ныло все тело, поэтому спорить и протестовать я не стал, поплелся набирать воду. Поставил ведро под кран, выкрутил вентиль и обернулся к двум прошедшим следом паренькам.

— Февралист, да? — осклабился один.

Второй ничего не сказал, лишь резко махнул полотенцем. Я успел вскинуть руку, плотная ткань захлестнула предплечье, и завернутый в нее кусок мыла шибанул по скуле с такой силой, что в голове сверкнули звезды. Устоять на ногах не вышло, сполз по стене на пол. Прежде чем сумел совладать с собой, в бок врезался тяжелый ботинок — раз, другой, третий. Под следующий замах подставил левую руку и едва ли не вслепую ткнул перед собой гвоздем, попал во что-то мягкое и тут же ударил снова. Послышался сдавленный крик, и меня оставили в покое.

Парень с проткнутой ногой отшатнулся и тут же потерял равновесие, охнул от боли, второй испуганно выругался и потащил его прочь. Оба тычка гвоздем пришлись во внешнюю сторону бедра, и никакой опасности для жизни ранения не представляли, но и скрыть их последствия не имелось никакой возможности: бил я со всей силы, а первый раз и вовсе поймал противника на встречном движении, воткнул гвоздь от души.

Парни скрылись в коридоре, тогда отлип от стены и я. Поднялся с пола, выкинул гвоздь в открытое окно, платок с парой алых пятен смыл в канализацию. Рассаженная скула опухла и пульсировала, голова кружилась, и о выполнении распоряжения дневального даже не подумал. Завернул кран и кое-как доковылял до кровати, закрыл глаза и тут же открыл, когда все кругом завертелось и накатила тошнота. Лежал так и ждал, когда за мной придут.

Долго ждать не пришлось.

ГЛАВА 5

Явились за мной еще до окончания утренней зарядки. Подошли двое — дневальный и незнакомый мужчина, оказавшийся дежурным по лагерю. Проформы ради они поинтересовались причиной столь вызывающего безделья, и я не нашел ничего лучше, чем поведать байку о мокром поле, потере равновесия и ударе головой о дверной косяк.

Вышло складно, но это не помогло, и меня пригласили с вещами на выход. Прозвучало требование внушительно, только какие еще вещи? Всех пожитков — квиток из камеры хранения да учетная книжка, и ту сразу изъяли.

От казармы двинулись на пропускной пункт. Там меня и оставили под присмотром караульного, наказав тому не спускать со злостного правонарушителя глаз. Смешно? Смешно. Обхохочешься просто.

У меня и мысли не было пускаться в бега. Куда? Зачем? Едва ли за драку назначат наказание серьезней пары месяцев ареста — неприятно, но потом хоть за казенный счет домой отправят. Не придется на перекладных через всю страну добираться.

Сверхспособности? При одной только мысли об этом на глазах сами собой выступили слезы. Хотелось думать, будто из-за боли в опухшей скуле, но не стоило обманывать самого себя — вовсе нет, дело было в обиде на все и вся, а еще — во вселенских размеров разочаровании. Я провалился. Провалился один из всех. И даже хуже того — не отсеялся на первом этапе, а уже прикоснулся к самому краешку могущества и тут же оказался сброшен обратно к обычным людям, навсегда лишился приставки «сверх-». А что не по своей вине, так это делало ситуацию еще обидней.

Несправедливость давила и угнетала, мелькнула мысль сбежать и продолжить обучение самостоятельно, но всерьез даже обдумывать эту идею не стал. Ребячество чистой воды. Дальше расшалившиеся нервы бросили в другую крайность — захотелось позабыть о событиях последних дней и поскорее очутиться дома. Пусть и без всяких сверхспособностей, зато в привычной и комфортной обстановке. С гимназическим образованием уж точно не пропаду — устроюсь на непыльную работенку. Шиковать не выйдет, но и жилы рвать не придется. Тоже неплохо.

Не возникнет нужды врать и юлить на допросе, просто сознаюсь во всем как на духу, и никто кишки мотать и загонять в угол не станет. Плохо разве? Да ничуть! И так голова раскалывается...

Я опустился на корточки, прислонился спиной к стене караулки, прижался к теплым камням затылком. И понял — так легко не сдамся. Стану врать и выкручиваться до последнего. Что придало решимости? Да просто вновь всплыло воспоминание о том, как неизвестный оператор на вокзале Зимска спокойно шел под обстрелом анархистов, а пули падали вокруг него на брусчатку. И вспомнился собственный восторг. Я ведь так хотел заполучить аналогичные способности!

Опять же в проштудированном вчера законе присутствовали весьма расплывчатые определения благонадежности соискателей, а одна-единственная драка еще не делала меня рецидивистом.

Испытательный срок! Да! В качестве наказания на первый раз мне вполне могли назначить испытательный срок!

Как-то даже от сердца отлегло. Тогда только подумал об Инге. Ну да, тоже немаловажный фактор. Остаться в Новинске — большое дело... Стоп! Что значит — тоже?!

Обдумать изменения в расстановке приоритетов помешала подъехавшая к пропускному пункту полуторка. В кабине — водитель и сопровождающий, в кузове — конвоир с дубинкой. Все в серых гимнастерках с коротким рукавом и однотипных панамах, у всех шевроны с уже знакомым изображением модели атома, у типа в кабине — с двумя поперечными нашивками, у остальных — пустые.

— Сразу и этого злодея забирайте! — объявил караульный, поднимая шлагбаум.

Конвоир нагнулся и подал руку, я ухватился за нее и забрался в кузов. Там вдоль бортов тянулись две скамьи, сел поближе к кабине.

Дальше грузовик обогнул здание администрации и остановился на его задворках у спуска в подвал. Лязгнула железная дверь, начали выводить моих товарищей по несчастью. Четверо парней, одна растрепанная девчонка. Из всех узнал только ту парочку, с которыми вчера вечером толковал агитатор Семен. А вот попытавшихся отдубасить меня уродов видно не было, и если одного наверняка отправили в медсанчасть, то отсутствие второго откровенно озадачило. Но и порадовало — тоже.

Сопровождающий расписался за арестантов, и полуторка покатила на выезд, беспрепятственно миновала пропускной пункт, запрыгала на неровной дороге. Утреннее солнышко жарило как-то совсем немилосердно, да еще растрясло моментально, начало мутить. По этой самой причине особо по сторонам не глазел и всю дорогу больше боролся с тошнотой.

— Куда нас везут? — спросил один из моих спутников.

Конвоир только головой покачал.

— Увидите, — коротко ответил он, и действительно — увидели.

Вывеска на пропускном пункте, к которому подкатил грузовик, гласила: «Комендатура ОНКОР». Шлагбаум сразу ушел вверх, и полуторка беспрепятственно въехала на территорию, остановилась у трехэтажного кирпичного здания. Меня с остальными завели внутрь, а только дежурный распахнул журнал регистрации, появился начальственного вида усатый крепыш лет сорока в форме, на шевронах которой красовались сразу три угольника.

— Этого, с синей мордой, первым оформи, — объявил он. — Покажи медику и отправляй в допросную.

— Будет исполнено, господин капитан! — по-военному четко отозвался дежурный и поманил меня рукой. — Ты кто у нас?

— Петр Линь, — сказал я и осторожно прикоснулся к скуле.

Та опухла, но далеко не так сильно, как того стоило ожидать, зеркал же тут не было, и не получилось оценить, насколько мне подходит определение «синяя морда». Ну а потом вызванный дежурным медик наложил компресс и приклеил его двумя полосками пластыря крест-накрест.

На этом он счел свою миссию выполненной и удалился, а меня отконвоировали в допросную. Убранство той оказалось донельзя лаконичным, не сказать — аскетичным. Стол, стулья, голые стены, под потолком — электрическая лампочка, забранная вместо стеклянного плафона металлической сеткой. Пару раз меня доставляли после митингов в полицию, но там опрашивали в обычных рабочих кабинетах, тут же все выглядело нарочито крепким и солидным, будто напоказ. Хотя скорее просто местная специфика сказывалась. Очень уж контингент в округе своеобразный.

Долго маяться в одиночестве не пришлось. Уже минут через десять в распахнувшуюся дверь вошел усатый капитан, скуластый, загорелый и крепко сбитый, а вслед за ним, к моему откровенному изумлению, появился консультант института сверхэнергии, с которым мы вчера пили пиво в буфете столовой.

— Альберт Павлович? — не сумел удержаться я от удивленного возгласа, хоть и стоило бы промолчать.

— Здравствуй, Петр! — протянул руку консультант. — Не могу сказать, будто рад встрече при таких вот обстоятельствах, но ничего не попишешь, работа есть работа. Тут не до принципов.

— Работа?

— Институт предоставляет консультанта всем задержанным, вне зависимости от того, являются они нашими учащимися или нет, — пояснил Альберт Павлович, снял шляпу, присмотрелся ко мне и попросил: — Георгий Иванович, будьте любезны распорядиться насчет воды.

Капитан выглянул в коридор и коротко бросил:

— Графин воды! — после вернулся к столу, выложил на его край стопку каких-то бумаг, а сам опустился на табурет и хрустнул костяшками сцепленных пальцев. — Пожалуй, приступим...

— Не гоните лошадей, Георгий Иванович. Юноша не в том состоянии...

— Но имя-то свое он назвать способен, так?

— Петр Сергеевич Линь, — представился я по всей форме, будто в этом была хоть какая-то необходимость.

Кряжистый капитан без всякой спешки скрутил колпачок с перьевой ручки и записал мои фамилию с инициалами на верхнем листе желтовато-серой бумаги.

— Год рождения и полных лет?

— Двадцатый. Полных лет семнадцать.

Допрос начался без неожиданностей, просто собрали личные данные, а потом принесли стеклянный графин и граненый стакан, тогда Альберт Павлович заставил нас прерваться. Он расстегнул свой потрепанный портфель и достал какой-то бумажный сверток.

— Аспирин, — пояснил, высыпая в воду белый порошок. — Всегда с собой ношу.

Голова после удара куском мыла, тряски в кузове полуторки и солнцепека просто гудела, я принял лекарство с благодарностью. Выпил чуть горчившую жидкость, и такое впечатление — и думать стало легче, и раздражающе-яркое сияние лампочки под потолком слегка потускнело.

Форсировать допрос капитан не стал, продолжил расспрашивать о моей прежней жизни, будто ему было до этого хоть какое-то дело. Не угрожал, не давил, просто задавал не относящиеся к делу вопросы и следил за реакцией. Альберт Павлович ему в этом не препятствовал и помалкивал. Лишь предупредил в самом начале, что в любой момент могу обратиться к нему за консультацией, и не проронил больше ни слова. Вроде бы даже подремывать начал. Ну да, это у меня судьба решается, для него — просто рутина.

Подумал я об этом без злости и раздражения. В конце концов, дело консультанта — давать советы, а не моральную поддержку оказывать.

— Так с какой целью ты ткнул потерпевшего заточкой? — спросил вдруг капитан. — Поссорились?

Захотелось сказать, что не заточкой, а гвоздем, и вообще это было нападение по политическим мотивам, поэтому пострадавшим надо считать именно меня; как сдержался — не знаю. В самый последний момент опомнился и язык прикусил, выдал свою первоначальную версию.

Скуластая физиономия капитана приобрела еще более жесткое выражение, и он не удержался от упрека консультанту:

— Альберт Павлович! Нежелание вашего подопечного сотрудничать со следствием возмутительно!

Мой вчерашний собутыльник только руками развел, заявив:

— Ничего не могу поделать.

— Да неужели?

— Именно так.

Георгий Иванович пригладил жесткие черные усы, порылся в бумагах и выудил стопку сшитых листов в пару пальцев толщиной, пошелестел ими, невпопад спросил:

— Член Февральского союза молодежи с прошлого года?

— Какое это имеет отношение... — возмутился было я, но меня перебили:

— Отвечай!

— Да.

— В иных политических организациях состоял?

— Нет.

— Чем вызван левый уклон в убеждениях?

Я даже не подозревал, что у меня есть какой-то там «уклон», и понятия не имел, почему так решил собеседник, но вместо неопределенного пожатия плечами вдруг сказал:

— Скорее не левый уклон, а категорическое непринятие идей реваншизма.

Ну да — монархистов я на дух не переносил. И упертых консерваторов, желавших восстановить самодержавие в его изначальном виде, и их куда более многочисленных единомышленников, предлагавших реставрировать прежний режим в новой конституционной обертке.

— Вот как? Интересно. — Капитан кинул быстрый взгляд на Альберта Павловича, но на этот раз обращаться к нему не стал и задал очередной вопрос: — Личные интересы?

— Чтение, — коротко ответил я.

— Разве это единственное увлечение? — с улыбкой уточнил Георгий Иванович. — А как же бокс и вольная борьба?

В боксерский зал я проходил два месяца, в борцовскую секцию — три. Нет, меня не выгнали, забросил сам. Да и заниматься начал исключительно из-за Аркадия, поднявшего тему тренировок на собрании нашей ячейки. Но говорить об этом не стал, да капитан в ответе и не нуждался.

— Прыжки с парашютом и десантирование из дирижабля по тросу? — продолжил он зачитывать список моих краткосрочных увлечений.

Пять прыжков с парашютом, десять высадок с аэростата. Больше — никогда. Даже сейчас не понимаю, как позволил себя в это втянуть.

— Стрельба из пистолета и винтовки?

В тир ходил полтора месяца. Ничего против этого занятия не имел, банально стало не хватать на патроны карманных денег.

— Легкая атлетика?

Было дело — немного бегал. Немного и недолго. За компанию.

— Шахматы?

В эту секцию затащил Лева, просто неудобно было ему отказать. А еще у них имелась неплохая библиотека, поэтому захаживал туда какое-то время, но особых успехов не достиг. Да и не пытался.

— Курсы первой помощи при городской больнице?

А это была идея Лии — она всех туда водила, не стал исключением и я.

— Мотокросс?

Вот тут я не удержался от тяжелого вздоха. В мотоклуб отходил весь сезон — с ранней весны и до конца осени. Ходил бы и дальше, но возиться с техникой зимними вечерами, перебирая двигатели и промывая карбюраторы, — это точно не мое. Опять же увлечение оказалось не из дешевых. Мог, конечно, как ни в чем не бывало снова заявиться в гараж по весне, Аркаша даже звал, но не хватило наглости.

— Итак, за последние два года ты поменял множество секций, — продолжил препарировать меня Георгий Иванович. — Неужели ничего не пришлось по душе?

Я лишь пожал плечами. Направление, которое принял допрос, немало удивило, но пока речь не заходила о злополучной драке, меня это всецело устраивало. Разве что горло пересохло, но в просьбе налить воды не отказали; напился.

— Зачем вообще было туда ходить?

Говорить правду не собирался, да изнутри будто что-то подтолкнуло. Не иначе удар по голове сказался вкупе с усталостью — в ушах шумело, и лампочка под потолком своим мерцанием раздражала все сильнее и сильнее, так и хотелось смежить веки.

— За компанию, — признался я. — Не хотел от остальных отставать.

Социализация. По мнению Инги, мне требовалась социализация, и я старался ее требованиям соответствовать. А так — лучше бы книги читал. Мотоцикл разве что в душу запал, да стрелять нравилось. Кабы не дороговизна патронов...

— А бросал почему? — с искренним любопытством поинтересовался Георгий Иванович. — Нет, тут написано — сотрясение мозга, травма запястья, звуковая контузия, вывих ноги и еще один ушиб. А на самом деле — почему? Если загорался, а потом остывал, и требовался повод бросить занятия — тогда понятно. Но ты ведь не загорался, так?

— Времени на учебу не оставалось.

— И на книги?

— И на книги, — подтвердил я, потом невесть зачем добавил: — Да и денег на оплату занятий не хватало, а просить в ячейке стеснялся.

Это мое замечание показалось Альберту Павловичу смешным, и его округлое лицо осветилось искренней, едва ли не детской улыбкой.

— Так что там насчет нападения с заточкой? — резко сменил тему допроса капитан и вперил в меня пронзительный взгляд темных глаз.

Сознался бы как на духу, да что-то удержало. Не знаю, что именно. Как не знаю, с какой стати вообще захотелось исповедаться во всех своих грехах этому приставшему, словно банный лист, капитану. Мне бы злиться на него, а не получается. Словно с лучшим другом на отвлеченные темы разговор веду. Чертовщина какая-то!

— Не знаю ни о какой заточке, — ответил я, не покривив при этом душой, и как-то сразу полегчало.

— Если не заточкой, то чем ты бил?

Вновь накатила волна противоестественного желания во всем сознаться, и на этот раз сумел лишь сохранить молчание.

— Что они тебе сказали? — продолжил допытываться Георгий Иванович.

Судорогой свело челюсть, но промолчал. Лампочка под потолком мигала уже не переставая, ее прерывистое мерцание било даже не по глазам, а напрямую по нервам. Меня словно к электрической сети подключили.

— Кто ударил первым? Ты или тебя? — зашел капитан с другого бока, не оставив попыток добиться признания.

Нечто непонятное стиснуло голову чуть ли не физически, а затем почти сразу заложило уши и накатило головокружение, комната для допросов пошла кругом, а центром этого вращения сделался я сам.

Поначалу лампочка вертелась надо мной в общем темпе, затем ее светящийся след превратился в замкнутый круг, а после и вовсе рассыпался на отдельные пятна. Они мелькали над головой, едва различимые из-за бешеной скорости вращения, но стоило только сосредоточиться, и, казалось, моментально замерли на месте. Но не замерли — вовсе нет, просто возник эффект стробоскопа.

«Ой, все!» — мелькнула испуганная мыслишка, и комната приняла привычный вид, только осталось висеть над головой кольцо из тринадцати лампочек. И тишина. Уши словно воском залили, такое впечатление, еще немного — и стук собственного сердца различить смогу.

Альберт Павлович поднялся и покачнулся, но устоял. Он раскрыл свой портфель, достал носовой платок, вытер покрывшееся испариной лицо, потом и вовсе принялся обмахиваться шляпой. Георгий Иванович поводил перед моим лицом ладонью; я не моргнул. И, судя по жжению в глазах, не моргал уже давно.

Ни капитан, ни консультант не казались удивленными, и это не на шутку встревожило. Что за игру они тут затеяли? Они?! О да! Именно они!

В этот момент капитан что-то спросил, и неожиданно для самого себя я сумел прочитать это слово по губам. А следом осознал, что затопившая комнату тишина сгинула и вновь вернулись звуки.

— Абсолют? — спросил Георгий Иванович.

— Отнюдь, — покачал головой Альберт Павлович, наполнил стакан водой и напился. — Полностью согласен с выводами доцента Звонаря. Наш юный друг — лишь крепкий орешек, но никак не абсолют.

— Сколько времени тебе понадобится, чтобы его сломать?

Вопрос напугал бы до икоты, если б эмоции не растворила в себя затаившаяся внутри тишина, а над головой не висела чертова дюжина электрических ламп. По всем приметам, я находился в резонансе, а потому был всемогущ. Теоретически. На практике не мог пошевелить ни рукой, ни ногой.

— Сложный вопрос, — произнес консультант после долгой паузы и приложил ко лбу опустевший стакан.

— Вопрос проще некуда, — продолжил допытываться капитан. — Сколько тебе понадобится на это времени, а?

— В лабораторных условиях?

— Да.

— Пять-шесть часов. Возможно, немного больше.

— Значит, парень абсолют.

Альберт Павлович от возмущения руками всплеснул.

— Вздор! Есть специалисты и опытней меня! Кто-то точно справится быстрее. Настоящего абсолюта сломать невозможно!

Капитан вздохнул.

— Альберт, друг мой, ты слишком много общаешься с высоколобыми умниками. Наш стоматолог со своей бормашиной сломает абсолютно любого, уж прости за тавтологию, абсолюта за один сеанс лечения кариеса!

Консультант раздраженно передернул плечами.

— Я толкую о том, что особенность, именуемая абсолютом, полностью изучена и предсказуема. У него, — указал он на меня, — другое. Просто высокая сопротивляемость ментальному воздействию, полученная в ходе инициации. Люди, склонные к неврастении, часто становятся стихийными пирокинетиками, а наш юный товарищ представляет собой клинического интроверта. И он обрел именно то, чего всегда подсознательно желал, — возможность отгородиться от остального мира. Но насколько стабильна и контролируема эта способность, не знает никто.

Вывод Альберта Павловича на мой счет до обидного походил на правду, и в голове наперебой зазвучали голоса, призывающие зачерпнуть побольше силы и шибануть по этому невеже, но их тоже растворила в себе нашедшая во мне временный приют тишина. Бред? Да последние три дня — один сплошной бред!

— Я все понимаю, но пойми и ты меня: бойцов комендатуры не похищают подручные безумных изобретателей и те не препарируют их в своих тайных лабораториях. Бойцы комендатуры гоняют на улицах самонадеянную молодую шпану, каждый второй из которой — эмпат, а каждый третий обладает зачатками гипноза, телепатии и ментального доминирования! Будет время присмотреться к способностям нашего юного друга в полевых условиях, прежде чем двигаться дальше.

Альберт Павлович вскинул руки.

— Не подумай, будто отговариваю! Просто не пеняй мне потом, что получил кота в мешке!

— Не буду, — пообещал капитан, распахнул дверь и скомандовал: — Вещи Линя принесите!

Заявление это одновременно порадовало и насторожило. Что происходит? Во что я вляпался на этот раз? Мог бы — спросил. Но какой там! Сижу неподвижным истуканом: ни моргнуть, ни почесаться. И глаза все сильнее печет...

Вместо убежавшего за моими вещами караульного в камеру вошел комендант распределительного центра. Он сунул тросточку под мышку, свысока глянул на Альберта Павловича, потом кивнул на меня.

— С этим что?

— В отключке, — последовал раздраженный ответ.

— Оставляете?

— Да!

— Хорошо, тогда включу его в ведомость. До пятого числа потрудитесь рассчитаться, — заявил комендант и покинул помещение.

Георгий Иванович прикрыл за ним дверь и зло выругался:

— Контра недобитая! Доведись повстречаться в семнадцатом, поставил бы к стенке и шлепнул без суда и следствия!

Альберт Иванович вздохнул.

— Зачастую ваши убеждения, коллега, идут вразрез с моими принципами, но в данном конкретном случае вынужден признать весьма прискорбным тот факт, что он не повстречался вам на жизненном пути... уже тогда.

Капитан хохотнул.

— Первостатейный мерзавец, да? Но полезный — чего не отнять, того не отнять. Ну, ты же знаешь, как это бывает: вот ненавидишь человека всей душой, дай только волю — собственными руками удавишь, а потом с ним спина к спине до последнего патрона отстреливаешься. И наоборот — с человеком взаимная симпатия и после футбола в пивной разговоры разговариваете, а на деле все упирается в то, кто кому первым нож в спину воткнет по причине фатального несовпадения убеждений!

— Всякое бывает, — холодно подтвердил консультант и уточнил: — Сколько из этого потока получится завербовать?

Георгий Иванович враз помрачнел.

— Меньше, чем планировал. Слышал, какой номер Чекан выкинул? Этот драный пацифист протащил через наблюдательный совет аккредитацию энергетических компаний, и все деревенщины с восьмого витка хором записались в генераторы электроэнергии! Уму непостижимо! Это все равно что патроны молотком забивать!

— Хотел сказать: гвозди микроскопом? — поправил товарища Альберт Павлович.

— Нет! — рявкнул в ответ капитан. — Именно патроны!

— Ну а что тебя удивляет? Профессор гнет свою линию и делает все, чтобы оставить армию и корпус без операторов. Скажи спасибо, что он еще квоты в сторону уменьшения пересмотреть не потребовал!

— Чертов пацифист!

Раздался стук в дверь, вошел караульный.

— Господин капитан...

Тот молча указал на стол, и рядовой принялся выкладывать изъятые у меня при оформлении вещи: ремень, шнурки, значок, две рублевые бумажки и кучку мелочи, а еще — горошину так и не проглоченной мною вчера пилюли. Вот именно она-то внимание Альберта Павловича и привлекла.

— А это откуда? — спросил он, зажав синий шарик в пальцах.

— Изъяли, ваше благородие...

— Ой, да иди ты! — досадливо отмахнулся консультант от бойца и продемонстрировал пилюлю капитану. — Знаешь, что это?

— В загадки поиграть решил?

— Это комплексный препарат, назначаемый для снижения восприимчивости к сверхэнергии. В распределительном центре его выдают в обязательном порядке, и я исходил из того, что наш юный друг успел принять две дозы. А он самое большее выпил только одну.

Георгий Иванович насторожился.

— И чем это чревато?

Я вновь почувствовал давление, но едва-едва уловимое. Консультант нахмурился.

— Есть отличная от нуля вероятность того, что он находится в сознании и сорвался в неконтролируемый резонанс.

Рука капитана метнулась к кобуре, миг спустя мне в лоб уставился черный зрачок дула. Альберт Павлович ладонью опустил пистолетный ствол к полу.

— Полагаю, первую дозу он все же принял, поэтому в столь кардинальных мерах пока нет нужды. Если угодно, его сейчас мотает на холостом ходу.

— Тебе видней, — буркнул Георгий Иванович, не спеша убирать пистолет в кобуру. — Наши действия?

Сотрудник института сверхэнергии присмотрелся ко мне, зашел с одной стороны, потом с другой. Я был настороже, но стремительного движения даже не заметил, просто получил со всего маху жесткой ладонью по уху и полетел на пол, оглушенный и дезориентированный. В голове словно петарда взорвалась, из глаз хлынули слезы, в одном ухе зазвенело, другое заложило, а стоило только попытаться встать, и тут же уселся обратно на пол, поскольку взбрыкнул вестибулярный аппарат.

Когда проморгался, лампочка под потолком горела уже одна, двенадцать фантомов исчезли без следа. Альберт Павлович проследил за моим взглядом, но ничего на этот счет говорить не стал и уточнил:

— Все слышал?

Захотелось соврать, но едва ли это могло хоть что-то изменить, поэтому, усаживаясь обратно на стул, проворчал:

— Почти ничего не понял и уже все забыл.

— Не важно! — отмахнулся Георгий Иванович, посмотрел на зажатый в руке пистолет и сунул его в кобуру. — Ничего секретного мы не обсуждали, а подписку о неразглашении тебе так и так давать.

— Зачем?

— А выбор у тебя простой: либо переходишь к нам, либо прощаешься со сверхспособностями.

— Это вообще законно?

— А как же? Все по закону. После сегодняшней драки твоя благонадежность поставлена под сомнение, но на первый раз можешь отделаться испытательным сроком. Согласишься — поступишь под наш надзор. Откажешься — скатертью дорога.

— Вы же сами тех двоих подослали! — не сдержался я. — Сами!

— Фи, — скривился капитан. — Мы так грубо не работаем. Просто кому-то из персонала распределительного центра стало известно о твоей политической ориентации, и этот кто-то передал информацию дальше. На этом — все. И не строй иллюзий насчет собственной исключительности, этой схеме не первый год.

Тут в разговор вступил Альберт Павлович:

— Дело в том, что ведомство Георгия Ивановича имеет возможность привлечь к себе только тех, кто вошел в резонанс на последних трех витках, а также располагает некоторой квотой на выпускников. И те и другие — товар штучный. А надо кем-то и текущие дыры затыкать. Восьмой и девятый виток отписаны промышленникам и армии, но правонарушители — это совсем другая статья. На них правительственный приказ не распространяется. Такая вот правовая коллизия: не может подзаконный акт перебить силу закона.

Я помотал головой.

— И чего вы от меня хотите?

— Поступишь на работу в комендатуру, будешь поддерживать порядок на улицах, — пояснил капитан. — Почему ты? Потому что никакой малолетний хулиган со сверхспособностями не сумеет забраться тебе в голову, вот почему!

Меня карьера в правоохранительных органах никогда не привлекала, и нынешнее предложение исключением не стало. Одно дело — читать книги о частных детективах, и совсем другое — патрулировать улицы самому.

— А если мне голову оторвут? — спросил я, поежившись.

— Так постарайся, чтобы не оторвали. Направление на курсы управления сверхэнергией выдадим, остальное — в твоих руках. И, уж поверь, в армии риск безвременной кончины куда выше нашего.

Я поверил. Очень уж мне этого хотелось. Да и какие еще были варианты? Плюнуть на все и попросить билет домой или мотать себе нервы осознанием того, что поступаю неправильно? И смысл? Куда более важным моментом представлялся совсем иной вопрос.

— Это будет считаться государственным распределением? — напрямую спросил я. — Смогу воспользоваться льготами по погашению образовательного кредита?

— Удивительная меркантильность для столь юного возраста, — неодобрительно поморщился Георгий Иванович. — Разве твой папа плохо зарабатывает в должности старшего телеграфиста?

— У папы с мамой нас четверо. Я — старший. Брат заканчивает семилетку в следующем году. Через полгода наступит срок гашения кредита, полученного на мое обучение в гимназии, и...

— И его погасят за счет государства! — оборвал меня капитан. — Что-то еще? Нет? Тогда не трать наше время и подписывай бумаги!

«Бумаги» оказались чистосердечным признанием в совершенном проступке, просьбой о снисхождении и согласием на отработку провинности в комендатуре ОНКОР, а также заявлением на зачисление в ее учебное отделение. Ну и подписку о неразглашении подсунуть не забыли.

— Неужели нельзя было просто предложить сотрудничество? — спросил я, принимая перьевую ручку. — Обязательно требовалось доводить дело до нападения?

Капитан улыбнулся.

— У нас индивидуальный подход к рекрутам. Кому-то можно «просто предложить», а кого-то стоит проверить. Подписывай!

Я поставил внизу первого из листов характерный росчерк и спросил:

— Что такое ОНКОР?

— Отдельный научный корпус, — ответил Георгий Иванович. — Не сомневайся, ты сделал правильный выбор!

Я только вздохнул.

Выбор из двух зол редко когда бывает верным. Правильно — не давать другим ставить тебя перед подобным выбором вовсе. Но это не мой случай, увы... Хотя стоит ли гневить судьбу жалким нытьем? Все ведь хорошо! Инициацию пережил? Пережил. Способности обрел? Обрел. В училище обучать оперированию сверхэнергией станут? Станут. Еще и от долговой кабалы избавился, а работой так и вовсе на ближайшие пять лет гарантированно обеспечен!

У меня все хорошо! Ну, наверное...

Часть вторая
АДАПТАЦИЯ

ГЛАВА 1

Личным составом комендатуры заведовал комиссар Хлоб.

— Не Хлеб, не Хлоп и, боже упаси, не Клоп! — счел нужным предупредить капитан Городец, отдавая собственноручно заполненную анкету рекрута. — Смотри, не перепутай и выговаривай четко! Он звереет, когда ошибаются.

Комиссар Хлоб оказался худощав, загорел и брит наголо. А еще он был явно не в восторге от того, что видел. То есть от меня. И неприязнь вызвала точно не заклеенная пластырем скула. Понятия не имею, что именно понаписал в анкете Городец, не было времени даже одним глазком в нее заглянуть, но комиссар, судя по всему, испытывал серьезные сомнения, что хоть что-то из этого имеет прямое отношение ко мне.

— Да-а-а... — озадаченно приговаривал он время от времени, отрывался от заполненного убористым почерком листка и поднимал взгляд, затем возвращался к чтению, но очень скоро все повторялось снова. — Да-а-а...

Я прекрасно отдавал себе отчет, что для службы в комендатуре гожусь даже меньше, нежели для поступления в балетную труппу, но иных путей сохранить и развить способности к управлению сверхэнергией не видел и потому сцепил пальцы и дожидался вердикта, стараясь не выказывать нервозности; потел молча.

На шевроне комиссара красовался один широкий угольник, а я понятия не имел, бьют ли его в здешней иерархии три угольника узких. Более того — имел все основания полагать, что дело обстоит с точностью до наоборот. Слишком уж много времени Георгий Иванович уделил разъяснениям, что именно мне стоит говорить, а о каких моментах лучше по возможности не заикаться вовсе.

Вот только сам он на собеседование не пошёл, а комиссар глядел то в анкету, то на меня, морщился, как от зубной боли, и вздыхал.

— По бумагам ты мечта, а не рекрут, — заявил он наконец, кинул листы на стол и прихлопнул их худой жёсткой ладонью. — Полное среднее образование, политически зрел, социально активен. Бокс, борьба, пулевая стрельба, навыки парашютирования и десантирования по тросу, мотоспорт! Но признайся честно, — Хлоб даже слегка подался вперёд, — чем из этого ты действительно владеешь? Нет, не отвечай! Переформулирую вопрос: за какой из этих навыков тебе не придётся краснеть?

Я миг раздумывал над ответом, потом признался:

— Мотоцикл неплохо вожу.

— Серьёзно?

— Ну да... — кивнул я и поспешил поправиться: — Так точно!

— Не врёшь? — уточнил комиссар с каким-то неожиданным интересом.

— Н-нет. Зачем мне?

— Готов прокатиться прямо сейчас?

Я кивнул, от удивления даже позабыв об уставном «так точно». Хотя «так точно» — это в армии, а касательно порядков, заведённых в Отдельном научном корпусе, меня в известность ещё не поставили.

— Идём! — Комиссар Хлоб поднялся из-за стола, нацепил на бритую голову форменное кепи и указал на дверь. — Ну, и чего сидишь?

Медлить не стал, вскочил со стула, поспешил к выходу. Спустившись на первый этаж, мы вышли во двор и двинулись к занимавшему изрядную часть огороженной высоким забором территории комендатуры автохозяйству. Помимо полуторок — обычных и с зенитными установками спаренных крупнокалиберных пулемётов в кузове, — у ремонтных боксов там стояло несколько броневиков, открытые легковые автомобили и вездеходы повышенной проходимости с турелями и без, пожарная машина и даже колёсный танк с какой-то несерьёзной на вид пушкой. А чуть дальше у ограды рядком выстроился десяток мотоциклов, только не обычных, а с колясками.

— Никакого гужевого транспорта! — с гордостью заявил комиссар. — В ногу с прогрессом идём, а кое в чём даже вперёд забегаем!

Я сглотнул и признал:

— На таких не ездил никогда.

— На каких — таких? — удивился Хлоб, потом понимающе усмехнулся и махнул рукой. — Ты о люльке, что ли? Брось! Так даже проще!

Оставалось только поверить ему на слово.

Когда мы подошли, караульный вызвал кого-то из местного руководства, и очень скоро мне вручили танковый шлем, ребристый сверху из-за трех призванных амортизировать удары валиков, мотоциклетные очки для защиты глаз от песка и пыли и кожаные краги.

— Надевай-надевай! — потребовал комиссар и подал пример, нацепив сначала очки, а затем и шлем, но застегивать его не стал.

Воздержался от этого и я. Экипировался, подошел к мотоциклу, присмотрелся. Помимо коляски, пассажир мог разместиться и за водителем на отдельном сиденье с высоким выступом-ручкой.

Хлоб забрался в люльку с вертлюгом под сошки ручного пулемета и поторопил меня:

— Едем!

Я наскоро восстановил в памяти очередность действий и первым делом открыл топливный краник, затем подкачал бензин и протянул руку технику. Тот хоть и взирал за моими действиями с нескрываемым скептицизмом, без промедления вложил в ладонь ключ и отошел. Выставлена была нейтральная передача, так что я слегка провернул на себя рукоятку управления газом и сильно, но без резкого тычка, толкнул ногой педаль пускового устройства. Движок затарахтел после первого же раза, осталось лишь выжать сцепление и носком ботинка включить первую передачу, а потом сцепление медленно и аккуратно отпустить. И — вышло!

Даже сам немного удивился, когда мотоцикл не заглох и покатился вперед. Казалось, из-за коляски его должно тянуть влево, и я заранее принял правее, но это инстинктивное действие оказалось излишним и едва не привело к столкновению с ближайшим грузовиком. Еле успел вывернуть и разминуться с его бортом. Комиссар ничего по этому поводу не сказал, только многозначительно хмыкнул, и я поспешил исправить впечатление, уверенно развернулся к воротам, выкатил за них и сбросил скорость.

— Налево! — распорядился Хлоб.

Я выехал на дорогу и прибавил газу, а когда стрелка на спидометре начала подбираться к отметке «пятнадцать», переключился на вторую передачу, на этот раз нажав на педаль каблуком ботинка. В лицо повеяло пыльным жарким воздухом, но по мере того как мотоцикл набирал темп, во встречном ветре стала проявляться свежесть. Хорошо? Да уж неплохо!

Улица была пустынна, лишь несколько раз довелось разминуться со встречными грузовиками да легко обогнал телегу, а немного погодя — открытую коляску с рыжебородым извозчиком. Погнались и отстали собаки, испуганно разбежались копошившиеся в пыли куры, едва не угодил под колеса вылетевший из переулка мяч, а потом окраины Новинска остались позади, мы вырвались в выжженную солнцем степь. Вроде бы бескрайнюю, а на деле — проплешину в море тайги, сотворенную феноменальной мощью Эпицентра.

Немного дальше показался укатанный колесами участок, туда комиссар меня и направил. Велел выписывать восьмерки и гонять по кругу, быстро набирать и сбрасывать скорость, выполнять резкие развороты и прочие маневры, в том числе обеспечивать требуемый сектор ведения огня для пулеметчика в его лице. Пыль стояла столбом, несильный ветерок просто не успевал сносить ее клубы в сторону, и гимнастерка враз стала рыжевато-серой, несколько раз приходилось протирать окуляры очков. Дышать этой взвесью было неприятно, но я не жаловался и послушно следовал указаниям комиссара.

— Не бог весть что, но база есть, остальному научат! — выдал тот в итоге и велел возвращаться в комендатуру. — Хоть одной головной болью меньше!

Я вспотел и весь был в пыли, макушка дьявольски чесалась, а на зубах скрипел песок, но тут прямо воодушевился. Пусть такого уж сильного впечатления на комиссара мои навыки и не произвели, их уровня все же оказалось достаточно, чтобы поступить на службу в комендатуру. И хоть изначально стремился вовсе не к этому, сейчас окончанию периода изматывающей неопределенности был откровенно рад. И опять же, патрулировать улицы — это точно не мое, а вот гонять на мотоцикле — совсем другое дело!

Жизнь-то налаживается!

Из-за этой эйфории слишком глубоко погрузился в собственные мысли и едва не сбил рванувшего под колеса паренька, до того преспокойно шествовавшего по тротуару, а тут решившего метнуться через проезжую часть по какой-то одному ему известной надобности. Скорость была невысока, но такой вот наезд предсказуемо привел бы к моему отстранению от вождения, и я резко вильнул в сторону, заставив комиссара выругаться от неожиданности. Разиня так и вовсе замер как вкопанный посреди дороги, когда мы с ревом пронеслись мимо.

— Ну ты... вообще! — шумно выдохнул Хлоб, явно заменив последним словом какое-то насквозь нецензурное высказывание в мой адрес.

Я втянул голову в плечи, но оправдываться не стал. Ну не давить же было этого растяпу!

Настроение разом скисло, ладно хоть еще комиссар, выбравшись из коляски, не стал устраивать разнос и уже совершенно спокойно сказал:

— Приводи себя в порядок и подходи через полчаса. Будем тебя оформлять.

И вот уже это распоряжение исполнить оказалось куда сложнее, нежели продемонстрировать навыки вождения. Если гимнастерку и штаны кое-как отряхнул прямо на задворках автохозяйства, то в кожу пыль въелась просто намертво, пришлось споласкивать лицо и шею под рукомойником в уборной. Еще и волосы под танковым шлемом слиплись от пота и стояли колтуном, пригладил их ладонью за неимением расчески. А уж заклеенная двумя полосками пластыря скула и вовсе придавала откровенно хулиганский вид. Не рекрут, а шпана какая-то...

Старался изо всех сил, но секретарша комиссара при моем появлении даже не попыталась скрыть улыбки. Эта вполне гражданского облика тетенька в легком ситцевом платье предложила подождать, а сама занесла в кабинет Хлоба стопку каких-то документов, почти сразу вышла обратно в приемную и разрешила заходить.

Комиссар не глядя указал на стул для посетителей, быстро просмотрел бумаги и разделил их на две части. Одну передвинул мне.

— Подписывай.

Я макнул ручку со стальным пером в чернильницу и начал ставить подписи в отмеченных карандашными галочками местах. Заявления, обязательства, согласия. Стоило бы ознакомиться с их содержимым, хотя бы даже и бегло, но не было ни времени, ни желания.

Хлоб тоже что-то подписывал, а на нескольких листках поставил оттиск вытащенной из сейфа печати.

— Вот справка о твоем зачислении по государственному распределению в ОНКОР. Вот — направление на курсы в Среднее специальное энергетическое училище. Если поторопишься, успеешь оформиться туда уже сегодня.

— Сегодня же воскресенье!

— Только-только летние инициации прошли, приемные комиссии сейчас круглые сутки напролет заседают без выходных и перерывов на обед. Для зачисления понадобятся паспорт, учетная книжка и аттестат об окончании гимназии. Куда идти, у караульного спросишь. — Комиссар вручил мне все озвученные документы и продолжил инструктаж: — В училище получишь две справки: о поступлении и о результатах инициации. Они там в курсе. Все три справки отправь домой для оформления льгот. Только не обычным письмом шли, доплати за пересылку документов авиапочтой. Понял?

Я кивнул.

— Теперь что касается наших дел. — Хлоб раскрыл временное удостоверение с уже вклеенной туда моей фотографией. — Пока будешь числиться курсантом, но уже с правом ношения табельного оружия. На управление мотоциклом документы получишь после сдачи зачета. На довольствие поставят с сегодняшнего дня, и через пару часиков зайди на склад, получи обмундирование. И вот еще приказ на заселение в общежитие. Вроде ничего не забыл... — Он смерил меня пристальным взглядом и потребовал: — Подстригись и переоденься. Выглядишь как чучело!

Замечание было вполне обоснованным, я не обиделся и уточнил:

— А курсантов только кормят или еще какие-то деньги платят?

— На мели? — догадался комиссар, а после моего кивка сказал: — Курсантам полагается пятьдесят рублей в месяц. Что кривишься? Да, стипендия у студентов в пять раз выше, но им повезло, а тебе нет, ничего не попишешь. А если брать тех, кто контракт с коммерсантами заключил, так они не только все полученные за время учебы деньги с процентами вернут, но еще и за обучение заплатят. Долговая кабала чистейшей воды! По сравнению с ними ты в привилегированном положении!

Я вновь кивнул и тяжело вздохнул. Питание и проживание — большое дело, но при озвученном размере оклада на обновление гардероба скопить получится в лучшем случае к концу года. И то не факт.

— Помимо этого, тебе как мотоциклисту полагается доплата в размере двадцати пяти рублей. А еще ты второй номер пулеметного расчета, это пятерка сверху. Итого выходит восемьдесят рублей. Держи квитанцию на подъемные в размере трехмесячной ставки. Деньги получишь в бухгалтерии, там же выдадут талоны на усиленный паек. И учти — не избавишься от дефицита массы тела, заставлю их стоимость до последней копеечки вернуть!

Улыбка у комиссара вышла дружелюбно волчьей, так с ходу и не смог сообразить, говорит он всерьез или шутит. Я уточнять не стал, сказал:

— Спасибо! — и поднялся на ноги.

— Свободен!

В бухгалтерии все прошло без сучка без задоринки. Двести сорок рублей подъемных выдали двадцатью червонцами, десятью трешками и парой синеньких пятерок. Стопка вышла не слишком внушительной на вид, но столь крупной суммы прежде держать в руках еще не доводилось. Мелькнула мысль часть отправить домой, но вспомнился хищный оскал комиссара и его приказ насчет гардероба, начинать службу со столь откровенного неповиновения сразу расхотелось.

Опять же, даже если не принимать в расчет слишком коротких штанин и рукавов, брюки и гимнастерка давно потеряли всякий вид, а за последние дни так и вовсе откровенно пообтрепались. Давно пора их менять.

У караульного на пропускном пункте я справился касательно училища и двинулся в указанном направлении, время от времени машинально проверяя карманы, по которым рассовал деньги и талоны на дополнительный паек. Когда в очередной раз поймал себя на этом занятии, усилием воли заставил не суетиться. Но тогда начало казаться, будто на меня пялятся все встречные-поперечные. Вот же угораздило так неудачно по морде схлопотать! Синяк теперь неделю сходить будет!

Учебное заведение располагалось на окраине Новинска, и если поначалу вдоль улицы тянулись двухэтажные дома с крытыми шифером крышами и выступами слуховых окон, а местами и мансардами, то затем началась индивидуальная застройка с подворьями, садовыми деревьями и курятниками. Там ничего не стоило заблудиться, но впереди уже замаячило высокое кирпичное строение в три этажа высотой. Мне было туда.

Немного поколебался на входе, но отклеивать пластырь не стал. Мало ли — чирей вскочил? Дело житейское! Уж лучше так, чем фингалом светить.

В правильности своего решения убедился, когда не стал цепляться караулившего пустой вестибюль вахтер. Усатый дед в форменной рубашке со значком училища на груди сразу отправил в нужный кабинет, а вот заведовавший приемом клерк моему появлению нисколько не обрадовался, глянул искоса, раздраженно засопел. Смотреть направление и учетную книжку он взялся с демонстративной неохотой, затем раскрыл аттестат и явственно оттаял.

— Полное среднее образование — это хорошо! — повеселел клерк и принялся заполнять карточку — пропуск слушателя, после намазал последнюю из моих фотокарточек канцелярским клеем и пришпандорил ее в угол плотной картонки, сверху шлепнул печать. — Общеобразовательные дисциплины из курса исключим, оставим только занятия по специальности. Обучение начинается с завтрашнего дня, подходи к восьми к методисту — нужно будет составить индивидуальное расписание. И вот еще что — совсем из головы вылетело! Лампочку зажги!

Я опешил от изумления.

— Что, простите?

— Для подтверждения способностей требуется осуществить разогрев нити накаливания путем генерации в сети электрического тока. Так понятней?

Наверное, стоило бы обидеться на тон, которым это все было произнесено, но я лишь уточнил:

— Не взорвется она?

— Там трансформатор в цепи.

Я положил ладони на две вмонтированные в край столешницы клеммы и попытался уловить присутствие сверхэнергии. Удалось это далеко не сразу, и ощущение было каким-то смазанным и слабым, словно сказывалось удаление от Эпицентра, но в итоге все же сумел затянуть в себя поток силы, закрутить его и выбросить в нужном направлении.

Лампочка замигала и замерцала, потом засветилась вполнакала.

— Достаточно! — остановил меня клерк и принялся выписывать справки.

А я отпустил на волю кружившуюся внутри меня энергию и определенно сделал это слишком резко — аж самого в сторону повело и закружилась голова. Но, как бы то ни было, все необходимые документы я получил, заодно уточнил насчет почты.

Как оказалось, документы к авиационной пересылке принимали только на главпочтамте, который располагался в центре города неподалеку от железнодорожного вокзала. По солнцепеку тащиться туда пешком не пришлось — прямо напротив училища располагалась автобусная остановка. Постоял минут десять, прячась от палящих лучей под навесом, оплатил проезд и покатил со всем комфортом, благо окна были открыты и салон продувал встречный поток воздуха.

На глаза тут и там попадались бездельничавшие по случаю летних каникул дети, они играли в футбол и гоняли голубей. По дорогам катили повозки с тентами, грузовики и телеги, а вот легковых автомобилей за все время поездки попалось не больше трех штук.

И ни малейших проявлений сверхэнергии! Уж каких только небылиц не рассказывали о Новинске, на деле город оказался обычней некуда. Никто не летал ни сам по себе, ни на коврах-самолетах. Никто усилием воли не призывал дождь и не остужал до комфортной температуры воздух в магазинах и кафе. Не фонтанировали потоки чистой энергии, не сверкали шаровые молнии, не светились в воздухе таинственные символы.

Не, не, не... Я даже самую малость расстроился. Разочаровало меня увиденное — так уж точно.

В центре дома стали в три-четыре этажа, зарябило в глазах от многочисленных вывесок. Уже ближе к конечной точке своего маршрута увидел парикмахерскую, сошел на следующей остановке и вернулся, решив воспользоваться случаем, чтобы потом специально не искать другой цирюльни.

Первым делом мастер вымыл мне голову. Это смутило уже само по себе, а уж вопрос о предпочитаемой стрижке и вовсе поставил в тупик. Дома меня всегда стригла мама, и как-то даже растерялся, не нашелся, что ответить.

Парикмахер понял причину замешательства и предложил фотокаталог. Поначалу приглянулся полубокс, но сразу вспомнился танковый шлем, и я остановил выбор на более коротком боксе. Так меня и подстригли. А потом еще и побрили. Пусть насчет этого комиссар ничего и не говорил, но на вопрос мастера я ответил утвердительно, и тот в пять секунд избавил от худосочной поросли мое лицо.

— Все устраивает? — уточнил он после того, как вновь вымыл и уложил волосы.

Я посмотрел на свое отражение в зеркале, покрутил головой и кивнул. Стрижка с подбритыми висками и затылком мне понравилась, и даже очень. Не понравилась сумма, которую пришлось за нее выложить. Расстроился было, но сразу взял себя в руки, поблагодарил мастера и вышел на улицу.

Парикмахерская располагалась на первом этаже углового здания, по одной дороге тянулись трамвайные пути, другая оказалась тенистым бульваром с лавочками, террасами и тентами кафе, яркими витринами магазинов. Двинулся туда.

Хотелось пить, но все попадавшиеся по пути заведения казались слишком уж роскошными для моего внешнего вида, а палаток с газированной водой или соками видно не было. Зато несколько раз замечал вывески швейных ателье; замечал — и неизменно проходил мимо. Витрины магазинов готового платья тоже нисколько не радовали. Нет — манекены в костюмах так и притягивали взгляд, отпугивали таблички с ценами. Увы, моих нынешних сбережений не хватало даже на самые дешевые из подобных нарядов.

И все же посматривал по сторонам я вовсе не зря. Заметил на боковой улочке вывеску «Отпускник», заглянул туда и не пожалел — львиную долю ассортимента этого торгового заведения составляли легкие летние брюки и рубахи, расценки на которые не заставляли лезть на лоб глаза. Но тут в полный рост встала другая проблема: никак не получалось подобрать хоть что-то более-менее подходящее по фигуре. Одежда на мне либо висела, как на пугале, либо оказывалась коротка. Слишком худой, слишком длинный. Точнее, слишком худой для своего роста.

Успокоил приказчик.

— Да это же такой фасон! — уверил он меня. — Летние прогулочные брюки! Они и не должны доставать до туфель! Максимум — прикрывать нижнюю треть голени! Их еще подворачивать придется!

Я припомнил встреченных на улице молодых людей и решил, что ушлый продавец не пытается задурить мне голову, но подвернуть штанины все же не позволил.

— И так сойдет! — махнул рукой и сосредоточил свое внимание на рубашках.

Подобрал поло светло-синего цвета, тоже льняное. Оно было заметно шире нужного, но это можно было списать на особенности кроя. Гимназистская фуражка к этому наряду нисколько не подходила, пришлось потратиться еще и на головной убор. При выборе между шляпой и панамой предпочел функциональность последней. К тому же видел такие чуть ли не на половине прохожих, выделяться на общем фоне точно не буду.

Уже собирался идти на кассу, но заметил добротные кожаные босоножки. Недорогие — всего тридцать рублей. Поколебался немного и решил купить, доведя размер трат до кругленькой суммы в полторы сотни. Но ничего, в других местах в эти деньги пошив одних брюк обошелся бы.

— А не желаете модный аксессуар? — с улыбкой предложил приказчик. — Стоит сущие копейки, зато придаст завершенность вашему ансамблю...

Я посмотрел в указанном направлении и обнаружил стену, завешенную непривычного вида значками. Некоторые представляли собой два написанных через дробь числа, другие были изготовлены в форме спирали с ярким камушком-пятном в центре и на одном из витков.

— Вы ведь прошли инициацию?

Инициацию я прошел, но носить на груди подтверждение того, что заскочил в пресловутый «последний вагон», откровенно не хотелось. Объяснять ничего не стал, отрицательно покачал головой, расплатился за покупки и получил их в подарочном бумажном пакете с ручками из шпагата. Тут же в примерочной и переоделся, а старую одежду сложил в этот самый пакет.

Теперь не зазорно было зайти в какое-нибудь кафе, но решил не сорить деньгами попусту. Шел по тенистому бульвару, будто невзначай поглядывал на симпатичных девушек в легких платьицах и чувствовал себя если не полностью счастливым, то весьма и весьма близким к тому.

Постепенно заведения становились дороже и претенциозней, у некоторых ресторанов даже дежурили вахтеры в расшитых золотом ливреях. А немного погодя повстречался двухместный кабриолет, небрежно припаркованный на тротуаре.

Я полюбовался плавными изгибами крыльев, замысловатой решеткой радиатора, затейливой фигуркой крылатого коня на капоте и хромированными фарами, а потом взгляд зацепился за глухую деревянную дверь соседнего здания, точнее, за изображенного на ней коронованного орла.

«Держава и скипетр, — гласила вывеска. — Закрытый клуб».

Захотелось раздобыть бензина и... Додумывать мысль не стал, сплюнул под ноги, поспешил дальше, и очень скоро бульвар вывел на круглую площадь с фонтаном. С дальнего края высился купол здания железнодорожного вокзала, по диагонали от него обнаружился шпиль главпочтамта. Прежде чем идти туда, купил в палатке кружку холодного кваса и неспешно осушил ее. А вот в кондитерскую заходить не стал, двинулся на почту. Отправил домой документы и отбил телеграмму, а после очередных трат посетил камеру хранения и забрал сданный в нее сразу по приезде в город чемодан.

Вот с ним меня на выходе и остановил наряд жандармов.

— Ваши документы, молодой человек! — потребовал младший унтер, рядовые будто невзначай встали по бокам.

Я расстегнул нагрудный карман, вытащил из него удостоверение с тисненной на синей коже эмблемой в виде стилизованной модели атома, раскрыл.

Унтер придирчиво сличил фотографию с моим лицом и присмотрелся к печатям, потом не выдержал и спросил:

— Когда же это вы успели?

— Так еще тридцатого прибыл. Просто никак чемодан забрать не получалось.

В глазах жандарма мелькнуло понимание, он козырнул и разрешил проходить. Ну я и пошел. И хоть имел весьма смутное представление о том, где располагается комендатура, на извозчика тратиться не стал, двинулся пешком по тенистому бульвару, решив справиться насчет этого по дороге у одного из постовых. Таковых за день попалось на глаза немало, и, судя по обычной полицейской униформе, к Отдельному научному корпусу они не относились.

Окликнули меня, когда проходил мимо бара со странным названием «СверхДжоуль».

— Петя! — послышался знакомый голос; я обернулся, и сбежавшая с веранды питейного заведения Лия отчаянно затрясла мою ладонь. — Вот так встреча! А я еще думаю — ты или не ты! Только по походке и узнала! Как устроился? Куда поступил? А что у тебя с лицом?

Вслед за девушкой подошел и незнакомый молодой человек — стройный и не слишком широкоплечий, но жилистый и подтянутый. Не писаный красавец, но близко к тому. Все портили стылые водянистые глаза. Хотя, подозреваю, мне они показались таковыми по той простой причине, что глядели с откровенным раздражением.

— Привет, Лия! — улыбнулся я в ответ и обстоятельно ответил: — Лицом ударился, устроился нормально, учиться буду в энергетическом училище.

Не знаю, с чего бы это — сроду подобной чувствительностью не отличался, — но сразу уловил, как настороженность спутника Лии сменилась презрительным снисхождением. И глаза — откуда бы мне знать, что они водянисто-голубые, если в них даже не взглянул?

Чертовщина какая-то...

— Ой, как здорово! — обрадовалась Лия. — А мы с Ингой в один институт попали. Только на разных кафедрах учиться будем. Ее профессор Чекан к себе взял, а меня пригласили на кафедру феномена резонанса. Вот, Виктор город показывает.

Лия представила нас друг другу, и красавчик протянул руку, я ее пожал.

— Не знаешь, Лев где сейчас? — спросил я после этого.

— А Лев в клинике, — помрачнела девушка. — У него слишком высокая чувствительность оказалась. Не эмпатия даже, а что-то еще более сложное. Сидит в четырех стенах, представляешь? Я его навестила, так он меня уйти попросил. Ты, говорит, слишком эмоциональная, голова из-за этого болит, и припадок может начаться...

— Вот так дела! — присвистнул я, не сдержавшись.

А Лия вдруг задержала дыхание, вытянула из сумочки платочек и, прикрыв им лицо, чихнула пять или даже шесть раз подряд.

— Извините...

— Будь здорова! — хором пожелали мы с Виктором.

Девушка смущенно улыбнулась, посмотрела на часики и заторопилась.

— Все, Петя, бежать пора — с Ингой условилась в кино сходить. А ты сюда заглядывай — Витя говорит, лучше места в городе не найти. Еще увидимся!

— Увидимся, — эхом произнес я, и мы разошлись.

Отыскать комендатуру особого труда не составило — всего-то и пришлось, что пару раз поинтересоваться дорогой у постовых. Притомился топать через половину города по солнцепеку, но тоже не слишком сильно. Не такие уж тут были расстояния, чтобы язык на плечо повесить. Если б налегке шагал, без чемодана, то и вовсе не устал бы.

Пока шел, мысли нет-нет да и возвращались ко Льву. Из всей нашей ячейки с ним на почве взаимной тяги к чтению сошелся теснее всего, потому и принял близко к сердцу неприятности товарища. У самого-то вроде все налаживаться начало, а при одной мысли, что мог оказаться заперт в четырех стенах, аж морозом по коже продрало.

Повышенная чувствительность к сверхэнергии — это лечится вообще или уже навсегда?

Подумалось, что я со своей ментальной сопротивляемостью вполне могу оказаться подходящим собеседником для Льва, решил при первой же возможности узнать, где его держат, вот только когда эта самая возможность подвернется, было совершенно непонятно.

По возвращении в комендатуру я первым делом отправился в общежитие и, к своему немалому облегчению, оказался заселен не в общую казарму, а в небольшую комнату. Две койки, две тумбочки, широкий шкаф, узкий стол. Удобства на этаже, баня с летним душем — во дворе. Красота!

Заселился я первым, поэтому выбрал кровать и выложил документы на тумбочку рядом с ней, туда же бросил значок Февральского союза молодежи. Откинул крышку чемодана, достал банку зубного порошка и щетку, сходил в туалет.

Потом двинулся на вещевой склад. Непотраченные подъемные в комнате, пусть та и запиралась на ключ, оставлять не стал, сунул в нагрудный карман рубашки; чемодан и пакет со старой одеждой задвинул под кровать.

На складе ожидал приятный сюрприз. Помимо серого кепи с длинным козырьком и зеленовато-желтой панамы, нашивок, кожаного ремня, пары ботинок и двух комплектов летней формы — серовато-стальной городской и защитного цвета полевой, — мне вручили кусок мыла, полотенце, несколько наборов нижнего белья и носков, спортивное трико, майку и кеды. А потом одутловатый кладовщик сверился со списком и поразил до глубины души, выложив на прилавок, помимо мотоциклетных очков, краг, танкового шлема и синего комбинезона, еще и короткий плащ из толстой кожи, куда более тонкой выделки кожаные же штаны и яловые сапоги с материей на портянки.

— Это все мне? — не сдержался я.

— Ну не мне же! Кто из нас мотоциклист?

Я в некотором обалдении собрал это богатство и потащил в общежитие. Точную стоимость экипировки назвать затруднялся, но нисколько не сомневался, что в обычном магазине за аналогичный набор пришлось бы выложить никак не меньше тысячи, а то и двух.

В комнате сразу бросил вещи на кровать, натянул сапоги с короткими голенищами и с облегчением убедился, что с размером кладовщик не напутал, те не жмут и не болтаются. Штаны тоже неприятных неожиданностей не преподнесли — были умеренно шире нужного в поясе и чуть короче требуемого, но особой роли это не играло. Сверху я накинул кожаный плащ и пожалел об отсутствии ростового зеркала — вот бы посмотреть на себя со стороны!

До колен кожаные полы не доходили и движений не стесняли, разве что в плечах мотоциклетное одеяние оказалось шире нужного, ну а в остальном — хоть прямо сейчас беги фотографироваться, чтобы домой снимок послать.

Распахнулась дверь, и в комнату без стука вошел нагруженный комплектом вроде моего румяный светловолосый парень — среднего роста, но крепкий, с круглым лицом и носом-картошкой.

— О! Так ты мой второй номер? — расплылся он в широкой улыбке, кинул вещи на свободную кровать и протянул руку. — Василь!

— Петр, — представился я в ответ, пожал широкую ладонь и счел нужным в свою очередь спросить: — Так это тебя возить придется?

Уж не знаю, послышались мне снисходительные нотки до того или нет, но тут Василь рассмеялся совершенно искренне.

— Ага, меня!

Кожаного плаща пулеметчику не дали, выделили куртку короче и заметно проще, а остальной комплект урезали до очков и шлема.

Я начал раздеваться, собираясь убрать верхнюю одежду в шкаф, и тут румяная физиономия моего соседа по комнате как-то разом растеряла свое добродушное выражение.

— Ну хоть не «пес»... — проворчал он и демонстративно кинул на свою тумбочку треугольный отрез зеленой ткани, которую повязывали в качестве галстука скауты.

Раньше я бы точно смолчал, а тут не удержался и в тон ему протянул:

— Ну хоть не легионер! — подумал и добавил: — Главное, не реваншист...

Как видно, Василь любил «Правый легион» и монархистов не больше моего, поскольку тут же вновь протянул руку.

— И то верно! Сработаемся!

Я в этом так уж уверен не был, но на рукопожатие ответил. Мы разобрали вещи, начали возиться с шевронами и нашивками. В этом Василь понимал больше и помог определить правильные места, зато у меня в чемодане отыскались катушка ниток и пара иголок. Пока пришил на шевроны букву «К», обозначавшую нашу принадлежность к курсантам, все пальцы себе исколол. Потом еще и воротнички подшивать пришлось. Ладно хоть гимнастерки с коротким рукавом, подворотничками все и ограничилось.

— Так ты, значит, идейный, — спросил меня Василь, откусывая нитку.

— А ты будто нет?

— Скаутское движение вне политики!

Я криво ухмыльнулся, но продолжить дискуссию помешала толчком распахнувшаяся дверь.

— Построение через пять минут, форма одежды спортивная!

Только обернулся, а в дверном проеме уже никого, лишь донеслась та же самая команда от следующей комнаты. Переглянулись с соседом, переоделись в трико и майки, зашнуровали кеды, спустились во двор.

Набралось нас в учебном отделении пятнадцать человек, десять парней и пять девушек. Последние на построение явились в обтягивающих купальниках и шароварах вроде тех, что используют на некоторых снарядах спортивные гимнасты. Посмотреть было на что, но и своих будущих сослуживцев мужского пола я вниманием тоже не обделил. Сразу приметил детину, которого приложил комендант учебного центра, и парочку пролетариев, приехавших сюда со мной на одном грузовике. Больше знакомых лиц на глаза не попалось.

— Стройся!

Команда застала врасплох, но как-то изобразили подобие шеренги: мальчики отдельно, девочки отдельно, будто на уроке физкультуры.

Плотный и крепкий мужчина лет двадцати пяти, серую форму которого отмечали шевроны с единственной широкой нашивкой, оглядел нас и подсказал:

— По росту, балбесы! — а когда после недолгой суеты его распоряжение оказалось исполнено, уже негромко бросил: — Равняйсь! Смирно!

Выполнение этих команд тоже прошло не вполне гладко, но как-то справились, тогда послышалось долгожданное:

— Вольно!

Крепыш нас придирчиво оглядел и наконец-то представился:

— Я — командир учебного отделения, — он постучал пальцем по широкой поперечной нашивке на шевроне, прежде чем продолжить, — старшина Дыба. Это и фамилия, и образ действия по отношению к отстающим и нарушителям устава — зарубите себе на носу!

На крупном, покрытом мелкими серыми оспинами лице не отразилось ни тени улыбки, в строю промолчали.

— Мы в Отдельном научном корпусе не приветствуем старорежимных порядков, поэтому обращайтесь ко мне «господин старшина». Ну а теперь что касается вас...

Подсознательно я ожидал требования рассчитаться на первый-второй, но вместо этого началась перекличка. Фамилия моего соседа по комнате оказалась Короста, больше из первой половины списка не запомнил никого. А вот меня запомнили, пожалуй, все. Просто старшина вдруг уточнил:

— Линь — это как рыба?

— Линь — это как трос, — поправил я его и, спохватившись, добавил: — Господин старшина...

Командир отделения мрачно глянул на меня и вновь уставился в листок, вроде бы даже озадаченно хмыкнул, прежде чем озвучить следующую фамилию:

— Федор Маленский!

— Здесь! — отозвался лохматый парень, хмурой физиономией и сломанным носом напоминавший скорее разбойника с большой дороги, нежели представителя одного из дворянских семейств.

Но очень уж фамилия характерная, тут не ошибешься — точно из бывших. Не сам он, конечно, а папа с маменькой. Сам-то уже после революции родился.

Пристальным взглядам сослуживцев Федор нисколько не смутился и продолжил смотреть на старшину, а тот не стал ничего спрашивать и перешел к следующему из списка.

По завершении переклички началась разминка с поворотами корпуса, наклонами и прыжками, затем перешли к силовым упражнениям на брусьях и турнике. После зарядки в распределительном центре мышцы у меня уже не ломило, семь раз подтянулся и двадцать раз отжался без особого труда. С остальным тоже особых сложностей не возникло, вспотел, но и только. Увы, на этом ничего не закончилось, и нас без промедления отправили на второй круг.

Кое-как выдюжил и на этот раз, но дыхание сбилось, и пот полил ручьем, поэтому с выполнением очередной команды я непозволительно замешкался. На самом деле замешкался вовсе не я один, но для разговора по душам старшина выбрал почему-то именно меня.

Он присел рядом на корточки и участливо спросил:
— Устал?
Я кивнул.
— Больше не можешь?
Я помотал головой из стороны в сторону.
— Сочувствую, — вздохнул Дыба. — Но ты же совсем взрослый, усы растут, должен понимать, что для каждого человека своя шкура ближе к телу. У тебя недобор массы тела, и комиссар пообещал с меня шкуру спустить, если из тебя человека не сделаю. Может, еще и спустит, но до того ты пожалеешь, что на свет родился. Бегом!

От крика зазвенело в ушах, я вскочил с песка и поспешил к турнику. Руки наотрез отказывались сгибаться, но каким-то запредельным усилием воли сумел подтянуть к перекладине подбородок должное количество раз. После отжиманий долго валялся на земле, а с брусьев упал, а не соскочил, но зато выполнил норму.

Третий подход оказался последним, дальше нам дали пять минут отдохнуть и погнали на кросс. Девушки бежали полтора километра, юноши — три, и под конец дистанции звенело в ушах, а глаза заливал горячий пот. Я уже почти не понимал, что происходит, просто механически переставлял ноги. И даже так финишировал в первой тройке, тут легкий вес сыграл в плюс, самым крепко сбитым курсантам пришлось куда как хуже. Еще и жара...

Ладно хоть потом отправили в летний душ. Зашел туда прямо в майке и трико — они в любом случае насквозь промокли от пота. Немного полегчало, но от посещения столовой не отказался лишь из желания напиться горячего чаю. А так бы даже на ужин не пошел.

День выдался — насыщенней не придумаешь.

ГЛАВА 2

Подняли в шесть утра. Выспаться выспался, но вот натруженные мышцы ныли просто жутко. Еще и голени нестерпимо болели — не иначе после бега надкостница воспалилась. Пришлось пару минут разминать и массировать ноги, прежде чем пошли на убыль неприятные ощущения.

Василь тоже морщился и кривился, еще и ругался вполголоса, а встреченные в коридоре сослуживцы если и выглядели бодрее, то лишь самую малость. Ну а когда пятнадцать минут спустя старшина выстроил нас на спортивной площадке и велел приступить к разминке, многие и вовсе застонали в голос. В том числе и я.

— Нам на занятия в училище надо! — возмутилась одна из девчонок и лишь после того, как получила локтем в бок от соседки, протараторила: — Господин старшина!

Дыба покачал головой.

— Занятия начинаются в восемь. Успеете! — Он заложил руки за спину и прошёлся перед строем. — И, раз уж об этом зашла речь, в три часа пополудни — построение перед корпусом. За каждые пять минут опоздания будет назначен дополнительный километр на вечерней пробежке. За прогул занятия в училище — утяжеление в пять килограммов. И это для всех остальных, для провинившихся припасены более интересные меры воздействия. А теперь не филоньте и хорошенько разогрейте мышцы. К выполнению приступить!

И мы приступили.

Старшина поначалу что-то подсказывал и показывал, кого-то даже тянул, а потом объявил:

— Не стоните! Сейчас вы закладываете фундамент своего будущего развития! На первоначальном этапе работы со сверхэнергией интенсивная физическая нагрузка способствует более высокому росту способностей, поскольку хилые дистрофические тельца просто не способны пропускать через себя должные потоки силы! Студенты обычно приходят к необходимости атлетических упражнений слишком поздно и упускают время, но вам это не грозит, вам ни о чем думать не надо! Отцы-командиры уже обо всем подумали за вас! Ну-ка, поднажали!

К чести старшины, он не только болтал языком, но и давал толковые советы, кому-то увеличивал нагрузку, а кому-то её уменьшал в зависимости от текущей физической формы.

И кросс по окончании занятия устраивать не стал, посмотрел на часы и отпустил. Вот это было просто здорово — иначе рисковали остаться без завтрака, а так успели и перекусить, и наскоро привести себя в порядок.

В училище выдвинулись одной компанией. Старшим Дыба назначил плечистого, но при этом слишком уж упитанного для спортсмена Бориса Остроуха. Тот воодушевился так, словно заполучил унтерские нашивки, но реальность мигом расставила все по своим местам. Если мужская часть отделения приняла предложенные правила игры, по крайней мере, никто главенство старосты в открытую оспаривать не стал, то девчонки подобрались одна язвительней другой и своими ехидными замечаниями вскоре довели бедного Борю до белого каления. Переспорить пятерку барышень у него не вышло, а применять силу благоразумно не решился — иначе даже не представляю, во что бы в итоге вылилось это эпическое побоище.

Самым серьезным камнем преткновения оказались планы на обратную дорогу. Если Борис сразу по окончании занятий в училище намеревался повести всех обратно в расположение комендатуры, то девчонки полагали, что вполне успеют выкроить полчаса для похода по магазинам и вернуться к установленному командиром времени.

— Да отстань ты! Пристал, будто банный лист! — отмахнулась в итоге кудрявая Маша Медник, длинноногая и стройная. — Тоже мне, большой начальник выискался!

— Да он просто выслужиться хочет! — подержала ее русая Варвара Клин, в противовес заводиле — излишне упитанная, а потому казавшаяся ниже своего не столь уж и маленького роста.

— Боится, всыплет ему Дыба по первое число! — прямо заявила их черноволосая товарка, имени которой еще не запомнил; она поправила косынку и показала старосте язык. — Трусишка зайка серенький!

— Остроухий! — синхронно рассмеялись восточной наружности двойняшки, и бычью шею Бори залила красная краска, а после побагровело и лицо.

— Да вы! Да я...

Василь подтолкнул меня в бок, подмигнул и спросил:

— В какой магазин собрались-то, красавицы?

— Не твое дело! — отшила моего соседа длинноногая Маша, но зерна раздора упали на благодатную почву, и девчонки принялись спорить между собой, чтобы очень скоро разругаться в пух и прах.

Их единая коалиция распалась, и Боря воспрянул духом, но, как по мне, рано радовался. За время занятий наряженные в одинаковые форменные рубашки и юбки до колен, а потому жаждавшие придать своей внешности хоть какой-то оттенок индивидуальности барышни точно сумеют договориться и вновь выступят единым фронтом, тогда их так легко будет не перессорить и не переспорить.

Сам я все больше помалкивал. И вовсе не из-за синяка на скуле — он успел за ночь пожелтеть и поблекнуть, а потому в глаза особо уже не бросался. Просто вымотался на зарядке до ломоты во всем теле, да и в форме ощущал себя откровенно не в своей тарелке — по-хорошему гимнастерку и брюки следовало отдать на подгонку, а так хоть и затянул ремень, но сидела одежда на мне все равно мешковато. Да и мысли в голове крутились одна мрачнее другой.

Подъемные потратил, документы на льготное погашение кредита отправил, а уверенности, что хватит сил продержаться тут хотя бы месяц, — ни на грош. С нынешними нагрузками и надорваться недолго, а ведь мы еще к работе со сверхэнергией и не приступали даже! Что же тогда дальше будет?

Впустую подпирать стены в ожидании методиста в училище не пришлось. Показавшаяся типичным синим чулком тетенька уже пребывала на рабочем месте и сразу дала понять, сколь обманчивым может быть внешний вид. Нас мигом построили, опросили и принялись вызывать в кабинет одного за другим.

— Ей бы полком командовать. Кремень-тетка! — заявил Василь, выйдя в коридор с перечнем дисциплин, отпечатанным на листе писчей бумаги.

— Вот именно! — встрепенулась черноволосая девчонка в неуставной косынке. — И почему старостой мальчика назначили? Почему не меня? Я бы смогла!

Борис покраснел — то ли из-за «мальчика», то ли по причине очередного посягательства на должность, но осадить спорщицу не успел.

— Оля, заходи! — поторопила брюнетку пухленькая Варя.

Староста шумно засопел и зло бросил:

— И что бы она смогла? Коровам хвосты крутить?

Зря он так — «деревенская» часть отделения встретила это заявление в штыки, начались взаимные оскорбления и упреки, ладно хоть еще почти сразу подошла моя очередь идти в кабинет и не пришлось принимать участия в перебранке на стороне городских.

Сама процедура составления учебного плана оказалась предельно проста: получил список дисциплин, расписался в журнале, вышел за дверь. Позиций — всего ничего, у остальных перечень был куда обширней. То ли таким образом девятый виток сказался, то ли разгрузить график позволило наличие гимназического образования.

«Вводный курс теории управления сверхэнергией.

Практические занятия по достижению пиковой мощности и расширению временных рамок активности.

Практические занятия по управлению различными видами энергии.

Спецкурс для слушателей ОНКОР.

Вхождение в резонанс (теория и практика).

Базовые принципы работы с фокусирующими устройствами».

Больше всего часов приходилось на практические занятия, а напротив двух последних пунктов и вовсе стояли прочерки. Как пояснила методист, расписание занятий по этим дисциплинам будет объявлено позже. Я поинтересовался заодно насчет тетрадей и письменных принадлежностей, но мне посоветовали не забивать себе голову всякой ерундой.

— С твоим набором дисциплин скоро совсем писать разучишься! — объявила тетка и велела звать следующего курсанта.

К этому времени перебранка уже утихла, но определенное напряжение ощущалось, и в аудитории, где читали вводный курс, наше отделение расселось по расколовшему его на два лагеря принципу «деревенские-городские». Никак не затронуло это разделение лишь девушек, те уже щебетали друг с другом как ни в чем не бывало.

Впрочем, почти сразу стало не до внутренних разногласий и нам — следом начали подходить другие учащиеся. Их состав отнюдь не был однороден: очевидно, на базе училища, помимо собственных абитуриентов, проходили обучение и слушатели сторонних курсов вроде нашего.

В глазах немедленно зарябило от разнотонных гимнастерок и кителей, фуражек, кепи и панам, а кроме вполне объяснимого деления на девочек и мальчиков наметилось еще и расслоение собравшихся на штатских, с нагрудными значками училища, и курсантов, щеголявших кокардами, шевронами, петлицами, погонами и нарукавными нашивками с эмблемами родов войск и номерами школ. Больше всего набралось представителей пограничной службы и будущих жандармов железнодорожного корпуса, да и наше отделение оказалось далеко не самой малочисленной компанией.

Сидим, присматриваемся к соседям и в особенности к чужим девчонкам, ждем драки. Я — так уж точно. Насмотрелся на митингах, как на пустом месте заварушки начинаются, а тут аудиторию под завязку набили молодыми людьми, которые заранее друг друга не любят просто из-за того, что не тот значок на груди или гимнастерка неправильного цвета и фасона. И ни сопровождавшие некоторые из групп ефрейторы и младшие унтеры, ни тем более вахтеры остановить уже начавшуюся потасовку явно не смогут.

Тут волей-неволей прикидывать начнешь, куда отступить, чтобы не затоптали...

К счастью, прежде чем кто-либо успел неудачно пошутить и получить за это в нос, явился припозднившийся лектор. Слушатели мигом вскочили на ноги и поспешили избавиться от головных уборов, отложили их на парты, а похмельного вида дядечка, растрепанный и заспанный, лишь небрежно махнул рукой и, встав за кафедру, первым делом принялся наполнять стакан водой. Шепотки немедленно возобновились с новой силой.

— Хм... — Лектор прочистил горло, и немедленно заложило уши, словно резко изменилось атмосферное давление.

Все мигом заткнулись, разговоры как отрезало.

Преподаватель без всякой спешки утолил жажду, а потом начал вещать нам о спирали, витках и зависимости способностей от точки входа в резонанс. Время от времени дядечка брал мел и писал на доске формулы, но ничего нового из них я не почерпнул, поскольку именно на этих моментах акцентировал внимание посетивший распределительный центр профессор. А два раза одно и то же мне повторять не нужно: и соображаю неплохо, и на память не жалуюсь.

Другие слушатели тоже откровенно скучали: кто-то ничего не понимал в расчетах из-за недостатка образования, кто-то все это уже знал.

Я принялся обмахивать форменным кепи раскрасневшееся из-за духоты лицо, но очень скоро вернул головной убор на колени и стал слушать куда внимательней прежнего.

— Не стоит забывать, что на способности влияют не только витки, но и румбы! — Лектор потер лоб и вздохнул. — Румбы — не самое подходящее определение, но за неимением лучшего... — Он снова вздохнул, взял кусок мела и размашистым движением нарисовал посреди доски круг.

То ли подвела дрожащая рука, то ли изначально собирался вывести виток, но окружность получилась разомкнутой. Преподаватель разделил ее надвое горизонтальной линией и принялся делать на нижней дуге засечки румбов. У первого нарисовал единицу, последний пометил числом «шестнадцать».

— Южная дуга называется растущей, на этом отрезке идет увеличение интенсивности излучения. — Он отвлекся от рисунка и спросил: — Кто скажет: почему?

Взметнулось сразу несколько рук, а потом девица из первого ряда поднялась и протараторила:

— Увеличение происходит за счет одновременного приближения и к Эпицентру, и к Восточному лучу с наиболее мощным потоком сверхэнергии. В северной дуге интенсивность находится на максимальном для витка уровне, поскольку движение к Эпицентру компенсируется смещением к Западному лучу, где наблюдается минимальная концентрация силы...

Лектор кивнул и принялся размечать румбы верхней части витка. И если крайний он просто обозначил числом «тридцать два», то семнадцатый еще и очертил со всех сторон.

— Семнадцатый румб. Идеальный вариант, позволяющий наиболее полно раскрыть потенциал витка, который складывается из двух составляющих: выхода энергии за единицу времени или же мощности и длительности резонанса.

На доске появилась формула: «$П = М + Р$».

— Продолжительность пребывания в резонансе различна для всех витков и неуклонно снижается по мере продвижения к Эпицентру. При этом потенциально способны выйти на это время лишь те, кто прошел инициацию на южной дуге, а также в семнадцатом румбе, который открывает дугу северную. Это объясняют тем, что именно на границе семнадцатого румба достигается пиковое значение интенсивности излучения. Если человеку требуется дополнительное время для инициации, значит, он не обладает должной чувствительностью и длительность его резонанса будет ограничена тем сильнее, чем большее количество румбов он успел проехать.

Я невольно приуныл. Уже успел смириться с тем, что мой виток далеко не самый выдающийся, так тут еще новые ограничения нарисовались! Невольно себя ущербным ощутил.

Тридцать второй румб, чтоб его!

Наверное, я бы совсем скис, но из задумчивости вывело новое заявление лектора.

— Но и у повышенной чувствительности есть обратная сторона медали. Инициация на северной дуге, где наблюдается наибольший уровень излучения, открывает доступ к выходу предельного для витка количества энергии в единицу времени. Соответственно на первых румбах мы имеем предельную длительность резонанса при заниженной мощности, а на последних ситуация меняется на противоположную. Пик витка достигается в золотом семнадцатом румбе.

И для наглядности лектор его даже заштриховал, а после поднял руку, призывая слушателей к тишине.

— Конкретные значения смотрите в справочных таблицах! — заявил он в ответ на выкрикнутый кем-то вопрос. — Учитесь работать с источниками, это никогда лишним не будет!

— Ну хоть примерно? — крикнул все тот же слушатель, набравшись смелости или же наглости.

— На восьмом витке потолок первого румба — девяносто одна лошадиная сила против ста семнадцати на пике, а время нахождения в резонансе понижается к концу северной дуги примерно в два раза, — пояснил преподаватель, не став устраивать выволочку наглецу. — Но куда важнее тот факт, что сразу после инициации мощность оператора достигает самое большее четверти от предельного значения, а с резонансом дело обстоит и того сложнее. Но резонанс — это отдельная тема. А вот если не начать развивать способности, если не достигнуть пика и не закрепиться на нем, неминуемо последует деградация, а затем и полная потеря умения оперировать сверхсилой!

Любознательный паренек уже открыл рот, намереваясь задать очередной вопрос, но сидевший неподалеку унтер Пограничного корпуса подался вперед и отвесил ему крепкого леща.

На этой минорной ноте лекция и закончилась, нас погнали на практические занятия — генерировать энергию на силовых установках вроде той, которой проверяли уровень способностей сразу после инициации.

Инструктор оглядел наше отделение без всякого интереса, вздохнул и нехотя снизошел до пояснений:

— Тренировки направлены на достижение максимальной пиковой нагрузки и выносливости.

Никто ничего не понял, а Оля и вовсе спросила:

— А есть разница?

Совсем еще молодой преподаватель даже закатил глаза.

— Это как рывок штанги на предельный вес и переноска тяжестей на расстояние. Так понятней? Сначала жмете изо всех сил, потом просто давите из себя энергию в неспешном режиме, кто сколько сможет. В зачет на разряд идет выработка за час непрерывной работы, но вам бы пятнадцать минут продержаться для начала.

Надо сказать, инструктор на наш счет нисколько не заблуждался. Лучший результат отделения составил одиннадцать минут, а меня и вовсе хватило только на девять. И то взмок, хоть одежду отжимай, пот ручьем катился.

И, если с выдачей максимальной пиковой нагрузки все было ясно с самого начала, то совет «давить энергию в неспешном режиме» оказался, судя по всему, завуалированной издевкой. Стоило лишь самую малость ослабить контроль, и стремительный водоворот силы попросту рассеивался. У меня никак не получалось давить вполсилы: энергетический поток в этом случае прерывался и вращение шло вразнос, тогда шибало разрядом так, что вставали дыбом волосы.

В итоге к концу занятия едва держался на ногах, да и не я один, вымотались решительно все. Результатами сослуживцев интересоваться не стал, поскольку подавляющее большинство в отделении прошли инициацию на восьмом витке, сам же особыми успехами похвастаться не мог. Пиковый выход болтался в районе десяти киловатт, а в обычном режиме выдавал и того меньше; до предела уровня в шестьдесят лошадиных сил было еще пахать и пахать.

Но это не страшно — в плане мощности гарантированно сумею раскрыть весь потенциал витка. С резонансом, жаль, нехорошо получилось...

Занятие с недолгими перерывами на отдых длилось полтора часа, а отпустили нас чуть раньше звонка, что позволило оккупировать буфет, прежде чем туда набежали учащиеся других групп. Впрочем, тратилась на газированную воду с сиропом только «городская» часть отделения и примкнувшие к нам девчонки, а «деревенские» предпочли напиться из-под крана. Кто-то у них проехался насчет «городских штучек», а остальные подхватили. Одно слово — чудаки!

— Это что же получается, — шумно выдохнул Василь, осушив второй кряду стакан газировки, — мы им электричество производим на занятиях и с нас еще и деньги за это берут?

— Не с нас, а с корпуса! — поправила его пухлощекая Варя.

— Да ерунда какая-то! — продолжил возмущаться мой сосед по комнате. — Что это за уроки такие? Хоть бы показали, как шаровую молнию сотворить или сигарету взглядом зажечь!

— Ты разве куришь?

— Да сам принцип важен!

Разгореться спору помешал звонок. Староста велел сворачиваться и повел нас на второе теоретическое занятие во все ту же аудиторию, где за кафедрой читал газету прежний лектор. Теперь его щеки порозовели, а глаза приобрели неестественный блеск; не иначе за прошедшее время успел пропустить стаканчик-другой. Если дело было, разумеется, в пагубной тяге к алкоголю, а так мог и просто немного вздремнуть.

Когда аудиторию заполнили слушатели, лектор посмотрел на часы и хрустнул костяшками сцепленных пальцев.

— Ну-с, пожалуй, приступим! — Он оглядел собравшихся и повысил голос. — Тема этого занятия «Техника безопасности при работе со сверхэнергией». Так вот, техника безопасности для вас предельно проста и может быть выражена одной фразой: «Не работайте со сверхэнергией!» Этим вы избавите от множества проблем и окружающих, и самих себя.

В аудитории поднялся ропот, но преподаватель этого, казалось, даже не заметил.

— Если пожертвовать доступностью и лаконичностью, главное правило техники безопасности можно сформулировать следующим образом, — продолжил он. — «Не касайтесь сверхэнергии никогда и нигде, за исключением занятий под присмотром инструктора в специально предназначенных для этого местах».

Волнение понемногу пошло на убыль, и лектор кивнул, будто бы соглашаясь с собственными мыслями.

— Кое-кто может решить, что к нему это правило не относится. Что он еще немного потренируется, и уж тогда все пройдет как по маслу, никто не пострадает. А кто-то и думать не станет, пустит в ход способности сразу, как только сможет. И в том и в другом случае итог будет печален в своей закономерности. — Преподаватель вновь кивнул. — Не стану впустую сотрясать воздух, расписывая все опасности и подводные камни. Дурак не поймет, глупец не поверит, а умному будет достаточно того, что любое несанкционированное использование сверхсилы поставит вас вне закона. Любое оное действо вне зависимости от мотивов и намерений затронет положение о благонадежности.

Я читал этот раздел закона и знал, что преподаватель и не думает сгущать краски, но прониклись прозвучавшим заявлением определенно не все. Дядечка уловил это и печально улыбнулся.

— До тех, кто уверен, что его не поймают, мне при всем желании не достучаться. Обращусь к прагматикам, которые полагают, будто слишком ценны для общества. Действительно — к проступкам талантов принято относиться снисходительно. Им многое прощают. Но вы — не они. Не таланты. Этот факт станет очевиден каждому, кто хоть на минутку задумается о том, каким образом попал в эту аудиторию. Поверьте, вы не столь ценны, чтобы государство не извлекло выгоды из вашего наказания.

Раздались возмущенные выкрики, но на этот раз преподаватель оказался не склонен игнорировать нарушение порядка и хлопнул в ладоши.

— Тишина, пожалуйста! — потребовал он, словно за миг до того в аудитории и не воцарилось гробовое молчание.

Очень уж неприятным звоном отозвался в голове хлопок, будто ладонями по ушам получил. Да и соседей перекосило, точно не на мне одном преподаватель свои таланты задействовал. Да и с чего бы меня выделять? Сидел, молчал...

— Что касается того, почему вас не взялись с ходу учить созданию энергетических конструкций, — продолжил удовлетворенный реакцией собравшихся лектор, — то здесь все предельно просто. Во-первых, после инициации чрезвычайно важно в кратчайшие сроки достичь пика румба. Если запустить этот процесс, он может затянуться на долгие годы, застопориться или вовсе пойти вспять, и вместо развития получится постепенная деградация способностей. Ресурсы организма ограниченны, вы не можете разбрасываться, желая получить все и сразу. Второй момент не менее важен. Это рефлексы.

Создание простейших конструкций очень быстро становится рефлекторным, небольшое усилие воли и — вуаля!

Над раскрытой правой ладонью преподавателя заискрился крохотный энергетический сгусток шаровой молнии, а над левой заплясал столь же миниатюрный огонек.

— Почему бы и не выучиться такому, а? Можно барышням пыль в глаза пускать, и на спички тратиться не придется! — Лектор развеял шаровую молнию, вынул из кармана портсигар и кинул его на кафедру, открыл, достал папиросу, прикурил от трепетавшего в воздухе огонька. — Это просто, уверяю вас! Выучиться таким фокусам по силам каждому из здесь присутствующих. Практикуйтесь — и через неделю или две будете исполнять что-нибудь подобное с закрытыми глазами по щелчку пальцев. В этом и заключается проблема.

Все кругом молчали в ожидании продолжения, и лектор наши чаяния не оправдал. Он затянулся, выпустил к потолку длинную струю дыма и поднял руку с папиросой, демонстрируя ее нам.

— Потом вы переключитесь на другие фокусы, а об этом вспомните через несколько месяцев, когда у вас попросят огоньку. Рефлексы остались, а вот силенок прибавилось, да и технику начали ставить. Легкое усилие воли, и — пуф!

Кисть лектора окуталась пламенем, вмиг прогоревшая папироса осыпалась невесомым пеплом.

— В результате у человека вместо лица стейк средней прожарки, а у вас — большие проблемы из-за возникновения у компетентных органов сомнений в вашей благонадежности. А еще веселее бывает, когда начинают упражняться в сотворении шаровых молний...

Слушатели в первых рядах напряглись, но преподаватель от демонстрации воздержался и принялся стряхивать пепел с рукава пиджака.

— Может возникнуть вопрос, что это за компетентные органы такие, которых заинтересует столь возмутительное нарушение законности? Где на этих орлов можно взглянуть? О, нет ничего проще! Они уже среди нас! — И балабол с кривой усмешкой указал на отделение курсантов комендатуры ОНКОР.

Доброжелателей в аудитории мне и моим сослуживцам этот жест прибавил просто несказанно...

Остаток лекции взгляды на нас кидали один выразительней другого, но драки не случилось. Стоило только прозвенеть звонку, и слушатели гурьбой повалили к выходу, желая успеть посетить буфет или уборную. Перемены были короткими, а расписание — насыщенным, никто не хотел тратить время попусту. Да и слушатели сторонних курсов, в пику местным учащимся считавшие нас своими, в стороне бы точно не остались. И не останутся, случись потасовка по окончании занятий.

Я сверился с полученным от методиста листком и, к радости своей, обнаружил, что на сегодня могу быть свободен. Из всего отделения полное среднее образование оказалось лишь у меня и Федора Маленского — тот был, как разузнал Василь, незаконнорожденным отпрыском богатого помещика и учился у домашних преподавателей вместе со сводными братьями и сестрами.

— Без нас никуда не уходите! — в безапелляционной манере заявил Борис Остроух.

Длинный и сутулый Федя глянул на старосту сверху вниз и потопал прочь, на ходу доставая кисет. Я тоже собрался проигнорировать запрет, но вовремя сообразил, что в расположении меня не ждет ничего, кроме придирок и муштры, а в училище точно есть библиотека, вот на ее поиски и отправился. И — нашел.

В читальном зале оказалось не протолкнуться от юношей и девушек в форме связистов — армейских и отдельного корпуса, — помимо уставных эмблем, почти все они щеголяли значками, судя по которым, подавляющее большинство присутствующих прошло инициацию на третьем витке; двоек и четверок было существенно меньше.

Я попросил выдать справочник с упомянутыми лектором сравнительными таблицами и попытаться оценить сильные и слабые стороны своей стартовой позиции в искусстве управления сверхсилой. К первым с очень большой натяжкой получилось отнести возможность выдать максимальную для витка мощность в шестьдесят лошадиных сил, к слабым — все остальное. В частности, для моего румба время предельного нахождения в резонансе снижалось по сравнению с возможным почти вдвое. Вроде бы разница в тридцать семь секунд погоды не делает, да только за счет нее совокупный выход силы падал примерно в семь раз.

Вот тебе и резонанс, вот тебе и прирост сверхэнергии в геометрической прогрессии...

В расположение вернулись аккурат к обеду. Из-за усталости и жары особого аппетита не было, порцию я оставил недоеденной, зато выдул несколько дополнительных стаканов компота, благо их выдавали без счета.

После построения началось время самоподготовки. Василь засел делать задание по алгебре, я написал письмо домой. И маме обещал с этим не тянуть, и соскучиться успел. Уже жалел даже, что не внял папиному совету и не устроился на нормальную работу. Ну да чего теперь-то...

Отправкой корреспонденции в комендатуре заведовал специальный клерк, ему я и сдал незапечатанный конверт с посланием и плату за марки. Отослать письмо должны были после соблюдения всех необходимых процедур уже завтра.

Почему не сходил на почту сам? Нет, вовсе не поленился идти куда-то по жаре, просто отлучаться из расположения строго-настрого запретил старшина. Проверять, какое наказание предусмотрено за уход в самоволку, нисколько не хотелось, да и на контрольно-пропускном пункте в любом случае завернули бы обратно.

Стоило вернуться в комнату, и Василь сообщил, что меня вызвали в автохозяйство, пришлось переодеваться в комбинезон и тащиться принимать мотоцикл. Тот был уже с пробегом, ладно хоть механик не бросил на произвол судьбы и показал, что и как. В итоге провозился с техникой почти до шести.

Ну а в шесть началось второе занятие физкультуры или, как назвал его старшина, «подкачка». У меня от одного этого слова заломило то, что еще по какому-то недоразумению не болело, не ныло и не тянуло. И дурные предчувствия оправдались целиком и полностью: к турнику и брусьям добавились упражнения с гантелями, гирями и штангой.

— А дабы придать вам дополнительную мотивацию, — начал разглагольствовать заложивший руки за спину Дыба, пока мы разминались, — следующую неделю старостой будет лидер той команды, которая победит в общем зачете кросса!

Как видно, разделение на деревенских и городских от старшины не укрылось, на этом он и решил сыграть.

— Первая неделя еще не прошла! — напомнил Боря Остроух, которому из-за тучности бег давался весьма и весьма нелегко. — Меня только сегодня назначили!

— Вот и посмотрим, чего ты стоишь! — ухмыльнулся в ответ Дыба.

— А почему только мальчики могут быть старостами? — возмутилась длинноногая Маша. — А чем мы хуже?

— Никто никого не хуже! У нас полное равенство полов! — заявил в ответ старшина. — Участвуйте на общих основаниях, буду только рад!

Барышень это предложение не вдохновило, не вызвалась ни одна. Да я бы и сам взял самоотвод, но мое мнение на этот счет никого не интересовало.

— Первая команда: Борис, Василь, Петр, Илья и Сергей!

Илья Полушка и Сергей Клевец были теми самыми пролетарского вида пареньками, с которыми меня сюда привезли; помимо них, горожан представляли нынешний староста и мой сосед по комнате, ну и я.

— Вторая команда: Федор, Матвей, Казимир, Михаил и Прохор.

Деревенских возглавил долговязый Федя Маленский, который не без труда, но все же переспорил Матвея Пахоту — парнягу здорового и, как мне показалось, совсем неглупого, но слишком уж прямолинейного.

Силы обеих команд показались мне примерно равными: длинноногий и поджарый Федя, равно как и жилистый Прохор, вчера прибежали первыми, зато в противовес им бугай Матвей и задумчивый Миша финишировали в числе последних. Да и смурной крепыш Казимир Мышек, с лица которого не сходила кривая ухмылка, тоже никак себя особо не проявил. У городских же лучший результат принадлежал мне, наш староста приплелся третьим с конца, а вот остальные пусть звезд с неба и не хватали, но и не плелись в числе отстающих. При сложившемся раскладе мы вполне могли победить.

— Может возникнуть соблазн не напрягаться и придержать силы для кросса, — продолжил старшина, выдав нам одну из своих наиболее впечатляющих улыбок. — Так вот: если кто-то не выполнит все упражнения, то получит на забеге дополнительный вес. И не кривитесь так, по сравнению с армией у вас условия курортные, будто на воды для поправки здоровья прибыли! Там инструктора могут себе позволить отбраковать откровенный мусор, а вас уже отфильтровали, остается работать с тем, что есть! Хотите не хотите, придется расти над собой!

«Расти над собой» оказалось весьма и весьма непросто. Откровенно говоря — просто-напросто тяжело. В прямом смысле этого слова: без проблем я выполнил только два первых круга, на третьем уже скрипел зубами и рвал мышцы, толкая от груди штангу в положении лежа или поднимая пудовую гирю, но и так не сумел выполнить ни одно из этих упражнений должное количество раз. И ни разочарование товарищей по команде, ни презрительные взгляды противников повлиять на ситуацию уже не могли. Резервы моего организма подошли к концу.

— Ну ты и слабак! — зло выдал Боря, когда я окончательно сдался и улегся на землю.

Мне было на его мнение плевать с высокой колокольни. Голова кружилась, и я просто пялился в небо и ни о чем не думал. Ни облачка уже который день, ну что за напасть...

Но настоящая напасть ждала впереди.

— Правильный стимул не нацелен на причинение вреда, правильный стимул побуждает человека стать лучше! — объявил старшина и кинул рядом со мной лязгнувший металлом кожаный ранец. — Вот ты, Линь, у нас кто? Ты у нас второй номер пулеметного расчета и получаешь за это пять рублей доплаты. А что входит в обязанности второго номера? Правильно, подносить первому номеру боекомплект. Здесь девять килограммов — ровно три снаряженных диска к РПД. Стройся!

Рык заставил подняться с земли и ухватиться за ручку ранца, поднять, удержать на весу. После штанги он показался не таким уж и тяжелым, но, когда продел руки в лямки и под присмотром Дыбы подтянул ремни, от первоначального оптимизма не осталось и следа.

Нет, при ходьбе груз на горбе нисколько не мешал, но вот бежать с ним три километра нисколько не хотелось. Черт! Да у меня и налегке никакого желания бежать не было! Еле стою после этой драной подкачки!

— Итак, ориентируемся на общее время! — объявил старшина. — У какой команды оно окажется меньше, та и победит! На старт! Внимание! Марш!

Ну и побежали. Кто-то припустил со всех ног, кто-то начал кросс без лишней спешки, не желая выдохнуться в самом начале дистанции и плестись с черепашьей скоростью основную ее часть.

Продержаться в привычном для себя темпе я сумел от силы километр и еще примерно половину этого расстояния бежал почти с обычной своей скоростью, но уже переставляя ноги через силу. Ну а потом стало совсем невмоготу. Все навалилось разом: дыхание сбилось, сердце начало заходиться в бешеном стуке, придавил к земле злосчастный ранец. Да еще его ремни ослабли, и груз стал на каждом шаге ощутимо похлопывать по хребту. Засаднило ссаженные плечи, пришлось ухватить и натянуть лямки, но тогда стало не так сподручно работать руками. Еще и голова кружилась, а подошвы врезались в утоптанную до каменной твердости землю с такой силой, что казалось, должны были погрузиться в нее на десяток сантиметров как минимум.

И я понял — больше не могу. Нет, могу. Вполне способен пробежать в таком темпе еще метров пятьсот, а потом упаду и уже не поднимусь. И не будет никакого второго дыхания, слишком высока оказалась нагрузка. И тогда я начал понемногу замедляться и сдавать позиции, смещаясь в хвост растянувшейся вереницы курсантов.

К началу третьего километра я прочно обосновался на последней позиции, но зато не упал без сил и всерьез рассчитывал добежать до финиша. Именно добежать, а не доковылять или приползти.

Жутко ныли ноги и горели огнем легкие, еще сильнее болела спина и плечи. Пот тек уже просто ручьем, а последний километр все тянулся и тянулся. Прямо передо мной маячила спина Матвея — здоровенного деревенского детины с пудовыми кулаками, слишком массивного, чтобы быть хорошим или даже просто посредственным бегуном на длинные дистанции. А еще метрах в тридцати трусил Борис Остроух — тоже стайер не из лучших. И я — замыкающим. Но это ненадолго.

Ускорился я уже перед самой финишной прямой. Натянул ремни ранца так, чтобы он не молотил по спине, и бросил все силы без остатка на финальный рывок. Пусть недолгие занятия легкой атлетикой и не особо сказались на физической форме, но уж теорию зазубрить успел и не сжигал выносливость попусту в заранее обреченной на неудачу попытке оказаться не хуже всех во время забега, а начал рвать жилы только в самом конце.

Пошатывавшегося Матвея обошел как стоячего и всерьез вознамерился обогнать не только старосту, но и кого-нибудь еще, вот только на финальной стометровке начали наращивать темп почти все, и сокращалось отставание чрезвычайно медленно. Я и Бориса-то настиг только у самого финиша. Что-то азартно вопили успевшие пробежать свои полтора километра девчонки, и подбадривали отстающих товарищи по команде, я же никого не слушал, переставлял ноги, рвался вперед. В ушах звенело, в голове стучала кровь, легкие горели огнем, но выдержал, на последних метрах слегка вырвался вперед и даже не упал на землю, а побежал, побежал, побежал, быстро теряя скорость.

Там скинул с плеч опостылевший рюкзак, согнулся, уперся руками в колени и принялся хватать разинутым ртом воздух, радуясь уже просто тому, что можно больше не напрягаться.

Хотя нет, вру. Ничему я не радовался. Просто пытался отдышаться.

Не дали.

Подошел староста, с ходу рявкнул:

— Ты что творишь, Линь? Совсем обалдел?!

— А что такое? — хрипло выдохнул я в ответ.

Думал, лидер нашей команды поставит в вину результат, серьезно уступающий вчерашнему, и не угадал.

— Ты мне дорогу на финише перекрыл! — заголосил Борис. — Я из-за тебя худшее время показал!

Результаты состязаний оказались предельно очевидны, и теряющий главенствующее положение в отделении Остроух не нашел ничего лучше, чем выместить свое раздражение на мне. А быть может, слишком близко принял к сердцу финишный рывок, вот и прицепился.

— Да брось... — примирительно начал было я, но оказался немедленно перебит.

— Брось? Дистрофик, ты совсем дурак? Так я мигом из тебя дерьмо выбью!

Послышались смешки, и я не сдержался, зло выдал:

— Угомонись, толстозадый!

Замаха не видел и среагировать на него не успел, мясистый кулак угодил по губам, голова мотнулась, и я рухнул навзничь.

Хлоп! — и уже лежу на спине, в глазах мелькают звезды, во рту стоит металлический привкус крови, а тело переполняет ватная слабость. И подниматься не хочется, а надо...

— Что ты сказал? — с угрозой спросил Борис. — Ну-ка, повтори!

Поднимаясь, я прихватил полпригоршни земли, песка и пыли, выпрямился, сплюнул кровью.

— А ты не слышал? Разве Тугоух твоя фамилия?

Девчонки прыснули от смеха, рассмеялись пацаны. Побагровевший Борис широко размахнулся, и я метнул ему в лицо пригоршню песка, а следом со всего маху выкинул перед собой ногу, метя противнику в пах.

Запорошенные глаза помешали старосте заметить это движение, он пропустил пинок, охнул и согнулся, зажимая руками отбитые гениталии. А я замешкался, не зная, как поступить дальше.

Раньше было все просто — урони противника или сбей ему дыхалку и беги к своим, но тут не было своих, и бежать тоже было некуда. А упущу время — и меня превратят в отбивную, в этом сомневаться не приходилось.

Я кинул взгляд на тяжеленный ранец и уже потянулся к нему, когда раздался рык слишком увлекшегося подведением итогов забега старшины:

— Отставить!

Я замер на месте, а вот Борис наконец сумел разогнуться и проморгаться, он горел жаждой мести и ринулся в атаку. Церемониться с ним Дыба не стал, играючи повалил на землю, затем ухватил под руку, поднял и отдал новую команду:

— Отделение, стройся! — Нас старшина оставил вне шеренги и принялся сокрушаться. — Позор! Какой позор! Куда катится этот мир? Здоровенный детина не может отправить в нокаут задохлика, который в полтора раза легче его! Это насколько криворуким нужно быть, чтобы так опростоволоситься?

Послышались смешки, Борис побагровел и уперся взглядом в землю.

— Разговорчики в строю! — прикрикнул старшина на курсантов и перевел взгляд уже на меня. — Ну а ты, Линь, что творишь? Ты же боксер и борец, где тебя учили так драться, скажи?

Всеобщее внимание переключилось с бывшего старосты на «борца и боксера» в моем лице, почувствовал себя неловко.

— Ну и чего ты молчишь? Стыдно перед товарищами? Отвечай уже!

Опытом драк я был обязан преимущественно митингам, так об этом и сказал.

Дыба только головой покачал. Потом махнул рукой.

— Ладно! Теперь что касается этого инцидента... Все живы, и не была задействована сверхсила — это хорошо. Налицо вопиющее нарушение устава — это плохо. — Старшина оглядел нас с Борисом, потом перевел взгляд на шеренгу курсантов. — Применение в ситуации, подобной этой, сверхспособностей разом опустит вашу благонадежность до отрицательных величин. Это объективный факт. Чем это чревато? Уж поверьте — ничем хорошим.

Не знаю, кто именно позволил себе слишком откровенно улыбнуться, главное, Дыба этого не упустил, заложил руки за спину и начал прохаживаться перед строем.

— Думаете, слишком важны, чтобы вас подвергли серьезному наказанию? А вас и не накажут, вас используют. Не суть, каким именно образом: в качестве подопытного кролика или лабораторной крысы, но пользу обществу вы принесете, а вот понравится ли это вам — большой вопрос. То же самое касается и тех, кто не сможет соответствовать высоким стандартам Отдельного научного корпуса! Завалите обучение, не осилите курс общеобразовательных дисциплин, не вытянете физическую подготовку — отчислят из комендатуры, а следующее место службы будет несравненно хуже. Уж поверьте на слово.

Наверное, поверили не все, поскольку старшина счел нужным напомнить:

— Вы все подписали типовой контракт. На ближайшие пять лет вы стали собственностью корпуса. И ничего уже с этим поделать нельзя. Отстающих бросят на съедение умникам из лабораторий, для которых живого человека препарировать, все равно что мне высморкаться! — Дыба встал напротив женской части отделения и усмехнулся. — Теперь что касается барышень. Вступать в интимные отношения им не возбраняется, как с представителями корпуса, так и с молодыми и даже не очень молодыми людьми, не имеющими к нему никакого отношения.

Девушки покраснели одна сильнее другой.

— Вступать в отношения можно, а вот залетать, прежде чем способности будут развиты до пика румба, я вам настоятельно не рекомендую. Беременность является прямым противопоказанием к управлению сверхэнергией, а к моменту родов все текущие достижения будут безвозвратно потеряны.

— Может, оно и к лучшему? — произнесла длинноногая Маша достаточно громко, чтобы ее услышали не только соседки.

— Ребенок будет изъят и помещен в интернат. Мать лишится всех полученных после инициации льгот, а отца обяжут выплачивать компенсацию за порчу оператора, а также наравне с матерью участвовать в содержании отпрыска. И не сомневайтесь — в таких случаях отцов находят всегда.

Воцарилась гнетущая тишина, затем Оля с нескрываемым возмущением спросила:

— А это вообще законно, господин старшина?

— Перед подписанием контрактов не сочтите за труд их прочитать! Это долго и сложно, но результат того стоит, — заявил старшина и уставился на злобно сопевшего и кидавшего на меня исподтишка лютые взгляды Бориса. — Как уже говорил, наказание должно идти человеку на пользу и заставлять его делать то, что он в силу своей ограниченности делать не хочет. Курсант Остроух следующую неделю после отбоя будет драить уборные и думать, как так получилось, что сумел продержаться в старостах только один день. Потом поделится своими выводами, и, если они меня не удовлетворят, одной неделей дело не ограничится!

Боря втянул голову в плечи и промолчал.

— Ну? — рыкнул Дыба.

— Так точно, господин старшина! Будет исполнено! — чуть ли не выкрикнул в ответ наш бывший староста.

Тогда пришла моя очередь.

— Курсант Линь...

— Господин старшина, это не он начал! — выкрикнул кто-то из девчонок, но реплика эта действия не возымела.

— Курсант Линь, — продолжил Дыба, — завтра не будет протирать штаны в библиотеке училища, а по окончании занятий вернется в расположение. Я ночь спать не буду, но подыщу для него достойное дело. Отделение, разойдись! Остроух, Маленский, останьтесь.

Все поспешили в летний душ, я вручил старшине ранец и поплелся вслед за остальными. Опухли, кровили и болели разбитые губы, меня покачивало, и не хотелось даже думать о том, какое наказание подберет завтра Дыба.

В голове как заевшая пластинка крутилось одно и то же: «Раньше так часто еще никогда по лицу не получал, раньше...»

Девчонки избавились от шаровар и ополаскивались под струями в одних купальниках, но любоваться их ножками не было никакого желания. Дождался своей очереди, постоял немного под теплой водой, оттер от крови майку, насухо отжал ее и трико, потащился в комнату.

На ужин, несмотря на уговоры Василя, не пошел. Лежал на кровати в сгустившихся сумерках и пытался мысленно воссоздать образ Инги. Прежде делал это сотни раз, а теперь ничего не вышло. Какие-то размытые черты в памяти всплывали, и не более того.

Леву, Аркашу и даже Лию и сейчас видел, будто наяву. Только закрою глаза, сосредоточусь, и как живые стоят. А Инга — нет. Расстроился по этому поводу жутко, даже голова заболела. Потом уснул.

ГЛАВА 3

Утром думал — не встану. Болело абсолютно все: отваливались плечи, горела ссаженная ремнями ранца кожа, ломило поясницу, ныло меж лопаток, едва ворочались натруженные ноги и руки, о прессе и говорить не приходилось. Каждое движение давалось с трудом, с кровати сполз.

Василь старательно делал вид, будто ему все нипочем, но выглядел откровенно бледно и двигался куда скованней обычного, а его округлое лицо заметно осунулось, да и румянец пропал неведомо куда.

Но деваться было некуда — я потянулся немного, выругался через стиснутые зубы и поплелся в уборную. Навстречу попался Боря Остроух, он топал, будто носорог, посреди коридора, и пришлось посторониться, не желая провоцировать новый конфликт.

В туалете чистила зубы парочка пролетариев, на меня они поглядели с крайним неодобрением.

— Ну ты, Петя, вчера нас и подвел! — не преминул высказать претензию Илья Полушка, который был чуть выше и самую малость крупнее товарища.

— Пробежал бы нормально, мы бы деревенских на раз-два сделали! — поддакнул Сережа Клевец, череп которого казался слегка приплюснутым, а затылок заметно выдавался назад.

— Корову, что ли, проиграли? — огрызнулся я. — Охота за этого толстозадого жилы рвать?

Пацаны переглянулись, и Сергей спросил:

— Думаешь, барчук лучше?

И вот тут мне возразить оказалось нечего. По результатам забега старостой оказался назначен Федор Маленский, и ничего хорошего отделению новое назначение наверняка не сулило. Хотя, положа руку на сердце, я просто испытывал по отношению к нему вполне понятное предубеждение. Вот уж действительно — барчук.

На тренировочной площадке ждал приятный сюрприз. После обстоятельной разминки старшина объявил, что сейчас будем тянуть связки, а черед гирь и снарядов придет вечером. Не могу сказать, будто обошлось совсем уж без болезненных ощущений — при попытке сделать складку или сесть на шпагат хотелось и вовсе выть в голос, но особо Дыба не лютовал, и на завтрак отделение отправилось в полном составе; медицинская помощь никому не понадобилась.

Увы, расквашенные губы заживали куда медленней разбитой скулы, всякая попытка открыть рот чуть шире приводила к тому, что поврежденная кожа лопалась и начинала сочиться сукровицей. Но поел как-то, голодным не остался.

После новый староста отделения построил нас и повел на занятия. В отличие от Бори он за словом в карман не лез и без особого труда отбил все подначки девчонок. Да те на него особо и не наседали, а Маша так и вовсе беззастенчиво строила глазки. Как мне показалось, парочка пролетариев из-за этого стала не любить Барчука самую капельку сильнее прежнего.

В училище, в отличие от вчерашнего дня, первым уроком поставили упражнения с силовыми установками, уже надоевшие всем хуже горькой редьки. Правда, не обошлось сегодня без нововведений и там.

— Операторы, а, как ни странно, это определение относится и к вам, — скривился в недоброй ухмылке наш нынешний инструктор — крайне неприятной наружности, с перхотью на плечах и воротнике, — способны одномоментно оперировать объемом энергии, не превышающим отдачу от их резонанса. Соответственно верхняя граница этого показателя растет по мере отработки техники транса, ну а пока ваш потолок находится чуть ниже уровня плинтуса. Посему начнем с десяти секунд.

— А мы так уже делали! — радостно заголосила черноволосая Оля Мороз, даже не дослушав объяснение до конца. — Воду нагревали! Помните?

Кто-то согласился с ней, кто-то потребовал заткнуться и не мешать. Староста велел всем умолкнуть, тогда инструктор продолжил:

— Сначала идет десятисекундный отсчет, затем по сигналу — выплеск. Дальше у вас двадцать секунд на запись результатов и отдых. План индивидуальной подготовки будет строиться в зависимости от динамики показателей. Если не хотите напрягаться — можете их занижать. Захотите пустить пыль в глаза — припишите лишнего. В первом случае останетесь недоразвитыми слабосилками, во втором — надорветесь. Если кто-то не сможет самостоятельно разобраться со счетчиком, меня звать на помощь не нужно. Помощь вам должна была оказать мама, своевременно избавившись от плода.

Матвей угрожающе заворчал и подался к инструктору, а тот хоть и был ниже его на две головы, ничуть не стушевался и прищелкнул пальцами. Громилу тряхнул электрический разряд, он не удержался на ногах и плюхнулся обратно на лавку. Попытался подняться, но староста ухватил его за руку и удержал на месте, что-то быстро зашептав на ухо.

Инструктор выждал пару секунд, затем указал на генераторы и скомандовал:

— Разбирайте листы и карандаши. Сверху подпишите свое имя, номер установки и показания счетчика на момент начала занятий.

Только мы заняли места и выполнили распоряжения, как зазвучали размеренные щелчки метронома. Я попытался дотянуться до сверхэнергии, но за прошедшие до резкого звонка секунды направить в себя ее поток попросту не успел. И не я один.

— Не смогли — ставьте прочерк! Соберитесь!

Вторая попытка оказалась лишь чуть удачней, приток силы ощутил только на самых последних мгновениях отведенного на это времени, но зато дальше дело пошло на лад. Как видно, учили нас не только копить энергию, но и оперативно к ней обращаться.

По результатам урока не слишком-то и устал, скорее просто утомился. Да еще разболелась голова, и разглагольствования лектора слушал краем уха. Сегодня все тот же похмельного вида преподаватель вещал об истории исследования феномена Эпицентра, сыпал какими-то именами и датами, перечислял раскиданные по всему континенту места вторичных выходов сверхэнергии. Как оказалось, двух одинаковых по интенсивности и размерам среди них не было, при этом радиусы не гуляли в произвольном порядке, а различались примерно на километр. Сюда бы Льва — он был бы счастлив, а я чуть не задремал.

Второе практическое занятие прошло по вчерашнему сценарию: мы то пытались выдать максимальную пиковую мощность, то приступали к размеренной генерации энергии. И первое, и второе выматывало просто несказанно. Воздух в помещении наэлектризовался, всякое движение сопровождалось ворохом электрических разрядов, волосы встали дыбом. Ну и взмок весь, не без этого.

Но окончанию упражнений я нисколько не обрадовался. Пришло время возвращаться в расположение и сдаваться на милость старшины. Даже думать не хотелось, какое наказание тот подобрал, — от одних только мыслей об этом начинало крутить потроха.

— Линь! — окликнул меня Федор Маленский. — Погоди!

Мы вышли на крыльцо, там староста без всякой спешки достал кисет и принялся сворачивать самокрутку. Я же был как на иголках — если Дыба сочтет, будто слишком задержался в училище, это все только усугубит.

Наконец Маленский закурил и сказал:

— Не цепляйся к Боре, хорошо?

Я от удивления чуть дар речи не потерял и даже потянулся поправить очки, чтобы привычным жестом выиграть время на размышление, но поправлять было нечего. Да и о чем тут размышлять?

— Так это я к нему цепляюсь? — возмутился я. — Серьезно?

— Мне раздоры в отделении не нужны, — отрезал староста. — Будешь провоцировать конфликты, приму меры. Усек?

Ответить я не успел. Откуда-то с верхних этажей послышалось:

— Ловите, легавые!

Мелькнула и ударила в землю неподалеку от нас искра, взметнулись клубы пыли, накатили настоящей волной. Только и успел, что зажмуриться, но и так заслезились глаза, начал разбирать кашель.

На улицу мигом выскочили два вахтера; молодой и мордастый тут же ухватил меня за плечо.

— Это вы чего тут устроили, паразиты?!

— Это не мы! — только и выдавил я из себя, сбитый нелепым обвинением с толку.

Парень даже слушать ничего не стал и потянул меня к входной двери.

— Митрич, держи второго! — азартно поторопил он старшего коллегу. — Думают, не про них запреты писаны!

— Глаза разуй, остолоп! — зло одернул его Федор. — Или фуражка голову надавила, не соображаешь уже ничего?!

— Ах ты...

Молодой вахтер отпустил меня и потянулся к дубинке, но старший коллега выставил руку и его придержал.

— Ты глянь — откуда и куда волна шла. Кто-то с ними шутканул...

— Это еще разобраться надо! — раздухарился крепыш.

— Я сейчас с тобой так разберусь, кровью ссать будешь! — угрожающе произнес Маленский и перестал сутулиться, выпрямился во весь рост, расправил плечи, враз став выше меня.

Пожилой вахтер удержал товарища и потянул его прочь.

— Грубиян какой! — только и сказал он с укоризной. — А еще в комендатуре служишь!

— Иди-иди! — прикрикнул на него Федор и уставился на меня. — А ты чего молчал? Ты — сотрудник комендатуры, а это какие-то... привратники! Они нам в пояс кланяться должны!

«Как еще «лакеи» или «холопы» не сказал?» — мелькнула отстраненная мысль, а вслух я сказал совсем другое:

— Не подумал просто. Растерялся.

— Думай в следующий раз! — зло рыкнул Маленский и принялся отряхиваться. — Все, беги!

Столь откровенное пренебрежение неприятно покоробило, но мне и в самом деле пора было возвращаться, побежать не побежал, но и тратить время на приведение формы в порядок не рискнул, решив сделать это на ходу.

В итоге старшину отыскал, будучи не только пыльным, но еще и потным. Дыба поглядел сначала на меня, затем на охватившие кожаным браслетом волосатое запястье наручные часы и проворчал:

— Ладно, идем!

Идти пришлось на задворки основного корпуса к спортивной площадке, точнее — к навесу рядом с ней. Во время наших занятий физкультурой тот неизменно пустовал, а вот сейчас там выстроился рядком десяток бойцов лет двадцати на вид или немногим старше — самого разного роста и сложения, но неизменно подтянутых и крепких. Даже три затесавшиеся в строй девицы показались какими-то очень уж плотно сбитыми.

На их фоне худощавый дядька, как и остальные одетый в синий рабочий комбинезон на голое тело, особого впечатления не производил. Но обратился старшина именно к этому лысому мужичку.

— Добрый день, мастер! — сказал он, наметив легкий поклон. — Вот! На неделю отдаю вам на перевоспитание. Только не сломайте, комиссар поставил задачу из него человека сделать.

Непонятный мастер смерил меня пристальным взглядом и кивнул.

— Манекеном поработает. — А когда Дыба как-то очень уж поспешно удалился, прошелся перед строем и предупредил: — Кто мальца покалечит, сам его место займет. И не на неделю, а на все время, которое он в госпитале проваляется!

Улыбочки у бойцов разом увяли, и я самую малость успокоился.

— Сейчас идешь на склад и просишь выдать комбинезон...

— У меня уже есть! — необдуманно перебил я собеседника и неуверенно добавил: — Мастер...

Прозвучало обращение чуть не с вопросительной интонацией, и дядька усмехнулся.

— Мастер, мастер... Все верно. Беги! Одна нога здесь, другая там!

И я побежал, восприняв команду буквально. Почему-то это показалось правильным.

Когда переоделся, вернулся и разулся, мне вручили дубинку с каучуковым покрытием и указали на стоявшего посреди площадки бойца.

— Ну-ка, ударь его! Не волнуйся, больно ему не будет! В полную силу бей!

Вот насчет этого я нисколько и не волновался. Беспокоился исключительно на свой счет и оказался совершенно прав. Стоило лишь замахнуться, и дубинка полетела в одну сторону, а я кубарем покатился в другую. На какой прием поймал меня боец, даже не сообразил, но хоть шею себе не свернул, успев сгруппироваться. За те три месяца, что занимался вольной борьбой, если чему-то и успел выучиться, так это правильным падениям.

— Терпимо, — непонятно кому сказал мастер, но, скорее всего, все же не мне, и скомандовал: — Следующий!

И пошло-поехало. Пока выполнял роль атакующего, все было еще не так уж и плохо, разве что песка вдоволь наелся, а вот роль манекена не воодушевила совершенно. На манекене отрабатывали удары. Сегодня, на мое везение, удары дубинками. Пусть и сам орудовал такой, но ничего противопоставить бойцам, получившим приказ разоружить противника, не мог. Под конец занятия руки покрылись многочисленными синяками, да и по корпусу несколько раз прилетело более чем просто ощутимо.

Вытряхнув из волос и ушей песок и уже стоя под душем, я всерьез задумался, поменялся бы с Борей местами, выпади такая оказия, или оставил все как есть, но так ничего и не решил. Нет, первым побуждением было с негодованием отмести даже саму мысль о возможности подобного рода сделки, но очень уж руки болели, да и смысла не видел самому себе врать.

И ведь нужно еще четыре дня продержаться! И четыре — это как минимум. Очень хотелось надеяться, что на воскресенье мое наказание уже не распространится.

Когда пришел в столовую в форменной рубашке с коротким рукавом, Василь даже присвистнул при виде оставленных дубинками отметин.

— Да тебя, никак, били?!
— Немного, — уклончиво ответил я.
— Бедненький! — пожалела меня пухленькая Варвара, а наш прежний староста глянул с откровенным злорадством.

Остальным было наплевать. Им на меня, мне на них — все по справедливости.

Послеобеденное время отводилось на самоподготовку и выполнение домашнего задания, мне же пришлось идти в автохозяйство и выводить из стойла железного коня. Под присмотром опытного водителя скатался в степь, и хоть бывший мотогонщик всю дорогу крыл меня последними словами, но проваливать и не возвращаться не приказал, а вместо этого назначил следующую поездку завтра на то же время.

Ну а только перевел дух, и подошло время вечерних занятий физической подготовкой. И хоть сегодня обошлось без гантелей, гирь и штанг, всех подходов к спортивным снарядам я не продержался: на перекладине попросту отказывались сгибаться руки, на брусьях и вовсе падал, не в силах выжать свой вес. В результате перед забегом получил вчерашний ранец, ладно хоть еще дополнительным грузом на этот раз наделили не меня одного. Нормативов не смогли выполнить Миша из деревенской команды и Сергей из городских.

— Наградой команде победителей станет талон на усиленный паек! — объявил старшина. — Отоварить его сможете сразу после забега! Пошли!

Приз в итоге ушел деревенским, но я вовремя вспомнил о собственных талонах и после ужина обменял один из них на пакет овсяного печенья, коробку конфет в шоколадной глазури и пачку черного чая. О последнем попросил Василь, который умудрился где-то раздобыть пару мятых жестяных кружек и поцарапанный чайник; отсутствие доступа к плите его нисколько не смутило.

— Сами воду вскипятим! — уверенно заявил мой сосед.

— Так нельзя же! — напомнил я.

— Да брось, никто не узнает!

Василь первым приложил ладони к чайнику и замер так на минуту, а когда тот зашумел, передал эстафету мне. Я хоть и побаивался заработать очередное взыскание, все же обратился к сверхсиле и привычным уже образом трансформировал ту в тепловую энергию, принялся нагревать воду и вскоре довел ее до кипения.

Мы всыпали в кипяток несколько ложек заварки, и тогда мой сосед по комнате вдруг заявил:

— Надо девчонок звать!

Я глянул на него с нескрываемым сомнением.

— И кого из них? Машу? Так она тебя пошлет! Она с Федей хороводится.

Длинноногая Маша Медник из-за своего классического профиля и выразительных черных глазищ считалась в отделении первой красоткой и цену себе знала.

— К этой задаваке на хромой кобыле не подъедешь, — согласился со мной Василь. — Варя тоже отпадает. Она вмиг все печенье смолотит!

Упомянутая им девица к дурнушкам отнюдь не относилась, но была слишком уж упитанной, я кивнул и предположил:

— Тогда Оля?

Оля Мороз была премиленькой брюнеткой с очень ладной фигурой, мне она приглянулась, а вот Василь даже глаза закатил.

— Петя, я тебя умоляю! Оля — истеричка! С ней связываться себе дороже!

Меня это заявление удивило, но спорить с товарищем не стал и констатировал и без того очевидный факт:

— Остаются двойняшки.

Сказал я это без всякого энтузиазма, поскольку невысокие смуглянки Рая и Фая на мой взгляд были слишком уж коренастыми, и, в отличие от той же Вари, их конституцию лечебное голодание исправить точно не могло — просто таз и бедра были широкими сами по себе.

Василь мигом подскочил с кровати, будто только того и ждал. И не ждал даже, а сам меня к этой мысли и подвел.

— Этих я беру на себя!

Вернулся он хмурый и с покрасневшей щекой. Кто из сестер залепил ему пощечину, я интересоваться не стал. Разлил по кружкам успевший настояться чай, развернул конфету, раскрыл недочитанную книгу.

Уф... Хоть какая-то отдушина...

Так неделя и прошла. Разминка, занятия, тренировки, выезды на мотоцикле то в степь, то в город. Вечером пили чай, но если я затем подшивал воротничок и засыпал на первой или второй странице книги, то Василь откровенно скучал и маялся из-за недостатка общения. Приятели-пролетарии держались от всех особняком, а деревенские, которые неизменно выигрывали вечерние забеги, моего соседа, уж на что у того был подвешен язык, в свой круг не приняли. Вот Бориса, как ни странно, они не чурались. Очевидно, сказалось то обстоятельство, что он делил комнату с Маленским, а посиделки перед отбоем устраивались именно там.

— Ну ничего, — злорадно проворчал как-то Василь, — в понедельник они все переругаются, вот тогда мы и посмеемся...

— С чего им ругаться? — не понял я.

— Знаешь, как Маленский в старосты пробился? Пообещал Матвею, что через неделю ему должность уступит, а этот тугодум уши и развесил!

На самом деле Матвей Пахота тугодумом вовсе не был и казался недалеким из-за поспешности в принятии решений и чрезвычайной вспыльчивости. Но как раз именно это и придавало ситуации дополнительную остроту. Василь был совершенно прав — при таком раскладе в понедельник нас и в самом деле ожидало прелюбопытнейшее зрелище. Вот только до понедельника еще нужно было дотянуть.

Суббота оказалась банно-прачечным днем. Физическая подготовка ограничилась разминкой и растяжкой, а после занятий в училище и знакомства с картой Новинска мы выдраили комнаты и сдали постельное белье и форму, равно как и остальные требовавшие стирки вещи, в прачечную.

Затем Дыба выстроил нас и объявил:

— После помывки пойдете на массаж. Лично я полагаю, что вам пока еще попросту нечего расслаблять, но начальству виднее.

— Нас будет лапать какой-то мужик? — возмутилась худосочная Маша. — Вот еще!

У старшины дернулось веко, но он сдержался и сказал, не повышая голоса:

— Барышень будут лапать барышни с сестринского отделения.

И тут запричитала Оля:

— А я не хочу, чтобы меня лапали! Я не хочу!

В простом ситцевом платьице и косынке черноволосая девчонка выглядела на редкость привлекательно, но лишь до тех пор, пока ее лицо не перекосила плаксивая гримаса.

— Завтра без увольнения! — рявкнул выведенный из себя старшина.

— Да и пожалуйста! — в запале выкрикнула девчонка. — Не очень-то и хотелось!

Дыба уставился на старосту.

— И ты — тоже! — отчеканил он. — И учти: не сможешь навести порядок в отделении, мигом замену найду!

Угомонить слетевшую с катушек Олю оказалось совсем непросто, поэтому Маленский успел схлопотать еще и наряд на кухне. Потом девчонки увели истеричку мыться, а вот мужское отделение еще было занято, и мы расселись по лавочкам в ожидании своей очереди.

Рядом со мной устроились приятели-пролетарии, я не утерпел и полюбопытствовал:

— Вас сюда стараниями Степана законопатили?

Те уставились на меня.

— К тебе этот провокатор тоже подкатывал?

— Ну да.

— Так ты из наших? Чего тогда молчал?

Я покачал головой и приподнял клапан нагрудного кармана рубахи, изнутри к которому был приколот значок Февральского союза молодежи. Парни презрительно фыркнули и повторили мой жест, только на их красных значках был изображен сжатый кулак.

— Полумеры не помогут! — заявил Илья.

— Капиталисты не позволят провести реформы, — поддержал его Сергей. — Мы получим лишь то, что сможем взять сами!

Спорить не хотелось, и я задал откровенно провокационный вопрос:

— А почему не «Правый легион»? Они же тоже за интересы трудящихся борются, так?

Но ребята оказались идеологически подкованными, поставить их в тупик не удалось.

— Болтают только! Вернуть потерянные земли, восстановить республику в пределах империи, заставить всех нас содержать! А кого — всех? Там такие же пролетарии, как и мы!

— Если с них начнут драть три шкуры, деньги просто осядут в карманах богатеев! Им и сейчас несладко живется, а тут новые нахлебники на шею сядут! Трудящиеся должны сплотиться, только тогда станет возможно построение единого государства. Объединение начнется с низов!

Я бы нашел что возразить, да тут нас позвали в баню. Отмыть въевшуюся в кожу пыль оказалось делом нелегким, но справился как-то, хоть тереть свежие синяки и ссадины намыленной вехоткой и было не очень-то приятно.

— Ну ты и дистрофик, Линь! — во всеуслышание заявил вдруг Боря Остроух, когда мы уже вытирались. — Настоящий Кощей!

Наш новый староста не слышать этого заявления попросту не мог, но и не подумал сделать замечания, я тоже промолчал. Собака лает, караван идет — все так. А затевать драку никак нельзя, толстозадый только того и ждет. Еще и Барчук его поддержит, если огрызнусь.

Распахнулась дверь, и через раздевалку куда-то в служебные помещения двинулись девушки в форме учащихся медицинского училища. Кто-то прикрылся полотенцем, кто-то отвернулся, никак не отреагировал на внезапное вторжение лишь Матвей — как сидел, так и не шелохнулся даже, а вот Казимир намеренно встал, выставив свое хозяйство напоказ. Наверняка всякого навидавшиеся за время обучения барышни на него даже не взглянули, лишь сопровождавшая их тетенька средних лет с презрением бросила:

— Животное!

Крепыш с довольным видом осклабился.

Следом под предводительством пожилого инструктора зашла компания юношей, нас распределили между массажистами и хорошенько размяли. Опасался, как бы практиканты не сделали хуже, но впервые за неделю отпустило спину и почти перестало тянуть натруженные мышцы.

Следующим утром почувствовал себя по-настоящему отдохнувшим, и это было просто здорово: в воскресенье нам полагалось увольнение, мы могли быть свободны с самого утра и до девяти вечера.

Расположение я покинул на пару с Василем. Нет, в город все вышли одновременно, просто отделение тотчас рассыпалось на отдельные компании: слишком разные у нас оказались интересы, а кто-то и вовсе друг друга на дух не переносил.

Первым делом мы укатили на трамвае в центральную часть Новинска, а там зашли в первое попавшееся кафе и заказали по три шарика ванильного мороженого, обсыпанного измельченным фундуком и тертым шоколадом. Пока уплетали лакомство, с интересом поглядывали на спешивших мимо барышень, которых по случаю выходного дня оказалось на бульваре видимо-невидимо.

А посмотреть было на что: в противостоянии за длину легких платьиц, сарафанчиков и юбок летняя жара легко и непринужденно укладывала на лопатки ханжеские нормы приличий. При этом, помимо фигуристых студенток и курсисток, частенько на глаза попадались и совсем молоденькие гимназистки.

— На теории спал, что ли? — усмехнулся Василь из-за высказанного мной вслух удивления. — Считается, будто длительное нахождение в стокилометровой зоне Эпицентра увеличивает шансы пробуждения способностей к управлению сверхэнергией. Богатеи через одного детей на учебу в Новинск отправляют. Лектор говорил, на одного студента шесть-семь школьников приходится. Не слышал, что ли?

Я озадаченно покачал головой. Наверное, и в самом деле задремал.

— Мне другое покоя не дает! — подался вперед Василь. — Что за ерунду устроили из нашего обучения? Никакого боевого слаживания не проводится, наоборот — будто специально поощряют раскол в отделении на городских и деревенских. Это же неправильно!

— Да брось! Неделя только прошла! — отмахнулся я, хотя подобные мысли посещали и меня самого. — И мы не в армии, кому это слаживание нужно? Вон, смотри!

Сосед по комнате обернулся и проследил взглядом за неспешно прокатившим по бульвару мотоциклом с коляской.

— В патрули по трое отправляют! Раскидают нас по другим подразделениям, и не будет больше никакого учебного отделения, пока новый набор не случится.

— Обратил внимание — в коляске девушка ехала? — спросил Василь. — Кого нам дадут, как думаешь?

Я только плечами пожал. Мы, судя по выданному обмундированию, очутились в одной комнате вовсе неспроста, но вот насчет личности третьего члена звена идей не было ни малейших. И вообще, это необязательно будет девушка, тут Василь со своей догадкой бежит впереди паровоза и запросто может угодить пальцем в небо.

Доели мороженое, выпили газированной воды и отправились бесцельно бродить по бульвару. Но на улице уже вовсю припекало, поэтому купили билеты на сдвоенный киносеанс в «Заре», посмотрели отечественную музыкальную комедию и заокеанский детектив, мрачный и пугающий. Когда сбежавший от гангстеров герой остановил проезжавшую по шоссе патрульную машину, а полицейские оказались сообщниками его врагов, меня и вовсе не на шутку проняло. Даже вздрогнул.

Вот он — мир чистогана, в который нас усиленно тянут реваншисты и капиталисты!

Дальше Василь предложил ехать знакомиться с девчонками в городской парк, а когда я эту идею забраковал, укатил туда на трамвае один.

— Тоже мне, товарищ! — проворчал я, неспешно топая по тенистому бульвару.

Ему хорошо, а мне из-за синяков на руках пришлось надевать старую гимнастерку. В таком виде только к девушкам и подкатывать!

Но это была отговорка, и я прекрасно отдавал себе в этом отчет. Слишком насыщенной выдалась прошедшая неделя, и новые знакомства сейчас меня нисколько не привлекали. Хотелось ощутить себя в обычной среде обитания, да только не тратить же увольнение на поход в библиотеку!

Я купил газету и наскоро просмотрел передовицу, посвященную гражданской войне в Домании, но ничего утешительного о положении республиканцев в ней не напечатали, а остальные заметки читать не стал и неспешно двинулся, куда глаза глядят, чтобы вскоре очутиться перед баром «СверхДжоуль». Ну да, а куда я еще мог пойти?

Но и заглянуть внутрь не решился. Отчасти показалось глупым предъявлять на входе в студенческое заведение карточку Среднего специального энергетического училища, отчасти постеснялся старой гимнастерки со слишком куцыми рукавами. Да и вообще, не хотелось навязываться. Хотя казалось бы — чего такого, но никогда этого не любил, и все тут.

Поэтому уселся на лавочку напротив входа и принялся читать газету, не забывая время от времени поглядывать по сторонам. Надеялся, что появится Лия или даже Инга и получится изобразить случайную встречу, но вот уже все статьи два раза просмотрел, а к питейному заведению так никто и не подошел. И никто из него не вышел.

Слишком рано для посиделок в баре? Пожалуй, что и так... Расстроился было по этому поводу, а потом вспомнил о Льве. Лев в качестве собеседника годился даже лучше девчонок. Мне до зарезу требовалось выговориться, но за Лией увивался смазливый студент, а Инга так и вовсе вечно окружена поклонниками, спокойно пообщаться не выйдет. Лев же точно не страдает от наплыва посетителей — только не в психиатрической клинике.

Ну да, на неделе я выкроил немного времени и выяснил, что нашего слишком восприимчивого товарища держат в заведении, которое в народе принято называть желтым домом. И, если уж на то пошло, будет просто некрасиво не нанести ему визит. Пусть что для него, что для меня недельное заточение в четырех стенах не такое уж великое испытание, но увидеть знакомое лицо будет приятно нам обоим.

«Он мне точно обрадуется», — так думал я, пока ехал на трамвае, и пока шел от остановки к небольшому комплексу зданий, окруженному зеленой изгородью, думал так тоже. Да и дальше совершенно искренне продолжал пребывать в этом заблуждении: и когда объяснялся с охраной, и когда беседовал с дежурным врачом.

Меня бы выставили на улицу, уже даже собирались это сделать, но положение спасло вовремя сказанное слово. Слово это было «абсолют».

— В самом деле, молодой человек? — заинтересовался дежурный врач. — Вы обладаете абсолютной невосприимчивостью к ментальному воздействию и сами полностью нейтральны в плане эмпатического воздействия на окружающих?

— Так и есть, — заявил я, самую малость приврав.

— Учетная книжка при себе?

— Не догадался взять.

Доктор посмотрел на меня с нескрываемым сомнением, а потом взмахом руки подозвал скучавшего поодаль санитара в сливочно-белой форме — здоровенного, плечистого и с накачанными волосатыми предплечьями. Я испугался даже, что сейчас меня затянут в смирительную рубашку, но мордоворот лишь пристально глянул и постоял так какое-то время, затем озадаченно покачал головой.

— Нет отклика.

Дежурный врач жестом отпустил его и задумчиво огладил короткую бородку.

— Так, говорите, вы хороший знакомый Льва Ригеля?
— Именно так. Вместе учились... до инициации.
— Я должен согласовать визит с его лечащим врачом. Подождите в приемном покое.

Обрадованный тем, что не выставили на улицу сразу, я выполнил распоряжение, а уже минут через пять шагал по тенистой территории клиники в сопровождении доктора и невозмутимого, словно бездушный механизм, санитара. Не знаю почему, но в голове так и вертелось новомодное словечко «робот». Вот этот громила именно такой.

Окруженные деревьями корпуса нисколько не напоминали обиталища душевнобольных, а выстроенное наособицу одноэтажное здание и вовсе основательностью каменной кладки походило на артиллерийские казематы. Подумал так — и угадал, предстояло спуститься в подвал.

У входа доктор остановился и предупредил:

— Лечащий врач полагает, что небольшая встряска только пойдет на пользу, но прошу контролировать себя. Лев крайне болезненно переносит любые эмоциональные проявления.

Он указал вниз, и я не сдержал удивления.

— А вы разве не пойдете со мной? Отпереть дверь...
— Ваш друг находится в здравом уме и помещен в экранированное помещение в силу объективной необходимости, которую вполне способен осознать и принять. Идите! Только не забудьте постучаться.

Я вздохнул и начал спускаться по массивным каменным ступеням. Металлическая дверь была не заперта, за ней оказался метровый тамбур и еще одна дверь, ничуть не менее солидная, только, в отличие от первой, лишенная запоров. По ней я несколько раз приложился ладонью.

— Убирайтесь! — донесся в ответ приглушенный отклик.
— Это я! Петр!

Тут-то и выяснилось, что Лев вовсе не расположен к общению или, как минимум, не желает общаться именно со мной.

— Уходи! — И после недолгой паузы: — Уходи, уходи, уходи!

Но я не ушел и вместо этого потянул на себя ручку. Дверь неожиданно легко подалась, открыв освещенную одинокой лампочкой комнатку, чьи пол и стены были затянуты белым войлоком.

Лев в больничной пижаме сидел на матрасе с натянутой на голову наволочкой, раскачивался и бормотал:

— Уходи, уходи, уходи...

Я немного постоял на пороге, не зная, как поступить, потом сказал:

— А меня уверяли, что ты адекватен.

Бормотание мигом стихло, и Лев неподвижно замер, настороженно склонив голову набок.

— Да ладно? — протянул он с откровенным удивлением и зачем-то уточнил: — Петя, это точно ты?

Своей бессмысленностью вопрос поставил в тупик, и я даже как-то растерялся.

— А кто еще? — буркнул уже с некоторым раздражением.

Лев мигом сдернул с головы наволочку и вскочил на ноги.

— Но я тебя не чувствую! Совсем! От эмоционального фона других мозги закипают, а от тебя ничего! Как так?!

Я постучал себя пальцем по виску и многозначительно произнес:

— Абсолют! — потом уточнил: — В курсе, что это?

— А! О! — выдал Лев и замахал руками. — Проходи! Да проходи ты! Не разувайся!

Он принялся суетливо оправлять пижаму и приглаживать растрепанные волосы, а потом сложил ширму. За той обнаружился самый обычный журнальный столик с чайником, сахарницей и вазочкой, полной печенья; рядом притулилась шахматная доска. Там же высилось сразу несколько стопок потрепанных книг и еще с десяток валялись открытыми или с вложенными меж листов закладками. И никакой художественной литературы — сплошь теоретические труды по управлению сверхэнергией.

Я все же снял босоножки, ступил на войлочный пол и прикрыл за собой дверь.

— На обстановку внимания не обращай! — попросил Лев. — Сюда всяких помещают, у некоторых с головой совсем плохо. Главное, комната отлично экранирована — в стенах заземленная металлическая сетка. Правда, до ноосферы при желании можно дотянуться и отсюда.

— До ноосферы? — опешил я.

Возникло подозрение, что с душевным здоровьем товарища не все так просто, и тот будто угадал эти мысли по выражению моего лица.

— Ну, Петя! Надо же, помимо детективов, еще и научные журналы читать! Сверхэнергия пронизывает весь мир, все люди подсознательно взаимодействуют с ней, и с помощью определенных техник можно даже влиять на чужие сны. И это не я выдумал! Это официальная теория! Вот, смотри!

Я машинально принял книгу с заголовком «Практики работы с ноосферой» и двумя штампами: «ДСП» и закрытого хранилища РИИФС.

Для служебного пользования? Ого!

— И откуда это у тебя?

— Снабжают! — неопределенно махнул рукой Лев и указал на столик. — Садись, чай пить будем! — Он воткнул вилку электрического чайника в розетку и устроился на войлочном полу, по-восточному скрестив ноги. — Извини, стульев нет. Да ты рассказывай, рассказывай!

Я скопировал позу товарища и поведал ему об инициации и последующем распределении, не забыл упомянуть и о встрече с Лией.

— Какая же она шумная! — поморщился Лев. — Нет, не в плане голоса. Эмоции так и хлещут, сверхэнергия от нее просто волнами расходится. Чуть мозг не поджарила. Так и подумал, что из нее отличный пирокинетик выйдет.

Дальше мы стали пить чай вприкуску с печеньем и разыграли несколько партий в шахматы. Доска тоже оказалась войлочной, а фигуры — мягкими и плоскими, пользоваться ими было непривычно. Хотелось обсудить общих знакомых, но Лев болтал просто без умолку, и оставалось лишь слушать, кивать и поддакивать. Говорил он преимущественно о теоретических аспектах управления сверхэнергией, да еще частенько проводил параллели с экзотическими восточными практиками, толковал о значимости правильного дыхания, медитаций и укрепления внутренней энергетики.

Потом Лев замолчал, глянул на меня с непонятным выражением и вдруг заявил:

— Знаешь, Петя, а ведь ты подарил мне надежду.

— Это как? — опешил я от неожиданности.

— Для человека с моей чувствительностью открыты два пути: добровольное затворничество в таком вот замечательном месте или прием препаратов, которые не только понижают ментальную чувствительность, но и угнетающе действуют на нервную систему.

— А что же я?

— Твой случай показал, что мой дар не всесилен. Я ведь первый, кто прошел инициацию в первом румбе первого витка и остался в здравом рассудке, такой вот казус. Но раз и я не могу пробиться через твой барьер, значит, хотя бы и чисто теоретически способен ослабить собственный потенциал настолько, что перестану непроизвольно считывать чужой эмоциональный фон. Тут есть над чем подумать.

Я понял, что пришло время прощаться, встал и протянул товарищу руку. Тот ответил на рукопожатие и попросил:

— Заглядывай, как сможешь. Буду рад.

Когда же я дошел до двери и обернулся, Лев уже сидел на матраце с натянутой на голову наволочкой. Хотелось думать, что ему просто мешает медитировать мерцание электрической лампы под потолком.

Утро понедельника началось с построения, равно как и остальные до него, но кое-чем оно все же из общего ряда выбивалось. В шеренге мы на этот раз стояли не все, весь какой-то помятый Матвей Пахота переминался с ноги на ногу рядом со старшиной.

Дыба был зол. Ну или изображал злость куда лучше обычного. Так-то мне казалось, что старшине на все плевать с высокой колокольни, просто использовать кнут в обучении куда проще пряника, а тут у него чуть ли не дым из ушей валил.

— Самоконтроль! — прорычал он, перестав пучить глаза. — Самоконтроль важен для всех, но нет ничего важнее самоконтроля для тех, кто взялся оперировать сверхэнергией! Алкогольное опьянение недопустимо! Пьяные совершают нелогичные и даже глупые поступки и теряют способность адекватно оценивать свои действия. Никакого алкоголя! Он для вас под строжайшим запретом, и всех об этом предупреждали! Всех и неоднократно! И что же делает этот дегенерат? Он тащит через пропускной пункт бутылку водки, а от самого разит перегаром так, что мухи дохнут!

— Я всего рюмочку пропустил! — попытался оправдаться здоровяк, но взгляда от носков своих ботинок так и не оторвал.

Прежде видеть его в столь пришибленном состоянии еще не доводилось, и Федор Маленский поспешил прийти на помощь одному из деревенских:

— Господин старшина! Матвей не пьяница! Он просто собирался угостить товарищей!

Уж лучше бы наш староста промолчал. Дыбу при этих словах аж затрясло от бешенства.

— То есть хотел споить других курсантов? Я правильно понимаю?!

— Да чего там с бутылки на всех было бы? — не удержал язык за зубами проштрафившийся здоровяк.

Старшина чуть не задохнулся от возмущения, но на крик все же не сорвался, лишь шумно выдохнул и распорядился:

— Линь, после училища отведешь его к мастеру. Один черт, такого учить — только портить. Все, к разминке приступить!

Мы разогрелись, растянулись, перешли к спортивным снарядам, и после двух дней отдыха давались мне упражнения несравненно проще. Взмок, конечно, зато все подходы выполнил.

Уже когда шли к душу, Василь нагнал меня и негромко, так, чтобы не услышали остальные, шепнул:

— А Федя молодец, красиво этого дурачка разыграл. Далеко пойдет!

— Это как? — не понял я.

— Да ты сам подумай — кому бы еще Матвей водку согласился пронести? Товарищей угостить? Ха три раза!

— Думаешь, Барчук его об этом попросил?

— А кто еще? Нет, этого дурачка и так бы старостой не назначили, но теперь ему и обижаться не на кого. Сам попался!

Я кивнул. Матвея мне было нисколько не жаль. Не из-за какой-то душевной черствости, просто опостылело выполнять роль манекена, на котором отрабатывают приемы все кому не лень. А тут замена появится. Плохо разве? Да вот еще!

Второе новшество поджидало в училище. Нет, практические занятия на силовых установках прошли в прежнем режиме: сначала прорабатывали скорость обращения к энергии, ее накопление и выброс, потом пытались повысить пиковую мощность и увеличить общую выносливость. За прошедшую неделю мой потенциал подрос до семнадцати киловатт, а на своей не так давно еще максимальной девятке я мог продержаться без малого двадцать минут, вот только радоваться тут было особо нечему.

— Очень скоро темпы развития начнут падать! — раз за разом втолковывал нам инструктор. — Ловите момент! Первый месяц после инициации наиболее продуктивный! Чем выше окажется стартовая позиция на момент отработки резонанса, тем легче будет продвинуться к пику румба!

Повторил он эту сентенцию и сегодня, тут обошлось без неожиданностей, а вот что удивило и порадовало, так это отмена теоретических занятий, которые в силу своей никчемности опостылели хуже горькой редьки. Как оказалось, за неделю мы прослушали весь вводный блок, и теперь пришло время работы с отдельными видами энергии и загадочного спецкурса для слушателей ОНКОР.

И то и другое преподавали в подвале училища. Непосредственно у входа там стояло несколько парт, а все остальное помещение со сводчатым потолком и сложенными из красного кирпича стенами оказалось совершенно пустым, лишь у дальней стены высились странные конструкции, состоявшие из нескольких обручей разного размера и металлического гонга чуть подальше них.

Сразу вспомнился пресловутый третий кабинет Кордона, и я как-то даже особо не удивился, узнав преподавателя. Тем оказался один из дядек в синем рабочем комбинезоне, которые неделю назад проводили проверку на негатив.

— Меня зовут Савелий Никитич! — представился он и предупредил: — Буду вещать о всяком-важном, поэтому кто без бумаги и карандашей — марш в лавку!

Таковыми среди всего отделения оказались только я и староста, пришлось бежать наверх. Купил пару блокнотов и два карандаша, которые прямо там и заточили. Один комплект оставил себе, второй передал попросившему об одолжении Маленскому. Стребовать деньги не успел, началась лекция.

— Все тут по направлению от комендатуры? — уточнил Савелий Никитич, а когда староста это подтвердил, огладил усы. — Тогда скажу без экивоков: чаще всего в своей будущей работе вам предстоит сталкиваться с коллегами. Не с сотрудниками комендатуры, хотя бывает всякое, а с операторами сверхэнергии. Многие такие с пафосом именуют себя сверхлюдьми, а газетчики, к примеру, пустили в обиход словечко «сверхи». Именно с ними вы окажетесь по разные стороны баррикад.

— А я не хочу! — выкрикнула вдруг Оля. — Не хочу ни с кем оказываться по разные стороны баррикад! Не хочу ни с кем сражаться!

Девчонку мигом угомонили соседки, а Савелий Никитич покачал головой.

— Как же тебя на медкомиссии проглядели, деточка? — вздохнул он, но тут же махнул рукой. — Ну да это не моя головная боль. Приступим!

На раскрытой ладони дядьки возник искрящийся шар, и все мигом примолкли.

— Шаровая молния — простейшая и самая примитивная конструкция, которой так любят швыряться друг в друга балбесы-студиозусы. Львиная доля поражений сверхэнергией приходится именно на эти случаи. Заряд редко когда превышает пять джоулей на сантиметр в кубе, но может доходить и до десяти, в исключительных случаях — до пятнадцати. Особенность конструкции такова, что при падении плотности энергии до половины от изначального значения происходит самопроизвольный распад, если только не было предусмотрено поэтапное снижение размера.

Я не сразу сообразил, что уже началась лекция, и бросился записывать с некоторым опозданием, а Савелий Никитич все говорил и говорил. О взрывах при ударе о преграды, в том числе и энергетические, о способах заземления подручными средствами, о мерах противодействия с помощью сверхспособностей. Понятно было далеко не все, но помечал какие-то основные моменты, которые впоследствии можно было использовать в качестве отправных точек для поиска информации в учебниках.

— Опасность шаровых молний изрядно преувеличена, — продолжил тем временем инструктор. — Они легко разрушаются, а обычной наступательной гранате соответствует шар размером с футбольный мяч. — Он развел руки, показывая примерный размер. — Шаровая молния размером с яблоко при средней плотности энергии равносильна одному-двум граммам тротилового эквивалента. Есть пути повышения заряда в конструкциях данного типа, но они сложны. На таком уровне развития способностей становятся доступны куда более эффективные способы смертоубийства.

Савелий Никитич оглядел нас и усмехнулся в усы.

— Заскучали? Тогда приступим к практическим занятиям!

Все так и вытаращились, а Миша Попович и вовсе соскочил с места.

— Шаровые молнии мастрячить станем?! Чур, я первый!

— Сядь ты! — дернул его сзади за пояс Боря Остроух. — Очередность староста установит!

— Федя, давай я первым пойду! — крутанулся на месте обычно рассудительный, а тут поддавшийся всеобщему ажиотажу Прохор.

— Тоже мне, джентльмены! Могли бы и девушек вперед пропустить! — возмутилась пухленькая Варя.

— А чем вы лучше? — зло процедил Казимир — вечно хмурый крепыш с мощными, но покатыми плечами и низким лбом. — Бабье дело — детей рожать, а не молниями швыряться!

— А мне эти шаровые молнии и даром не сдались! — фыркнула Оля.

Федор Маленский вскочил на ноги и прошипел:

— Да угомонитесь уже, бестолочи! Кто еще хоть слово вякнет, наряд схлопочет! — Сразу воцарилась тишина, и тогда он уже совершенно спокойно попросил: — Савелий Никитич, продолжайте, пожалуйста!

Инструктор с благодарностью кивнул и своим следующим заявлением вогнал всех присутствующих в глубочайшее уныние.

— Нет, создавать шаровые молнии учить вас не стану. Конструкция примитивная, но вы ее потянете еще не скоро.

Никак не выказал разочарования лишь маявшийся с похмелья Матвей, который и записей-то не вел, да Маша, очевидно полагавшая себя выше этого. Даже двойняшки Фая и Рая приуныли. Я исключением вовсе не был. Уже ведь представил, как...

Эх! Да чего там теперь!

— Но! — поднял вверх указательный палец Савелий Никитич. — Как говорится, ломать не строить, поэтому шаровые молнии вы будете не создавать, а разрушать! Основные способы я уже перечислил, за исключением разве что бега... А что вы смеетесь? Любая конструкция теряет в секунду половину джоуля на квадратный сантиметр своей площади. Шаровые молнии небольших размеров существуют недолго. А еще их структура нестабильна и разрушается элементарным выплеском силы. Вот этим для начала и займемся.

Василь поднял руку.

— Савелий Никитич, можно вопрос? Нам просто говорили, что наработанные рефлексы...

— Вздор, молодой человек! — резко перебил его инструктор. — Нет, насчет рефлексов — истинная правда, но выплеск энергии — не то действие, которое имеет смысл осуществлять вполсилы. По сути, вы уже отрабатываете его, накапливая силу в течение десяти секунд и затем скидывая в генератор. Здесь будет все то же самое, только придется поразить внешнюю цель. Смысл занятия — в отработке скорости и фокусировке. Сама по себе сверхэнергия стремительно рассеивается в пространстве, формировать будете насыщенную воздушную волну. Эта комбинация более стабильна.

Миша поднял руку, но ему и рта открыть не дали.

— Каким образом правильно сформировать волну? — предупредил его вопрос Савелий Никитич. — Разберетесь! Принцип уже заложили в вас на базовом инструктаже.

— Это когда еще? — удивился Казимир.

— В кинозале сразу после инициации, — пояснил инструктор и хлопнул в ладоши. — Все, приступайте!

И нас отправили к мишеням. Бить предстояло с десяти метров, и при этом следовало поразить лишь дальний гонг, не задев разнокалиберные обручи, висевшие на середине дистанции.

— Тут все как при пулевой стрельбе, — заявил Савелий Никитич. — Центр — десятка. Заденете меньший из обручей — получите девять очков. И так далее, по убыванию. Для зачета надо выбить минимум семерку!

Моим сослуживцам задание показалось не слишком сложным, а вот я на собственном опыте знал, сколь непросто сфокусировать и направить в нужную точку пространства выплеск сверхсилы. Именно поэтому торопиться не стал, для начала восстановил в памяти свои действия по формированию энергетического сгустка и уже только после этого, семь раз отмерив, попытался поразить гонг.

Тот не дрогнул, зато заколыхались все обручи разом. Я даже покраснел от смущения, ладно хоть еще никому не было до меня никакого дела, поскольку у остальных результаты оказались ничуть не лучше. Но это — поначалу.

Дальше почти все начали уверенно выбивать по пять-шесть очков, а вот у меня получалось набрать столько лишь за две-три попытки. Просто, когда бил в полную силу, почти не контролировал точность, а попытки схитрить и выплеснуть меньший объем энергии оборачивались пусть и точным, но все же пшиком. В этом случае обычно вздрагивали только три самых маленьких обруча, а вот гонг оставался недвижим; выбросом до него попросту не добивал. И не особо даже утешал тот факт, что Василь и Варя недалеко от меня ушли, крепко обосновавшись в тройке отстающих.

Под конец занятия воздух буквально искрился от разрядов статического напряжения, и Савелий Никифорович выгнал нас на десять минут раньше, наказав практиковаться на полигоне.

— У комендатуры свой есть, точно знаю! — уверил он Федора. — Только не вздумайте друг на друге упражняться — покалечитесь! Все, завтра жду в это же время, и чтоб без опозданий!

Стоило только подняться из подвала, Василь тут же ухватил меня под руку и потянул на улицу.

— Идем, идем, идем... — негромко забормотал он. — Надо свалить раньше, чем Федя орать начнет.

— А что такое? — удивился я.

— Политически неправильно будет галдеж на занятии спустить, — пояснил мой сосед по комнате. — Его деревенские даже за первого среди равных пока не считают. Если захочет удержаться в старостах, а он захочет, гайки закручивать станет. Угадай, кого показательно высечет? Нас с тобой — больше некого. А не будет нас, поорет на пролетариев и успокоится. Ну сам посуди, не на девчонок же ему глотку драть?

Я не стал спорить, мне в любом случае делать в училище было уже нечего. Оставалось лишь дождаться Матвея и отвести его на площадку для единоборств.

На крыльце Василь с важным видом вытащил солидную пачку папирос и протянул мне.

— Угощайся. Не думай, не «Бокс» какой-нибудь, «Элита»! Высший сорт!

— Спасибо, не курю, — отказался я и не сумел сдержать удивления, спросил: — Ты же раньше не дымил?

Мой сосед сунул в рот папиросу, ловким движением запалил спичку о подошву ботинка и задымил.

— Не нужно было, вот и не дымил, — усмехнулся Василь, выдув сизое облачко.

— А сейчас что изменилось?

— Так с девушками знакомиться проще! — Он приметил мою скептическую ухмылку и кивнул. — Серьезно! Я вчера так и познакомился. Продавщицей в табачной лавке работает такая красотка, что хоть сейчас на сцену. В воскресенье на свидание пригласил. А папиросы... Не выкидывать же!

Я улыбнулся, заметил спускавшегося по лестнице Матвея и поспешил распрощаться с соседом. Да тот и сам задерживаться на улице не стал, затушил недокуренную до конца папиросу, сунул ее в коробку и поспешил в училище.

Громила подошел, глянул на меня сверху вниз, хмуро спросил:

— Что за мастер еще?
— Дядечка лет сорока. Рукопашный бой преподает.
— Сильно здоровый?
— Да нет.

Прямоугольную физиономию сослуживца прочертила недобрая улыбка.

— Тогда сломаю.

У меня имелись серьезные сомнения на этот счет, придержал их при себе, молча зашагал к воротам. Матвей потопал следом, с интересом поглядывая на встречных, но юноши старательно отводили взгляды, не желая провоцировать громилу, а девушки ускоряли шаг, спеша поскорее проскочить мимо. На улице моему сослуживцу эта игра наскучила, и он нашел другую забаву: принялся пинать перед собой половинку кирпича, нисколько не заботясь о внешнем виде новеньких ботинок.

Я не стал его ждать и пошел впереди, да только никакого действия этот маневр не возымел — Матвей и не подумал ускорить шаг, пришлось сбавить темп. Время поджимало, и я даже поторопил громилу, но без толку. Мой спутник определенно не собирался никуда спешить; как футболил обломок кирпича, так и продолжил его пинать.

И вновь я зашагал впереди, а когда частный сектор остался позади и потянулись двухэтажные жилые дома, под ноги вдруг полетел окурок, следом из подворотни повалили парни в одинаковых гимнастерках со значками Среднего специального энергетического училища.

— Я же говорил, этот легавый тут всегда в одно время ходит! — завопил веснушчатый светлокожий пацан, чем-то напоминавший молочного поросенка.

А вот его спутники вызывали ассоциации с городским зверьем, пусть и не с волками, но и шакалы опасны, когда сбиваются в стаю. А эти — сбились, этих — пятеро.

И я растерялся. Бежать — стыдно и поздно. Бить сверхэнергией — страшно, они же ответят тем же! Драться?

Ситуацию разрешил Матвей. Он ухватил обломок кирпича и ринулся вперед со зверским выражением лица.

— У-у-убью!

Рык сделал свое дело, и парни терзаться сомнениями не стали, пустились наутек. Черт! Да я бы и сам на их месте поступил именно так же! И плевать на уязвленную гордость.

Матвей мигом остановился, выкинул кирпич и отряхнул ладони.

— Ну, ты чего встал? Шевелись! Сам же сказал — опаздываем!

Я двинулся с ним в ногу, потом не утерпел и спросил:

— А зачем кирпич хватал? Ты бы и так им навалял.

— Мараться только, — презрительно фыркнул громила. — Прибьешь кого — потом отвечай. А с психическими нет дураков связываться, психический убьет — и все дела.

Заявление это прозвучало на редкость разумно, а Матвей еще и добавил:

— Меня даже мужики боялись. Только и удавалось подраться, когда деревня на деревню сходились.

Я кивнул. И подумал о том, что подкараулить меня на обратном пути из училища могут и завтра, и послезавтра, и вообще в любой день, но столь убедительно сыграть психа не сумею совершенно точно. Не таскать же специально для этой цели половинку кирпича!

Требовалось что-то компактное и одновременно способное убедить кого угодно, что от меня лучше держаться подальше. Нож? Я обдумал эту мысль так и эдак и счел ее вполне годной. Складной нож у меня был, а уж припадочного как-нибудь разыграю. Главное, не впасть в ступор. И потренироваться перед зеркалом тоже будет не лишним.

План? План. Уж лучше подстраховаться, чем оказаться битым!

ГЛАВА 4

Сбежать не удалось. Рассчитывал отвести Матвея на площадку и потихоньку улизнуть, только ничего из этого не вышло.

— Встань в строй! — коротко бросил тренер, глянул на моего сослуживца и кивнул. — Да, фактура подходящая.

— А ты кто... — договорить курсант не успел.

Мастер как-то небрежно и совсем несильно пнул здоровяка под колено, и тот рухнул, будто подрубленное дерево. Тут же вскочил и попытался облапить обидчика, но на этот раз полетел кубарем, и я даже успел разобрать проведенный прием. Повторить бы не смог, а узнать — узнал.

В два спокойных шага тренер очутился рядом с Матвеем и не позволил ему подняться, просто положив ладонь на плечо. Громила напрягся так, что на шее вздулись жилы, но ничего этим не добился и был вынужден опуститься на песок.

— Ну что, Александр, — обратился после этого мастер к самому возрастному бойцу из присутствовавших на площадке, — хотел личного ученика? Получи и распишись!

Но указал он вовсе не на Матвея, указал он на меня.

— А как же учеба? — промямлил я, и Александр немедленно хлопнул по спине своей широченной ладонью.

— Расслабься, боец! У вашего отделения занятия по рукопашному бою со следующей недели начинаются, хоть немного тебя подтянуть успею. Бегом переодеваться!

Был Александр невысоким, но, в отличие от худощавого мастера, очень плотным, крепким и широкоплечим, со сбитыми костяшками кулаков. И хоть загорелое лицо так и лучилось дружелюбием, выбивал он из соперников дух ровно с такой же приветливой улыбкой. Уж я-то знал это наверняка, поскольку отхватывал от него на прошлой неделе не раз и не два.

Спорить как-то сразу расхотелось, да ничего бы это не изменило, побежал в комнату за комбинезоном.

Возвращался я на спортивную площадку с тяжелым сердцем, но все оказалось далеко не так плохо, как представлялось поначалу. Теперь я не был манекеном для отработки приемов, теперь я был личным учеником, и меня не били, а учили. Хотя и били, конечно, тоже. И еще валяли в процессе объяснения каких-то базовых принципов.

— Нет никаких правил, — вещал между делом Александр. — Это не бокс, не вольная борьба и не джиу-джитсу. Удары ногами и руками, броски и захваты — тут разрешено все, главное — результат. Не сумеешь отправить противника в нокаут — умрешь. — Он перехватил мой недоверчивый взгляд. — Подумай сам! Наши соперники — люди со сверхспособностями. Наглые, самоуверенные и зачастую пьяные. Но это не делает их преступниками. Таких утихомиривают, не калеча и не убивая. А не успеешь скрутить — тебя приложат сверхсилой так, что мало не покажется. И уже ничего не сможешь им противопоставить, большинство из студентов куда талантливей и мощнее тебя.

— А в драке смогу? — спросил я, тяжело отдуваясь.

— Они не бойцы! — уверил меня новоявленный наставник. — Их не натаскивают на немедленное применение сверхэнергии, упор в учебных программах делается в первую очередь на максимальную отдачу. Обычно всегда есть несколько секунд, главное, только их не упустить.

И Александр показал, как именно стоит поступить, чтобы заведомо уложиться в эти самые «несколько секунд». Для большей наглядности показал на мне самом. Чуть песку не наелся...

По окончании занятий подошел мастер, поинтересовался мнением обо мне.

— Падать неплохо обучен, — заявил Александр и пожал плечами. — Ну а остальное с нуля ставить придется.

— Возьмешься?

— Возьмусь.

И вот я даже не знал, радоваться мне такому вердикту или огорчаться...

После обеда, где кусок в горло не лез, случилось уже второе за день изменение расписания. Время на самоподготовку оказалось существенным образом урезано, в три часа пополудни нас отправили в тир. Практическим занятиям предшествовала лекция, которую вел мужчина средних лет в синем рабочем комбинезоне, явственно припадавший при ходьбе на левую ногу и странно скособоченный, как после не до конца вылеченного ранения.

— Помимо пулеметов и опытных образцов, на вооружении корпуса состоит револьвер образца девяносто пятого года, он же «Ворон». — На стол лег вороненый револьвер, а миг спустя к нему присоединился черный пистолет с глубокими наклонными насечками на кожухе затвора. — И полуавтоматический пистолет образца тридцать третьего года, обычно именуемый «тридцать третьим» или попросту ТТ. Если брать длинноствольное оружие, это классическая трехлинейка и ее модификация в виде снайперского карабина, а также разработанный по совместному заданию ОНКОР и Жандармского железнодорожного корпуса пистолет-пулемет, получивший название ППС. «С» — это от слова «специальный».

Винтовка интереса ни у кого не вызвала, всеобщим вниманием завладел угловатый пистолет-пулемет, изготовленный из штампованного железа, с откидным прикладом и узким коробчатым магазином. Именно таким был вооружен жандармский унтер на вокзале Зимска.

— Несмотря на то что формально калибр всех представленных образцов соответствует трем десятым дюйма, взаимозаменяемы боеприпасы только у ТТ и ППС.

Патроны к означенному оружию были самыми короткими, куда более длинная револьверная гильза полностью скрывала в себе пулю, а винтовочные боеприпасы заметно превосходили габаритами остальные.

— Спросите, какой прок в винтовке при наличии оружия с автоматическим режимом? — усмехнулся инструктор.

— Большая дальность прицельной стрельбы? — подала голос со своего места Варвара Клин, тем самым всех изрядно удивив.

— И это тоже, барышня! — кивнул лектор. — Но нужна ли такая прицельная дальность бойцам комендатуры в городских условиях? Давайте рассмотрим вопрос использования сверхспособностей для защиты от пуль. Телекинез в расчет не берем, он в случае больших скоростей работает лишь в связке с ясновидением, а это крайне редкая комбинация талантов. Самым распространенным и одновременно самым простым способом построения противопульной преграды является создание энергетической конструкции в виде слоя насыщенного сверхсилой пространства. Как известно, всякий движущийся объект обладает кинетической энергией, поэтому преграда должна погасить ее если не полностью, то до приведения скорости к безопасным значениям.

Я вновь вспомнил так впечатлившую меня перестрелку на вокзале Зимска и кивнул. Пули не сминались и не отскакивали, они просто теряли скорость и падали на землю под воздействием силы тяжести.

— Есть методики создания жестких преград, основанных на совершенно иных принципах, но они чрезвычайно сложны и обладают рядом существенных недостатков, поэтому крайне редко применяются на практике. Итак, будем гасить кинетическую энергию, а она существенно разнится у пистолетного и винтовочного патрона. В первом случае это примерно шестьсот джоулей, во втором — в шесть раз больше, три и шесть килоджоуля. Соответственно преграду, рассчитанную на выстрел из пистолета, винтовочная пуля прошьет без всякого труда. И сделает она это с существенно большего расстояния.

— Господин инструктор! — поднял руку Миша Попович. — А разве так уж сложно создать защиту, изначально рассчитанную на выстрел из винтовки?

— Все упирается в мощность оператора. Площадь пули означенного калибра равна половине квадратного сантиметра, для гарантированной остановки пистолетной пули требуется обеспечить плотность энергии в размере один и два килоджоуля на квадратный сантиметр. Емкость преграды размером семьдесят на сто восемьдесят сантиметров составит пятнадцать тысяч килоджоулей. Для винтовочной пули — девяносто. Колоссальная разница, не так ли?

Но для нас это были абстрактные цифры, инструктор вздохнул и пояснил:

— Сорок семь секунд! На пике шестого витка первая из защит будет построена только через сорок семь секунд! А создать защиту такой площади от винтовочных пуль, не входя в резонанс, попросту невозможно!

Только тут я сообразил, почему наш спаситель на вокзале Зимска появился, лишь когда перестрелка уже шла полным ходом. Наверняка он закачивал энергию в свой противопульный щит! Пожалуй, посетивший распределительный центр профессор Чекан был абсолютно прав, когда толковал о нашей полной бесполезности с военной точки зрения...

Инструктор тем временем достал какой-то листок, посмотрел в него и объявил:

— Маленский, Клин, Короста и Линь — подойдите. Остальных ждет обучение правилам безопасного обращения с оружием.

— А я не буду обращаться с оружием! — заявила Оля, никого уже этим не удивив. — Прикасаться к нему не хочу!

Инструктор сделал вид, будто ничего не услышал, перепоручил отделение своему далеко не столь возрастному коллеге и повел нас по коридору, в конце которого обнаружился спуск в подвал.

— У меня сказано, что вы обучены владеть оружием, — сказал инструктор. — Сейчас продемонстрируете навыки и сдадите зачет. Особая меткость не требуется, постарайтесь просто попасть в мишень.

Наш староста презрительно усмехнулся и вызвался пройти испытание первым. Инструктор вручил ему танковый шлем, взял с полки такой же себе и увел в соседнее помещение. А мы с Василем во все глаза уставились на Варвару.

— Чего вылупились? — возмутилась пухлая девица. — У меня вторая голова выросла?

— Я в скаутах был, там стрелять учат, — заявил мой сосед по комнате. — Петр, насколько знаю, в тир заниматься ходил. Но ты-то где нахваталась?

Варя насмешливо фыркнула.

— У меня папенька геолог, а дядька егерь, вот и стреляла с братьями. Даже на губернские соревнования ездила! У меня первый разряд, между прочим!

Продолжить расспросы мы не успели — послышался какой-то шум, а следом распахнулась дверь.

— Я стрелять умею! Стрелять! — выкрикнул оглянувшийся назад Маленский и кинул сдернутый с головы шлем на стол. — А этим вашим балетным штучкам-дрючкам не обучен!

— Еще одно слово, курсант, и стрелять будут по тебе, — с угрозой процедил инструктор, а когда староста взбежал по лестнице, оглядел нас с нескрываемым сомнением. — Уточню еще раз: обращаться с оружием умеете?

Выслушивать скучнейшие лекции о технике безопасности мне нисколько не хотелось, я кивнул. И не прогадал: знаний, полученных в тире, с лихвой хватило, чтобы удовлетворить требованиям инструктора. Заряженное оружие ни на кого не направлял, последовательность действий знал, команды выполнял. И даже в мишень умудрился попасть. С винтовкой было чуть сложнее, но справился в итоге, рассказал о своих действиях в случае осечки и получил зачет. Остальные — тоже.

— Федя взбесится... — озадаченно протянул Василь, когда мы покинули стрелковую галерею и поднялись на улицу с направлениями на стрельбище.

Судя по безмятежному выражению на круглом пухлощеком лице, Варю этот момент нисколько не смущал, спросила она о другом:

— А стрельбище далеко? Добираться как будем?

Дорогу на стрельбище я знал — несколько раз проезжал мимо съезда с приметным указателем, когда катался по округе с инструктором. Судя по всему, в ту сторону никакой общественный транспорт не ходил, а пешком было топать никак не менее часа. И это — в одну сторону.

— Уточню насчет мотоцикла, — пообещал я без всякой уверенности.

— Уточни, — кивнула Варя и отправилась восвояси.

Мы какое-то время смотрели ей вслед. Не знаю, какая именно часть тела завладела вниманием моего товарища, лично я пялился на туго обтянутый форменной юбкой зад — пухлый, но вовсе не чрезмерно широкий. А вот ляжки все же были откровенно толстоваты. Но сразу видно, что это не телосложение такое, просто лишний вес сказывается. Недаром Дыба ей единственной из всех девчонок дистанцию для бега постоянно увеличивал.

Потом мой сосед закурил и сказал:

— А она ничего так, симпатичная. И титьки нормальные, не то что у остальных пигалиц. Есть за что подержаться.

— Ей бы скинуть пудик...

— Это да, не помешало бы. Похудеет — будет конфетка, — согласился со мной Василь, затем вздохнул. — Знаешь, Петя, а нам ведь сегодня надо из кожи вон вылезти, но забег выиграть. Если Федя останется старостой, он точно нас сожрет.

— Думаешь, Боря лучше?

— А Борю и не назначат. Он свой шанс профукал.

Я немного поразмыслил на этот счет и решил, что в случае победы в забеге городской команды больше всего шансов занять должность старосты окажется у Василя, поэтому кивнул.

— Сделаю, что могу.

— С «псами» поговоришь? У меня с ними не складывается общение.

Я нехотя пообещал:

— Хорошо. Но если Федю оставят, о выезде на стрельбище сам ему доложишь.

— Заметано.

Вечерняя тренировка после себя никаких приятных впечатлений не оставила. Сначала размялись, затем пришел черед коротких забегов, при этом одна из стометровок оказалась с препятствиями — тут и там дистанцию перегораживали невысокие кирпичные стенки, заборчики, решетки, бревнышки и натянутые на разных уровнях веревки.

— Забеги на длинные дистанции способствуют повышению выносливости, — заявил старшина, — но для бойцов комендатуры жизненно важно уметь резко ускоряться. Успеть сблизиться, догнать или укрыться от обстрела — это зачастую вопрос жизни и смерти. Бегом марш!

В результате к силовым упражнениям мы подошли уже изрядно взмыленными, но за выходные я худо-бедно успел восстановиться и выполнил все подходы, пусть под конец из-за чрезмерных усилий едва не поплыл, до того закружилась голова.

Когда тяжело отдувался перед забегом, подошел и встал рядом Матвей Пахота. Он уставился куда-то в одну точку, потом вдруг сказал:

— А тот мужик — лютый!

Я сообразил, о ком речь, и кивнул.

— Ага!

Дыба глянул на часы и скомандовал:

— На старт!

Выстроились, приготовились, рванули. Без девяти килограммов за спиной не бежал, а летел, удалось прийти вторым, уступив только Феде Маленскому, да и то лишь пару секунд, но команде городских мой результат ничем помочь не смог. Подвел Боря Остроух, который всю дистанцию едва плелся и финишировал с заметным отставанием от остальных.

— Курсант Маленский остается старостой! — объявил Дыба и многозначительно добавил: — И предупреждаю заранее: со следующей недели дистанция для барышень составит три километра. Недоразумения, считающие себя мужчинами лишь на том основании, что у них что-то болтается между ног и нет титек, побегут пять километров. Кто не уложится в норматив — пожалеет.

Маша кинулась поздравлять своего сердечного друга, а Михаил Попович, у которого с бегом дела обстояли далеко не лучшим образом, с тревогой спросил:

— И какой будет норматив для пятикилометровой дистанции, господин старшина?

— Нормативы у нас строго индивидуальные: так быстро, как можешь, и еще немного быстрее! — улыбнулся Дыба столь кровожадно, что проняло решительно всех. — А теперь — марш на полигон! До ужина тренируете выброс силы!

Полигон оказался площадкой на краю футбольного поля, где на перекладинах висели уже знакомые гонги и обручи.

— К упражнению приступить! — скомандовал Дыба и пригрозил: — А кто станет филонить, отправится после отбоя драить уборные!

Василь занял место по соседству со мной и зло глянул на Бориса Остроуха, казавшегося вполне довольным жизнью, несмотря на позорный результат забега.

— Этот гад с Федей сговорился, вот и полз как черепаха!
— Думаешь?
— Точно тебе говорю!

Я вздохнул. Лично мне такая смычка города с селом ничего хорошего не сулила. И уж не знаю, из-за этих невеселых мыслей или в силу общей бездарности, но фокусировать выплески силы на этот раз получалось даже хуже, нежели утром в училище.

Так увлекся, что даже упустил появление наставника по рукопашному бою, который на сей раз оказался одет не в рабочий комбинезон, а в форму с тремя нашивками сержанта.

— Четверку выбиваешь? — уточнил Александр, на глаз оценив мою результативность.

Обручи только-только прекратили дрожать и раскачиваться, пришлось сознаться:

— Не всегда.
— Сколько от пика румба выдаешь?
— Треть.

Никаких дополнительных вопросов не последовало, Александр кивнул и ушел, не произнеся больше ни слова.

На утреннем построении недосчитались Матвея.

— Отсеялся, — коротко высказался на его счет Дыба, не став вдаваться в подробности.

— А как же «расти над собой», господин старшина? — немедленно припомнила ему прежнее заявление Маша Медник, которой не хватило ума промолчать.

Дыба смерил длинноногую и определенно не слишком сообразительную барышню хмурым взглядом, после выразительно посмотрел на старосту и сказал:

— А он и будет расти, только в другом, более перспективном для себя и корпуса направлении.

Больше никто приставать к старшине с расспросами не решился, и утренняя тренировка прошла спокойно и ровно. А уже в комнате, когда Василь отправился в уборную, я взял нож и разложил его, не стал только проворачивать железное кольцо, фиксировавшее в раскрытом положении клинок.

Глянул в небольшое зеркало на дверце шкафа, состроил злобное выражение лица, и получилось не как у Матвея — пугающе, а нелепо и даже смешно. Глупо. Оскалился — вышло ничуть не лучше. Просто улыбнулся и вновь остался не слишком доволен результатом. Неплохо, но не совсем то. Ну или совсем не то, это как посмотреть. Такой жалкой гримасой хулиганов не напугать. Никто за психа не примет.

Послышались шаги, и я спешно сложил нож, сунул его в карман брюк.

— Говорил с Федей насчет выезда на стрельбище? — спросил у Василя, когда тот вошел в комнату.

— Нет пока, — поморщился тот. — В училище поговорю.

Я не стал высказывать претензий, одернул гимнастерку и направился к выходу, а уже на первом этаже попавшийся навстречу Казимир неожиданно сильно зацепил своим покатым плечом. Толчок откинул на стену, и я возмутился:

— Ты чего?

— Смотри куда прешь, раззява! — прозвучало в ответ.

Так и не понял, случайно это вышло или нашла выход неприязнь деревенских к городским, но в любом случае напрягся.

В училище все прошло по накатанной. Сначала Савелий Никитич долго и нудно рассказывал о способах определения ментального воздействия и методах противодействия гипнозу, а дальше начались практические занятия. Чуда не произошло — в плане фокусировки я так и остался в числе отстающих. Да что там — «в числе»! Единственным отстающим и был. Пусть сегодня гонг я поражал из раза в раз с воодушевляющей стабильностью, да только почти всегда при этом задевал и обруч, размер которого соответствовал четверке. Три очка — это курам на смех! Остальные уже работали с шестерками-семерками.

От Бори мои результаты не укрылись, и он мерзко рассмеялся.

— Мало каши ел!

Казимир протянул ему руку открытой ладонью вверх, и бывший староста шлепнул по ней своей мясистой пятерней. Нынешний же староста сделал вид, будто ничего не заметил. Тут-то и стало ясно, что тычок плечом не был ни случаен, ни обезличен. Крепыш не собирался цеплять любого из городских, пихнул он конкретно меня.

Да еще красотка Маша тоненько захихикала, прикрыв рот ладошкой, и невесть с чего это показалось обидней всего. Аж кровь к лицу прилила, поспешил отвернуться. На пользу концентрации случившееся точно не пошло: кольцо-четверка начало дергаться куда чаще, нежели до того.

На улицу я вышел в самом мрачном расположении духа, бесцеремонно протолкался через толпившихся у крыльца учащихся и подошел к дымившему папиросой Василю. А тот похоронным настроем превзошел даже меня самого.

— Федя — тварь! — с пугающей лаконичностью изложил он причину дурного настроения. — Орать начал, что на стрельбище вместе поедем, когда все зачеты по обращению с оружием сдадут.

— Да елки! — возмутился я. — Нам уже мотоцикл выделили! Я обо всем договорился!

На деле и договариваться не пришлось, заведующий гаражом только глянул на выписанное мне направление и кивнул: мол, в курсе.

Василь пожал плечами, затянулся последний раз и выкинул окурок в урну.

— Ну я Феде прямо сказал, что его безмерно уважаю, но направление есть направление, буду говорить об этом со старшиной.

— И?

— А что «и»? Он чуть не позеленел от злости. Сам, говорит, старшину о своей позиции в известность поставлю. Представляешь? У этого сморчка касательно нашего обучения собственная позиция имеется!

— Да пошел он! — в сердцах ругнулся я, распрощался с соседом по комнате и зашагал к выходу с территории училища.

Встал в воротах, огляделся, задумался. Возвращение в расположение обычной дорогой было чревато новой стычкой с подкараулившей меня вчера компанией, а изменить маршрут — это как собственноручно в трусости расписаться. Да и настроение дурное, хотелось на ком-нибудь раздражение сорвать. Еще и нож какую-то совершенно иррациональную уверенность придал, не сказать — самоуверенность. Умом понимаю — дурость полнейшая, а спокойней с ним, и все тут. Опять же — захотят выследить, выследят в любом случае, как следы ни путай.

Вот я и потопал в расположение так, как возвращался туда из училища всегда. И не знаю даже, чего хотел больше — дойти без приключения или ввязаться в драку. Столько всего в душе смешалось, что и сам разобраться не мог.

Ну а потом меня били. Точнее, не били даже, а вколачивали знания. Особо новый наставник по рукопашному бою не лютовал, но и расслабиться не позволял ни на мгновение в силу неуемного энтузиазма.

Ну еще бы — первый личный ученик! Удивительно еще, как без «наставника» или «господина сержанта» обошлось, разрешил просто по имени обращаться.

В итоге к концу тренировки Александр меня совсем загонял, и самому себе я напоминал выжатый лимон. Но вместо душа ждала лекция.

— Фокусировка энергии у тебя дерьмовая! — так прямо и заявил наставник, особо даже не запыхавшийся. — Уже от всех отстаешь, а дальше будет только хуже.

— Почему это?

— Сейчас ты действуешь на трети пиковой мощности и то в четверку не каждый раз укладываешься. А что будет, когда на полную катушку работать придется?

Я припомнил, с каким трудом получалось направлять выплеск сверхэнергии хотя бы просто в направлении мишени, не позволяя сбиться фокусу, и приуныл.

— Есть техника, овладение которой позволит добиться лучшего контроля энергии. Виртуозом не станешь, зато нормативы начнешь выполнять с гарантией. Если приложишь должное усердие, конечно.

— Приложу! — пообещал я, не на шутку воодушевившись услышанным. — А что за техника?

Александр повел меня от опустевшей площадки к паре столбов, на которые приколотили несколько досок.

— Все просто, — усмехнулся он. — В момент удара толкаешь энергию в кулак...

Несильный вроде бы тычок голой рукой перебил солидную доску надвое, а мой наставник даже не переменился в лице. Отломал повисшие на гвоздях обломки, предложил мне:

— Попробуй! Только бить нужно в полную силу, иначе результата не будет. В этом весь смысл. Давай! Настройся и бей!

Я миг колебался, затем подступил к уцелевшим доскам, примерился к верхней. Раньше только посмеивался втихомолку над рассказами Льва об адептах экзотических единоборств, которые ребром ладони ломали черепицу и даже кирпичи, но с обретением сверхсилы все изменилось. Те истории больше не казались глупыми выдумками, теперь я и сам ударом кулака мог перебить толстенную доску. Или даже проломить стену. А почему нет, если способен сделать это силой мысли?

Главное — правильный настрой, и я его достиг. А еще уловил ток сверхэнергии, дотянулся до нее и за миг до удара усилием воли направил в кулак.

Врезал по доске от души, аж в руке что-то хрустнуло. Костяшки пронзила острая боль, я согнулся, из глаз потекли слезы.

— Исключительно дерьмовая фокусировка, — вздохнул наставник. — Поразительный случай криворукости.

— Да неужели? — просипел я, заподозрив, что стал жертвой злого розыгрыша. Ладно хоть еще доска немного прогнулась и спружинила, обошлось без перелома.

— Так и есть, — подтвердил сержант, заложив руки за спину. — Весь фокус — в синхронности усилий. Толчок силы, удар! Чуть раньше, чуть позже — толку не будет.

— А мне оно как вообще поможет? — потер я содранные костяшки, которые продолжило ломить, но уже не так сильно.

— Твоя задача — быстро сконцентрировать энергию точно в кулаке. И сделать это в нужный момент. Научиться управлять на таком примитивном уровне внутренним движением силы гораздо проще, чем овладеть навыком ее фокусировки при выбросе на полтора десятка метров.

— Но у других-то получается!

— А у тебя — нет. И раз отсутствует интуитивное понимание процесса, придется нарабатывать правильные рефлексы. Поймешь принцип управления энергией внутри себя, легко разберешься и с остальным. И никакие лекции, никакие книги не помогут. Только практика обработки входящего потока. Хочешь добиться результата — работай!

Прозвучало это объяснение вполне разумно, но я все же продолжал сомневаться.

— А обязательно бить по доске? Нельзя обтянуть ее, ну не знаю, войлоком?

— Можно, если готов ждать результатов год или два. Рефлексы, Петя. Все дело в рефлексах. Не справился, ошибся — и понимаешь это сразу в момент удара. Не покалечься только.

Наставник утопал прочь, а я остался обдумывать услышанное. Вечно быть отстающим нисколько не хотелось, но и долбить со всей дури кулаком по доскам не хотелось ничуть не меньше. Пусть и счел предложение сержанта вполне разумным, но и безоговорочно принять его никак не получалось.

Я постоял еще немного, собрался с решимостью и ударил. В последний момент придержал руку и отбил костяшки не так уж сильно, только и смысла в таких вот полумерах не было ни малейшего. Попробовал ударить левой, так вышло даже хуже. Постоял, постоял, резко выкинул перед собой руку, пытаясь обмануть инстинкт самосохранения, и — обманул. Правда, из-за внезапности не успел сконцентрировать в кулаке и сверхсилу.

Согнулся, прошипел сквозь судорожно стиснутые зубы матерное словечко и заранее обратился к энергии, уловил ее течение в окружающем пространстве, на вдохе втянул в себя, на выдохе толкнул в руку и одновременно ударил. Как оказалось — все же не одновременно. Постоял, зажимая рассаженные костяшки, ощутил лютую злость. На окружающий мир, на счастливчиков с эталонного шестого витка, на собственную бездарность и никчемность. Ну и на себя самого конечно же тоже.

Затошнило от разочарования и какого-то непонятного омерзения, в ярости врезал по опостылевшей доске раз, другой, третий — лишь бы только избавится от ощущения полнейшего бессилия, ведь сейчас даже боль была куда лучше него. Но совсем уж контроля над собой не утратил и продолжил попытки вливать в кулак энергию, на последнем замахе — даже успешно.

Собственно, поэтому он и стал последним. Костяшки словно по стальной плите саданули, в локоть и ключицу удар отдался так, что разом помутилось в глазах. Я опустился на песок и попытался осмыслить случившееся. В итоге пришел к выводу, что слишком поторопился и каким-то образом усилил удар. Но вот каким именно — оставалось лишь теряться в догадках.

Я посмотрел на опухшие костяшки и пошевелил пальцами, затем покрутил рукой. Та казалась слегка онемевшей и нестерпимо ныла, но слушалась.

Вот и решил закругляться, пока еще слушается. Если уж нет понимания процесса, следует хорошенько все обдумать, прежде чем приниматься колотить по доскам. Подумать никогда лишним не будет.

Когда шел от душа в корпус, наткнулся на Матвея. Здоровяк сидел на лавочке, медленно вел пальцем по странице раскрытой книги и беззвучно проговаривал слова. Необычное зрелище так поразило, что решил взглянуть на обложку. Там значилось: «Устав гарнизонной и караульной служб», а рядом лежала брошюра с еще более интригующим названием «Теория контрдиверсионных мероприятий для курсантов ОНКОР».

Даже не нашелся, что сказать, прошел мимо молча. Вот это понимаю — расти над собой!

На стрельбище выехали сразу после обеда. Уж не знаю, подходил староста к Дыбе или тому спустили распоряжение сверху, но на построении было озвучено, что нас ждут на полигоне уже сегодня.

Как ни хотелось покрасоваться в кожаном плаще, я решил не изнывать в нем на солнцепеке и на выезд отправился в необмятой еще толком полевой форме. Василь уступил место в коляске Варе, а сам забрался на сиденье позади меня и натянул очки.

К слову, на складе в первый день девушке выдали такой же мотоциклетный набор, что и ему, не иначе нас запланировали поставить в одну тройку изначально. Опять же, лишь мы в отделении прошли инициацию на девятом витке, все остальные — на восьмом.

Простое совпадение? Не думаю.

— Петя, ты это... не гони! — попросил Василь, заранее хватаясь за ручку.

— Не дрейфь! — рассмеялся я, в кои-то веки почувствовав себя в своей тарелке. — Прокатимся с ветерком!

И мы прокатились. Пока ехали по окраине города, я не лихачил, но, уж вырвавшись за его пределы, не утерпел и прибавил газу. Стало немного трясти на кочках, зато встречный ветер разметал дневной зной, да и на месте оказались буквально в пять минут.

После съезда с основной дороги на узенький проселок я сбросил скорость до минимума, и даже так покидало нас на выбоинах изрядно. В распутицу могли и не проехать вовсе, а так добрались без совершенно ненужных приключений.

Никакой ограды у полигона не было, сначала поросшая жесткой желтовато-рыжей травой степь пошла невысокими холмами, а потом за одним из них обнаружилось несколько навесов и три весьма основательных на вид строения: гаражный бокс и пара то ли складов, то ли пакгаузов — уж не знаю, как верно было их именовать. Тут же высились две караульные вышки, а в поле на разной дистанции торчали ростовые мишени.

Нас заметили, но никто из здешних обитателей в такой же полевой форме корпуса, как и мы, и не подумал поинтересоваться причиной визита, все оказались заняты делом.

— Ну, и куда теперь? — озадачился Василь.

— Сходи узнай, — попросил я и стиснул зубы, стягивая крагу с припухшей правой руки.

Мой сосед по комнате отнекиваться не стал и направился к распахнутым воротам одного из складов. Долго внутри он не пробыл, почти сразу выглянул обратно и помахал, призывая следовать за собой. Без лишних проволочек мы получили оружие, разложили его на столах под навесом, начали распечатывать коробки с патронами. Мне единственному из всех достался ТТ, остальным пришлось довольствоваться револьверами. Опять же, лишь я получил пистолет-пулемет; Варе вручили укороченную и лишенную штыка трехлинейку с закрепленным на боковом кронштейне оптическим прицелом, а Василь стал временным обладателем ручного пулемета, в диски которого и принялся вставлять стандартные винтовочные патроны.

Дело это оказалось предельно муторным, и, наскоро снарядив магазины к своему оружию, я приступил к исполнению обязанностей второго номера. Взять-втолкнуть, взять-втолкнуть, взять-втолкнуть. Каждый вставленный патрон заставлял слегка сжиматься пружину, а еще крышка диска немного проворачивалась, что позволяло на глаз определить наличие в том боезапаса.

— Ты хоть когда-нибудь стрелял из такого? — поинтересовался я.

— Пару раз давали пальнуть, — признал Василь, и вид у него при этом был какой-то очень уж озадаченный. — Да тут ничего сложного: выставить на нужную дистанцию прицел, дернуть за ручку, чтобы взвести, и можно поливать всех свинцом. Только лучше короткими очередями бить, кучность выше будет.

Подошел загорелый усатый дядька с одной широкой и одной узкой нашивками — прапорщик. Оглядел нас и объявил:

— В состав мотоциклетной команды патрулирования, сопровождения и огневой поддержки входят три бойца: наводчик пулемета — он же штурман, водитель — он же второй номер пулеметного расчета, и снайпер. Если повезет, то еще медик и связист, если не повезет — бесполезная нагрузка.

Варвара слегка покраснела и возмущенно засопела, но сумела удержать язык за зубами. Прапорщик еще пару секунд ждал хоть какой-то реакции на свои слова, затем вновь кивнул и начал объяснять, как верно определить расстояние до цели на местности, а заодно вручил отпечатанные на рыхлой желтой бумаге баллистические таблицы для патронов к трехлинейке и моему пистолету-пулемету.

— Зазубрите назубок! — потребовал он. — Спрашивать не стану, но по мишеням сразу видно будет, кто схалтурил.

Дальше мы под его присмотром отстрелялись на десять и двадцать пять метров, услышали немало не слишком приятных эпитетов в свой адрес, но в итоге были сочтены не совсем безнадежными. После этого Варя под присмотром ефрейтора едва ли на пару лет старше ее самой отправилась упражняться с винтовкой, а нам провели инструктаж касательно работы пулеметного расчета.

Под конец прапорщик велел Василю привести оружие к бою и указал на одну из дальних мишеней.

— Огонь!

Прогрохотала короткая очередь, стреляные гильзы принялись с лязгом биться о стол и разлетаться в разные стороны, а ростовая мишень покачнулась и пригнулась, чтобы тут же выпрямиться обратно.

— Неплохо! — признал прапорщик и указал на другую цель, но ту с первого раза моему товарищу поразить не удалось — цепь пылевых фонтанчиков пробежалась по земле с небольшим недолетом.

Василь тут же поправился, расстрелял остатки диска и заработал оценку удовлетворительно. А дальше пришлось стрелять мне.

— Второй номер должен быть готов в случае необходимости заменить наводчика! — отчеканил прапорщик. — Приступай!

От грохота выстрелов звенело в ушах — даже пожалел, что не догадался надеть танковый шлем, и устроил на пулемет диск я без всякой охоты. Сразу приноровиться к спуску не вышло, да еще приклад изо всех сил лягал в плечо, и кое-как отсекать очереди начало получаться только под самый конец, а потому с меткостью не задалось, но прапорщик беспечно махнул рукой.

— Принцип понял, остальное — дело практики. И мартышку можно стрелять выучить, было бы желание.

Прозвучало обидно, но по делу. Проглотил возмущение, потопал палить из пистолета-пулемета. Там сначала выцеливал одиночными небольшие гонги, попадал редко, поэтому каждый звонкий звук и последующее дрожание металлического диска вызывали нешуточную радость. Потом бил очередями по мишеням, расположенным на существенно большем удалении, и тоже — без особого успеха, лишь в самом конце не иначе чудом поразил две цели подряд и чуть не заорал от восторга. Ребячество чистой воды, но вот и заорал бы даже, если б глотка до состояния наждака не пересохла.

— Ладно, — вздохнул прапорщик, достал из кармана чистый платок и вытер вспотевшую шею, затем приподнял панаму и промокнул бритую макушку. — С чем придется работать, ясно, натаскаем помаленьку. Шагом марш оружие чистить!

В пакгаузе было лишь на самую малость прохладней, нежели на солнцепеке, но хватило и этого — мигом пробил пот. Фляжки с собой никто прихватить не удосужился, пришлось просить воду у прапорщика. Тот отнесся к бестолковым курсантам с пониманием и погибнуть от жажды не дал, после продемонстрировал порядок неполной разборки нашего арсенала и проконтролировал качество очистки оружия от нагара. Тут претензий не возникло.

— И последнее, — сказал прапорщик, когда мы уже вышли на улицу. — Вы мотоциклетная команда. Мотоциклетная! Ваше дело не только стрелять, но и быстро прибывать в нужную точку или уверенно двигаться по заданному маршруту. Понимаете, к чему я клоню?

Я решил, будто понимаю, поэтому кивнул.

— Так точно!

— Очень хорошо! — улыбнулся прапорщик в усы и указал на видневшийся у подножия дальнего холма шест с некогда красной, а теперь выгоревшей на солнце и потому бурой тряпкой. — Это первая вешка, дальше еще будут, увидишь. Они отмечают маршрут. Прокатись по нему, посмотрим, на что ты годен. И товарищей бери, нагрузка полной должна быть.

Он вручил Василю ракетницу на случай, если перевернемся или улетим в овраг, а после придержал вознамерившуюся усесться в люльку Варвару.

— Ну нет, девонька. Места занимаем согласно боевому расписанию. В коляске едет пулеметчик.

Пришлось Варе подтягивать юбку и забираться на высокое сиденье позади меня.

Мотоцикл затарахтел и тронулся с места, постепенно набирая ход, тогда послышался окрик:

— Да не ползи ты как черепаха! Время пошло!

Вот это «время пошло» меня чрезвычайно расстроило. Я вообще не любил ничего делать на время и уж точно не хотел гнать во весь опор по незнакомой и наверняка не самой простой трассе, но тут пришлось прибавить газу.

На прошлой неделе инструктор уделил немало времени, обучая подъему на взгорки, поэтому не позволил заглохнуть движку, все сделал верно и без особого труда загнал мотоцикл вверх по пологому склону холма. Обогнул вершину и покатил под уклон, а там пришлось заложить крутой поворот, огибая следующий пригорок. Еще один поворот, подъем и вновь спуск, на этот раз — куда более крутой и неровный.

Я удержал мотоцикл под контролем, но не уследил за скоростью, и тут же засвистел ветер, затрясло на ухабах, и начало ощутимо кидать из стороны в сторону. Василь выругался, а Варя испуганно взвизгнула, подалась вперед и обхватила меня руками. Мягкая грудь уткнулась в спину; ощутил ее тепло даже через гимнастерку.

Управлять мотоциклом враз сделалось сложнее, и дело было отнюдь не только в стесняющих движения объятиях девушки — просто не тем голова стала занята. Велеть бы сесть ровно и держаться за ручку, но какой там! Может и свалиться при такой тряске. Да еще поймал себя на мысли, как восхитительно сочетаются прижимающаяся к спине девчонка и скорость.

Глупо и неправильно — Варя ведь мне даже не нравилась! — но с возбуждением совладать не сумел, и сбросил я скорость лишь перед очередным крутым поворотом, а там слетели в пологий овражек, выскочили из него и помчали дальше, ориентируясь на отмечавшие маршрут вешки.

Подъемы, спуски, крутые виражи, облако пыли за спиной, скорость и ветер. Ну и Варя прижимается с такой силой, что дышать больно. Лучший заезд в моей жизни!

Когда вывернули из-за пологого взгорка и подкатили к пакгаузу уже с другой стороны, усатый прапорщик взглянул на часы и махнул рукой.

— Терпимо. Завтра продолжим.

Только он скрылся на складе, Варя спрыгнула на землю и заявила:

— Больше так не поеду! Чуть не описалась от страха!

Василь выбрался из коляски, уступая место Варваре, и подмигнул:

— От страха или от восторга? Ты ведь «жми» кричала, точно слышал!

У меня шлем был затянут на совесть, да и на управлении сосредоточился, на крики пассажиров внимания не обращал, поэтому уточнил:

— Правда, что ли?

— Нашел кого слушать! — возмутилась Варя, и ее пухлые щеки покраснели то ли от злости, то ли от смущения.

Ну или просто солнце напекло — такого тоже исключать было нельзя, поскольку, в отличие от панамы, танковый шлем от палящих лучей лицо нисколько не защищал. Мы все теперь краснокожие, под стать аборигенам Нового Света. Как бы еще кожа не облезла...

Остаток дня ничем примечательным не запомнился. Разве что Дыба увеличил мне вес гантелей и штанги, поэтому бежать кросс вновь пришлось с ранцем за спиной. Но я сегодня был не один такой и, в отличие от некоторых, в свой индивидуальный норматив уложился; по крайней мере, никаких дополнительных упражнений старшина назначать не стал.

Ну а дальше — ужин, зубрежка баллистической таблицы, чай с печеньем и конфетами, и на боковую. Даже книгу почитать сил не осталось. Только открыл и сразу закрыл — в глаза словно песка сыпанули. Спать!

ГЛАВА 5

Неделя промелькнула подобно унесшейся в небо сигнальной ракете. Раз — и вот уже она где-то далеко и высоко, а потом и вовсе пропала, погасла. Но легко не было, вымотался жутко. Две тренировки в день, одна из которых — непременно с хитрым вывертом, а другая просто на износ, а еще — муторные лекции и опостылевшие практические занятия в училище, обучение рукопашному бою и выезд на полигон. Слишком много всего, чтобы просто перевести дух. А хотелось бы...

При этом не могу сказать, будто все было так уж беспросветно плохо. К концу второй недели худо-бедно втянулся в навязанный ритм, а забитые мышцы хоть и болели ничуть не меньше прежнего, окрепли достаточно, чтобы бегать кросс с утяжелением не каждый раз, а лишь через день. С развитием сверхспособностей дела обстояли тоже не так уж скверно. Понемногу увеличивал и пиковую мощность, и время работы на средних оборотах, а потолок накопления энергии для одномоментного выплеска и вовсе подрос с десяти до пятнадцати секунд. И даже с фокусировкой наметился кое-какой прогресс; медленный — только-только работать начал с обручем на пять очков, тогда как остальные уже осваивали семерки и восьмерки, но без подсказки сержанта, подозреваю, не достиг бы и этого.

Ну да — молотить кулаками доски я не бросил, просто подошел к отработке этой техники более обстоятельно. Наобум больше не действовал, а всякий раз перед тренировкой усаживался на песок и старался не просто расслабиться, но погрузиться в легкое подобие транса, ощутить тепло и разогнать его по телу, сделать организм более открытым и восприимчивым к сверхсиле.

Получалось это не лучшим образом, поскольку медитациями сроду не увлекался, но со временем стал куда яснее ощущать присутствие энергии, что позволило упорядочить ее движение внутри организма, будто перед сложным акробатическим трюком мышцы разогревал и связки тянул. А помимо этого избавлялся от подспудного стремления выплеснуть с помощью ударов агрессию, не находившую иного выхода.

Увы, причин для злости и раздражения имелось предостаточно — если большинство курсантов не лезли в чужие дела, то Боря и Казимир вечно к кому-нибудь цеплялись. Чаще всего — ко мне. До прямых оскорблений и нападок дело не доходило, но и быть объектом низкопробных шуточек тоже приятного мало. Собака лает, караван идет? Ну да, ну да. Только тем себя и успокаивал.

В общем, во вторник я долго сидел на песке со скрещенными ногами и пытался обрести внутреннее равновесие, прежде чем подняться и врезать кулаком по доске, пестревшей побуревшими за ночь пятнышками моей крови.

Было больно. И второй раз, и третий — тоже. Но я все четче и четче ощущал волну прокатывавшейся по руке энергии, и очередной удар отозвался сухим хрустом. И хрустнули не мои костяшки, хрустнула доска. Пусть сломать ее и не вышло, да только и я не получил ровным счетом никаких повреждений. Даже не ощутил самого столкновения с преградой, только упругое сопротивление дерева.

Не могу сказать, будто этот фокус стал получаться всякий раз, когда пытался его продемонстрировать, но подвижки в этом направлении наблюдались несомненные, да и выплески силы вовне начал контролировать на каком-то интуитивном уровне куда лучше прежнего.

На полигоне дела тоже обстояли вполне себе неплохо. Теперь нашей тройке не просто поручали стрелять по мишеням, а учили стрелять. Подмечали ошибки с удержанием оружия и прицеливанием, подсказывали какие-то неочевидные на первый взгляд вещи: поправки на дистанцию и ветер, упреждение при стрельбе по движущейся цели, определение расстояния и прочее, прочее, прочее. Мне, помимо собственного оружия и ручного пулемета, пришлось осваивать еще и винтовку, пусть и факультативно.

Но больше всего положительных эмоций доставляли, конечно, заезды по холмам. Там я всякий раз поддавал газу, вынуждая Варю обхватывать меня и прижиматься грудью. Это было... приятно.

В субботу впервые отработали стрельбу из пулемета на ходу. Во время заезда я высадил Варвару на ее персональной стрелковой позиции и покатил с Василем в люльке к ровному участку дороги, где он и попытался на скорости поразить установленные вдоль обочин мишени; в какие-то даже попал.

За время выездов мы успели загореть едва ли не до черноты, да еще всякий раз покрывались рыжеватой пылью с ног до головы, ладно хоть была возможность отмыться под душем. Увы, в субботу вернулись непосредственно к заходу в баню, шуточки по поводу нашего внешнего вида так и посыпались.

— Засуха — луж нет, вот свиньи в пыли и валяются! — с неприятным злым хохотком заявил Казимир, пожевывая травинку, и Василь разом закаменел, стиснул кулаки.

Но уже миг спустя мой сосед расслабился, стал обычным самим собой, даже над шуткой посмеялся. Скауты — они такие, эмоциям выхода не дают.

В бане отмывались долго и со всем усердием, а потом нас вновь разминали старшекурсники медицинского училища. Вышли блаженно расслабленными, а уж когда Дыба выдернул из строя Казимира и препоручил его двум сурового вида дядькам с нарукавными повязками дежурных, настроение и вовсе сделалось лучше некуда.

До объяснения старшина не снизошел, но и разойтись не позволил.

— С сегодняшнего дня должность старосты упраздняется. Исполняющим обязанности заместителя командира отделения с присвоением звания ефрейтора назначается Федор Маленский. Разойдись!

Боря в приливе энтузиазма принялся хлопать новоявленного «замка» по спине, Маша Медник и вовсе без малейшего стеснения бросилась тому на шею, но ее реакция как раз была вполне объяснима — не раз видел, как они под ручку прогуливались. Подошли с поздравлениями и Михаил с Прохором. Эти особой радости не выказывали, просто дежурно пожали свежеиспеченному ефрейтору руку.

Приятели-пролетарии только хмыкнули и потопали к нашему корпусу, вслед за ними потянулись девчонки. Ну и мы с Василем тоже задерживаться у бани не стали. Но если я был просто разочарован случившимся, то сосед по комнате аж зубами от бешенства скрипел, желваки на скулах так и гуляли.

Я решил отвлечь его и спросил:

— А что Казимир натворил, как думаешь?

Василь досадливо отмахнулся.

— Да в окно женского отделения подглядывал. И на той неделе, и сегодня. Ну и доигрался. Попался кому-то на глаза, теперь без увольнения останется.

Столь поразительная осведомленность моего соседа могла иметь лишь одно объяснение, но я придержал свои догадки при себе. Да Василь определенно и сам уже сообразил, что сболтнул лишнего, в комнате он надолго не задержался, сразу ушел за водой и, вопреки обыкновению, отсутствовал никак не меньше пятнадцати минут. Я даже беспокоиться на его счет начал, но обошлось. Вернувшись, Василь выставил чайник на подоконник и криво усмехнулся.

— Ну все, понеслась звезда по кочкам!
— Ты о чем это? — опешил я.
— Талон на усиленное питание деревенские выиграли? Выиграли. А Маленский никого сегодня на чаепитие звать не стал и заперся в комнате с Машкой. Боря стоит — дверь подпирает, чтобы им миловаться не мешали.

— Во дела!

Мой сосед кивнул и прищелкнул пальцами.

— Да, слушай! Оля очередную истерику закатила, ее двойняшки валерьянкой отпаивают, а Варя одна сидит. Может, позовем? Все же в одной мотоциклетной команде...

Я даже сомневаться не стал и махнул рукой.

— Зови! — А когда Василь вышел, положил ладонь на выпуклый бок чайника и принялся нагревать воду.

Последнее время никаких сложностей эта процедура уже не вызывала, даже концентрироваться больше не требовалось. Контролировал краем сознания бег энергии и думал о том, что за эти две недели так и не разобрался, кто из сослуживцев чем дышит, кто чем живет.

Только ли по субботам Казимир подглядывал в окно женского отделения? Дала Машка Феде сегодня впервые или просто раньше эти отношения не выставлялись напоказ? По какой причине истерит Ольга? Для каких надобностей настойка корня валерианы Фае и Рае?

Ничего этого я не знал, но особо даже не сомневался, что знает Василь. Знает и, надо понимать, при необходимости шепнет Дыбе или кому-нибудь еще.

И обо мне шепнет? А почему нет? Я что, какой-то особенный? Вовсе нет. Возникнет нужда, расскажет и обо мне. Скауты — они такие. Никогда скаутам не доверял. Хотя мы вроде неплохо сошлись.

Повалил пар, я отмерил в чайник заварки, а только вернул крышку на место, и распахнулась дверь. Варя и не подумала принарядиться, пришла в гости в простом халатике.

— У вас правда шоколадные конфеты есть? — спросила она прямо с порога.

— И печенье, — подтвердил я, но девчонка меня не услышала, запустила руку в бумажный кулек, избавила конфету от фантика и целиком сунула ее в рот.

— «Мишка на Севере» — мои любимые! — неразборчиво пробормотала она. — Вкуснотища!

Василь прикрыл дверь и спросил:

— И чего не купишь? Неужели все подъемные спустить успела?

Варя сцапала вторую конфету и покачала головой.

— Деньги есть, — сообщила она. — Только где их тратить? Я города не знаю. Вышла в прошлое воскресенье — прогулялась по соседним улицам, и обратно. А в округе ни одной кондитерской нет, только бакалейные лавки и булочные.

— А при комендатуре магазин? — уточнил я.

— Там все втридорога! — заявила Варя, округлив глаза. — Если только талоны отоваривать.

— Хочешь — завтра покажем тебе город, — предложил вдруг Василь. — Только у меня в час встреча назначена. А вот первую половину дня — в твоем распоряжении. Ты как, Петя?

Обтекаемой формулировкой «встреча» мой сосед обозначил свидание с продавщицей табачной лавки, но я раскрывать его хитрость не стал и кивнул.

— До двух свободен как ветер. Потом тоже встреча.

— Да неужели? — удивился Василь. — Серьезно?

— С земляком в шахматы поиграть условился, — пояснил я, наполнил жестяную кружку чаем и протянул ее девушке. — Держи, мы из одной попьем.

— Давай сначала ты, потом я, — предложил Василь.

На удивление, сладкого не хотелось, и я решил пить чай вприкуску с овсяным печеньем. Но только сделал глоток и чуть не подавился из-за неожиданного вопроса.

— Петя, а почему ты никогда не смотришь на того, с кем разговариваешь? — спросила вдруг Варя.

Я озадаченно заморгал.

— А я не смотрю?

— Так и есть, — подтвердил Василь. — Либо смотришь мимо, либо куда-то еще.

Захотелось снять очки и протереть линзы, чтобы выиграть время, но очков у меня больше не было, и я пожал плечами.

— Не знаю даже. Наверное, кажется невежливым пялиться.

Варя подула на чай, сделала осторожный глоток и покачала головой.

— Невежливо не смотреть на собеседника.

Я решил быть вежливым и посмотрел на нее. Девичьи щеки уже не казались столь вызывающе пухлыми, как две недели назад, а нос не торчал кнопкой, начали проявляться черты лица.

— Так лучше?

— Гораздо, — подтвердила Варвара и спросила: — Я еще конфету съем?

— Да хоть весь кулек! — великодушно разрешил я, не став встречаться с ней взглядом.

Вежливость вежливостью, но прямой взгляд человеку в глаза вызывал у меня... дискомфорт, и я вовсе не был уверен, что всему виной излишняя застенчивость или болезненная стеснительность. А даже если и так — плевать!

— А в какое время выходить собираетесь?

— Сразу после завтрака, — подсказал Василь, принимая у меня вновь наполненную чаем кружку. — Так ты с нами?

— Да, конечно! И какие у вас планы?

Посидели, поговорили, к себе Варя ушла лишь перед самым отбоем.

«Так я книгу никогда не дочитаю», — подумал я, прежде чем провалиться в сон. Но это была не самая последняя мысль. Напоследок вспомнил об Инге. Быть может, получится увидеть ее завтра?

Утром проснулся голодный как волк. Чувство это оказалось неожиданным и не очень-то приятным, не прошло оно даже после завтрака. Набрался наглости попросить добавки — получил, съел и все равно остался не слишком дополнительной порцией перловки удовлетворен. Невесть с чего захотелось отварной говядины. Наваждение, да и только.

Варвара за ночь составить нам компанию не передумала. И не знаю, получилось так случайно или была какая-то договоренность, но Рая и Фая решили выбраться в город в компании товарищей-пролетариев Ильи и Сергея. По крайней мере, к трамвайному кольцу они шли вместе и сели в один вагон.

Мы шагали в некотором отдалении от них, и я после некоторых раздумий признал, что полноватая Варя смотрится все же интересней очень уж коренастых смуглянок-двойняшек. Впрочем, не важно. Подумал и забыл.

Для начала посетили знакомое кафе и смолотили по порции пломбира, а оттуда двинулись прямиком в «Зарю», где вместо нашей музыкальной комедии показывали заокеанский мюзикл, а вот детектив шел прежний. Повторный просмотр впечатлил ничуть не меньше первого, Варя так и вовсе беспрестанно вздрагивала и хваталась то за меня, то за сидевшего с другой стороны Василя.

После сцены с продажными полицейскими от судорожной хватки девичьих пальцев запросто могли остаться синяки; когда включили свет, первым делом проверил запястье, но нет — обошлось красными пятнами.

Мы вышли на улицу, а там Василь с важным видом обронил незнакомое словечко:

— Нуар! — и сразу поспешил откланяться, оставив меня один на один с Варварой.

Не могу сказать, будто обрадовался такому развитию событий. Просто-напросто не представлял, о чем говорить с девушкой, да еще нисколько не хотелось попасться с ней под ручку на глаза Лии или Инге.

— У тебя ведь еще есть время? — спросила Варя, и я скрепя сердце кивнул.

Пошли гулять по бульвару. Ну а куда деваться? Сам же сказал, что до двух совершенно свободен.

На одной из боковых улочек купили по шаньге и кружке кваса, перекусили в сквере под мелодию разместившегося там оркестра и отправились бесцельно бродить по центру Новинска дальше, благо на тенистом бульваре почти не нужно было выходить на солнцепек. В голове продолжала крутиться песня о городе у моря, отвлекся от нее, лишь наткнувшись взглядом на компанию подозрительных личностей, игравших в чику в глухом переулке между двумя кирпичными особняками.

Но обошлось. Не то время, не то место. А вот вечером в темной подворотне — кто знает, как бы они себя повели?

Вскоре из распахнутых окон ресторации долетел запах жареного мяса, и рот наполнился слюной. Но сорить деньгами не хотелось, решил потерпеть до ужина и отоварить один из талонов на усиленный паек не сладостями, а чем-нибудь более существенным — сыром или консервированными сардинами, к примеру.

Так крепко задумался об этом, что позволил Варе затянуть себя в магазин готового платья — магазин готового женского платья, само собой.

— Я похудела, на мне старые вещи просто болтаются! — объявила она, стоило только попятиться к выходу.

Пришлось сесть в кресло для посетителей и отгородиться от всех журналом. Ладно хоть еще долго ждать не пришлось, и очень скоро Варя вышла из примерочной в легком цветастом сарафане, куда более узком и коротком, нежели ее собственное платье.

Она распустила волнистые русые волосы, а когда те рассыпались по плечам, еще и крутанулась на месте.

— Ну как?

— Очень красиво, — осторожно сказал я.

Почему осторожно? Да просто новый наряд не только выгодно подчеркивал крупную грудь, но еще и слишком туго обтягивал далеко не самые стройные бедра и очень уж пухлый зад, что на пользу девушке, на мой взгляд, нисколько не пошло.

— Правда?! — обрадовалась Варя. — Стоит купить, да?

Вопрос поставил в тупик, поскольку односложного правильного ответа на него попросту не существовало, а пускаться в объяснения по понятным причинам не хотелось.

— А смысл? — вздохнул я, предпочтя уклончивость прямоте. — С нашей потогонкой его уже через две недели ушивать придется. Лучше немного подожди.

Вышло не так уж и дипломатично, но зато мое заявление возымело результат, а это главное.

— Пожалуй, ты прав, — сказала заметно погрустневшая Варя и вернулась в примерочную.

Я кинул журнал на столик и двинулся к выходу, дождался девушку на улице. Там и распрощались.

— Сядешь на трамвай второго маршрута, а от остановки до комендатуры рукой подать — не заблудишься, — подсказал я напоследок.

— А можно мне с тобой? Посмотрю, как вы в шахматы играете, а потом погуляли бы здесь вечером, а? — предложила Варвара и захлопала длинными светлыми ресницами. — Или на танцы сходили...

У меня на вечер были совсем другие планы, и прогулка с симпатичной, но очень уж пухленькой Варей в них точно не входила, поэтому собрался с решимостью и покачал головой.

— Не получится, это закрытый клуб. И я не знаю, когда освобожусь. Скорее всего, оттуда сразу в расположение двину.

Почувствовал себя чуть ли не предателем, но очень скоро выкинул эту нелепицу из головы. Если уж на то пошло — душой я нисколько не покривил: немного найдется заведений, столь же закрытых, как лечебница для душевнобольных. А если получится попасть в «СверхДжоуль», то и он к числу общедоступных тоже не относится. Такие дела.

Уже на подходе к психиатрической клинике неожиданно для самого себя разволновался, не стало ли Льву хуже и не запретит ли нам его лечащий врач общаться, но тревоги оказались напрасны. Дежурный быстро отыскал мое имя в списке посетителей и вызвал санитара. Вот тогда-то и случилась заминка.

Сопровождать меня поручили все тому же громиле, что и в прошлый раз, он пристально посмотрел и спросил:

— Что в кармане?

Я недоуменно глянул в ответ, потом сообразил, чем вызван вопрос, и вытащил складной нож, который прихватил с собой то ли для собственного спокойствия, то ли уже просто по привычке.

— Нельзя, да?

— На обратном пути заберешь, — заявил дежурный врач и убрал нож в ящик.

Я только плечами пожал.

— Как скажете.

Внешнюю дверь распахнул без стука, по внутренней пару раз приложился ладонью.

— Петя, заходи! — почти сразу донеслось изнутри.

Разулся, вошел. Как и в прошлый раз, Лев сидел с наволочкой на голове, только теперь устроился не на матраце, а на полу. К тому же не причитал и не раскачивался в разные стороны, а замер неподвижно со скрещенными по-восточному ногами и сложенными в затейливые фигуры пальцами. Медитировал.

Отвлекать его не стал, развалился на мягком войлоке, подложил руки под затылок, уставился в потолок. Несмотря на видимое отсутствие окон и вентиляции, тут было прохладно и дышалось на удивление легко. На лбу выступил пот, стер его платком, а там уже и Лева отмер, сдернул с головы наволочку.

— Привет, привет!

Я поднялся и ответил на рукопожатие, потом спросил:

— Значит, сумел все же меня почувствовать?

— Вовсе нет! — помотал головой мой товарищ. — Но и не почувствовал остальных. Элементарная логика!

— И как медитации? Помогают? — поинтересовался я, тоже усаживаясь по-восточному.

Лев широко улыбнулся.

— Вчера первый раз наверх поднимался, — сообщил он с совершенно счастливым видом. — Приходится, конечно, кучу таблеток пить — уже изжога от них, но понемногу начинаю сверхчувства под контроль брать. Учусь отгораживаться от ненужной информации. Ты в курсе, что мы не слышим биения собственного сердца, потому что этот звук гасится мозгом? Вот и я пытаюсь выработать аналогичные рефлексы.

— Дела! — присвистнул я. — А я тоже медитирую понемногу.

— Серьезно?

— Ага.

Я рассказал об упражнениях с досками и показал сбитые костяшки, тогда Лев покачал головой.

— Техника интересная, есть над чем подумать. Но вообще у тебя случай прямо противоположный. Справиться с низкой чувствительностью никакие таблетки не помогут, только работа над собой.

От презрительной гримасы удержаться не удалось. Я вновь улегся на спину и подложил ладони под голову.

— Работа над собой! А чего ради? Вот посуди: на пике эталонного шестого витка создание полноценной защиты от выстрела из пистолета занимает сорок секунд! От винтовочной пули и вовсе поможет защититься только резонанс! А у меня не шестой виток, а девятый. Какой мне прок от этой сверхсилы, скажи? — Я даже перевалился на бок и приподнялся на одном локте. — Как тебе такое?

Лев нахмурился.

— Ты с чего это взял? Ну, про сорок секунд и все остальное?

— Инструктор по стрелковой подготовке рассказал.

Приятель выслушал мой рассказ и презрительно фыркнул.

— Нашел кого слушать! Нет — расчеты правильные, просто изначальный посыл ошибочен. Вот, держи.

Я перехватил брошюру, прочитал название: «Требования к присвоению разрядов по оперированию сверхэнергией» и спросил:

— И что?

— Сводную таблицу в конце открой. Смотри примечания к первым трем разрядам.

Я последовал совету Льва и обнаружил, что если с десятого по четвертый разряд в расчет принимался исключительно совокупный результат часовой выработки и эффекта резонанса, то далее вместо прочерков в последней строке значились проценты: десять, двадцать, тридцать. У кандидата в мастера — сорок, у мастера — пятьдесят.

Называлась эта графа «Постоянно удерживаемый потенциал». Согласно примечанию кандидат на соответствующий разряд должен был продемонстрировать умение накапливать энергию в размере означенного процента от полного выхода резонанса.

— Обычный третьеразрядник создаст защиту от винтовочного выстрела по щелчку пальца! Если он, конечно, озаботится поддержанием внутреннего потенциала, — заявил Лев. — Не веришь, сам расчеты проверь.

Я проверил. Обложился учебниками, многие из которых несли на своих обложках отметку «ДСП», посмотрел исходные данные, посчитал. Хмыкнул. Стало ясно, почему в городе частенько встречались броневики с крупнокалиберными пулеметами и зачем они вообще понадобились корпусу.

— Дела!

— А ты как думал? — усмехнулся Лев и начал расставлять на доске шахматные фигуры. Точнее — раскладывать по полю заменявшие их фишки.

Я перебрался к низенькому столику и проворчал:

— Только вот мне третий разряд не светит. Десятый — вот мой потолок.

— И что с того? — удивился Лев, сдвинув вперед белую пешку. — Развить внутренний потенциал тебе это не мешает. Сначала доведешь до пика витка мощность, потом достигнешь максимальной продолжительности резонанса, а дальше начнут учить, как удерживать в себе энергию. Вам не говорили разве, что доступный объем ограничен именно выходом резонанса?

— Было что-то такое, — пробурчал я, делая ответный ход. — Но это все крохи. Вот на шестом витке...

— Не куксись! Я в этом плане по сравнению с тобой и вовсе будто калека!

Я подумал-подумал и мотать себе нервы не стал, сосредоточился на игре. На результатах это, впрочем, нисколько не сказалось: все три партии безнадежно проиграл. На прощанье в сердцах даже пообещал товарищу захватить в следующий раз с собой колоду карт.

Мог бы еще задержаться, но Льву принесли лекарства, и я не стал мешать, отправился восвояси. Забрал у дежурного врача нож, вышел за ворота, потопал в центр города. Там придирчиво оглядел свое отражение в одной из витрин и остался им доволен. Синяя рубашка-поло, прогулочные брюки, босоножки. На голове панама, но ее при необходимости можно и снять: стригся две недели назад и обрасти еще не успел.

Только вот неровная полоска светлых волосков над верхней губой... Вид она мне придавала не самый солидный, поэтому отправился в уже знакомую парикмахерскую, где и побрился. Заодно мастер подровнял волосы, еще и запросил за все про все куда меньше, нежели в прошлый раз. Удачно получилось.

Солнце начало клониться к горизонту, и людей на улице заметно прибавилось, частенько попадались на глаза и стражи порядка. Чаще бесцельно туда-сюда фланировали полицейские патрули, но проезжали мимо и мотоциклы, и открытые легковые автомобили с символикой корпуса. В одном из переулков неподалеку от вокзала и вовсе замер броневик.

Это по случаю воскресенья усиление или тут всегда так? Очень интересно.

Для начала я дошел до главпочтамта и отправил домой очередное письмо, там же купил свежий выпуск «Февральского марша» и двинулся на бульвар, где расположился на облюбованной в прошлый раз скамейке перед входом в «СверхДжоуль». Прежде чем пытаться пройти внутрь, решил выждать, не появится ли кто-нибудь из знакомых.

И хоть покупал газету больше для конспирации, очень скоро увлекся чтением, поскольку на неделе было просто не до свежей прессы, а уж на радио и вовсе не оставалось времени.

От чтения оторвал знакомый голос.

— Петя? — окликнула меня проходившая мимо в компании все того же студента-старшекурсника Лия. — Петя, а ты чего не заходишь?

Я спешно поднялся на ноги и выдал заранее заготовленное объяснение:

— Да вот, решил сначала газету почитать.

Спутник Лии — как же его зовут-то?! — протянул руку и сказал:

— Читать и внутри можно. Идем.

— Как дела? Как учеба? — тут же насела на меня с вопросами девушка. — Сильно продвинулся уже?

— Продвинулся не особо, но в целом все хорошо, — признал я. — И сейчас у Льва был, у него дела на поправку идут.

— И он с тобой разговаривать стал?

— Мы даже в шахматы играли. Что-то у меня не то с эмоциональным фоном, Лев его нормально воспринимает.

— Ой, как здорово! Ну расскажи, как он! Расскажи-расскажи!

Лия ухватила меня за руку и принялась от избытка чувств ее трясти, и в такт этим резким движениям запрыгала обтянутая сарафаном грудь. Я старался быть вежливым и не отводил от собеседницы взгляда, но одновременно помнил и о том, что столь открыто пялиться на девичьи прелести все же не стоит, поэтому хоть и с трудом, но сумел оторваться от соблазнительного зрелища, посмотрел в глаза.

Дискомфорт дискомфортом, но глаза у Лии были красивыми, да еще словно лучились смешинками.

— В клубе поговорите, — посоветовал старшекурсник. — Не на жаре же стоять!

Солнце и в самом деле припекало, стоять посреди улицы не стали и поднялись на крыльцо. Лия с другом точно бывали здесь прежде не раз, на них вахтер даже не взглянул, уставился на меня.

— С нами! — небрежно бросил ему спутник Лии, а когда мы миновали закрытый сейчас гардероб, многозначительно заметил: — Смотрю, значок не носишь...

Я не понял, какой именно значок он имеет в виду — Среднего специального энергетического училища или с номером витка и румба инициации, да это и не имело ровным счетом никакого значения.

— А ты бы на моем месте стал? — задал я встречный вопрос.

Красавчик лишь улыбнулся. На лацкане его пиджака поблескивал нагрудный знак с эмблемой РИИФС, а ниже горели золотом заветные цифры: «6/17».

Ну да, ну да. «6/17» — это далеко не «9/32». Даже сравнивать смешно. А уж гордиться моим статусом и цеплять на грудь подобный значок... Нет уж, где угодно, только не в Новинске.

Сам не знаю, что ожидал увидеть внутри, — просто терялся в догадках, поскольку прежде в закрытых клубах бывать еще не доводилось. На деле же заведение оказалось чуть солидней хорошего бара, а до пафосных ресторанов, столь обожаемых достигшими финансового благополучия мещанами, оно недотягивало даже близко. Зал со столами, небольшая танцплощадка и совсем уж крошечная сцена для оркестра, с другой стороны — длинная стойка бара, солидная и потемневшая от времени. В отделке преобладают дерево и кирпич. Еще стекло — немного зеркал, окна, бутылки и матовые плафоны электрических ламп.

Куда больший интерес представляла публика — предельно разношерстная и столь же однородная, как ни удивительно это звучит. Юноши и барышни моего возраста и солидные молодые люди лет двадцати пяти, в нарядах по последней моде и в летних прогулочных костюмах, с идеальными прическами и с всклокоченными лохмами. Собрались тут представители всех сословий, за исключением разве что совсем уж откровенных аристократов. В бокалах — коктейли, белое и красное вино, пиво, виски с содовой и просто содовая. На столах — легкие закуски, мороженое и десерты.

Я вполне мог сойти за одного из них и почувствовать себя тут как дома. Мог бы, но был здесь чужим.

Объединяло всех присутствующих наличие значка с эмблемой того или иного высшего учебного заведения или элитной частной школы. Почему так решил, если знал лишь символику РИИФС? Да просто все тут держались на равных, а это говорило о многом.

Точно так же, как много и громко говорили они сами. Точнее даже — спорили. Меня угораздило явиться в разгар какого-то диспута одновременно с философским, морально-этическим, политическим и научным уклоном.

— Всем привет! — во всю глотку гаркнул шагавший впереди старшекурсник, враз перекрыв монотонный гомон собравшихся. — У нас пополнение! Это Петр, друг Лии.

И тогда поднялась Инга.

— Петр — наш товарищ...

Она произнесла небольшую речь, но та оказалась мало кому интересна. Нет, Инга вовсе не растеряла своей привлекательности, и ее по-прежнему переполняла внутренняя сила, только такими в клубе оказались решительно все. Ну, так мне показалось.

А после пронзительно свистнул, привлекая к себе внимание, рыжеволосый парень.

— Эй, народ! Я же рассказывал о перестрелке на вокзале Зимска! Так это он в укрытие унтера с простреленной головой уволок! Я взять в толк не мог, какой прок покойника из-под обстрела выносить, а дело в подсумке с запасными магазинами оказалось! Представляете? У этого парня нервы как железные канаты!

Тут уж на меня поглядели с интересом, кто-то даже поаплодировал. Порадоваться бы столь лестным словам, а вместо этого вновь ощутил себя не в своей тарелке.

— Петр, иди к нам! — помахала мне рукой Инга, тогда только перестал стоять столбом, присоединился к девушке, сидевшей за столом в компании спортивного вида юноши с модной прилизанной прической и рыжего Антона.

Ну да, неожиданно для себя вспомнил, как его зовут.

— Кто ехал в одной машине на инициацию — теперь почти как молочные братья! — радушно поприветствовал тот меня, а вот с Ингой не получилось перекинуться даже парой слов.

Просто с новой силой возобновился диспут, а одну из сторон в нем представлял как раз наш подтянутый сосед.

— Наивно полагать, будто войны способствуют научному прогрессу! — заявил он, поднявшись на ноги и став как минимум на полголовы выше собравшихся. — Войны — это боль, смерть и насилие! А еще — деградация! И не только моральных принципов, но всего и вся!

Часть аудитории зааплодировала, другая — засвистела. Нашлись и те, кто остался к высказыванию равнодушен. Они пили пиво.

— Война — это дорого. Государства тратят миллионы на никому не нужные танки и аэропланы, производят горы бомб и патронов, вместо того чтобы направить эти деньги на развитие науки, борьбу с неграмотностью и развитие промышленности!

— Да кто ж им даст? — выкрикнул кто-то, и начался спор всех со всеми.

Но так-то да — оружейные заказы доставались конкретным промышленникам, которые за них готовы были кому угодно глотку перегрызть. Если у нас значительная часть оборонных заводов находилась в республиканской собственности, то за рубежом на этом рынке безраздельно властвовали частные корпорации.

— Лишь сверхоружие остановит эту бессмысленную гонку! — продолжил излагать свою позицию наш плечистый сосед. — Лишь обретение сверхоружия, способного уничтожить саму планету, заставит прекратиться войны и принудит государства к мирному сосуществованию!

Его оппоненты засвистели и затопали ногами, союзники — а таких оказалось очень даже немало, захлопали в ладоши и принялись скандировать:

— Миру — да! Нет войне! Миру — да! Нет войне!

Начались прения, и у меня окончательно голова кругом пошла, да еще в клуб продолжили подходить завсегдатаи, и вскоре за нашим столом не осталось свободных мест. Я решил не дожидаться, когда меня попросят пересесть, поднялся сам.

— Куплю чего-нибудь выпить! — сказал Инге, но та, такое впечатление, даже не услышала — была для этого слишком увлечена дискуссией.

Огорчился? Ну да, не без этого. Но покидать клуб не стал, перебрался за стойку бара, где хватало свободных стульев на высоких ножках. Теперь, когда никто больше не обращал на меня внимания, даже начало здесь нравиться. К тому же хотелось дослушать спор до конца.

— Скажите, а квас у вас есть? — уточнил я у буфетчика.

Тот покачал головой.

— Только пиво.

Из-за жары и духоты нестерпимо хотелось пить, а сидеть за стойкой бара и цедить содовую показалось как-то совсем уж глупо. И дорого.

— Налейте самого легкого, пожалуйста! — попросил я и сразу расплатился.

Буфетчик подставил пузатую стеклянную кружку под кран, а меня вдруг ощутимо пихнули в бок.

— Снобы они тут все, — проворчал устроившийся по соседству студент на пару лет меня старше и килограммов на сорок тяжелее.

Но ни тучным, ни медлительным он не выглядел, показался эдаким округлым живчиком. Чем-то отдаленно напоминал сказочного Колобка — то ли круглыми щеками, то ли бритой наголо головой.

— В смысле? — уточнил я, поскольку обращались именно ко мне.

— Если бы кваса возжелал кто-нибудь с золотым румбом — мигом сбегали бы в соседнюю палатку, — пояснил мой упитанный собеседник, перехватил взгляд на свой значок и рассмеялся. — Нет, семь-семнадцать тут не котируется, только эталонный шестой виток.

— А!

Толстяк протянул руку и представился:

— Карл.

— Петр, — сказал я, пожимая пухлую ладонь, которая оказалась на диво плотной. Да и предплечья Карла были толстыми, но отнюдь не рыхлыми.

Тут на стойку выставили кружку пива, и я воспользовался случаем отвлечься от навязанного разговора, поскольку ни с кем общаться не хотелось. Пиво оказалось холодным, горьковатым и совсем не крепким — влил в себя половину кружки, сам не заметил как. После решил никуда не спешить, развернулся и откинулся спиной на стойку, начал следить за собравшимися. Точнее, за Ингой.

Поначалу не мог сообразить, что именно не дает покоя, а потом с изумлением осознал, что Инга, в отличие от беззаботной Лии, на общем фоне если и не потерялась, то прежнего впечатления уже не производила. Слишком много кругом оказалось ярких, умных и энергичных барышень. И да, их тоже переполняла внутренняя сила. А если убрать это преимущество...

«Будто первая отличница класса в институт поступила, а там все такие — умные и талантливые», — вдруг подумалось мне, и стало обидно за Ингу. Ну а как иначе? Я ведь ее любил.

Любил? Пожалуй, впервые признался в этом самому себе, только вот не осталось ли это чувство в прошлом? Или и не было ничего, а меня просто тянуло к ней как к некоей яркой сильной личности, лидеру по натуре?

За этими мыслями не заметил, как допил пиво. И сделал это совершенно напрасно — пусть накал страстей и пошел на убыль, диспут был пока что далек от завершения.

Буфетчик, не спрашивая, наполнил еще одну кружку, и я не отказался, отсчитал мелочь и больше уже не увлекался, цедил хмельной напиток редкими маленькими глоточками, желая растянуть его как можно дольше. В запасе еще оставалось время, решил дождаться окончания сборища и перекинуться с Ингой хотя бы парой слов наедине. Мне нужно было разобраться в своих чувствах. Нужно было, и все.

А еще захотелось с кем-нибудь об этом поговорить. Вот только единственный человек, с кем действительно можно было обсудить столь личный вопрос, сейчас пребывал в психиатрической клинике, и в такой поздний час посетителей к нему уже не пускали.

Беда-беда, огорчение...

Я уставился в кружку и какое-то время бездумно взирал на остатки пива, затем одним махом опрокинул их в рот.

— И как тебе эта ярмарка тщеславия, Пьер? — поинтересовался вновь вернувшийся к стойке Карл.

Слова упитанного живчика озадачили. Нет, не странное обращение, в тупик поставил сам вопрос.

— Ты о чем?

— Ну как же! — повел он рукой. — Ты только посмотри на них! Ходячие генераторы изо всех сил пыжатся, демонстрируя свой интеллект, а на деле им просто повезло с инициацией! Просто повезло!

Такая точка зрения пришлась мне по душе, но вслух соглашаться с ней не стал из нежелания прослыть завистливым ничтожеством. Впрочем, и отмалчиваться не стал тоже.

— Везение не отменяет наличия мозгов и умения ими пользоваться.

— Вот! — наставил Карл на меня пухлый палец. — Везение! Ты признаешь это! Не гениальность или даже просто выдающиеся умственные способности — всех нас тут собрало одно лишь везение!

Я покачал головой.

— Вовсе нет. Везение не может быть столь избирательным, чтобы собрать в вашем институте одних только умников. Отбирают ведь талантов, а не гениев. Значит, в клуб пришли те, кто умней и амбициозней других. С активной жизненной позицией.

Карл басовито рассмеялся.

— В логике тебе не откажешь, Пьер. Мое почтение! Все по полочкам разложил! Пятая часть абитуриентов нашего славного учебного заведения не умеет ни писать, ни читать, у половины за плечами трехлетка. Их даже в город до окончательного отсева не выпускают. Та часть институтского городка больше колонию для несовершеннолетних напоминает, куда там армии! — Он повернулся к буфетчику и попросил: — Два светлого!

Я решил, что на этом наше общение подошло к концу, но не тут-то было. Одну из кружек Карл передвинул мне.

— За знакомство!

— Да мне уже хватит...

— Брось! В этом климате пинта пива выходит с потом за полчаса!

— Скажешь тоже!

— Научный факт! — уверил меня Карл, а когда мы чокнулись кружками и сделали по длинному глотку, спросил: — Ну а каким это сборище видится человеку со стороны?

Я пожал плечами.

— Не знаю. Но сочетание пацифизма и культа личной силы, честно говоря, вызывает оторопь.

Мой упитанный собеседник кивнул.

— Не в бровь, а в глаз! Но тут не все такие. Это профессор Чекан своим ученикам головы задурил. Мне кажется, он вообще немного с приветом. Толковать о непротивлении злу насилием и одновременно разрабатывать способы уничтожения целых городов — как тебе такое?

— Прям городов? — опешил я.

— То-то и оно!

Я хлебнул пива и покачал головой.

— Однако! Наличие сверхоружия у одной из сторон приведет к блицкригу!

Карл не согласился с этой точкой зрения, и очень скоро мы разругались в пух и прах, потом помирились, чтобы тут же рассориться снова, на этот раз — относительно того, будет ли считаться изменой обнародование таких выкладок в прессе. Затем спор ушел на новый виток, и как-то совершенно неожиданно мы сошлись на том, что Февральская революция обезглавила страну, сметя прогнившую монархию и при этом не принеся взамен никакой внятной идеи.

— И это плохо! Нас будто намеренно толкают на путь оголтелого национализма! — заявил мой собеседник, который видел выход в диктатуре прогрессивных сил.

Я же необходимость диктатуры категорически отвергал и напирал на преимущества демократического пути развития. В итоге нас объединил тезис: «Реваншисты — отрыжка самодержавия». Тут мы друг друга крепко зауважали и даже заказали по мировой кружке пива.

— Ты пойми, все эти аристократы и помещики тянут республику в прошлое! — объявил я после этого благодарному слушателю в лице Карла. — Программа электрификации страны продвигается с десятилетним отставанием от графика! Это здесь, в Новинске, кругом электрическое освещение, а даже в столице оно не везде! Что уж об остальных городах и тем более деревнях говорить?! Где керосин жгут, а где и лучины, будто в дремучей древности! А курс на индустриализацию? Саботируется в открытую!

Подошедший к бару паренек на пару лет нас старше задержался с кружкой пива в руке и рассудительно заметил:

— Индустриализация в первую очередь направлена на развитие оборонной промышленности, а это никакой пользы стране не принесет!

— А тракторы? Комбайны? Сеялки? — поддержал меня Карл. — Они тоже не принесут пользы? Раньше косы в пики перековывали, так что же — без кос крестьянам обходиться нужно было?

Разговор привлек внимание двух барышень, как мне показалось — вполне симпатичных на вид.

— Слишком быстрое внедрение передовых средств труда в сельском хозяйстве приведет к образованию лишних людей и резкому оттоку населения в города! Начнется неконтролируемая урбанизация! — заявила одна.

— И кризис перепроизводства! — добавила вторая.

— Какой кризис перепроизводства? Чего — еды? — опешил первым подошедший паренек. — В мире катастрофическая нехватка продовольствия! Люди от голода умирают!

— Вот-вот! — поддакнул Карл. — Станем зерно экспортировать в обмен на апельсины или бананы!

Я же нацелился на светленькую девчонку, долговязую и чуточку нескладную, заявившую об угрозе неконтролируемой урбанизации.

— Отток лишних людей из деревень станет стимулом для развития промышленности и обеспечит заводы рабочими руками! Это страшный сон помещиков и засевших в парламенте ретроградов из «Земского собора». Первые не желают обеспечивать арендаторов нормальной техникой, вторые боятся потерять политическое влияние!

Светленькая за словом в карман не полезла, и у стойки бара возник еще один дискуссионный центр, к которому постепенно начали подтягиваться и другие посетители клуба. Подошла даже Лия со своим кавалером.

«Виктор», — вспомнил я имя красавчика в момент неожиданного прояснения. Впрочем, это не имело никакого значения. От беспрестанной болтовни вновь пересохла глотка, и я заказал кружку пива, но только пригубил ее, и широкоплечий светловолосый студент, возглавлявший пацифистов, несколько раз хлопнул в ладоши.

— Хватит сидеть в духоте! Едем купаться! С меня — аренда пароходика!

— Ура Яше! — заорали кругом. — Все на водохранилище!

Я замер как дурак с недопитой кружкой пива, но замешательство продлилось недолго. Карл тут же соскочил со стула и потянул меня за собой.

— Да не теряйся ты, Жакоб всех пригласил! Нинет, Мишель, не отставайте!

Бросать пиво недопитым показалось плохой идеей, и я в несколько длинных глотков влил его в себя, а уже на выходе оказался наделен рюмкой горькой настойки на посошок.

— Традиция! — пояснил Карл и выпил.

Я выпил следом. Мне было удивительно хорошо.

Вот только на улице давно стемнело, и бульвар заливал свет электрических фонарей, по голове кувалдой ударило осознание неминуемого опоздания на вечернее построение. Утром Дыба точно устроит веселую жизнь! Я заколебался даже, но прямо сейчас бежать в расположение уже не имело никакого смысла, махнул на грядущие неприятности рукой. Плевать! Скажут манекеном еще неделю отработать — отработаю.

От «СверхДжоуля» двинулись по бульвару беспорядочной толпой, а в соседнем квартале, где перед клубом «Держава и скипетр» курила компания молодых людей, Карл вознамерился набить их реваншистские рожи, и я это устремление горячо поддержал, но нас утянули с собой девчонки. Дальше шел в обнимку со светленькой спорщицей, и та ничего не имела против того, что моя ладонь придерживала ее вовсе не за талию.

Насколько помнил по картам, водохранилище располагалось за городской чертой, туда поехали на трамвае. Кто-то сунул кондуктору десятку, и наша компания оккупировала весь вагон. Мест всем не хватило, и светловолосая барышня, не чинясь, уселась мне на колени, а потом еще и обняла, поцеловала по-взрослому — с языком, как еще не целовался раньше ни с кем...

Мелькнула заполошная мысль, что это могут увидеть Инга или даже Лия — почему «даже»? — но мигом сгинула. Мне было слишком хорошо, чтобы забивать голову всякой ерундой. Если разобраться, я был предельно близок к столь эфемерному и мимолетному состоянию, как счастье. Пожалуй, ближе, чем когда-либо до того. Прямо расстроился, когда пришлось разжимать объятия на трамвайном кольце; так и катался бы по кругу всю ночь, но не судьба.

К лодочной станции напрямик через лес уходила широкая тропа, по ней мы и двинулись.

— Долой ханжество и буржуазную мораль! Купаемся голышом! — крикнул кто-то, чем заслужил радостные крики юношей и возмущенные возгласы барышень.

Впрочем, некоторые девушки завизжали как-то очень уж игриво — то ли были не против ночного заплыва в чем мать родила, то ли просто прозвучала дежурная шутка для своих.

Следом в воздух взметнулась сотканная из разноцветных линий фигура, превратилась в призрачного коня, унеслась прочь. Затем над головами расцвел огненный цветок невиданной красы, а дальше подвыпившая компания и вовсе пошла вразнос; кругом замелькали сложные энергетические конструкции, иллюзии и миражи.

Я бы, несмотря на всю свою бездарность, тоже попытался отчебучить нечто подобное, но уже был просто не в состоянии. После поездки на трамвае невесть с чего начало раскачивать из стороны в сторону, и шагал в обнимку с новой знакомой теперь не только лишь из желания ощущать под ладонью ее худенькую упругую ягодицу, но и по той простой причине, что иначе мог запросто потерять равновесие и упасть.

Духота и жара остались позади, воздух наполнился свежестью и лесными ароматами, зазвенели комары. Почти сразу течение сверхэнергии, до того едва улавливаемое мной, стало куда явственней и упорядоченней, послышалось легонькое потрескивание, и кровососущие насекомые невесомым пеплом посыпались на землю. Оставалось лишь поаплодировать столь филигранной работе неизвестного студента.

Сначала легонько, а потом все сильнее и сильнее зашумели кроны сосен, повеяло влажным речным воздухом, и как-то разом деревья расступились, наша изрядно растянувшаяся процессия начала выходить из леса на высокий берег.

— Последняя возможность сделать пи-пи! — послышался громкий возглас, когда мы проходили мимо длинного строения с буквами «М» и «Ж» у противоположных входов.

Моя спутница вместе с остальными барышнями отправилась, как она выразилась, припудрить носик; избавиться от излишков выпитого решили и многие из парней. Я побоялся упустить новую знакомую и уже не найти ее в сутолоке, дошел до края круто уходившего к воде склона, навалился на деревянное ограждение.

Лодочная станция оказалась закрыта, плоскодонки покачивались у причала на невысокой резкой волне. Чуть дальше в темноте горел фонарь на носу прогулочного пароходика — не слишком большого, но вполне способного принять на борт всю нашу многочисленную компанию. Плечистый Яша легко сбежал по лесенке к настилу пристани, ушел в дальний ее конец и поднялся по сходням.

Слышался легкий плеск, чернела гладь водохранилища, слегка покачивался сигнальный фонарь на носу парохода, светила в небе половинка идущей на убыль луны; прямо ко мне протянулась ее серебристая дорожка, неровно рваная из-за бега волны.

Хоть и навалился на перила ограждения, из-за выпитого покачивало, и покачивало не в такт огоньку фонаря. Луна и вовсе висела на небе неподвижно, а серебристый след на воде беспрестанно искривлялся в зависимости от того, с какой силой ветер начинал гнать рябь. И это оказалось слишком сильным испытанием для моего вестибулярного аппарата — к горлу подкатил комок тошноты.

— Порядок! Все на борт! — послышался крик Якова, студенты отозвались одобрительным гулом.

Все повалили к лестнице, я же рванул в обратном направлении, заскочил в неказистое строеньице и склонился над зловонной дырой, первой в ряду.

В один подход избавиться от выпитого не получилось, мышцы подреберья сводило судорогами раз пять. Потом я, совершенно обессиленный, доковылял до умывальника, прополоскал рот, вытер губы. В голове шумело и звенело, не выдержал, уткнулся лбом в стену и прикрыл глаза, желая унять головокружение. Зря.

Очнулся в тишине и темноте. Сидел на корточках, откинувшись спиной на стену. С одной стороны светилось закрашенное белым окно, с другой — лунное сияние проникало в приоткрытую дверь. Темнота и тишина. Никого. Никого?!

Я вскочил на ноги и сразу покачнулся, едва не упал, навалился на раковину. Виной тому было не только и не столько опьянение — просто ноги затекли и почти не слушались. Иголками закололо так, что зубами от боли скрипнул, но еще сильнее резануло осознание собственной никчемности.

Меня забыли! Забыли! И виноват в этом только я, и больше никто. Напился и все испортил. Не будет ни ночного купания голышом, ни объятий и поцелуев светловолосой спорщицы. И всего остального, на что так надеялся по дороге сюда, не будет тоже. Осел!

Наверное, от избытка чувств долбанул бы лбом о стену, но тут в дверном проеме мигнул отсвет зажженной на улице спички, следом дуновение ветерка донесло запах табака и обрывки слов. Получается, уплыли не все? Или никто пока еще не уплыл вовсе?!

На негнущихся ногах я заковылял к двери, увидел посеребренный лунным сиянием борт броневика со знакомой эмблемой Отдельного научного корпуса и замер на месте как вкопанный, но тотчас опомнился и сместился в сторону, укрылся за простенком.

На лодочную станцию пожаловали мои коллеги! Вроде бы — ну и что тут такого, но, если разобраться, худшего варианта и придумать сложно. Теперь, немного протрезвев, понимал это со всей отчетливостью.

«Никакого алкоголя! Он для вас под строжайшим запретом!» — заявил Дыба в прошлый понедельник, а я ведь, помимо всего прочего, еще и в самоволке! Если незаметно проберусь в комнату и успею проспаться к утру, отделаюсь нагоняем за опоздание на вечернее построение, но в случае задержания патрулем делу точно дадут официальный ход. Об отработке проступка манекеном тогда останется только мечтать. Могут ведь и в благонадежности усомниться!

И на снисхождение коллег рассчитывать по меньшей мере наивно. Загребут и оформят. А выход из туалета единственный, и мимо никак не проскользнуть. Окно если только на другую сторону выходит, но оно точно не открывается...

Послышался шорох гравия под подошвами, ударился о землю перед дверью и улетел дальше, сыпанув искрами, окурок.

— ...сразу несколько учеников Чекана, он такой шум поднимет, мало никому не покажется. Головы полетят — это я тебе гарантирую!

Бойцы ОНКОР приблизились к моему убежищу, и получилось разобрать слова. Проклятье! Да я, такое впечатление, теперь шум чужого дыхания могу различить!

Второй откашлялся, сплюнул и сказал:

— Да это все понятно! Ты лучше скажи, почему мы их сразу не прищучили? Не пришлось бы всю ночь комаров кормить!

В отличие от жесткого голоса с очень правильным произношением этот звучал мягко, будто говорил выходец с юга республики или даже из потерянных после развала империи западных областей.

— Ты сам подумай! — отозвался первый. — Старшекурсники все заряженные ходят! А подопьют, покрасуются друг перед другом, и возьмем их тепленькими!

— Заряженные, разряженные — какая разница? Против крупняка никакой щит не сдюжит!

— Там личные студенты Палинского, а он на синергию упор делает. Если успеют защиту поставить, ее из сорокопятки не пробить! Тогда и нас, и броневик тонким слоем по берегу размажут!

Я недоуменно нахмурился. Как-то не походило обсуждение на подготовку к банальной проверке документов или даже задержанию пьяных дебоширов. Такие дела совершенно иначе обставляться должны. Что за ерунда еще?

Вновь чиркнула по боковине коробка спичка, затрещал табак, повеяло ароматным дымком.

— А ты разве не прикроешь? — спросил, судя по мягкому выговору, второй.

Ответом стал резкий смешок.

— Друг мой, в их табели о рангах я едва дотягиваю до пика четвертого витка, если тебе это о чем-нибудь говорит. Поэтому мы не будем геройствовать, а причешем пароход из пулемета и дадим по газам. Все ясно?

— Больно масштаб у акции мелковат. Гросс будет недоволен.

— Я тебе о чем только что толковал? Ты меня слушал вообще? Главное — правильный выбор цели!

Я так и обмер. Это не бойцы корпуса, это террористы! И если они меня тут застанут, то непременно убьют. Так же, как собираются убить остальных.

Замереть в углу под прикрытием простенка? А если этим приспичит облегчиться и они заглянут внутрь? Тут ни загородок, ни кабинок — спрятаться некуда! Сразу заметят! И потом — так точно никого не спасу. Как потом людям в глаза смотреть? Там ведь Инга, там Лия! И светленькая девчонка тоже там, на этом злосчастном пароходике...

Надо бежать за подмогой! Но как?

Я тихонько — по стеночке, по стеночке отодвинулся от входа и забрался на подоконник. Рама не открывалась, но в верхней правой четверти была устроена форточка — достаточно широкая для того, чтобы в нее сумел пролезть человек моего сложения. Только вот маляры так основательно замазали стекло, что краска потекла, попала в стыки, а потом засохла и...

И тут я вспомнил о ноже! Трясущимися руками достал его из кармана, разложил клинок, провернул кольцо-стопор и всунул острие в щель между рамой и форточкой. Слегка покачал рукоять, с натугой сместил лезвие в сторону, покачал еще.

Пока обработал таким образом весь периметр — взмок. Вот уж действительно пол-литра жидкости с потом вышло.

Научный факт, чтоб его так!

Надавил, потом усилил нажим, и форточка подалась, с легким скрипом распахнулась. Я замер и настороженно прислушался, но кругом было тихо. Тогда просунул в образовавшееся отверстие ногу и, скрючившись, сумел провернуть аналогичный трюк с головой и плечами.

Полдела сделано!

Дальше оставалось нащупать стопой карниз и перенести на нее вес — нащупал и перенес, да только подошва соскользнула, и я со всего маху рухнул на газон! Высокая трава смягчила падение, но произведенный мною шум слишком уж отличался от размеренного плеска волн, незамеченным он не остался.

— Слышал? — донесся удивленный возглас, и стало ясно: сейчас меня будут убивать.

А я умирать не хотел. И поскольку обежать длинный барак и сигануть в кусты никак не успевал, потянулся к сверхэнергии, усилием воли закрутил ее и направил в себя. Миг спустя из-за угла выскочил кряжистый человек в форме бойца ОН-КОР с уже вскинутым пистолетом, его выплеском силы и приложил. Из-за опьянения сфокусировать поток не вышло, и противник не лишился головы, а просто отлетел назад, перевалился через ограждение и кувырком покатился по крутому склону к воде.

Его напарник с ходу швырнул шаровую молнию, и вновь я не сплоховал. Сами собой сработали полученные на практических занятиях навыки, и второй, совсем уж слабый выброс снес сияющий сгусток к стене туалета. Дальше — железный провод громоотвода и вспышка разряда. Так тебе!

Порадоваться успеху не успел. Просто ощутил вдруг на горле хватку невидимых рук, попытался отодрать их, а пальцы прошли через воздух. И поразить врага новым выплеском тоже не вышло из-за полной утраты контроля над сверхэнергией. А дальше чужая воля лишила всякой подвижности, оказался не в силах ни пошевелиться, ни даже просто вздохнуть. И более того — мне начали сплющивать грудную клетку, выдавливая из легких воздух.

Накатила паника, я задергался, только без толку — перебороть натиск сверхсилы не вышло, мои навыки оперирования энергией заведомо уступали умениям убийцы. В груди разгорелось пламя, в глазах яркими блестками засверкало подступающее беспамятство, и в панике я замотал головой. Именно эти резкие рывки и заставили с бешеной скоростью закружить по небу половинку луны — словно крупье движением пальца запустил в противоход вращению рулетки сияющий шарик.

Резонанс!

Сознание стремительно меркло, но я успел вколотить себя в то неповторимое состояние, которое испытал в подвале Кордона, и моя ставка сыграла. Одна за другой в черном небе замерли всполохами стробоскопа серебристые половинки луны, а когда их стало тринадцать — будто совпали выемки на бородке ключа, в меня ледяным потоком хлынула сверхсила.

Чужая энергетическая конструкция лопнула, противника отбросило назад и покатило по земле. Да я и сам не устоял на месте, отлетел к стене. Врезался в нее, и по доскам во все стороны расползлось пятно изморози, дыхание вырвалось облачком пара, воздух обжег легкие невыносимым холодом.

Но — плевать! Главное — дышу! Дышу и живу! И умирать не собираюсь!

Внутри в бешеном ритме раскручивался практически неуправляемый энергетический волчок, и я решил не терять время на его обуздание, ведь нож — вот он, под ногами лежит. Я отодрал от стены примерзшую к доскам одежду, нагнулся, стиснул рукоять, рванул к противнику. И — не успел.

Тот резко выпрямился и выкинул перед собой руку, у меня на пути словно невидимая стена возникла. Врезался в нее так, что клацнули зубы, но с подобного рода преградами уже сталкивался, поэтому задействовал не мышцы, а силу воли. Продрался!

Убийца только и успел охнуть, когда движением снизу вверх сунул ему под ребра клинок. Удар заставил противника согнуться, и левой рукой я вцепился в его длинные черные волосы, потянул шевелюру вниз, не позволяя выпрямиться, и продолжил бить, бить и бить ножом. Раз! Другой! Третий!

Незнакомец не устоял на ногах и повалился на землю, а я вдруг осознал, что вот-вот взорвусь из-за распиравшей изнутри энергии. Та стремительно вливалась, переполняла и грозила выжечь изнутри, а то и просто сжечь своим ледяным огнем. Волосы встали дыбом, энергия начала выплескиваться наружу, кожу закололи электрические разряды, засверкали в ночном мраке голубоватые искорки, по траве во все стороны побежала изморозь. Чертов резонанс! Я попросту не умел оперировать такой прорвой сверхсилы!

Спасли рефлексы. Когда над ограждением возникли голова и плечи взобравшегося на крутой берег крепыша, тело среагировало ровно как и минуту назад, только на этот раз — совершенно самостоятельно. Вскинулась рука, выплеснулась в нового противника вся накопленная энергия разом.

Взметнулся вихрь земли и гравия, следом хлопнул запоздалый выстрел. Рукотворное торнадо снесло в сторону отправленную в меня пулю, и та с сочным шлепком угодила в дощатую стену. А еще на небе разом погасли двенадцать фантомов и осталась одна-единственная половинка луны.

Резонанс больше не вливал в меня сверхэнергию, и я сделал единственное, что сейчас оставалось, — бросился наутек. Следом грохнуло еще два выстрела, но обзор стрелку перекрывало пыльное облако, и я невредимым заскочил за угол туалета, метнулся под прикрытием длинного строения к спасительной опушке леса. С разбегу вломился в кусты, получил по лицу колючей еловой лапой и рванул дальше, понемногу забирая в сторону.

Вновь хлопнул выстрел, еще и еще один. Потом наступила тишина. Ушел!

Какое-то время я продолжал бежать, постепенно замедляя и замедляя темп, потом навалился на шершавый ствол сосны и согнулся в приступе рвоты. Немного очухался и поплелся прочь, выбрался на какую-то прогалинку и уставился на правую руку, чуть ли не по локоть залитую чужой липкой кровью. И нож. Пальцы до сих пор так и стискивали рукоять ножа.

Накатила нервная дрожь, и я принялся вытирать ладонь о лесную траву, но сразу это занятие бросил. Нужно было спешить. Нужно было сообщить о случившемся в комендатуру — ведь уцелевший убийца вполне мог остаться и попытаться довести задуманное до конца. Вот только покоя не давал тот немаловажный факт, что террористы не просто приехали к лодочной станции на броневике с эмблемой ОНКОР, они, ко всему прочему, были одеты в форму бойцов отдельного корпуса. Переоделись или довелось схлестнуться с сослуживцами?

«Полетят головы», — сказал тот, с четким классическим выговором, которого я... которого я зарезал!

Я убил человека. Я — убийца!

Меня снова вырвало, на этот раз — исключительно от нервного напряжения, одним только едким желудочным соком, но зато следом из-за выплеснувшегося в кровь адреналина как-то разом прояснилось в голове.

Итак, если те двое были из корпуса, если дело не в происках каких-то внешних врагов, а исключительно во внутренних интригах, то кому я вообще могу доверять? Вопрос на миллион...

Часть третья
ДЕФОРМАЦИЯ

ГЛАВА 1

Прихватили меня на пропускном пункте при попытке проскользнуть на территорию комендатуры. Ну да — до того я сначала пробирался через лес, а потом бежал глухими окраинными задворками, не решаясь ни обратиться за помощью к полицейским, ни попытаться остановить выехавших на ночное патрулирование коллег.

У первых рассказ подвыпившего молодого человека, перепачканного в крови, наверняка бы вызвал известного рода скептицизм, а что касается вторых... Я просто боялся нарваться на соучастников террористов, планировавших расстрел парохода. Умом понимал, что вероятность такого развития событий чрезвычайно низка, но вот не шла из головы сцена, увиденная в кино, и все тут. Рванул прямиком в расположение.

Вот на контрольно-пропускном пункте и тормознули караульные. С загулявшими курсантами разговор был короткий, а куковать до утра в камере нисколько не хотелось, выложил сержанту свой единственный козырь:

— Вызовите капитана Городца!

Пока бежал, все хорошенько обдумал, но только теперь осознал, сколь жалко и нелепо прозвучало требование поднять посреди ночи с постели капитана. Протрезвел, не иначе...

Рядовые хохотнули, начальник караула тоже не потрудился скрыть скептическую ухмылку.

— Вот прямо капитана, серьезно?

Я ничего объяснять не стал, только поднял руку и покрутил ладонью, полностью оттереть кровь с которой так и не сумел. Сержант враз стал собранным и серьезным, вытянул меня в круг света, отбрасываемого фонарем, окинул цепким взглядом.

— Ну смотри, курсант, не та сегодня ночь, чтобы шутки шутить, — предупредил он.

Ничего отвечать я не стал, а один из бойцов вдруг негромко сказал:

— Едут.

Я оглянулся и увидел фары катившего на выезд автомобиля. Шлагбаум моментально ушел вверх, но сержант вышел на середину дороги и поднял руку, призывая водителя остановиться. Легковой вездеход со сложенной по случаю хорошей погоды крышей резко затормозил, и послышался раздраженный рык:

— Ну что еще?!

Начальник караула рысцой приблизился, что-то сказал и указал на меня, а следом махнул рукой, требуя подойти. Я подбежал.

— Что у тебя? — потребовал объяснений капитан Городец, чья скуластая физиономия казалась еще раздраженней обычного, а припухшие глаза и вовсе превратились в две злобные щелочки. — Только в двух словах, нет времени!

Я уложился в одно. Просто связал выезд среди ночи с несостоявшимся покушением на студентов и сказал:

— Броневик.

Капитан глянул резко и остро, ничуть не сонно, и скомандовал:

— В машину!

А стоило только мне выполнить распоряжение, автомобиль сдал назад и отъехал в сторону, освободив проезд.

— Рассказывай! — потребовал Городец.

Я без утайки вывалил на собеседника приключившуюся со мной историю, а капитан не стал ничего спрашивать и уточнять, лишь забрал нож и взмахом руки подозвал сержанта.

— Курсанта в допросную. И предупреди своих, чтоб никому о нем ни полслова. — Потом буркнул мне: — Шевелись!

Ну я и пошел, а уже с крыльца комендатуры увидел, как от автохозяйства на выезд промчались сразу три броневика и мотоцикл, на люльке которого был установлен не ручной пулемет, а куда более солидное на вид оружие. Что-то сейчас будет...

В допросной успел даже вздремнуть. Не сразу уснул, конечно, как уселся на привычное место, помаялся какое-то время, но не очень долго. Сначала отпустило нервное напряжение, потом сморила усталость.

Из беспокойного сна вырвал скрип распахнувшейся двери. Я встрепенулся, продрал глаза и без особого удивления обнаружил, что, помимо Георгия Ивановича, не спится этой ночью еще и Альберту Павловичу. Капитан ОНКОР и консультант РИИФС — вот интересно, что их связывает?

Хотя интересно ли? Сейчас меня интересовало совсем другое.

— Ну?! Прихватили? — спросил я, не дав никому и рта открыть, потом вспомнил, где нахожусь и с кем разговариваю, и спешно добавил: — Господин капитан! Доброй ночи, Альберт Павлович!

В голове почти сразу прояснилось, и стало понятно, сколь наивно было рассчитывать на ответ, но Городец скорчил кислую мину и заявил:

— Не было там никого. — Он махнул рукой. — Да не дергайся ты так! Нашли в пыли следы броневика, залитые бензином капли крови и сломанное ограждение, а из стены пули извлекли. Просто опоздали.

Я втянул голову в плечи, ожидая нагоняя за слишком позднее оповещение о случившемся, но устраивать разнос мне не стали, вместо этого Альберт Павлович, откровенно сонный и при этом ничуть не растрепанный, выставил на стол стеклянный графин, раскрыл свой потертый портфель и спросил:

— Сколько выпил?

Я немного помялся и скорее предположил, нежели ответил точно:

— Пять или шесть кружек пива и рюмку настойки.
— Что ел?
— Только пил.

Георгий Иванович насмешливо фыркнул, но от комментариев воздержался. Альберт Павлович тоже насчет юношеской самонадеянности прохаживаться не стал, смерил меня взглядом и уточнил:

— Весишь пуда четыре?
— Пятьдесят восемь килограммов на последнем взвешивании было.

Тогда консультант наполнил стакан водой и высыпал в него содержимое сразу двух бумажных пакетиков, размешал и потребовал:

— Пей!

Я заколебался. Альберт Павлович закатил глаза.

— Не отрава, не бойся! Не в моих принципах травить людей. Просто снимет остаточное опьянение и абстинентный синдром.

— Какой?

— Похмелья не будет. До обеда так уж точно.

Капитан Городец заинтересованно хмыкнул и попросил:

— Выделишь пакетик?

— Печень с почками запасные есть? Это только для экстренных случаев.

Я свой случай таковым вовсе не считал, но во рту так пересохло, что и в голову не пришло кочевряжиться. Выпил бы сейчас и сыворотку правды, не то что предложенные микстуры. Или сыворотку колют? Да не важно!

Вода имела специфический лекарственный привкус, поэтому сразу осушил второй стакан и немедленно ощутил, как в организм, измученный бессонной ночью, алкоголем, стрессом и смертельным противостоянием, начинают стремительно возвращаться жизненные силы.

О-хо-хо! Даже не понимал, насколько мне до того было плохо.

— А теперь повтори рассказ, — потребовал Альберт Павлович, усаживаясь напротив.

Я не рискнул спросить, каким боком случившееся затрагивает сферу деятельности консультанта РИИФС, и выдал куда более связную версию произошедшего. Если в машине казалось, будто говорю исключительно по делу, то теперь то словоизвержение иначе как бессвязным лепетом расценить не мог. Даже стыдно стало. А уж при воспоминании о совершенно непотребном состоянии во время прогулки до водохранилища и вовсе щёки покраснели.

Впрочем, до подробностей загула никому не было никакого дела. Альберт Павлович пытался просверлить взглядом дыру в моей голове, Георгий Иванович конспектировал какие-то отдельные моменты в своём блокноте. Ну а стоило только умолкнуть, и начались расспросы.

Кто предложил отправиться на водохранилище? В какое именно время это произошло? Кто присутствовал тогда в клубе? Кто там и остался, а кто принял приглашение? Каким маршрутом добиралась до лодочной станции компания? Сколько времени это заняло? Точно ли я расслышал фамилию «Гросс» или просто не разобрал окончания слова «гроссмейстер»?

И опять, и снова, и о том же, только в другой формулировке. Раз за разом, круг за кругом.

Уж не знаю, что за химию скормил мне Альберт Павлович, но память сделалась воистину кристально чистой, в ней всплывали самые незначительные детали, стоило только о них подумать. И даже так осветить удалось далеко не все интересовавшие собеседников моменты. Чего-то я попросту не видел, чего-то не знал и знать не мог.

— Никакой ясности, — скривился под конец допроса капитан Городец. — Эксперты затрудняются определить точное время смерти экипажа броневика. Временной промежуток таков, что их могли убить как незадолго до отбытия студентов из клуба, так и непосредственно после этого. Ясно лишь одно — это был не экспромт. Акция готовилась заранее.

Я навострил уши. Экипаж броневика убит? Выходит, схлестнулся не с сослуживцами? Уф! Как гора с плеч! Одной головной болью меньше! Не дело, конечно, из-за смерти хороших людей облегчение испытывать, да только они так и так мертвы, вне зависимости от моих эмоций.

Долго пауза в расспросах не продлилась, дальше потребовалось террористов описать.

— И покойника — тоже? — уточнил я, невольно поежившись. — А смысл?

— Не льсти себе, — скривился Георгий Иванович. — Судя по следам крови, ранения оказались несмертельными. Сколько раз ты ударил?

— Ч-четыре, — ответил я с запинкой, не зная, радоваться или огорчаться такому повороту событий. Дрожащими руками наполнил водой стакан и в несколько длинных глотков его осушил.

— Балбес! — беззлобно ругнулся капитан и потребовал: — Опиши их! Давай! Сосредоточься!

И вот это оказалось делом весьма и весьма непростым. Нет, с мыслями собрался без всякого труда, невозможным оказалось составить словесный портрет. Луна светила противникам в спины, лиц я попросту не разглядел.

— Один плотного сложения, крепкий. Ниже меня, рост примерно метр семьдесят пять. Говорил, как показалось, с юго-западным акцентом. Лет сорока, наверное.

— Его ты ножом пырнул? — уточнил Альбер Павлович, впервые сделав пометку в блокноте.

— Нет, второго. Он был ростом с меня, но шире в плечах. Около тридцати лет, как показалось. Выговор чистый и очень правильный.

— Эмигрант или иностранец? — уточнил Городец.

Я немного поразмыслил над этим вопросом и без всякой уверенности ответил:

— Наверное, эмигрант. Акцента не чувствовалось. И еще он сказал, что в здешней табели о рангах находится на пике четвертого витка.

Георгий Иванович задумчиво потер подбородок.

— Получается, проходил инициацию в одном из вторичных источников.

А вот Альберт Павлович хоть и сделал в блокноте новую пометку, к этой версии отнесся с явным скептицизмом.

— Эта публика слова лишнего о себе не скажет, а скажет — соврет. И в особенности — своим местным контактам.

Я понятия не имел, что за публика имелась в виду, но уточнять не стал, решив по возможности не привлекать к себе внимания.

— Организуешь показ фотографий? — спросил у капитана Альберт Павлович, начав складывать вещи в портфель.

— Сделаю, — кивнул Городец и указал на меня: — А с этим юным дарованием как поступим?

Консультант пристально глянул, и как-то разом сделалось не по себе. И до того не лучшим образом себя чувствовал, а тут и вовсе словно препарировали. Натурально — лягушкой себя ощутил, к которой уже электроды присоединили и напряжение подвели. Аж перекорежило всего.

— Оформляй в свое ведомство внештатным сотрудником, — сказал после недолгих раздумий Альберт Павлович и слегка подался ко мне над столом. — Петя, задача у тебя будет — проще не придумаешь. Продолжай захаживать в клуб, заводи знакомства, общайся с людьми. Не пытайся ничего выяснить и никого ни о чем специально не расспрашивай. Просто смотри, слушай, запоминай. Справишься?

Я не слишком уверенно кивнул.

— Если вдруг узнаешь что-то важное, без промедления сообщай Георгию Ивановичу. Обо всем остальном станешь докладывать непосредственно мне. Я по понедельникам провожу консультации в энергетическом училище. Номер кабинета узнаешь на вахте. Это ясно?

И вновь я кивнул.

Капитан Городец недобро улыбнулся и заявил:

— Если интересует вопрос, зачем это все тебе нужно...

Тут я замотал головой, да так, что тошнота к горлу подкатила.

— Скажу сразу, — улыбнулся Альберт Павлович едва ли чуть мягче, — никаких особых преференций выполнение поручения не сулит. Ну а поскольку моим принципам противоречит использование подневольного труда, считай его... курсовой работой. Следуй инструкциям, не проявляй ненужной инициативы, своевременно составляй отчеты — и это непременно сыграет свою роль при распределении по окончании обучения. Ты ведь не хочешь следующие пять лет патрулировать улицы, так?

Единственное, чего мне сейчас действительно хотелось, так это завалиться спать, но сначала пришлось растягивать губы в улыбке, изображая энтузиазм, а потом зубрить новую версию случившегося, в которой не было схватки с убийцами, только лишь сон в обнимку с умывальником и попытка ограбления на обратной дороге домой. Именно такое развитие событий мне следовало озвучить в свой следующий визит в «СверхДжоуль».

— Нападение хулиганов послужит оправданием для опоздания, не отправлять же тебя на гауптвахту! — пояснил капитан Городец, покидая допросную с подписанными мною обязательством хранить все в тайне и согласием на сотрудничество, неожиданно — с контрольно-ревизионным дивизионом ОНКОР.

Тогда Альберт Павлович поднялся из-за стола и встал к двери, а мне указал на противоположную стену.

— Значит, проломился через барьер, выставленный оператором, предположительно достигшим пика четвертого витка? — уточнил он, стоило только занять нужную позицию. — Какое расстояние между вами было? Больше, меньше?

— Чуть больше, — ответил я, решительно ничего не понимая.

— Ничего, и так сойдет, — махнул рукой консультант и потребовал: — Иди!

Меньше всего сейчас хотелось напрягаться, но деваться было некуда — пошел. Примерно на середине комнаты ощутил мягкое сопротивление, привычно толкнул себя вперед мысленным усилием и сумел сделать еще два шага, прежде чем завяз. Остро запахло озоном, защипали кожу разряды статического напряжения, надавил, рванулся — и без толку. Потом преграда вдруг сгинула; едва удержался, чтобы не повалиться вперед.

Альберт Павлович болезненно поморщился и потряс руками, затем оценил разделявшее нас расстояние, задумчиво хмыкнул и спросил:

— Ощущения такие же были?

— Точь-в-точь! — подтвердил я. — Только продрался легко, а тут застрял.

Тогда консультант вновь указал мне на стену.

— Еще раз, пожалуйста!

Не заподозрив подвоха, я повторил попытку приблизиться к Альберту Павловичу, а тот на сей раз не стал выставлять незримых преград и вместо этого кинул в меня какой-то мерцавший призрачным светом шарик; не сгусток сверхэнергии, что-то совсем уж нематериальное. Ноги мигом подломились, и я рухнул на пол, в самый последний миг успел выставить ладони и лишь из-за этого не приложился лицом о доски. Мог бы даже, наверное, кувыркнуться через плечо и рвануть дальше, но вместо этого тряхнул головой и спросил:

— И что это было?

— Простая мыслеформа.

Я поднялся на ноги, плюхнулся на табурет и вновь налил себе воды.

— И зачем?

— Проверил кое-что. Не забивай себе голову, — не стал вдаваться в подробности Альберт Павлович, сунул портфель под мышку и двинулся к двери. — И вот еще что, Петя, — обернулся он там. — Просто не испорть все. Просто не испорть. Большего от тебя не требуется.

Консультант ушел, а я опустился на табурет. То ли подошло к концу действие лекарства, то ли вымотало последнее противостояние, но как-то разом иссякли все силы. Лег бы на пол, да постеснялся.

Долго скучать в одиночестве не пришлось: только-только начал клевать носом, как распахнулась дверь и в допросную вернулся капитан Городец, следом через порог шагнул командир нашего отделения. Вид у старшины Дыбы был столь мрачный и хмурый, что я, несмотря на усталость, вмиг оказался на ногах.

— Сиди-сиди, — похлопал меня по плечу Георгий Иванович, усаживая обратно, затем обратился к старшине: — Курсант Линь подвергся нападению хулиганов и был вынужден обратиться за медицинской помощью, поэтому и опоздал на вечернее построение. Объяви об этом завтра утром. Нам не нужны пересуды и кривотолки.

Дыба пристально глянул на меня и покачал головой.

— При всем уважении, господин капитан, курсант Линь не похож на человека, который подвергся нападению. В сложившейся ситуации я бы предположил, что это он сам на кого-то напал. И, возможно, даже с применением холодного оружия.

— Повторяю: нам не нужны пересуды и кривотолки. И предотвратить их — твоя забота. Меня совершенно не волнует, каким именно образом ты этого добьешься.

«Карт-бланш, — всплыло в голове заковыристое словечко, когда очнулся на полу. — Это был карт-бланш».

Дыба избрал наиболее простое и эффективное решение проблемы и сбил меня с табурета сильным, быстрым и точным ударом по лицу. Голова кружилась, в ушах звенело, на моментально припухшей скуле набухал синяк.

— Вот теперь — похож, — с нескрываемым удовлетворением заявил старшина и протянул руку. Помог подняться на ноги и скомандовал: — Марш спать!

Дважды просить меня не пришлось. Пусть и нетвердой походкой, но двинулся к выходу без промедления, сразу, как только прозвучал приказ.

«Никто и слова доброго не сказал, а ведь я вроде как герой», — подумалось, когда уже вышел на улицу и поплелся к казарме.

На гауптвахту не посадили? Тоже мне, поощрение! Хоть бы отоспался в камере, арестантов на зарядку, поди, не гоняют. А сейчас только глаза закрою, и сразу подъем. Еще и по лицу в очередной раз получил. Не оставил Дыба безнаказанным опоздание из увольнения, применил меры физического воздействия. Принципиальный какой, гад...

Когда отмыл в уборной руки и проскользнул в комнату, Василь сопел в две дырочки, поэтому обошлось без расспросов, разделся и завалился спать. Утром, конечно, пришлось наврать соседу с три короба — вроде как заранее отработал, как выразился Городец, легенду.

Василь только похмыкал, а вот в строю, когда о моих злоключениях поведал старшина, послышались обидные смешки.

Я даже слегка покраснел от стыда и раздражения. Но промолчал.

А дальше и вовсе стало не до разговоров. Дыба определенно заимел на меня зуб и едва не загонял на зарядке до обморока. Три подхода по восемь подтягиваний и двадцать пять отжиманий я осилил без особого труда и даже на брусьях не сплоховал, но вот приседания с нагрузкой и наклоны до земли давались сегодня как-то совсем тяжело. Между тем Дыба делал упор именно на них.

— Господин старшина! — обратился Федор Маленский к командиру отделения, после того как занятие физподготовкой подошло к концу. — А какое наказание понесет курсант Линь за опоздание?

Дыба глянул на заместителя с откровенным раздражением.

— Какое назначат, такое и понесет. Это уже не нам решать.

Федя даже не попытался скрыть довольной улыбки, что откровенно обескуражило. Пусть заводить друзей не умею и с незнакомыми людьми схожусь с трудом, но Барчук-то чего на меня взъелся? Не такой уж я и отстающий, чтобы отделение назад тянуть, да и все установленные нормативы строго индивидуальны. Так какого лешего?!

Занятый этими невеселыми раздумьями, я даже не заметил, как по дороге на завтрак сбоку пристроилась Варвара.

— Так ты вчера в шахматы играл, да? — спросила она.

— Играл, — подтвердил я.

Пухленькая девчонка раздраженно засопела.

— А пахнет перегаром!

Процитировать бородатый анекдот об отсутствии у шахмат запаха помешал раздавшийся сзади смешок.

— Вы гляньте только: натурально толстый и тонкий! — несмешно пошутил Боря Остроух.

Реагировать на издевку я не стал, но то — я. Варя развернулась и с ходу выдала:

— На себя посмотри, толстозадый!

Бывший староста дернулся, как от пощечины, и покраснел, но, прежде чем успел хоть что-то предпринять, Маша Медник взяла его за руку и с елейной улыбкой произнесла:

— Боря, ты не прав! Их не двое, они втроем любовь крутят!

Теперь уже покраснела Варвара. И вновь до перебранки дело не дошло: на этот раз успел вмешаться нагнавший нас Василь.

— Аплодирую широте твоих взглядов, Мария, — усмехнулся он. — Только нас не трое, а четверо. Я к Варе клинья подбиваю, а Петя с мотоциклом милуется!

Шутка оказалась удачной, и обстановка разрядилась сама собой. Меня, правда, так и продолжало потряхивать, но из-за нервов или похмелья — не понял. Аппетита не было, и за завтраком я ограничился парой стаканов чая. Сказать начистоту — просто не лезла в глотку еда.

Покинул столовую первым, стал дожидаться остальных. А когда вышел Василь, то не удержался и спросил:

— Так ты теперь к Варе клинья подбиваешь? А как же красотка из табачной лавки?

Мой сосед достал папиросу и задумчиво постучал ею по ладони.

— Я столько не выкурю, сколько надо купить, чтобы ее на свидание вытащить. — Он чиркнул спичкой, задымил и усмехнулся. — Так что докуриваю коробку и бросаю!

Начали подтягиваться позавтракавшие сослуживцы, и Маша Медник замахала длинными руками:

— Девочки, строимся! Строимся!

Как видно, на правах подруги заместителя командира отделения она решила примерить на себя роль старшей среди барышень, но не тут-то было. Если двойняшки только хлопали ресницами и непонимающе улыбались, а Варя спокойно посоветовала засунуть все пожелания в известное место, поскольку уставом они не предусмотрены, то Оля закатила натуральную истерику. Да еще какую!

Пришлось даже вмешаться Маленскому, но угомонить девчонок оказалось не так-то просто, в итоге чуть не опоздали к началу занятий. Как по мне, лучше бы и опоздали. Управление сверхэнергией вызвало сильнейшую головную боль, а фокусировать выплески силы и вовсе получалось из рук вон плохо.

Отмучился в итоге как-то, поплелся обратно в расположение. Без ножа немного нервничал, но обошлось — никто не прицепился. Перед тренировкой по рукопашному бою успел погрузиться в медитацию, выровнял дыхание, унял сердцебиение, заставил себя отрешиться от окружающей действительности и позабыть об изматывающем зное. Понемногу отступила головная боль, но, увы, ненадолго: наставник задал жару, ставя технику и вбивая нужные рефлексы. Вбивая — в прямом смысле этого слова.

Ближе к концу Александр потребовал:

— А теперь работай по доскам.

Работать — ни по доскам, ни вообще — нисколько не хотелось, но деваться было некуда, встал, сделал вдох, закачал в руку энергию и резким движением выбросил перед собой кулак, а заодно довернул корпус и толкнулся ногой, вложив в удар всю массу тела. Доска хрустнула и переломилась надвое.

Ничего сверхъестественного в этом не было, просто правильно все рассчитал. Отрабатываемая техника нисколько не усиливала удар, лишь защищала от повреждения костяшки и частично — запястье. А вот в локоть столкновение кулака с доской отдалось уже весьма болезненно.

— Вижу, разобрался, — кивнул сержант. — Ладно, прекращай портить доски и начинай отрабатывать связку правой-левой-правой. Упор делай не на силу, а на скорость. Тренируйся в хорошем темпе, это поможет наработать нужные рефлексы. — Он вдруг глянул куда-то мне за спину и слегка поклонился. — Мастер...

Подошел невысокий и загорелый до черноты тренер, вздохнул.

— Эх, Сашка, Сашка... Ну кто же запрягает телегу впереди лошади? Рановато ты его технике закрытой руки учить взялся.

Сержант насупился, но ответил решительно:

— В самый раз, Анатолий Аркадьевич. Он на трети пика девятого витка едва-едва четверку выбивал.

Я так и захлопал глазами. Анатолий? Вот это номер! А так и не скажешь, что из наших. То ли загар сказывается, то ли повадки.

Тренер озадаченно хмыкнул.

— Есть прогресс?

Сержант глянул на меня, и я понял невысказанный вслух вопрос, отрапортовал:

— Начинаю отрабатывать семерку, мастер!

Анатолий Аркадьевич неопределенно пожал плечами.

— Ну, может, так и надо. При таких проблемах с фокусировкой ничего другого и не остается по большому счету.

— Работай, — сказал сержант и отошел с тренером, а я какое-то время бездумно пялился им вслед.

При таких проблемах с фокусировкой? Вот же...

На обед я пришел с припухшими и ссаженными костяшками; правой руке досталось больше, но и левая болела не сильно меньше. Ну да — быстро перенаправлять сверхэнергию оказалось отнюдь не просто: мысленные усилия никак не поспевали за рефлексами. Лишь под конец занятий стало получаться частично смягчать второй удар, а о третьем пока даже и речи не шло.

Правой-левой-правой? Ага, как же...

В душной столовой стало совсем паршиво, даже испариной покрылся. То ли действие чудесного препарата к концу подошло, то ли просто переутомился. Ладно хоть ехать на полигон сегодня не пришлось, сразу после обеда Дыба повел отделение в зал, где проводились собрания личного состава.

— Смирно! — скомандовал старшина, когда следом появился капитан Городец.

— Вольно! — небрежно бросил Георгий Иванович и уставился на Федю, стоявшего первым в строю. — Дыба, почему у бойца стрижка неуставная?

Шевелюра заместителя командира отделения и в самом деле была пусть и ухоженной, но очень уж пышной, и старшина зло рявкнул:

— Курсант Маленский, до конца дня привести стрижку в соответствие с требованиями устава!

— Будет исполнено!

— Маленский? Ну-ну... — произнес капитан с непонятным выражением, потом разрешил нам садиться, а сам встал за кафедру. — Начнем с политинформации, — заявил он, откашлялся и продолжил: — Если вкратце и по существу, то на текущий момент у республики союзников нет, и с каждым годом ситуация на границах становится все более напряженной. Нихон не ограничился оккупацией прибрежных районов Джунго и наращивает группировку войск для продвижения в центральные и северные районы страны, откуда не больше сотни километров до трансконтинентальной магистрали. В наших бывших южных провинциях не прекращаются междоусобицы и наблюдается разгул басмачества и религиозного фанатизма, айлийская секретная службы чувствует там себя, как рыба в воде. На западе ситуация ничуть не лучше: Срединское воеводство пытается подмять под себя земли, получившие независимость с развалом империи, и даже не скрывает своих территориальных претензий к соседям, в том числе и к нам. Формально большинство государств Центральной Латоны находится под протекторатом Лиги Наций, но по факту эта мертворожденная организация способна лишь собирать взносы и делать громкие заявления. Ситуацию на местах они практически не контролируют.

Я с немалым трудом удержался от того, чтобы не зевнуть. Это оказалось непросто.

— Теперь что касается дальнего зарубежья, — продолжил Георгий Иванович. — После Великой войны в странах Западной Латоны к власти в том или ином виде пришли реакционные, националистические и фашистские режимы. Это касается и государств-победителей, и осколков Тройственного союза. Единственные исключения — Айла и Лютиерия. Но айлийские империалисты всегда вели агрессивную и захватническую внешнюю политику, а прогрессивная социалистическая общественность Лютиерии слишком разобщена, правящая коалиция тратит все силы на то, чтобы просто удержаться у власти. Тут все как у нас.

Капитан Городец оглядел заскучавших курсантов и усмехнулся.

— Сложившееся положение уже само по себе накаляет международную обстановку до предела, а ведь еще остается вопрос доступа к сверхэнергии! Республика контролирует Эпицентр, и это обстоятельство популярности нам отнюдь не прибавляет. После инициации в любом из вторичных источников операторы получают способность проводить существенно меньшее количество энергии в единицу времени. Аномалия с двенадцатикилометровым радиусом до сих пор так и не найдена, а следующий по размеру источник-одиннадцать расположен на высоте более восьми тысяч метров, инициация соискателей там возможна лишь чисто теоретически.

Лекция начала утомлять, но Георгий Иванович все продолжал и продолжал бубнить:

— Источник с десятикилометровым радиусом находится под контролем Айлы. К инициации в нем допускаются только подданные королевства — в первую очередь аристократы, кадеты военных училищ и участники некоторых закрытых клубов и оккультных сообществ. Чуть меньшая по размеру аномалия расположена на территориях, оккупированных Нихоном, приближаться к ней иностранцам и местным жителям запрещено под угрозой смерти.

— Как к Эпицентру? — подал голос кто-то из «псов» — кто именно, разобрать не удалось.

Дыба тут же поднялся и с угрюмым видом прошелся вдоль ряда; курсанты мигом притихли. Капитана неудобный вопрос не смутил, и он его не проигнорировал, ответил без всякого раздражения:

— Действующее соглашение предусматривает допуск к Эпицентру до тысячи иностранных граждан в год, но это не мешает определенным международным кругам раз за разом требовать передачи контроля над ним Лиге Наций.

Я отвлекся и в уме просчитал, что выходная мощность источника с десятикилометровым радиусом уступает Эпицентру примерно в два раза, если брать значения лучшего витка. Серьезная разница.

Расчеты на какое-то время отвлекли от лекции, а когда я вновь начал прислушиваться к словам капитана, тот наконец-то перешел к сути.

— Саботаж! Диверсии! Убийства и похищения! В ход идет все, и каждый инцидент используется для оказания давления на правительство! Цель подрывной деятельности — передача контроля над Эпицентром продажным политикам Лиги Наций! На текущий момент постоянное население Новинска превышает триста тысяч человек, еще около ста тысяч прибыли временно: на учебу или лечение. Жандармерия на транспорте ежедневно снимает с поездов до полусотни нелегалов — беспризорников, преступников и просто авантюристов, но главную опасность представляют не они, а эмиссары так называемых оккультных сообществ Центральной и Западной Латоны. Эта публика хорошо информирована обо всех особенностях проведения инициации и в большинстве своем уже настроена на какой-то из вторичных источников, просто желает войти в резонанс с Эпицентром, дабы настроиться на более интенсивные потоки сверхэнергии.

Миша Попович не удержался и даже присвистнул.

— Неужели такое возможно?

Городец проигнорировал неуместный вопрос и продолжил гнуть свою линию.

— Действуют в Новинске и агенты зарубежных разведок, в том числе и нелегалы из эмигрантов. Они не только пытаются получить информацию о последних научных разработках в области управления сверхэнергией и осуществляют вербовку молодых перспективных специалистов, но и предпринимают попытки физического устранения представителей профессуры РИИФС.

Это заявление капитана особого впечатления на курсантов не произвело, а вот у меня по спине так и побежали мурашки.

— Помимо поддержания порядка на улицах, одной из основных задач комендатуры ОНКОР является выявление и задержание лиц, находящихся в Новинске нелегально. С завтрашнего дня вас начнут учить проверке подлинности документов, а также предоставят доступ к картотеке известных преступников и выявленных агентов иностранных разведок...

И тут прорезалась Оля.

— А если я не желаю выявлять и задерживать? — плаксиво поинтересовалась брюнетка.

Капитан Городец безразлично пожал плечами.

— Если так, то и не придется.

Произнес он это без всякой угрозы, но Дыба аж голову в плечи втянул; ладно хоть еще взбалмошной девчонке хватило ума заткнуться. А Георгий Иванович обвел курсантов пристальным и не слишком-то приветливым взглядом, потом двинулся по проходу между сидений к выходу и скомандовал:

— Линь, за мной!

Я вздрогнул от неожиданности, но сразу поборол неуверенность и поспешил за капитаном. Как видно, пришло время обещанного наказания...

Ожидал чего угодно, но только не того, что Георгий Иванович отведет на склад и укажет на меня скучавшему в полуподвальном помещении прапорщику — пожилому, морщинистому и какому-то одутловатому, с темными мешками под глазами.

— Вот, Митрич, помощника тебе привел, — совершенно не по-уставному сказал Городец кладовщику.

— С чего такая честь? — озадачился тот и потер покрасневший нос.

— Поднатаскай его немного, — попросил Георгий Иванович. — А то он четыре раза человека ножом пырнул и не убил. Четыре раза! Ну куда такое годится?

Прапорщик высунул голову в окошко решетки и глянул на меня остро, при этом, как показалось, без малейшего интереса.

— Ну и как ты объяснишь сей конфуз, курсант? — потребовал он.

Я пожал плечами.

— Да и не собирался никого убивать, господин прапорщик.

— Зачем же тогда ножом в человека тыкал? — хмыкнул странный кладовщик.

— Чтобы он меня не убил.

— И ведь не убил? Ну, тогда все в порядке!

Капитан вздохнул.

— Митрич! Час в день, больше не прошу.

Прапорщик вздохнул в ответ ничуть не менее тяжко.

— Эту неделю?

— Для начала — да. А дальше — как пойдет. Сам решишь, стоит ли на него время тратить.

Я уже совершенно ничего не понимал, но, когда кладовщик отпер дверь и сделал приглашающий жест, медлить не стал и прошел внутрь. Склад оказался не особо просторным, скорее разветвленным — куда-то в темноту уходили темные проходы и тянулись пронумерованные стеллажи.

— Сядь и ничего не трогай! — приказал прапорщик и шаркающей походкой скрылся в соседнем помещении; на ум пришло вычитанное в одной из книг слово «каптерка».

Долго скучать в одиночестве не пришлось, очень скоро кладовщик вернулся с толстенным фолиантом, который и кинул передо мной на прилавок с приготовленным к выдаче обмундированием.

— Сидишь, молчишь, читаешь, — объявил он. — Хоть слово скажешь, пойдешь ящики из одного конца склада в другой переносить. Усек?

Читать книгу, какой бы скучной она ни оказалась, представлялось мне занятием несравненно более привлекательным, нежели работа грузчика, и я быстро отрапортовал:

— Так точно, господин прапорщик!

Кладовщик тут же позабыл о моем присутствии, уселся в удобное на вид кресло, вытянул из-под него металлический бидон и наполнил кружку темным пивом.

— Теплый... — проворчал он с отвращением, сделав глоток, и откинулся на спинку.

Пусть перегаром от прапорщика и не пахло, столь откровенное нарушение устава изрядно удивило. Впрочем, я не стал забивать себе голову чужими странностями и вместо этого приступил к изучению анатомического атласа. Ну да — выдали мне именно учебное пособие медиков. И пособие, надо сказать, чрезвычайно подробное — ладно хоть еще не было нужды штудировать его от корки и до корки: заложенными меж страниц листочками оказались отмечены параграфы, посвященные кровеносной системе, мышечному строению и некоторым внутренним органам. За чтением час пролетел совершенно незаметно, а потом прапорщик выставил меня, велев приходить завтра; за все это время мы не обменялись и парой слов.

До вечерней тренировки я успел даже немного подремать. Проснулся с жуткой головной болью — знал бы наперед, не стал ложиться вовсе. Но, как ни странно, после упражнений с гантелями, гирями и штангой ощутимо полегчало, и все бы ничего, да только лишь этим дело не ограничилось. Под конец занятия старшина уселся на велосипед и скомандовал:

— Линь, Короста, Попович и Остроух берут ранцы, остальные бегут налегке. За мной! Кто отстанет — всю неделю уборные драить станет.

Проигнорировав страдальческие охи и ахи, Дыба покатил к пропускному пункту, отделение потрусило следом. Еще никогда прежде забег не проходил за пределами территории комендатуры, и ничего хорошего изменение заведенного порядка отделению не сулило, но деваться было некуда — бежим, дышим через нос, экономим силы.

Сначала старшина катил по улице, затем окраины Новинска остались позади и мы вывернули на проселочную дорогу. Когда впереди замаячила стена сосен, я сообразил — направляемся к реке. Вернее, к водохранилищу.

И точно — в лесу воздух ощутимо посвежел, а еще минут через десять наша растянувшаяся процессия выбежала на берег с песчаным пляжем и огороженным понтонами лягушатником.

— Вода! — завизжала Оля. — Купаться!

— Отставить! — рявкнул старшина. — В воду заходят только те, кто умеет плавать. Остальным построиться для инструктажа!

Я плавать умел, поэтому избавился от ранца, трико и майки, разулся и вбежал в лягушатник, нырнул, проплыл немного и принялся отфыркиваться. Вода оказалась теплой, дно — песчаным. Блаженство в чистом виде!

Василь, что нисколько не удивительно для скаута, плаванию тоже был обучен и присоединился ко мне, побарахтался немного и спросил:

— Километров шесть пробежали, как думаешь?

— Меньше, — покачал я головой и не удержался от тяжелого вздоха.

Пусть солнце уже вовсю клонилось к горизонту, но сегодня пекло даже сильнее обычного, обратный путь предстоял не из легких.

В итоге выяснилось, что из отделения плавать умеет лишь половина курсантов, но и остальных на берегу Дыба долго не продержал, разрешил заходить в лягушатник.

— С завтрашнего дня начнутся занятия и сдача нормативов! — объявил он напоследок, а уже минут через двадцать пронзительно засвистел в медный свисток и махнул рукой. — Стройся!

Вода была как парное молоко, и я еще даже не успел толком продрогнуть, но пришлось выполнять приказ. Дальше немного обсохли, оделись и побежали обратно в расположение. В итоге на ужин я пришел едва живой и, к своему немалому удивлению, голодный, словно волк. Сначала попросил добавки, а потом и вовсе сдал один из талонов на усиленный паек и получил взамен кусок отварной говядины на кости; остаток причитающейся мне провизии обещали выдать завтра.

Василь не удержался и спросил:

— Так понимаю, вечерние посиделки отменяются?

Я покачал головой.

— Брось! Чай и вафли еще есть. Да и талонов хватает, в крайнем случае — скинемся.

Ну да — к неизрасходованному остатку подъемных добавилось июльское денежное довольствие, и конфеты или шоколад мы вполне могли купить вскладчину, нисколько не затягивая при этом пояса. А перед возвращением в комнату я и вовсе заскочил в магазин и отоварил еще один талон, взяв на него сыра и пару банок сардин.

Одну из них сразу и смолотили с хлебом и чаем, когда к нам традиционно уже присоединилась Варвара. Дальше Василь принялся травить какие-то байки, а я улегся с книгой на кровать. Стоило бы пойти поупражняться в ударах по доскам, но на очередную тренировку просто не осталось сил.

Но и читать тоже не хотелось. Все мысли были заняты вчерашней схваткой. Днем было не до того, а тут чуть ли не потряхивать начало от осознания, что лишь чудом гибели избежал. Да еще вспомнилось, как всаживал нож в человека, аж передернуло всего.

Но нервы нервами, а вскоре я начал посапывать, и тогда мой ушлый сосед крайне своевременно отлучился в туалет, предоставив заниматься наведением порядка Варе. Та отнеслась к этому как к должному, смела со стола крошки и убрала все очистки в мусорное ведро.

— Спокойной ночи, Петя! — сказала, прежде чем выйти за дверь.

— Спокойной ночи! — отозвался я и каким-то совсем уж невероятным усилием воли заставил себя подняться с кровати.

Взял жестянку зубного порошка и щетку, но, прежде чем успел покинуть комнату, из коридора донеслась непонятная возня. Шагнул к двери и уже потянулся к ручке, когда расслышал сдавленную просьбу:

— Отпусти!

Подумал было, что Василь не упустил случая потискать Варю, но нет — такой возможностью воспользовался не он.

— Да успокойся ты! — послышался хриплый голос Казимира, и выходить в коридор как-то резко расхотелось, поскольку этот вечно хмурый крепыш меня откровенно пугал.

И потом — ну а что тут такого? Сейчас вернется из уборной Василь, и все разрешится само собой. Сделаю вид, будто ничего не слышал. Я ведь задремал, так?

Вновь послышалась возня, и Варя уже куда громче потребовала:

— Руки убери!

— Да чего ты ломаешься? С тебя не убудет!

Я замер на месте, не зная, как поступить. Хотелось отсидеться в комнате и пустить все на самотек, только очень уж мерзким показался привкус страха. И потом, так нельзя. Просто нельзя.

— Не надо!

— Идем!

Электрическая лампочка под потолком замерцала, и я толчком распахнул дверь, встал на пороге. Казимир и не подумал отпустить зажатую в угол Варю, только оглянулся и зло бросил:

— Скройся!

Я не сдвинулся с места, и крепышу вновь пришлось отвлечься от девушки.

— Ты не понял, что ли? Скройся, мозгляк!

И опять я не стал ничего отвечать. Просто стоял и смотрел, а Варя воспользовалась моментом, вывернулась из захвата и отступила на шаг назад.

— Только попробуй еще руки распустить — пожалеешь! — прошипела она, запахивая халатик.

Казимир несколько секунд вертел головой, затем презрительно сплюнул и решительно двинулся к лестнице. Походя мимо, он попытался двинуть меня покатым плечом, но я ожидал чего-то подобного и успел отступить за порог.

— Дистрофик! — презрительно бросил крепыш и спустился на первый этаж.

Варя затянула пояс халата и вдруг заявила:

— Не стоило вмешиваться! И сама бы прекрасно справилась!

— Так я ничего и не сделал.

— Вот именно! — выкрикнула девочка и убежала к себе.

Оставалось только вздохнуть. В чем в чем, а в умении заводить друзей мне воистину не было равных.

Утром встал совершенно разбитым и невыспавшимся. После инициации всегда дрых как убитый, лишь изредка голая Варя снилась, а сегодня сказалась нервотрепка вкупе со штудированием анатомического атласа, и всю ночь кого-то резал и препарировал, пытаясь отыскать печеночную артерию. Понятия не имею, почему именно ее.

Отчасти удивился даже, когда после пробуждения не обнаружил на руках следов крови. Сходил умыться, тогда только немного очухался. Что порадовало — синяк на скуле окончательно поблек и на фоне загорелой кожи в глаза больше не бросался.

Всю утреннюю тренировку Василь кидал оценивающие взгляды на Казимира, но так к нему и не подошел. Ну да, о вчерашнем происшествии я умалчивать не стал. Сосед у меня башковитый, что-нибудь да придумает.

За завтраком я получил свой усиленный паек и в довесок не слишком-то приветливые взгляды других курсантов, но аппетита они мне испортить не смогли, смолотил все до последней крошки.

А в училище ждал сюрприз. Савелий Никитич сверился со своими записями и объявил:

— Мои поздравления курсанту Поповичу! Нечасто пика румба достигают уже на третьей неделе обучения!

Инструктор несколько раз хлопнул в ладоши, мы присоединились к аплодисментам.

— И что теперь? — спросил Михаил, удивленный и гордый одновременно.

— Много чего, ну а пока в свободное время в качестве исключения будешь отрабатывать создание молний.

Попович округлил глаза.

— Шаровых?!

Инструктор покачал головой.

— Шаровые молнии — сложные конструкции, начнешь с простого искрового разряда. Идем!

Стены и потолок соседней комнатушки оказались забраны железными решетками, в дальнем ее конце на металлическом постаменте возвышался немалых размеров медный шар.

— Алгоритм прост, — начал инструктаж Савелий Никитич. — Для начала формируешь из сверхэнергии электрический разряд, потом выталкиваешь его вовне. Это просто. Попробуй!

Миша выставил перед собой руку и напрягся, меж его растопыренных пальцев заискрило, и тут же сверкнул длинный разряд, но он не ударил в медный шар, а вильнул в сторону и с легким треском угодил в решетку.

— Она неуправляема! — заявил Попович, потирая обожженные пальцы.

— Именно, — подтвердил инструктор. — Ты не сможешь направить в цель электрический разряд, для этого нужно создать проводник. В нашем случае — это цепочка ионизированных молекул воздуха.

Он махнул сначала левой рукой, затем правой, и яркий росчерк угодил точно в медный шар, заставив качнуться в сторону стрелку встроенного в его основание электрометра.

Увы, учить направленной ионизации воздуха все отделение Савелий Никитич не посчитал нужным.

— Всему свое время! — усмехнулся он и велел нам садиться за парты. — Темой сегодняшнего занятия будет гашение энергетического выброса. Сконцентрированная в нужной точке сверхсила способна создать в неструктурированном потоке турбулентность и таким образом существенно уменьшить плотность...

И так далее, и тому подобное. А затем к нам присоединился лектор, и пришлось отрабатывать новый прием на практике. И вот тут сказалась повышенная сопротивляемость энергетическому воздействию — пусть я далеко не всегда успевал среагировать и развеять выплеск сверхсилы или даже просто его ослабить, но, в отличие от остальных, сбить меня с ног преподавателю не удалось ни разу. Понятно, при желании он бы смог. Но хоть какой-то повод для гордости появился.

Дальше день пошел своим чередом. Обучение рукопашному бою, обед с двумя стандартными порциями и изрядных размеров куском вареной курицы, поход на склад. Кладовщик моему появлению нисколько не обрадовался, но и прогонять не стал, вновь усадил штудировать анатомический атлас, а сам принялся потихоньку цедить пиво и поругивать вкус нагревшегося хмельного напитка. Несколько раз приходилось выискивать на стеллажах затребованные к выдаче вещи, а уже ближе к концу появился мой инструктор рукопашного боя.

— Сашка! Малыш! — обрадовался кладовщик. — Как жизнь молодая?

— Потихоньку, Михаил Дмитриевич, — степенно ответил сержант и протянул в окошко желтоватый листок бланка. — Мне бы шоковых дубинок четырнадцать штук. Только хранить их негде, после занятий буду возвращать.

Кладовщик глянул на бумажку, почесал затылок и озвучил номер нужного стеллажа.

— Сбегай, боец! — распорядился он, а затем и вовсе велел унести инвентарь на площадку. — Давай-давай! Не переломишься!

Пришлось плестись за сержантом, едва удерживая на весу охапку дубинок. От обтянутых слоем каучука палок, которыми отрабатывали на мне удары всю позапрошлую неделю, эти отличались наличием металлических контактов на рукояти и нескольких слегка притопленных ободков на ударной части.

Поинтересоваться их предназначением не успел: отделение уже выстроилось вдоль площадки, пришлось становиться в шеренгу и мне.

— Кто занимался боксом или борьбой — шаг вперед, — скомандовал сержант, а когда из строя выдвинулись Федор Маленский, Казимир Мышек, Василь Короста да еще парочка «псов», с нескрываемой усмешкой посмотрел на меня и отдал новое распоряжение: — Остальным приступить к разминке!

Ну я и приступил, поскольку свою порцию премудростей рукопашного боя на сегодня получить уже успел.

Сержант оглядел курсантов и велел Феде:

— Нападай!

Тот с ходу пнул тренера под колено, не попал и двинул правой в лицо. Действовал он уверенно и самоучкой точно не был, очень уж умело работал и руками, и ногами — не только проводил связки быстрых ударов, но и ловко ставил блоки. Долговязый и вечно сутулый ефрейтор в драке резко ускорился и легко навязал противнику свой стиль боя, заставив того обороняться и даже отступать.

Маша Медник бросила разминаться и принялась подбадривать дружочка криками, а мне вспомнилась статья о лютиерианском боксе, где разрешалось бить не только руками, но и ногами. Как же он называется? Ах да!囲ват!

В этот момент сержант резким пинком-подсечкой сбил Федю с ног и объявил:

— Следующий!

Маленский вмиг вскочил с земли и протянул к нему руку.

— Я еще...

Захват, рывок, подножка, и ефрейтор кубарем покатился по земле, а инструктор повысил голос:

— Следующий, я сказал!

Казимир оказался боксером. Мог бы догадаться и сам по его покатым плечам: чуть приподнятому левому и слегка опущенному правому. Двигался он лишь самую малость скованней Федора, но бил весьма технично; у меня в драке с ним один на один не было бы ни единого шанса. Сержант закончил схватку несильным тычком в печень, потом еще быстрее разобрался с Василем. А вот с «псами», особенно с Ильей, он занимался куда дольше — те особой техникой похвастаться не могли, зато явно имели немалый опыт уличных сшибок.

— Стройся! — скомандовал сержант, ничуть не запыхавшийся после пяти поединков подряд. — Меня зовут Александр Малыш, я ваш инструктор по рукопашному бою.

Маша Медник насмешливо фыркнула, а когда тренер выжидающе посмотрел на нее, ничуть этому не смутилась и спросила:

— Господин сержант, а зачем нам драться? Нас учат управлять сверхэнергией!

— Неправильная постановка вопроса, — усмехнулся Малыш. — Не зачем, а почему. Уметь драться вам надо по той простой причине, что операторы пятого, шестого и седьмого витков в открытом противостоянии не оставят от вас и мокрого места. И четвертого — тоже, если успеют войти в резонанс. Единственный ваш шанс — вывести противника из строя, прежде чем тот задействует свои сверхспособности.

— Не хочу никого выводить из строя! Не собираюсь никого бить! — заявила черноволосая Оля.

Я ожидал высказывания вроде «тогда выведут из строя тебя», но сержант резко спросил:

— Фамилия?

— Мороз!

Инструктор кивнул и уже куда мягче сказал:

— Свободна, милочка.

Оля удивленно захлопала глазами и заколебалась, но потом все же гордо вздернула голову и зашагала к нашему корпусу. Сержант даже не глянул ей вслед, взял одну из принесенных мной со склада дубинок и помахал ею.

— Дубинка со встроенным фокусирующим устройством входит в состав стандартного снаряжения бойцов комендатуры. Благодаря трансформатору цель получает нелетальный электрический разряд. Есть возможность регулировки силы тока, для этого в управляющем блоке имеются соответствующие перемычки. На учебных пособиях она по умолчанию установлена в размере десятой части от рабочей мощности.

Инструктор хлопнул себя дубинкой по ладони, щелкнула искра.

— Учтите — батарей нет, каждый удар должен сопровождаться выплеском сверхэнергии. Разбирайте! И обязательно проверьте сохранность пломб!

Я одним из первых вооружился дубинкой, потертой и неказистой, внимательно изучил торцевую часть рукояти и убедился, что слегка утопленная внутрь круглая крышка опечатана свинцовой пломбой. Затем отошел и усилием воли сгенерировал электрический разряд — на кольцевых клеммах затрещали искры. Но вот приноровиться и подавать напряжение точно в момент замаха оказалось делом не из простых, минут пятнадцать мы отрабатывали удары на вкопанных в землю столбах, тогда только худо-бедно приноровились синхронизировать физические и мысленные усилия.

После этого сержант распределил нас по парам; себе в партнеры он выбрал Маленского, на нем и продемонстрировал несколько простейших движений.

— Эй, задохлик! — позвал вдруг доставшийся мне в напарники Боря Остроух и сразу рубанул дубинкой воздух.

Ни увернуться, ни парировать удар собственным оружием я не успевал, помог наработанный в бытность манекеном опыт постановки блоков. Нацеленную в ключицу дубинку перехватил вскинутой рукой, попутно задействовал сверхсилу, но вот с этим самую малость запоздал, и обтянутая каучуком палка болезненно шлепнула по ладони. Зато, когда миг спустя затрещали электрические разряды, не почувствовал даже щекотки.

Отработанным движением я вывернул дубинку, и Боря не удержал ее в руке, уронил на землю.

— Быстро поднял! — прорычал он в бешенстве.

— Твоя, ты и поднимай, — ответил я, подавив нервную дрожь.

— Что ты сказал?

— Тугоухий, да?

Боря стиснул кулаки, и я заставил затрещать на конце собственной дубинки электрические разряды.

— Ну все, ты нарвался! — прошипел бывший староста и наклонился за вороненным оружием.

Возник соблазн тюкнуть его по макушке, едва сдержался.

— Внимание! Работаете попеременно! — объявил инструктор. — Один наносит удар, второй блокирует, и наоборот!

Боря оскалился и со всей мочи долбанул меня дубинкой; едва успел отвести ее в сторону. Тут же последовал новый, ничуть не менее мощный замах, пришлось отступить, а когда вошедший в раж спарринг-партнер попробовал долбануть меня и в третий раз, я коротко ткнул его в живот.

Сверкнула искра, и Борис скорчился, как если бы пропустил несравненно более серьезный тычок.

— По очереди, — напомнил я. — Сначала ты, потом я.

— Тебе конец! — просипел Остроух.

Восстановив дыхание, он ударил быстро и сильно, безо всякой подготовки и сумел-таки застать меня врасплох; левый локоть взорвался болью. Я скрипнул зубами и в сердцах шибанул Борю, намеренно метя по пальцам. Попал — и тот вскрикнул, подул на отбитую руку, а затем вновь попытался подловить меня, на этот раз — неудачно. Ответный же удар снова пришелся по его пухлой руке.

— Да чтоб тебя! — не сдержавшись, в голос выругался Остроух.

Федор Маленский дернулся навести порядок, но сержант загородил ему дорогу дубинкой и спросил:

— Что такое, курсант?

— Он мне по пальцам бьет! — пожаловался Боря.

— А ты думал, тебе цветы дарить будут? Ставь блок! — прорычал инструктор и скомандовал: — Работаем!

Боря нехотя поднял дубинку, но удар провел неожиданно четко и резко, я лишь частично сумел его смягчить, и сразу на контактах затрещал электрический разряд. Мне — хоть бы хны. Пусть и не защитился сверхэнергией, но не скрючило и дыхание не перехватило; было просто неприятно.

Я миг помедлил с ответным выпадом, заметил неуверенность в глазах противника и махнул прямолинейно и без всяких изысков, дав поставить блок. Отбил столь же стандартный выпад, а стоило только сержанту отвлечься на демонстрацию нового приема, опять долбанул Борю по пальцам.

— Сволочь... — всхлипнул тот, зажимая отбитую кисть левой рукой. — Я тебя урою, тварь!

Но — не урыл. Если наши силы в рукопашной были примерно равны, то дубинкой я владел несравненно лучше; где-то ставил жесткий блок, где-то уклонялся и никогда не упускал случая посильнее вмазать в ответ. А потом и вовсе задействовал технику закрытой руки, встретил дубинку ладонью и предупредил:

— В следующий раз попрошу тебя снова со мной поставить, жирдяй. Хочешь?

Боря ничего не ответил, но по всему было видно — не хочет. Теперь после всякого резкого замаха он вздрагивал и отступал и даже так парировал далеко не каждый мой удар; к концу занятия его и без того пухлые пальцы больше напоминали сардельки.

Не стоило, наверное, столь откровенно нарываться на неприятности, но ничего не мог с собой поделать. Он первым начал, вот сам и виноват!

ГЛАВА 2

Остаток дня ничем примечательным не запомнился — только и разговоров было, что о болезненных ощущениях от шоковых разрядов. Морщились и потирали пораженные места даже Василь и Варя, которые, подобно мне, прошли инициацию на девятом витке, что уж говорить об остальных! Насколько помнил из сравнительных таблиц, их сопротивляемость энергетическим повреждениям должна была находиться в диапазоне от сорока шести до пятидесяти восьми процентов. А мне — нормально.

После времени, отведенного на самоподготовку, нам битый час втолковывали, как отличить настоящий пропуск на передвижение по Новинску от поддельного, рассказывали о выцветающих чернилах и советовали не просто сличать фотокарточку с внешностью владельца документа, но и принимать во внимание время, прошедшее с момента фотосъемки.

Если человек выглядит, как на снимке двухлетней давности, так же одет и так же подстрижен — это подозрительно. У военных следовало сравнивать знаки различия и награды, у женщин — украшения. Помимо этого, в тексте пропусков преднамеренно совершались опечатки, а в зависимости от месяца и числа использовались чернила разного цвета — правда, такими подробностями нам голову уже забивать не стали, пообещав ввести в курс дела по мере надобности.

На вечерней тренировке снова бегали на водохранилище, только на этот раз компанию старшине составил незнакомый младший сержант, оказавшийся инструктором по плаванью. Просто поплескаться не вышло — пришлось отрабатывать кроль, в котором был не силен.

После ужина я, как обычно, в компании Вари и Василя сел пить чай, мы подчистую смолотили остатки печенья и сыра, заодно открыли банку сардин. Ну а после меня разморило, отрабатывать удары по доскам снова не пошел, а неугомонная парочка отправилась на вечерний моцион. Возвращения соседа не дождался — уснул.

Ночью — вот уж воистину удивительное дело! — прошел дождь. Судя по лужам, лило как из ведра, а я даже не проснулся от шума, до того вымотался.

На утренней зарядке, помимо обычной разминки и силовых упражнений, начали отрабатывать гимнастические приемы на перекладине и брусьях: подъемы переворотом, выходы силой, соскоки махами вперед и назад. Да еще Федя и парочка «псов» крутили на турнике «солнышко»; смотрелось это на редкость эффектно.

Перед завтраком я скрепя сердце сдал очередной талон на усиленный паек. Последние несколько дней есть хотелось постоянно, и не просто есть, а непременно мяса. Даже не знаю, что за напасть, сроду такого не было.

В училище Миша Попович закончил работать с силовыми установками минут на двадцать раньше остальных, и, когда мы спустились в подвал, то еще успели поглазеть, как с руки сослуживца срываются длинные нити электрических разрядов. Пусть они и не всегда попадали в медный шар, яркие резкие всполохи попросту завораживали. Мне тоже хотелось научиться этому трюку, но вместо этого пришлось конспектировать методику нелетального подавления операторов.

Увы, практическая ценность техники оказалась лично для меня не слишком велика, поскольку требовалось не только превосходить оппонента мощностью, но и обеспечить надежный физический контакт. Так-то вроде ничего сложного — давишь сверхсилой, блокируешь приток энергии, связываешь и гасишь способности, но попробуй провернуть нечто подобное, когда подавляющему большинству операторов и в подметки не годишься! Единственное, что действительно порадовало, так это заявленная возможность сломить одну цель, действуя сообща.

Савелий Никитич оглядел наши кислые лица и покачал головой.

— Больше энтузиазма, молодые люди!

Миша Попович оторвался от конспекта и выразил обуревавшие всех сомнения:

— Операторы пятого, шестого и седьмого витков сильнее нас, мы ничего не можем противопоставить им. Стоит ли тратить впустую время?

— Вздор! — отмахнулся инструктор, поднял руку и согнул большой палец. — Знание техники дает преимущество в противоборстве с тем, кто ею не владеет. Это раз! Наибольшее число мелких правонарушений совершается учащимися первого года обучения, которым еще далеко до пика своего витка. Это два! Алкоголь самым серьезным образом ухудшает концентрацию, а основной контингент, с которым вам придется столкнуться, — пьяные юнцы. Это три. Применение подобной техники позволит выгадать несколько мгновений даже в схватке с заведомо более сильным оператором. Это четыре. И наконец, она входит в учебный план и без зачета по ней курсы не окончить. Это пять!

Крыть эти аргументы оказалось нечем, начали отрабатывать нападение и защиту, разбившись на пары. Боря вознамерился навязаться мне в партнеры, но Савелий Никитич пресек эту попытку на корню.

— Восьмой виток упражняется с восьмым витком, девятый — с девятым! — объявил он, и поскольку инициацию на девятом витке из всего отделения, не считая отсеявшегося Матвея, прошли только три человека, пришлось мне работать с Варей и Василем попеременно.

Поначалу толком ничего не понимали и разбирались с деталями на ходу, ну а потом начали быстро выявлять чужие энергетические каналы и сбивать их. Тут все было предельно просто, куда муторнее оказалось лишить оппонента возможности вновь дотянуться до сверхсилы. В итоге поединок сводился к волевому противоборству, где ключевую роль начинала играть выдаваемая оператором мощность.

Правда, при отработке защиты требовалось не только противодействовать давлению противника, но и продолжать генерировать электрический ток для питания стоваттной лампочки. В таких условиях о контратаках не могло идти и речи. Какое там! Чуть отвлечешься, и свет тут же мигать начинает. А погаснет нить накаливания — считай, проиграл. Полное впечатление — пытаешься горящую спичку от ветра ладонями прикрыть, а на руки пудовые гири подвешены.

Обычно возобновить оборванный приток энергии уже не получалось, но иногда я дотягивал до конца поединка на внутренних резервах, с нейтрализацией которых дело ни у никого из нас не задалось. Бились с этой задачей и так и этак, пока Савелий Никитич не растолковал, что тут требуется оперировать не голой силой, а специальными энергетическими конструкциями.

— Так и дистанционно оператора подавить можно, но вам бы пока просто базу заложить. Не забивайте себе голову! — объявил инструктор, прохаживаясь по комнате и контролируя ход учебных схваток.

В итоге я вышел победителем из большинства поединков с Варей, да и счет в противостояниях с Василем тоже сложился в мою пользу, пусть и с минимальным перевесом. При этом девушка была ощутимо сильней, просто терялась, когда дело доходило до волевого противоборства, а вот у моего соседа по комнате с морально-волевыми качествами оказался полный порядок, его я превосходил по мощности.

Через полчаса воздух в комнате наэлектризовался до такой степени, что встали дыбом волосы и начали помаргивать под потолком лампочки. Тогда нас опять отправили упражняться на тренажерах. Сначала взмок, пытаясь выдать максимальную пиковую мощность, затем семь потов сошло, когда в течение получаса размеренно выжимал пятнадцать киловатт, ну а занятия по фокусировке добили окончательно. В коридор буквально выполз и сразу уселся на первый попавшийся подоконник. Рядом пристроился Василь.

— Тяжко? — спросил он, вытирая раскрасневшиеся щеки и крупный нос замызганным платком.

— Ага, — подтвердил я, пытаясь отдышаться. — Хуже, чем со штангой.

— Ну ты сравнил! — фыркнул мой сосед по комнате и встрепенулся. — Что за шум?

Откуда-то со второго этажа донеслись крики, а потом кто-то во всю глотку гаркнул:

— Наших бьют!

Кто-то?! Да это...

— Прохор! — выдохнул Василь и соскочил с подоконника. — Ходу!

Мы рванули к лестнице и взлетели на второй этаж, а только начали расталкивать толпившихся там учащихся, и бежавший первым Василь пропустил подножку и полетел на пол. Я сиганул через него и с ходу проломился через плотное кольцо зевак, наблюдавших за дракой моих сослуживцев с десятком парней в гимнастерках со значками энергетического училища.

Не теряя ни мгновения, я врезал застигнутому врасплох противнику в нос, отбил встречный удар и едва устоял на ногах, пропустив мощный пинок в бедро. Сзади кто-то наскочил и толчком в спину впихнул в распахнутую дверь туалета, где двое парней мутузили зажатого в угол Мишу. Я с ходу приложил одного из них носком ботинка под колено, а Попович вошел в клинч со вторым, они рухнули на пол и выкатились в коридор.

И сразу — свист и топот ног.

— Атас!

Заблокированный мной паренек ринулся к выходу, и я прямым в голову отбросил его обратно. Попятился к двери сам, а этот паршивец вдруг сцепил руки, шумно выдохнул и создал искрящийся сгусток энергии.

— Вот тебе! — зло оскалился он, отправив в меня самую настоящую шаровую молнию — только миниатюрную, всего пару сантиметров диаметром.

Двигалась та не слишком быстро, но нас и разделяло не больше двух шагов; все лекции разом вылетели из головы, в дело вступили рефлексы. Совершенно машинально я влил в руку сверхсилу и отработанным движением отбил шаровую молнию в сторону.

Ладонь легонько уколол электрический разряд, а сгусток энергии подобно шарику для игры в пинг-понг с явственным гудением отскочил к окну, ударился о стекло и взорвался с едва слышным хлопком. От совсем небольшого оплавленного отверстия во все стороны разошлись трещинки, а затем раздался хруст и на подоконник посыпались мелкие осколки.

Паренек сдавленно пискнул и вновь ринулся к входной двери, я плечом отшвырнул его обратно, развернулся и замер на пороге.

— Всем стоять!

На второй этаж уже взбежали вахтеры, и, не желая объясняться по поводу разбитого стекла, я заскочил на подоконник, глянул с него на улицу. Там — никого, внизу — мягкий на вид газон.

Можно было свеситься и разжать пальцы, но не стал терять времени попусту. Пусть в моем активе и было всего пять прыжков с парашютом, курс подготовки перед ними я прошел полный и сейчас просто соскочил вниз, приземлился на чуть согнутые ноги, перекатом через плечо погасил инерцию движения и рванул прочь.

Забежал за угол, быстренько отряхнулся и, слегка прихрамывая, двинулся к входу в училище. Благополучно избежавшие встречи с вахтерами сослуживцы со смехом обсуждали потасовку у крыльца, и пусть у них не обошлось без синяков и ссадин, по очкам победа, несомненно, осталась за нами.

— Петя?! — удивился Василь моему появлению с неожиданной стороны. — Ты откуда?

Всего так и распирало, отмалчиваться не стал.

— В меня шаровой молнией кинули, стекло — вдребезги. Я выпрыгнул, и сюда!

— Врешь! — не поверил Казимир.

— Айда покажу!

Мы всей гурьбой двинулись в обход здания, а там я ткнул пальцем в выбитое окно, в котором мелькали злые лица вахтеров.

— Вот!

— Обалдеть! — присвистнул Миша Попович. — И большой шар был?

Вопросы посыпались со всех сторон, и я начал сбивчиво отвечать, но почти сразу галдеж оборвал Федор Маленский.

— Дыбе о случившемся ни слова! А синяки на тренировке по рукопашному бою заработали! — заявил он. — Усекли?

Спорить никому и в голову не пришло, и впервые я ощутил чувство единения с остальными. Это было здорово.

Настроение испортил сержант Малыш. Он велел продемонстрировать связку из трех ударов, а мне похвастаться оказалось нечем, получил нагоняй. Кладовщику тоже в кои-то веки надоело молча цедить теплое пиво, и он устроил натуральный экзамен, заставляя по памяти называть расположение тех или иных кровеносных сосудов или внутренних органов, среднее расстояние до них от поверхности тела и защищенность скелетом. Еще и бестолочью под конец обозвал. Последнее было обидней всего, поскольку своими умственными способностями и в особенности памятью всегда небезосновательно гордился.

Дальше по расписанию шел выезд на полигон, и я долго не мог определиться с одеждой. Пусть лужи на солнцепеке давно высохли и на улице вновь царила духота, имелся немалый шанс того, что дорогу на стрельбище развезло и, пока доедем, перепачкаемся по самую макушку в грязи.

В итоге я впервые напялил на себя кожаные штаны, сапоги, плащ, краги, очки и танковый шлем. Василь посмеялся было над этим нарядом, а потом задумчиво глянул за окно и последовал моему примеру. Еще и Варю уговорил отказаться от гимнастерки и юбки в пользу более подходящей для сегодняшней вылазки одежды.

На прошлой неделе отделение сдало зачет по безопасному обращению с оружием, сегодня впервые выдвинулись на полигон всем списочным составом. Мы на мотоцикле катили перед грузовиком-полуторкой, в кузове которого разместились курсанты, и очень скоро я порадовался своей предусмотрительности — грязь и брызги из-под колес так и летели. На подъезде к стрельбищу и вовсе едва не забуксовали, когда не справился с управлением и мотоцикл выкатился на обочину. За городом ночью определенно лило как из ведра.

— Вот повезло с зачетом! — с унылым видом протянул Василь.

Я только поморщился, поскольку сегодня требовалось продемонстрировать умение работать в команде и, помимо точного поражения мишеней, предстояло уложиться в норматив по времени. В обычных условиях мог проехать по маршруту едва ли не с закрытыми глазами, теперь же оставалось лишь гадать, получится ли сделать это по эдакой грязи. Дождь спутал все карты.

Наших сослуживцев сразу распределили по инструкторам и повели на стрелковые позиции, ну а мы быстренько избавились от верхней одежды и отправились за оружием. Пока снаряжали магазины и диски, Василь поинтересовался насчет послаблений, но без толку — нормативы из-за прошедшего дождя снижению не подлежали.

— В зачет идут и попадания, и время, — предупредил инструктор, когда мы вновь оделись и разместились на мотоцикле. — Удачи!

Трехлинейку с оптическим прицелом Варя закрепила в держателе между собой и люлькой и для начала вооружилась моим пистолетом-пулеметом. Напрямую это правилами не запрещалось, а некоторые мишени на первом отрезке располагались заметно правее дороги, и выцеливать их со своего места Василю было не слишком удобно.

— До холмов не гони, — предупредил он меня. — Постараюсь тут поменьше патронов сжечь.

Я кивнул и резким движением ноги завел движок, а стоило только инструктору дать отмашку, тронулся с места и начал неспешно набирать скорость. Мы миновали навесы стрелковых позиций и вывернули в поле, там нас немного занесло, но скорость была невелика, легко удержал мотоцикл под контролем. Когда миновали повязанный на шест красный платок, короткими очередями начал порыкивать пулемет, немного погодя открыла стрельбу и Варя.

Поначалу так и ползли черепашьими темпами, а уже на подъезде к холмам я скомандовал:

— Держитесь!

Прибавил газу сильно заранее и не прогадал: пусть песчаный склон и успел просохнуть, подъем дался непросто; в какой-то миг показалось даже, что вот-вот — и начнем буксовать, но нет — взобрались. Варя тут же вооружилась винтовкой, спрыгнула с сиденья и побежала к вершине, где на ветру трепетал очередной красный вымпел, а я вновь прибавил газу и едва с этим не переборщил: колеса промяли корку подсохшей грязи, и ускорившийся на спуске мотоцикл пошел юзом, едва не улетев из-за этого в кювет.

Василь выругался, а я оказался вынужден еще больше прибавить скорость, чтобы удержаться на дороге; брызги из невысохших в низинке луж так и полетели. На холме захлопали выстрелы, а дальше мы выскочили на открытое пространство и буквально влетели на небольшой пригорок. Мотоцикл остановился, пулемет загрохотал и зарыскал на вертлюге из стороны в сторону, а потом Василь сдернул опустевший диск и скомандовал:

— Погнали!

Я тронулся с места, не без труда развернулся на небольшом пятачке и помчался обратно, вновь залив грязной водой только-только протертые очки. Варя уже отстрелялась и бежала наперерез нам; подхватили ее и помчались к соседнему холму. Одна из луж оказалась глубиной по колено, в ней едва не засели намертво. Если б не набранная скорость, то и засели бы.

Вновь подъем — этот дался куда сложнее первого, дальше разворот и очередная огневая позиция, где дежурил наблюдатель. Варя умчалась со своей винтовкой к вершине, а Василь снял пулемет с вертлюга и рванул к уложенному на краю полянки бревну. Когда я принес ранец с запасными дисками, он уже разложил сошки, упер их и распластался на земле. Загрохотали выстрелы, зазвенели стреляные гильзы.

Поначалу я не вмешивался, но стоило только Василю перевести огонь на дальнюю дистанцию, приник к окулярам бинокля и принялся работать корректировщиком. Трассеры нам не полагались, а обычные облачка пыли сегодня не поднимались, лишь изредка разлетались в стороны комья земли.

Когда опустел очередной диск на сорок девять патронов, мой напарник шустро откатился в сторону, а я закинул пулемет на плечо и понесся к собственной стрелковой позиции метрах в пятидесяти дальше по склону. Мы и прежде никогда туда мотоцикл загонять не рисковали, а сегодня на сапогах и вовсе пудовыми гирями налипла влажная глина, застряли бы — как пить дать.

Повалившись прямо в грязь, я установил пулемет на сошки, устроил на него диск, вжал в плечо деревянный приклад, сделал нескольких глубоких вдохов и утопил спусковой крючок. Прогрохотала короткая очередь, все пули как одна ушли в молоко. Даже выругался с досады, но мигом взял себя в руки и заставил успокоиться.

Очередь! Очередь! Очередь!

Почти сразу мне удалось приноровиться и поразить ближайшие цели, а остаток патронов в диске сжег одним чохом по группе дальних мишеней. На тщательное прицеливание просто не оставалось времени — сколько раз ни пробовали раньше, никогда не укладывались в норматив.

Отстрелявшись, я рванул обратно, рыжая глина принялась пластами отваливаться с кожаного плаща. Вот ведь подобрали стрелковую позицию! Нет чтоб на песочке...

Василь встретил меня шагах в пятнадцати от мотоцикла, он принял пулемет, и дальше мы побежали с ним бок о бок. Напарник заскочил в люльку, я уселся за руль и рывком тронулся с места. Успевавшая отстреляться Варя потянулась за моим пистолетом-пулеметом, пришлось на нее прикрикнуть:

— Держись!

Прибавив газу, я в неплохом темпе обогнул холм, а на финальном отрезке дистанции увеличил скорость и того больше. Управляемость ухудшилась, но удержался на дороге, не вылетел в кювет, хоть и мотало из стороны в стороны изрядно. Василь к этому времени успел и перезарядить пулемет, и закрепить его сошки на вертлюге, он открыл огонь длинными очередями и вроде бы даже умудрился поразить часть мишеней, ну а потом — финиш!

Когда я заглушил движок, руки и ноги тряслись так, словно бежал всю дистанцию пешком, а полевая гимнастерка под кожаным плащом насквозь промокла от пота. Но ни разу не пожалел о выборе одежды — грязью был заляпан с ног до головы.

Василь протянул фляжку, я прополоскал рот и попытался оттереть лицо. Тогда подошел инструктор.

— По мишеням пока ничего не скажу, а проехались на троечку. — Скрыть разочарование не удалось, и прапорщик добродушно пихнул меня в бок. — Не куксись, курсант! На троечку — это как в спорте третий разряд. Но еще секунд пятнадцать, и зачета бы тебе не видать как собственных ушей.

Я с облегчением перевел дух. Вроде ерунда для оператора сверхэнергии, но разом на душе потеплело.

— Это дело стоит отметить! — рассмеялся Василь. — Уже есть повод, как бы мы ни отстрелялись!

Но отстрелялись тоже неплохо: пулеметному расчету поставили допуск к итоговому зачету, а Варя и вовсе сразу прошла окончательную аттестацию.

Правда, с отмечанием дело не задалось. Сначала я отмывался сам и битый час отмывал мотоцикл, затем подошло время тренировки, дальше — ужин. В итоге, как обычно, собрались на вечернее чаепитие, благо оставалось немного заварки, половина шоколадной плитки и две банки сардин, одну из которых я смолотил буквально в пять минут.

— Такой худой, а ешь за троих! — не преминула заметить Варвара.

— Сам удивляюсь, — усмехнулся я.

— Будто с голодного края приехал, — пошутил Василь и спросил: — Но не бедствовал, ведь так? Из хорошей семьи?

— Из хорошей, — подтвердил я. — Папа старшим телеграфистом работает. Тоже на почту устроиться думал, а вот оно как получилось...

— А мне, сообразно семейной традиции, на торговой ниве подвизаться следовало, — вздохнул мой сосед. — Мы из коробейников, дед только после революции бакалейную лавку смог открыть. Вот и осели.

Варя насмешливо фыркнула.

— А я из своего волчьего угла при первой же возможности сбежала бы. Вам, городским, не понять, каково посреди ночи вставать и коров доить. И целый день по хозяйству — то одно, то другое. И так — всю жизнь.

— Прямо посреди ночи? — не поверил Василь.

— А как же? И ладно бы только своих, еще и общинную обихаживать надо. А бывает, люди и на кулаков вкалывают. У нас папенька домой только на зиму возвращался, мама одна хозяйство тянула.

Я покачал головой и завалился на кровать. Пойти бы по доскам постучать, но просто нет сил. Завтра! Все завтра!

На следующий день кладовщик поразил до глубины души, притащив откуда-то манекен — совсем как те, что стоят в витринах магазинов готового платья.

— Человек с ножом — это как человек без ножа, только с ножом, — мудрено высказался Михаил Дмитриевич. — Не умеешь пользоваться, толку не будет, один вред.

Но именно что пользоваться ножом меня учить не стали, вместо этого последовала команда нарисовать на манекене наиболее уязвимые кровеносные сосуды и органы, а потом штриховкой поверх них отметить ребра и кости.

— С болевыми точками, связками и сухожилиями потом разберемся, — заявил напоследок кладовщик и поморщился, отпив успевшего нагреться пива. — Приступай и не вздумай филонить!

Мои художественные способности оставляли желать лучшего, но физических нагрузок хватало и без перетаскивания неподъемных ящиков, поэтому заточил пару цветных карандашей и принялся раскрашивать манекен. Так весь час и провозился, едва успел переодеться перед тренировкой по рукопашному бою, уже второй за день.

Вчера условился с Василем, что встану с ним в пару, но ничего не вышло: того оставили упражняться с Казимиром, а мне в напарники снова достался Борис Остроух.

— Сегодня будем отрабатывать захваты и освобождения от них, — объявил тренер, и наш бывший староста расплылся в гаденькой улыбочке, не сулящей мне ровным счетом ничего хорошего.

Ну да — он и тяжелее существенно, и объективно сильней, с такой тушей особо не поборешься. Не с моими навыками, так уж точно.

Сержант продемонстрировал на Феде захват, для наглядности повторил его чуть медленней, а после показал способ освобождения. И так — несколько раз подряд.

— Работаем! — скомандовал инструктор и пошел присматривать за девчонками, взяв себе в помощь Маленского.

Боря довольно оскалился и сграбастал меня, но прогадал: этот прием я уже успел освоить на тренировках и потому легко скинул захват. Пришла моя очередь отрабатывать удержание, да только бывший староста крепко стиснул толстыми пальцами запястье и попытался вывернуть руку на болевой захват. Корчиться и пытаться освободиться не имело никакого смысла, я и не стал. Пихнул противника в грудь плечом, не забыв поставить подножку, и Боря от неожиданности завалился на песок. Меня он дернул за собой, пришлось разорвать дистанцию кувырком в сторону.

— Что там еще?! — раздраженно рявкнул инструктор.

— Равновесие не удержал, господин сержант! — быстро отрапортовал я и провел захват, но Боря напрягся и не дал довести его до конца.

Стояли так какое-то время и тужились, уступить пришлось мне. Не хватило ни техники, ни сил. Дальше противостояние шло с переменным успехом и без особых обострений. Разве что у меня прибавилось на руках синяков из-за хватки неожиданно сильных пальцев, а бывший староста зазевался и пропустил тычок локтем в ухо. Но вот когда минут через пятнадцать инструктор показал новый прием — бросок через бедро, Боря повалял меня от души, самого же его опрокинуть удалось только раз или два. Очень уж этот толстозадый гад был устойчивым. Пару раз он и вовсе умудрился подловить меня и провести обратный бросок, что было обидней вдвойне.

Именно поэтому, когда начали отрабатывать последний на сегодня прием, я не удержался и вместо подсечки пнул Борю по голени. Тот взвыл от боли и ухватил меня за лямку комбинезона, но провести бросок не успел: я наступил ему на ногу и толкнул в грудь, усадив на задницу. Просто сказался эффект неожиданности.

— Без самодеятельности! — прикрикнул на меня сержант, а побагровевший Боря поднялся с земли, шумно засопел и ринулся в атаку.

Честно говоря, сам не понял, как он провел прием, просто вдруг ноги вылетели из-под меня, я и рухнул спиной на землю. Попытался отыграться на своем подходе, но сегодня точно был не мой день, и по итогам занятия преимущество осталось за соперником, при этом победил Боря вовсе не по очкам. Нестерпимо захотелось стереть с его лица мерзкую ухмылочку, я не удержался и напомнил:

— Завтра — дубинки.

Остроух мигом насупился и даже стиснул кулаки, но в драку не кинулся, просто негромко выругался, развернулся и потопал прочь. У меня как-то сразу на сердце потеплело. Завтра за все отыграюсь. Завтра!

После ужина, как обычно, собрались в нашей комнате. Василь в кои-то веки потратился на шоколадные конфеты, но так выразительно вздохнул, когда я потянулся за второй, что мне даже стало немного совестно. Впрочем, не на столько, чтобы положить ее обратно.

Потом я порезал сыр, большую часть которого сам и смолотил. Мои товарищи излишней застенчивостью тоже не отличались, просто действовал активнее их, только и всего. Заморил червяка, допил чай с вафлей и нехотя поднялся с кровати.

— Куда собрался? — спросила Варя, уплетавшая очередную конфету.

— Потренируюсь еще немного.

— Серьезно? — озадачился Василь. — Двужильный, что ли?

Удивление соседа было вполне понятно: небо к вечеру затянули тучи, и Дыба отменил пробежку до водохранилища, вместо этого мы битый час отрабатывали выброс сверхэнергии. Увы, если все уверенно выбивали самое меньшее восемь-девять очков, мне дальше семерки продвинуться так и не удалось. Хуже дела обстояли только у Прохора, но зато тот лупил с такой силой, что неизменно срывал с держателя гонг.

Настроение скисло, и я тяжко вздохнул.

— Да хоть развеюсь, — махнул я рукой и отправился колотить кулаками по доскам, а то сложилось впечатление, что разочарованный отсутствием результатов наставник в самом скором времени перейдет от словесных внушений к мерам физического воздействия.

На лавочке у крыльца сидели Михаил и Прохор, первый что-то чертил на земле веткой, но стоило только приблизиться, тут же стер схему ногой. Я не стал навязываться, молча прошел мимо. На площадке долго разминался, только не из желания разогреть мышцы и потянуть связки, просто до чертиков не хотелось бить по доскам.

В итоге я размеренно задышал, пытаясь вогнать сознание в слабое подобие транса, затем сделал глубокий вдох, прикоснулся к сверхсиле и привычно втянул ее в себя. Толчок энергии в руку, удар! Доска отозвалась сухим треском, костяшки ничего не ощутили. Но это пока.

Несколько раз я повторил уже отработанный одиночный удар, затем переключил внимание на левую руку. Бить ею было не слишком привычно, но технику уже худо-бедно отработал, обошлось без травм.

А вот когда начал действовать поочередно левой-правой, сразу сбился и крепенько приложился костяшками по доскам. Но вскоре поймал ритм, стал наращивать темп, делая упор не на силу, а на скорость. Левой-правой, левой-правой, левой-правой!

Постепенно приноровился направлять энергию то в одну руку, то в другую, но стоило только добавить третий удар, и тут же скорчился, зажимая отбитый кулак. Да чтоб тебя, зараза!

Успокоился, вновь вошел в ритм, убедил себя, что на этот раз все получится, и снова зашипел от боли в руке. И ведь вполне наловчился оперировать энергией, просто не хватало какой-то сущей малости! Слишком сильно вкладывался в первые два удара, а на третий не успевал собрать достаточный заряд, поскольку оперативно обрабатывать в таком рваном ритме входящий поток и с ходу задействовать энергию не хватало мастерства. Ну а когда попытался более тщательно контролировать расход сверхсилы, потерял сосредоточенность вовсе. Начал отбивать руки через раз да каждый раз.

Остановился, пытаясь ухватить крутившуюся в голове догадку, и тут за спиной раздался смешок.

— Смотри, как изгаляется! Зуб даю, Боря, он сейчас тебе тумаки отвешивал!

Развернулся, а на площадку заявились Федя, Боря и Казимир; последний и отпустил шуточку на мой счет. А вот заместитель командира отделения участливо спросил:

— Не получается?

Прозвучавшей в его голосе заботе я не поверил, коротко сказал:

— Не особо.

И, как видно, с ответом не угадал. Федор Маленский широко улыбнулся и заявил:

— Просто не хватает практики! Назначаю Казимира твоим наставником по рукопашному бою!

— У меня уже есть наставник, — хмуро ответил я.

Хлоп! Акцентированный удар в подбородок заставил голову мотнуться назад, в глазах сверкнули искры, а потом колени подогнулись, и миг спустя очнулся уже на земле. Сразу вскочил, намереваясь дать сдачи, но не устоял на ногах и вновь плюхнулся на задницу. Несильный пинок по ребрам и вовсе опрокинул на спину.

— Первое правило: всегда смотри на наставника! — с усмешкой заявил Казимир и выплюнул пожеванную с одного конца травинку. — Давай отдыхай, завтра покажу пару трюков с дубинкой!

Меня еще раз пнули, на этот раз приложился Боря, а потом эта троица потопала прочь.

Гады!

В голове слегка прояснилось, и отступила ватная слабость, но кидаться вдогонку за обидчиками я не стал, лишь приподнялся на локте и сплюнул кровью. На пробу пошевелил из стороны в сторону нижней челюстью, и что-то неприятно хрустнуло, да еще шаталась пара нижних передних зубов, ладно хоть еще обошлось без серьезной травмы.

Настроения мне это обстоятельство нисколько не улучшило, накатило бешенство, но совладать с ним оказалось легко. Казимиру я не соперник, он отделает меня и один на один. Пожаловаться? А толку с того? Эта троица даже факт удара отрицать не станет. Федя просто заявит, что закрепил за мной сослуживца в качестве наставника рукопашного боя, но я оказался слишком невнимательным на тренировке и пропустил удар. Ничего мое заявление не изменит и завтрашнего избиения дубинкой не предотвратит. Ну а дальше эти гады придумают что-нибудь еще, вот только я становиться мальчиком для битья вовсе не собирался.

Приоритеты! Глядя в темное небо, я впервые за последние три недели вспомнил о своих приоритетах. Чего я хотел добиться? Чего ждал от инициации? Списания кредита? Тут без обмана, получите — распишитесь. Произвести впечатление на Ингу? Не срослось, но уже и не важно на самом деле. Отболело, отпустило. Удивительно даже. Казалось — намертво к ней душой прикипел, а трех недель не прошло — и все, чужие люди. Думал, так не бывает.

Ладно, что там дальше? Хотел остаться с компанией? Ну да — хотел. И вот с этим моим желанием все сложно и неоднозначно. Если со Львом еще удалось сохранить связь, то Аркаша запропал неведомо куда, ни слуху от него, ни духу. А с девчонками, если разобраться, нас ничего и не связывает больше, за исключением того, что мне до зарезу надо стать своим в обществе «СверхДжоуля», куда вхожи и они.

А как иначе? Альберт Павлович точно неспроста о курсовом проекте упомянул. Зарекомендую себя с лучшей стороны — и кто знает, какие перспективы это откроет? Пять лет улицы патрулировать — ну его к лешему! Именно поэтому со своими бедами к капитану Городцу подходить и не стану. Ему Федю в чувство привести — раз плюнуть, да только после мне на серьезное отношение рассчитывать уже не придется. Не в школе, чтобы учителю на хулиганов жаловаться.

Темное небо прорезал ветвистый росчерк молнии, и я улыбнулся вспыхнувшему в голове озарению. Еще раскаты грома докатиться не успели, а уже знал, как поступлю.

Хотел обрести могущество? Придется поработать. Даром такие вещи не даются. Ну а Казимир крепко о своем ударе пожалеет. Не с тем связался!

Мелькнула мысль, что действовать по уставу не дают иррациональная обида и злость, но выкинул сомнения из головы. Все уже решено!

Начал накрапывать дождь, но я с земли подниматься не спешил. Мысли перескочили на причину недавней неудачи со злосчастным третьим ударом, и как-то само собой пришло понимание, что, если не успеваю своевременно взять энергию извне, следует озаботиться ее накоплением заранее.

Нечто подобное мы проделывали на практических занятиях в училище и, ощутив единение со сверхсилой, я на длинном размеренном вдохе втянул ее в себя, а выплеснуться вовне не позволил, закрутил, начал накапливать, чтобы секунд через десять подняться на ноги и шибануть кулаком по доске.

Щелкнул электрический разряд, от влажного дерева повалил пар, осталась небольшая подпалина. Руку тоже обожгло, но не слишком сильно. Вот так номер! Не так-то просто, оказывается, дозировать энергию, когда тебя от нее так и распирает изнутри!

Дождь усилился, но вместо возвращения в комнату я уселся на мокрую землю, скрестил ноги и постарался не только отрешиться от окружающей действительности — теплого ливня, всполохов молний и раскатов грома, но и выкинуть из головы обиду и разочарование. Один раз медитации уже помогли добиться прогресса с техникой закрытой руки, вот и сейчас решил прибегнуть к этому методу снова. Сложнее всего оказалось заставить себя позабыть о ноющей челюсти, но справился как-то, начал усилием воли разгонять сверхэнергию по телу.

Вдох-выдох. Вдох-выдох. Вдох-выдох. Я спокоен. Я невесом. И пусть внутри закручена пружина в полсотни граммов тротилового эквивалента — это уже не имеет никакого значения. Равновесие. Мне удалось обрести равновесие.

«Они заряжены», — сказал террорист о студентах, и сейчас я ощутил заряженным себя самого. Больше не требовалось прилагать постоянных усилий для сдерживания энергии, она растворилась во мне, потекла по крови и сделалась неотъемлемой частью.

Не теряя сосредоточенности, я вскочил и на шаге вперед нанес три быстрых удара по доске. Правой-левой-правой! Послышался явственный треск, и я продолжил бить. Левой-пра...

На пятом тычке взорвались болью ссаженные костяшки, и я затряс рукой, выругался. Потом хрипло рассмеялся, обозвал сам себя дураком. Накопленной за время медитации энергии надолго не хватило, а одновременно бить, удерживать концентрацию и подпитываться извне оказалось для меня слишком сложным.

Но хоть какой-то прогресс...

Я запрокинул голову и несколько минут просто стоял под дождем. Хорошо. Все будет хорошо.

Когда следующим утром по пути на зарядку Боря со всего маху шагнул в лужу и окатил грязной водой, я ему и слова не сказал. И когда в столовой на завтраке Казимир сцапал с моей тарелки бутерброд, тоже промолчал.

Василь посмотрел с нескрываемым удивлением, я досадливо отмахнулся.

— Не обращай внимания.

Сам-то ничего иного и не ожидал. Сначала будут давить вот так — будто невзначай, затем перейдут к открытым оскорблениям, потом начнутся побои. А попытаюсь дать сдачи, и Маленский выставит меня крайним, еще и на гауптвахту законопатить попытается.

Федя... С Федей нужно было что-то решать. Борю я не боялся — с ним был более-менее на равных. Казимир скоро свое получит, но вот Барчук превосходил меня не только физически, статус заместителя командира отделения давал ему определенную власть. В открытом противостоянии с ним ничего не светило, жаловаться не имело смысла, и оставалось лишь обставить все так, чтобы он сам стал держаться от меня подальше.

Никто не связывается с психическими?

Я поразмыслил над этим утверждением Матвея и решил, что в нем есть рациональное зерно. Разыграть истерику — раз плюнуть, но для пущей убедительности не хватало своего «обломка кирпича». Чего-то столь же нелепого, сколь и опасного. Тут было над чем подумать.

Отвлек Василь. Он подался ко мне над столом и, понизив голос, сказал:

— Что значит — не обращай внимания? Ты долго это терпеть собираешься?

— Терпеть — что? — криво улыбнулся я в ответ.

Но сосед по комнате сбить себя с толку не дал.

— У тебя только с этими дуболомами проблемы или с Федей тоже?

Особого смысла скрытничать не было, и я пожал плечами.

— Да кто они без Барчука?

Василь задумчиво потер подбородок, потом сделал глоток компота и огляделся по сторонам.

— Помнишь, Матвея с бутылкой водки на пропускном пункте прихватили?

— Ну?

— Я точно знаю, водку он для Маленского нес.

— Ты уже говорил. Мне это как поможет?

— Да ты сам подумай! — чуть ли не прошипел сосед по комнате. — Федя караульных предупредил, больше некому! Если Матвей об этом узнает, Барчуку не поздоровится!

Я присвистнул. Ну да — Федя мог, и будет справедливо, если ему за это намнут бока. Да что там говорить?! Просто здорово будет!

Увы, секундное воодушевление сменилось откровенным скептицизмом, поскольку возникли серьезные сомнения в том, что Федя стал бы подставлять своего конкурента столь прямолинейно. А раз так, не пытается ли Василь загрести жар чужими руками? Со скаута станется!

И опять же, моих проблем простым избиением заместителя командира отделения никак не решить. Более того, здоровяк впоследствии непременно выложит все как на духу, что поставит меня в крайне неприятное положение разоблаченного провокатора. Так и отметку о неблагонадежности в личном деле заработать недолго.

— Ну так что скажешь? — заговорщицки подмигнул Василь.

— Просто слов нет, — улыбнулся я и поднялся из-за стола.

Уж не знаю, какого ответа ждал сосед, больше сказать ему мне было нечего.

Ни по дороге в училище, ни во время занятий ко мне не цеплялись, ну а дальше я вернулся в расположение и продемонстрировал достижения в технике закрытой руки наставнику. Сержанта мои успехи не воодушевили, он даже постучал костяшками пальцев по лбу.

— Твоя задача не пытаться изобрести велосипед, а научиться правильно работать с энергией, задействуя столько ее, сколько нужно, и ни джоулем больше! Использовать надо входящий поток, в этом весь смысл тренировки!

Но слова словами, а гонял он меня сегодня не столь интенсивно, как вчера и позавчера, — выходит, какое-никакое впечатление произвести все же удалось. Освободился я в итоге чуть раньше и перед обедом успел сбегать в автохозяйство. Проверил мотоцикл, заодно попросил разрешения воспользоваться мастерской.

Сколько ни ломал голову, ничего удачней гвоздя-заточки для своих задач выдумать так и не смог. Нож — слишком банально. Простой гвоздь — примитивно. А вот если человек тратит время на кустарное изготовление заточки, у него точно не в порядке с головой. Лично бы я с таким связываться не рискнул.

Для начала я зажал в тисках гвоздь-двадцатку и щипцами загнул его часть со шляпкой — уменьшил длину, заодно получил нечто вроде рукояти. Потом раскалил металл докрасна, тяжелым молотком расплющил острие и сунул в банку с машинным маслом. Ну а под конец немного даже заточил на шлифовальном круге. В слесарном мастерстве я был не силен, но сейчас это пошло только на пользу делу — поделка получилась не просто убогой, а прямо-таки корявой. Оставалось обмотать рукоять веревкой или шнуром, и можно пускать в ход.

Ну вот как так, а? Имея возможность оперировать сверхэнергией и выдавать пиковую мощность прочти в двадцать киловатт, занимаюсь какой-то сущей нелепицей! Парадокс, да и только.

Провозившись с заточкой, на обед я опоздал и прибежал в столовую, когда отделение уже начало расходиться. Оно и к лучшему — хоть поел нормально, никто в рот не заглядывал и усиленным пайком не попрекал. На складе немного еще повозился с манекеном, дорисовал последние отростки вен и артерий, а потом хлопнул себя ладонью по лбу.

— Да! Господин прапорщик, мы сегодня опять с дубинками упражняться будем. Я приготовлю заранее?

Одутловатый и сонный Михаил Дмитриевич отпил пива, поморщился и махнул рукой.

— Где лежат, знаешь.

Я мигом кинул карандаш и поспешил к нужному стеллажу. Там начал одну за другой доставать дубинки, всякий раз внимательно изучая их рукояти. Остановил свой выбор на самой побитой жизнью, с трещиной в крышечке и щелью с одного бока, но сразу вскрывать ее не стал, сгреб в охапку все четырнадцать штук, утащил в каптерку.

Дальше оставалось только ждать подходящего момента, коих обычно случалось по нескольку в час, и очень скоро мне улыбнулась удача. Возникла какая-то путаница с документами, и кладовщик принялся собачиться по этому поводу с нахрапистым старшим лейтенантом. Я тут же отвлекся от манекена, зажал пломбу прихваченными из мастерской щипцами и, усилием воли раскалив проволоку, вытянул ее из мягкого свинца. Осторожно раскрутил, снял крышку и с облегчением обнаружил, что потратил одну из перемен на посещение библиотеки училища не зря — конструкция трансформатора ничем не отличалась от найденной мной в одной из брошюр.

Выкручивать болтик, удерживавший в нужном положении металлический контакт, я не стал, вместо этого впихнул между крайними клеммами комочек скомканной золотинки от конфеты, да еще сыпанул внутрь пыли и несколько песчинок.

Дальше вернул крышку на место, вновь раскалил скрученную проволоку и вдавил ее в разогретую пломбу, а оставшиеся на поверхности бороздки загладил ножом.

Посмотрим, каково будет Казимиру выхватить не десятую часть рабочего разряда, а его весь целиком! Глядишь, не станет в следующий раз цепляться. А не поймет, снова руки распускать начнет — тогда уже доложу старшине по всем правилам, официально. В этой ситуации Федя ничего решить не сможет, поскольку для всех очевидно будет, что Казимир просто со мной поквитаться решил.

Вернулся кладовщик, оглядел расписанный с головы до ног манекен, махнул рукой.

— Как курица лапой, но сойдет и так. Завтра с азов начнем.

Завтра так завтра, я не возражал. Дождался Александра Малыша, потащил на спортивную площадку охапку дубинок. Там выложил их на скамейку и отступил, не забыв прихватить себе «правильную». Потом огляделся и немного план действий скорректировал; песок еще толком просохнуть не успел, но луж на нем не было, зато их с избытком хватало по периметру. Туда и отошел.

Как видно, этот маневр оказался расценен попыткой остаться незамеченным, и Федя поставил мне в пару Казимира с нескрываемым презрением. Удивился даже, гаденыш, когда я не стал протестовать и апеллировать к сержанту.

А по собственной инициативе тот в распределение курсантов по парам вмешиваться не счел нужным и сначала минут десять показывал на Маленском наиболее уязвимые для удара дубинкой места, затем продемонстрировал новый удар и защиту от него. Эту связку и велел отрабатывать.

Казимир тут же попытался шибануть меня дубинкой по голове, едва удалось отмахнуться. Действовал я рефлекторно, и блок вышел жестким, спарринг-партнер даже отшатнулся в ожидании ответного удара. И я ударил, но несильно, неловко и без задействования сверхспособностей.

Отбить замах Казимиру не составило никакого труда, впрочем, как и мне — увернуться от его не слишком умелого ответного выпада; просто не сумел заставить себя подставиться, отступил к краю площадки.

Тогда-то и осознал, что мой нынешний противник определенно переоценил свои силы, и я вполне могу с ним потягаться и без грязных трюков. Навалились сомнения, захотелось отказаться от задуманного и попытаться отдубасить противника по-честному, несмотря даже на риск огрести потом тумаков в каком-нибудь темном углу. Пусть и требовалась прилюдная эскалация конфликта, но если справлюсь и так...

Задумался, заколебался, замешкался, и следующий удар Казимира выбил дубинку из руки, а не успел еще поднять ее и получил по ребрам, аж перекосило всего. От благоразумной осторожности вмиг не осталось и следа, нестерпимо захотелось со всего маху приложиться по ухмыляющейся физиономии противника, едва сдержался.

Для начала следовало посильнее изгваздать рукоять в грязи, пока еще она выглядела слишком чистой.

Мы обменялись быстрыми выпадами, и вновь я не активировал шокер, что было воспринято своеобразной капитуляцией. Казимир принялся мутузить меня изо всех сил, один из ударов пришелся по пальцам, дубинка вылетела из руки и плюхнулась в лужу.

То, что надо!

Недалекий дурачок весело заржал, а я, прежде чем поднять оружие, еще и вдавил его рукоятью в грязь. Потом стряхнул воду, вернулся на площадку и уворачиваться от следующего замаха не стал, принял его на предплечье, чтобы миг спустя со всего маху приложить Казимира по голове. Получай, тварь!

Разряд! Ослепительно сверкнула мощная искра, крепыш повалился, будто подрубленное дерево, запахло горелыми волосами и вроде бы даже — опаленной кожей. Вот это я дал...

ГЛАВА 3

Вырубленный электрическим разрядом Казимир распластался на земле, не подавая признаков жизни, и я растерялся, застыл на месте соляным столбом.

Инструктор вмиг оказался рядом, нащупал пульс и рявкнул:

— Ефрейтор, бегом в медсанчасть!

Федя даже не попытался никому это задание перепоручить, до того оказался ошеломлен случившимся, и сорвался с места, будто ужаленный. Сержант оглядел сгрудившихся вокруг курсантов и рыкнул:

— Вернуться к занятиям! — А после мимолетной заминки предупредил: — Шокеры не активировать!

Он выдернул из моей руки дубинку и оттянул заляпанную грязью пломбу, желая убедиться в ее сохранности. Пробурчал что-то неразборчивое себе под нос и двинулся навстречу бежавшим к площадке медбратьям.

— Забирайте его!

Казимир к этому времени уже очнулся и даже начал ворочаться, его переложили на носилки и зафиксировали парой ремней. У меня тогда от сердца немного отлегло. Вроде обошлось...

Остаток тренировки просидел на скамейке. На меня косились, но с обвинениями никто не лез, даже Федя с Борей. Они точно в случайность не поверили, но предпочли отмолчаться.

Дальше инструктор поручил мне отнести дубинки на склад, а вот испорченную не доверил, придержал ее у себя и сдал кладовщику с рук на руки.

— Гляньте, Михаил Дмитриевич, — попросил он, рассказав о происшествии. — Придется объяснительную писать, без официального заключения не обойтись.

Прапорщик обтер рукоять дубинки ветошью, цокнул языком.

— Да что тут смотреть? Уронили в лужу, а тут щель, наверняка внутрь вода попала, еще и грязь набилась.

Кладовщику нисколько не хотелось копаться в потрохах трансформатора, но порадоваться такому его настрою я толком даже не успел.

— Так ее чистить теперь или сразу на списание? — спросил сержант, и Михаил Дмитриевич явственно поскучнел.

— Посмотрю, — пообещал он без всякого воодушевления и попросил: — Мальца оставь, с ним заключение передам.

Александр Малыш глянул сверху вниз.

— Отсюда — сразу ко мне. Понял?

Я молча кивнул, но тут же поправился.

— Так точно!

— Иди-иди, Сашка! — отпустил сержанта кладовщик. — Никуда он не денется.

После прапорщик внимательно изучил пломбу, затем отложил увеличительное стекло и нацепил на переносицу пенсне.

— Ну-с, посмотрим.

Когда кусачки перекусили проволоку, по спине побежал холодок, и я понял, что осуществленный мною план на деле далеко не столь идеален, каким представлялся поначалу. И ведь назад уже ничего не отыграть...

Грязи под крышкой оказалось не так уж и много, Михаил Дмитриевич неожиданно уверенными движениями для человека, весь день напролет дующего пиво, вычистил ее щеточкой на бумажный лист. Затем сунул внутрь пинцет и выудил комочек скомканной золотинки, вроде бы даже оплавленный.

— Знаешь, что это? — обратился он ко мне.

— Какой-то мусор? — высказал я очевидное в этой ситуации предположение.

— Мусор у тебя в голове, курсант, — сварливо заявил прапорщик. — А это свидетельство постороннего вмешательства в конструкцию трансформатора. Случайно фольга внутрь попасть никак не могла.

— Но почему...

— По кочану и по капусте! — отрезал Михаил Дмитриевич. — За старого пня, из ума выжившего, держишь?

— Никак нет, господин прапорщик! — вырвалось у меня.

Кладовщик какое-то время буравил недобрым взглядом, затем снял пенсне, поморщился и помассировал виски.

— Убить хотел?

Я ни в чем сознаваться не стал, но и в отказ не пошел, лишь напомнил:

— На полной мощности трансформатор выдает напряжение, не опасное для жизни!

Прапорщик хватил себя ладонью по лбу.

— Чему вас только в школе, бестолочей, учат?! Формулу общего сопротивления при параллельном подключении двух резисторов не помнишь? Тут не просто на рабочую мощность разряд поставлен был, тут он на десять процентов безопасный уровень превысил! А между базовым и летальным разница не столь уж и велика!

Я судорожно сглотнул.

— В целом мыслил ты в правильном направлении, но вот исполнение... — Михаил Дмитриевич приложился к кружке с пивом и привычно поморщился: — Моча теплая...

Иногда у меня случаются озарения — будто лампочка в голове включается. Вот и сейчас в один миг осознал: если кладовщик изложит свое мнение на бумаге, поверят ему, а не мне, и столь серьезный инцидент на тормозах уже не спустят. Бесполезно запираться будет, накажут по всей строгости.

Спина разом намокла от пота, но еще имелся шанс предотвратить разоблачение. Я ухватил кружку прапорщика и попытался применить знания, полученные на уроках физики: что-то такое крутилось в голове насчет энтропии и рассеивания энергии.

Нагреть объект — просто. Не легко, а именно — просто. Нужно лишь передать должное количество джоулей, что для человека со сверхспособностями привычно и понятно. Другое дело — процесс охлаждения! Тут энергию надо забрать. Как? И куда ее потом деть? Принять в себя и поджариться? Нейтрализовать каким-то образом? Просто вытянуть и выбросить в пространство?

Первого я не хотел, второго не умел, остановился на последнем варианте. Процесс этот оказался не из простых, потребовалось не просто влить сверхсилу в кружку, но и связать там ей тепловую энергию жидкости, а после выдавить вовне. И все это — с тщательнейшим контролем израсходованных джоулей. Куда там ударам кулаком по доске! Натуральная хирургическая операция!

Справиться помог шок, не иначе. По крайней мере, обошелся без долгой медитации и пиво в кусок льда не превратил. Сначала от напитка начала подниматься легкая дымка, затем стеклянные бока кружки запотели, а стоило только проявиться изморози, и я разжал пальцы.

— Так лучше? — хрипло спросил у кладовщика, растирая друг о друга озябшие ладони.

Тот с некоторой даже опаской взялся за ручку, сделал глоток и одобрительно крякнул, а потом выставил на стол пятилитровый бидон.

— Осилишь?

Можно подумать, у меня был выбор!

— Легко! — самоуверенно заявил я, и, вот уж воистину удивительное дело, — справиться с охлаждением такого объема оказалось несравненно проще.

Но проще лишь в том плане, что тут я особо не опасался переборщить и мог работать на пике своих способностей. Не приходилось осторожничать, наоборот — жал, жал и жал, прогонял через себя в бидон сверхсилу и выталкивал ее дальше вместе со связанной тепловой энергией пива, пока на поверхности не стали появляться тоненькие льдинки.

— Ну вот! — широко улыбнулся я и едва не сверзился с табурета из-за головокружения.

Пришлось даже ухватиться за край стола, иначе бы удержать равновесие не вышло. И тело стало каким-то ватным, и сознание поплыло.

Ну вот с чего бы это? На тренажерах в училище куда интенсивней работал — и ничего. Тут же пива на глазок всего литров пять, а охладил его от силы градусов на двадцать. Итого четыреста двадцать килоджоулей потратил самое большее. При моей нынешней мощности как раз двадцать—тридцать секунд работы. Или что-то не так сделал?

Прапорщик заглянул в бидон и озадаченно хмыкнул, затем долил пива в свою кружку и наполнил еще одну, которую вытащил из шкафа. Ее передвинул мне.

— Выпей-ка, — сказал он, закрыл емкость жестяной крышкой и убрал ее под стол.

Во рту пересохло, но я все же напомнил:

— Курсантам нельзя!

— Вздор! Пей!

Спорить не было сил, я ухватил запотевшую кружку и поднес ее ко рту, каким-то чудом не расплескав при этом содержимое на стол. Сделал глоток, и от ледяного напитка сразу заломило зубы. И нет — в бидоне оказалось не пиво, Михаил Дмитриевич предпочитал ему ржаной квас. Вот уж никогда бы не подумал. Выглядит-то сущим пропойцей!

Я осушил кружку одним махом, и по телу разлилась живительная прохлада, разом отступила дурнота, и прояснилось сознание.

— Значится, так... — строго глянул на меня кладовщик. — На первый раз закрою на твои художества глаза, но выкинешь еще что-нибудь подобное и внушением уже не отделаешься. Усек?

— Так точно.

Прапорщик достал отпечатанный на желтой бумаге бланк, заполнил его, поставил подпись, шлепнул печать.

— Все, проваливай! И завтра чтоб без опозданий — начнем с манекеном работать!

Я забрал справку и поспешил к выходу, едва не сорвавшись на бег. Выскочил на улицу, присмотрелся к неровному почерку и с облегчением перевел дух.

«Причина неисправности: попадание воды и грязи во внутренний отсек.

Необходимые действия: чистка и замена крышки трансформаторного блока».

Обо мне и комочке золотинки — ни слова. Пронесло!

В субботу на утреннем построении, помимо Казимира, недосчитались еще и Ольги. Жизни пострадавшего от удара электричеством курсанта ничто не угрожало, его даже в госпиталь отправлять не стали, просто на несколько дней оставили под наблюдением в медсанчасти, а вот куда запропала вздорная брюнетка, было решительно непонятно. Если последнюю неделю занятия она посещала только от случая к случаю, то поверки еще не пропускала ни разу.

— Линь и ее зашиб! Тоже дубинкой, только другой! — пошутил кто-то, и по строю прокатились негромкие смешки.

Дыба зло глянул на курсантов и, как показалось, в особенности на меня, заложил руки за спину и прошелся перед строем.

— Курсант Мороз отсеялась, — заявил он, не вдаваясь в подробности.

— Будет расти над собой в другом месте? — предположил Федор Маленский.

Старшина досадливо поморщился.

— Нет, — веско обронил он и, сделав над собой явное усилие, пояснил: — Была признана непригодной для службы в комендатуре и следующие пять лет проторчит в медсанчасти Кордона. Чистая потеря времени. Хотя... Она не совсем пропащая, подцепит какого-нибудь студентика, задурит ему голову, да и женит на себе.

Дыба остановился перед Машей и неприятно усмехнулся.

— Что, Медник, оживилась? Не завидуй, в Новинске подходящую партию найти куда проще.

Блондинка покраснела, Федя тоже заметно напрягся, но развивать тему командир отделения не стал и указал на меня.

— И учти, Линь, следующий кандидат на отсев — это ты.

— За что?! Я просто дубинку в лужу уронил, господин старшина!

— Капитану Городцу это объяснять будешь. Ждет тебя в одиннадцать. Не вздумай опоздать, раздолбай! Понял?

— Так точно! — отозвался я без всякого воодушевления.

— К разминке приступить!

Размялись так размялись! Аж до дрожи в коленях. Никаких скидок на субботнее утро Дыба на этот раз делать не стал и загонял нас буквально до полусмерти. Ладно хоть еще обошлось без изматывающих тренировок в училище: сегодня отделение сдавало промежуточный зачет.

Начали с фокусировки сверхэнергии, и тут блеснул Маленский. Заместитель командира отделения не просто заставил качнуться гонг, а сбил его с крепления и при этом не задел обруч самого маленького размера — заветную «десятку».

После сорвать мишень сумели еще несколько человек, но больше девяти очков при этом никто не заработал. На нашем витке подобные фокусы могли выйти боком, и Василь с Варей форсить не стали, отработали пусть и без огонька, зато стабильно и взяли свои девять баллов.

Ну а там и до меня очередь дошла. И пусть отрабатывал это упражнение по нескольку раз на дню, а все одно волновался ужасно. Да и как сохранить спокойствие, когда в лицо говорят, что следующий прокол станет последним и тебя отбракуют? Тут волей-неволей запаникуешь.

Как бы то ни было, до сверхэнергии я дотянулся без всякого труда, закрутил ее мысленным усилием, словно пряжу веретеном, и принялся накапливать, не позволяя вырваться наружу. Попутно пытался очистить сознание от сомнений и страхов.

Транс вышел неглубоким и недолгим, но заминка незамеченной не осталась.

— Уснул там, что ли? — окликнул меня Федя.

— Смотри не обделайся от натуги! — поддакнул Боря и даже изобразил губами характерный звук.

Я не обратил внимания ни на обидные слова, ни на раздавшиеся следом смешки. Отработанный на тренировках двадцатисекундный лимит уже был выбран, и удержание сверхсилы под контролем теперь требовало все больших усилий; из-за крутившегося внутри маховика понемногу закачало и меня самого. И все же с выплеском я торопиться не стал, вместо этого на долгом выдохе потихоньку стравил излишки энергии, уплотнил остаток и резко выбросил перед собой руку, словно бы наносил привычный удар по доске. И да — продублировать это действо мысленным приказом тоже не преминул.

Цанг! Диск не слетел с крючка, но с бешеной скоростью закрутился вокруг оси, раскачиваться стали и два обруча наименьшего диаметра.

Восьмерка!

— Есть! — радостно выдохнул я.

— У кота на морде шерсть! — немедленно заявил Боря Остроух, безмерно разочарованный этим пусть и относительным, но все же успехом.

Поздравили только Василь и Варвара, остальным не было до меня никакого дела. Впрочем, как и мне до них. Плевать!

Дальше пошли на тренажеры, там проверяли пиковый выход силы и стабильность работы на половине доступной мощности. С первым упражнением никаких неожиданностей не случилось, и в числе отстающих оказалась вся наша мотоциклетная команда, причем я был вторым с конца, что хоть как-то потешило самолюбие.

Остальные курсанты прошли инициацию на восьмом витке, мои двадцать пять киловатт они перекрыли без всякого труда. А вот что касается работы на пониженных оборотах, то там я чуть в обморок не грохнулся, но загружал генератор в течение сорока минут, выдав на-гора десять киловатт. Полученный результат смотрелся достойно даже на общем фоне — гнать энергию монотонно и стабильно получалось далеко не у всех.

Федя Маленский захватил лидерство и тут, но скисло приподнятое настроение вовсе не из-за этого. Просто в один момент сзади подступил Боря.

— Казик тебя убьет! — тихонько шепнул он и отошел, прежде чем я успел найтись с ответом.

Вот же прицепился словно банный лист!

Я сунул руку в карман и нашарил заточку, это позволило взять себя в руки и успокоиться. Пугать он меня вздумал, урод...

В расположение возвращался легкой трусцой, иначе на встречу с капитаном попросту не успевал. Но купить пару пирожков с картошкой у попавшегося навстречу лоточника возможности не упустил — пусть и позавтракал не далее трех часов назад, в животе после зачета посасывало как-то очень уж неприятно. В итоге еду, не чувствуя вкуса, смолотил на бегу, а потом еще минут пятнадцать слонялся в ожидании Городца по коридору и слушал негромкое бормотание радиоприемника, доносившееся из приоткрытой двери соседнего помещения. Транслировался выпуск новостей: диктор вещал что-то о международной напряженности, аннексии кого-то кем-то в Центральной Латоне и бездействии Лиги Наций, но толком ничего разобрать не получилось, да и мысли совсем другим были заняты.

Вот с какой стати Георгий Иванович меня вызвал? Из-за вчерашнего инцидента или по нашим делам какие-то подвижки появились? Еще и запропал куда-то, а если на тренировку по рукопашному бою опоздаю, Малыш точно отжиматься или подтягиваться до потери пульса заставит!

Как оказалось, Георгий Иванович о назначенной встрече попросту запамятовал. Поднявшись на этаж, он озадаченно глянул на меня, небрежно кивнул в ответ на уставное приветствие, отпер кабинет и тут же вышел обратно с кожаным портфелем.

— По дороге поговорим, — сказал он, а на улице велел водителю ехать прямиком на пропускной пункт и ждать его уже там.

Сами мы двинулись к воротам быстрым шагом, на ходу капитан спросил:

— Ну что там у тебя опять стряслось?

Я в двух словах рассказал об оброненной в грязь шоковой дубинке и замыкании контакта. Георгий Иванович неопределенно хмыкнул.

— Думаешь, Митрич совсем из ума выжил и ненужного в отчете писать не стал из-за охлажденного тобой кваса?

Вопрос вогнал в ступор, как с шага не сбился — просто не понимаю.

— Нет, Петя. Все далеко не так просто. К Митричу тебя я привел, поэтому и услугу он оказал совсем даже не тебе. И вот скажи: мне зачем такие обязательства на себя вешать?

Я бы и рад был что-нибудь ответить, да только в голову ничего путного не шло.

— Рассказывай! — вновь потребовал Городец, и тут уж я запираться не стал, поведал о конфликте с сослуживцами.

Капитан раздраженно поморщился, пригладил жесткую полоску черных усов и с нескрываемым отвращением произнес:

— Маленский! Ох, чует мое сердце, подсунул нам комендант товар с гнильцой. Ну да ладно, сейчас не об этом. Действовал ты правильно, но излишне прямолинейно. Что глазами лупаешь? Говорю как есть. У нас тут не институт благородных девиц. Абсолют человек или нет — не важно. Если он самостоятельно такого рода проблемы решить не способен, значит, непригоден, и чем раньше отсеется, тем лучше. Согласен?

Только и оставалось, что кивнуть.

— В твоем случае доказать умысел не вышло бы, но отметку в личное дело шлепнули бы всенепременно, — добавил Георгий Иванович. — Ладно, это все лирика. Раз уж ты вогнал меня в какие-никакие долги, давай отрабатывай. Вечер субботы у студентов свободное время, так что будет лучше, если сможешь появиться в клубе уже сегодня.

Я даже духом воспрянул.

— А...

— Обойдёшься без увольнения, — огорошил меня собеседник. — Выберешься за пределы части, сходишь в самоволку и вернёшься. Считай это испытанием на профессиональную пригодность. Справишься?

У меня даже мысли не возникло сомнений высказать, выдал со всей возможной уверенностью:

— Так точно!

Капитан Городец кивнул.

— Если остановят для проверки документов, полицейским хватит служебного удостоверения, а комендантскому патрулю скажи: «тайга-восемь». Это сегодняшний пароль. Не забудешь?

— Никак нет!

— И на пиво не налегай, не развлекаться идёшь, а работать, — предупредил Георгий Иванович, потом остановился и заявил: — И очень тебя прошу — не убей никого из сослуживцев.

Я оторопело кивнул, тогда Городец похлопал меня по плечу и направился к вездеходу с поднятым брезентовым верхом, но сразу обернулся и предупредил:

— А если всё же доведётся, потрудись не оставлять следов. Сам топить не стану, но и палец о палец не ударю, чтобы от трибунала спасти.

Когда до меня дошёл смысл сказанного, внедорожный автомобиль с забравшимся на пассажирское сиденье капитаном уже рыкнул мощным движком и выкатил за ворота комендатуры.

Переодеваться и на площадку я бежал бегом, но даже так на тренировку безнадёжно опоздал. Удивительное дело — Александр Малыш посмотрел на этот проступок сквозь пальцы и велел разогреваться и разминаться, а потом начал демонстрировать то мне, то на мне правильную технику подсечек и бросков, изредка привлекая к учебному процессу бойцов из основной группы.

Вторую половину тренировки я отрабатывал удары по разнокалиберным грушам, развешенным тут же под небольшим навесом. Выдохся и взмок от пота, да ещё прилично ссадил костяшки, но этого наставнику показалось мало. Проведённая мной под конец занятия связка ударов сержанта нисколько не впечатлила, и он покачал головой.

— Нет, так дело не пойдёт.

Тон, которым это было произнесено, мне откровенно не понравился, и дурные предчувствия оправдались в полной мере, когда Александр взялся за шест, здорово напоминавший самую обычную швабру, только без крепления для тряпки.

— Готов?

К чести своей выпад я не проморгал и успел прикрыть голову рукой. Бил наставник далеко не в полную силу, но и так предплечье едва не отнялось, на коже остался длинный алый след.

— Больно? — уточнил Малыш без всякого сочувствия. — Это хорошо. Боль — прекрасный стимул к саморазвитию. Техника закрытой руки годится не только для нанесения ударов, в первую очередь она предназначена для их отражения. — Он кинул мне шест и скомандовал: — Бей!

Сомневаться я не стал, крутанул палку и врезал от души, попал по раскрытой ладони наставника, и та даже не шелохнулась. Ощущение оказалось донельзя странным: будто по чугунной чушке приложился, но при этом не возникло ни малейшего намёка на отдачу.

— Погасить удар сверхэнергией просто, главное, сделать это вовремя и задействовать ровно столько силы, сколько нужно. — Александр забрал шест и уточнил: — Принцип понятен?

Я кивнул и едва успел выставить блок, удар отозвался в кости, но в голову уже летел другой конец крутанувшейся в руках наставника палки; как успел дотянуться до сверхсилы и толкнуть её во вскинутую руку — не понял и сам, просто вместо резкой боли ощутил несильный шлепок.

Сержант отступил на шаг назад и предупредил:

— Контролируй расход силы!

Он ткнул шестом, словно копьём, и я без труда отбил его в сторону, а широкий замах принял на раскрытую ладонью. За мгновение до того качнул в кисть сверхэнергию и будто не палкой получил, а свёрнутым в жгут полотенцем; неприятно, но не более того. Следующий, куда более резкий и быстрый удар умудрился погасить полностью, ну а потом скорчился от боли и затряс отшибленными пальцами — просто не хватило остатков внутреннего резерва, чтобы остановить очередной выпад.

— Контролируй расход силы! — повторил свое требование Малыш, выждал миг и вновь раскрутил шест; пришлось отбиваться.

За следующие полчаса выяснилось, что оперированию энергией мне еще учиться и учиться. То прерывался входящий поток, я оказывался пуст и ничего не мог сделать, то просто не успевал вовремя отреагировать на атаку. Точнее, блок я ставил почти всегда, а вот задействовать сверхсилу получалось лишь от случая к случаю. Наставник бил прямолинейно и не слишком сильно, но и так к концу занятия руки сплошь покрывали синяки, хватало пунцовых отметин и на торсе, ногам тоже досталось, пусть и не слишком сильно.

— Завтра продолжим! — объявил Александр, жестким тычком в корпус повалив меня на песок.

— Завтра воскресенье, — хрипло выдохнул я.

— Начнем в девять, а там видно будет.

Спорить попросту не осталось сил, кое-как отполз к краю площадки, уселся рядом с Матвеем. Здоровяку досталось на тренировке ничуть не меньше моего: наставник — тот самый Анатолий Аркадьевич — как его только не кидал, обучая правильным падениям и перекатам. Сейчас мой бывший сослуживец сидел со скрещенными ногами и размеренно дышал, но стоило только плюхнуться на песок, открыл глаза и заявил:

— Твой тоже лютый.

— Ага, — подтвердил я.

— Вчера удары дубинкой отрабатывали, тяжко было.

— Дубинкой не так больно, она мягкая. Никакого сравнения с палкой.

Матвей Пахота посмотрел на меня с некоторым даже уважением, но счел нужным возразить:

— Мягкая-то она мягкая. Да только трансформатор на полную мощность выставили.

Я не удержался и присвистнул.

— Дела!

Мы какое-то время сидели молча, а потом здоровяк вдруг спросил:

— Ты чего кровь не разгоняешь? Синяки же останутся!

— Ты о чем? — не понял я.

— Не учили, что ли?

— Не-а.

Матвей принялся увлеченно объяснять принцип самоисцеления, говорил он путано и косноязычно, но я хоть и понимал с пятого на десятое, кивал, не желая перебивать собеседника. И в итоге сумел-таки ухватить суть. Процесс оказался не слишком сложным, вот только манипуляции такого рода требовали виртуозного управления сверхэнергией, что в число моих немногочисленных достоинств, увы, не входило. Александр Малыш прекрасно это знал, поэтому и не счел нужным давать наставления по технике, заведомо недоступной ученику.

Да только и Матвей на гения нисколько не походил, и в голове промелькнула догадка.

— Так ты медитируешь? — уточнил я.

— Ага, — с довольной улыбкой подтвердил громила. — Думал, ерунда на постном масле, но помогает ведь! Да ты сам попробуй!

И я попробовал. Повалился спиной на песок, закрыл глаза, постарался расслабиться и выкинуть из головы все мысли, заботы и тревоги, отрешиться от голода, жажды и боли, в особенности — от боли. Солнце пригревало, и никак не получалось понять, растекается тепло по телу из-за погружения в транс или это лишь иллюзия; в любом случае закрутил внутренний волчок, принялся втягивать сверхэнергию и равномерно разгонять ее по организму мягкими волнами до полного насыщения и возникновения чувства легкого дискомфорта. После мысленными касаниями я начал усиливать ток крови в перебитых сосудах, укреплять их и попутно очищать от гематом мягкие ткани.

Точнее, все это делать я пытался. И пытался без особого успеха в силу слишком низкой чувствительности, не позволявшей осуществлять столь тонкие манипуляции.

Энергия все прибывала и прибывала, понемногу меня начало распирать от нее, и пришлось даже начать стравливать излишки вовне. Но не одним сконцентрированным потоком — это нарушило бы однородность и стабильность внутреннего состояния, а мельчайшими порциями, практически долями джоулей буквально через поры кожи. И неожиданно это дало свой результат. К точечному воздействию я оказался не готов, а вот работать «по площадям» получалось несравненно лучше. Не иначе свою роль сыграла высокая сопротивляемость энергетическому воздействию — других, полагаю, уже корежить бы начало, а мне нормально.

Увы, о полноценной медитации речи не шло, приходилось мысленными усилиями разгонять сверхсилу по организму и удерживать баланс ее притока и оттока на грани легкого жжения и действительно болезненных ощущений. И как раз вот это выходило не лучшим образом — то проседала внутренняя наполненность, то начинало немилосердно распирать и жечь изнутри. В первом случае сходил на нет всякий полезный эффект, во втором лезли на лоб глаза.

Именно из-за этого очень скоро я отрешился от сверхэнергии и шумно выдохнул. И выдохнул, такое впечатление, чуть ли не впервые с момента погружения в транс. Сколько пребывал в нем на деле — не знаю, но бойцы с площадки успели разойтись, не было нигде видно и Матвея, а кожа слегка горела, обожженная жгучими лучами солнца. Зато и ссадины с синяками самую-самую малость поблекли и уже не болели, а лишь ныли. Мышцы тоже показались не столь забитыми, как еще пять минут назад.

Или не пять, а существенно больше? Еще не хватало на обед опоздать! Тогда точно желудок к позвоночнику присохнет! Голод-то никуда не делся, да и пить хотелось все сильнее.

Из столовой традиционно отправились в баню, где после помывки на нас принялись оттачивать свои навыки студенты-реабилитологи. Сегодня, как показалось, мяли меня далеко не столь интенсивно, но в итоге ощутил себя если и не заново родившимся, то весьма близко к тому.

Впрочем, долго приподнятое настроение не продержалось. Прежде чем разошлись, Федя Маленский объявил сбор денег для Казимира.

— Мы с Борей его навестим в медсанчасти, надо гостинцев купить.

Остроух принялся обходить курсантов со снятой панамой, и пусть не слишком много, но денег туда мои сослуживцы все же накидали. Я не стал, лишь покачал головой.

Наш бывший староста презрительно скривил толстые губы и зло выдал прежде чем отойти:

— Жмот!

Я же отправился к себе и завалился на кровать. Сначала прочитал пришедшее из дома письмо и написал ответ, потом взялся за книгу, но сразу отложил ее и принялся продумывать, что, как и кому скажу в «СверхДжоуле», а после — что ответят мне, и свои последующие реплики. Раз за разом, круг за кругом. Ну а потом сморила усталость. Уснул.

Василь растолкал, когда уже начало вечереть. Мы сходили на построение, затем поужинали и заглянули в магазин, а там купили пачку заварки, сыра, галетного печенья, несколько банок сардин, мармелада на развес и две плитки шоколада. Мой сосед расплатился деньгами, я сдал один из талонов, прикинув, что оставшихся должно с лихвой хватить на усиленное питание в столовой.

Потом заявилась Варя, пили чай и болтали о всякой ерунде, обсудили планы на завтрашний день и решили ничего не менять — сначала заглянуть в кафе, а после ознакомиться с репертуаром кинотеатра.

— Еще можно в горсад на танцы сходить! — предложил под конец Василь.

— А у тебя разве нет планов на вечер? — удивилась Варя.

— Свободен как ветер!

— Но это вы сами, — предупредил я. — Пойду в шахматы играть.

Варвара хихикнула.

— Как в прошлый раз?

Меня передернуло.

— Ну уж нет!

Когда чаепитие подошло к концу, ложиться спать было еще рано, и Василь предложил Варе подышать свежим воздухом. Позвал и меня, я отказался.

— Лучше на площадку схожу, потренируюсь. Ты меня не теряй, тренер кучу заданий надавал.

— Как скажешь.

Оставшись в комнате один, я сразу натянул майку и трико, а гражданскую одежду аккуратно сложил и замотал в полотенце. Времени обдумать план действий было предостаточно, и поставленная Городцом задача невыполнимой уже отнюдь не казалась. Первым делом я направился к автохозяйству, в траве за крайним гаражным боксом которого сегодня днем припрятал пару метровых досок-двадцаток. Одну перебросил через забор, другую приставил под углом к ограде. Огляделся, уперся носком кеда в обрезок и толчком подкинул себя, ухватился за верх, сделал выход силой.

Забор, канава, пустырь, дальше — какие-то склады, и кругом никого не видать, поэтому, пользуясь отсутствием колючей проволоки, перевалился на другую сторону, приземлился в густую траву. Дальше перескочил через канаву и рванул к соседним строениям, ну а оттуда уже без всякой спешки двинул в город.

Пока ехал на трамвае, меня разве что не потряхивало от нервного напряжения и страха. И не в необходимости налаживать отношения было дело, думал о возможности повторного нападения террористов. Они ведь точно от своих планов не отказались! Только и оставалось утешать себя тем, что снаряд дважды в одну воронку не падает. Опять же, не в клубе прошлый раз акцию устрашения провести собирались, а за городом. Ну и комендантские за студентами приглядывать должны, сейчас все настороже...

Окликнули меня у входа в «СверхДжоуль».
— Пьер!
Удивленный окрик заставил завертеть головой по сторонам, и тогда один из посетителей открытой террасы клуба приподнялся и помахал мне свернутой в трубку газетой.

Я тут же припомнил этого дородного студента, но заколебался, не став отвечать на приветствие, просто взбежал по ступенькам, подошел к его столу и протянул руку.
— Привет!
Ну да, помнить-то я его помнил, а вот насчет имени возникли серьезные сомнения. В прошлый раз он представился Карлом, и тогда это показалось совершенно нормальным, но действительно ли его так зовут? Или это была какая-то шутка для своих?

Карл ответил на рукопожатие и хлопнул ладонью — мясистой и вместе с тем жесткой и крепкой — по столу.
— Падай!
Я упрямиться не стал и уселся напротив, а студент требовательно прищелкнул пальцами разносчику.
— Пару светлого!
Пришлось помотать головой.
— Не-не-не, мне прошлого раза хватило. Если и сегодня с запахом приду, точно под домашний арест посадят!
— Да брось, Пьер! Ну что тебе будет с одной кружки?
— Запах! Для запаха и кружки с лихвой хватит!
Карл сдался и махнул рукой.
— Шут с тобой! Бутылку джинджер эля!
Вышколенный разносчик, который все это время стоял рядом со столом и в наш спор не вмешивался, кивнул и отошел.
— Это что такое? — удивился я.
— Имбирное пиво, — пояснил Карл. — Да не волнуйся, оно как лимонад. Скажи лучше, куда запропастился в тот раз!

Я тяжко вздохнул.

— Да плохо мне стало, — поведал собеседнику не без смущения, — а когда оклемался, вы уже отчалили. Пошел домой.

— Ну ты даешь! Нинет, когда тебя на пароходике отыскать не смогла, такой переполох учинила, о-го-го! «Человек за бортом! Спасите-помогите!» Ладно хоть еще капитан всех по головам пересчитать догадался, когда мы на борт грузились, но и так шум вышел изрядный!

Я невольно поежился и с вопросительной интонацией произнес:

— Нинет?

— Да Нинка с расчетной кафедры! Ты с ней всю дорогу обнимался!

— Светленькая? — догадался я.

— Светленькая, ага, — с усмешкой подтвердил Карл. — И ты не подумай — она девушка серьезная, просто в прошлый раз веселье через край било.

Тут принесли высокий стеклянный стакан и бутылочку имбирного эля, я воспользовался возможностью отвлечься и заплатил, потом наполнил бокал и спросил:

— Она здесь сейчас?

— Здесь.

Я сделал осторожный глоток, но, вопреки опасениям, напиток оказался очень даже неплох на вкус, пусть и слегка жег язык и нёбо. При этом эль был определенно слишком теплым, и поскольку другие посетители сидели от нас далеко, я дотянулся до сверхсилы и задействовал ее таким образом, чтобы не нагреть напиток в стакане, но нейтрализовать излишки его тепловой энергии. На этот раз получилось не переборщить, и остывшее стекло запотело, а не покрылось изморозью. И да — вкус стал заметно лучше.

Карл даже присвистнул от удивления.

— Пьер, да ты, никак, негатив? — озадачился он.

— С чего бы это?

— Так просто работать с тепловой энергией получается только у пирокинетиков и негативов. Но первые на нагрев упор делают, охлаждают вторые.

— Так просто?! — опешил я и вытянул перед собой руку с заметно подрагивавшими после приложенных усилий пальцами. — А кто сказал, что это было просто?

Карл вновь хмыкнул, вытянул из кармана носовой платочек и промокнул им вспотевшее лицо, после снял с бритой головы пижонскую федору и принялся ею обмахиваться.

— Умеешь ты, Пьер, марку держать. Так и не скажешь, что сильно напрягся.

Ну, может, и «не так сильно», но напрячься мне действительно пришлось. Впрочем, результат того стоил. Я отпил холодного эля и решил перевести разговор на другую тему:

— Что пишут?

Карл поглядел на газету с откровенным отвращением и досадливо махнул рукой.

— Да все как обычно, ничего не меняется. Главой правительства в изгнании назначен барон Динский. О его связях с айлийской разведкой каждая собака знает, а тут еще цесаревичу Алексею пожаловали чин почетного полковника королевских серых драгун. Это придворный айлийский полк, чтоб ты знал!

Я не стал говорить, что после отречения от престола не стало ни императора, ни наследника, только криво усмехнулся.

— Кто платит, тот и заказывает музыку.

— Научный факт! — согласился с моим утверждением Карл.

Да и как иначе? После Февральской революции отрекшийся от престола за себя и наследников император перебрался в Айлу, где почти сразу начал мутить воду, объявив документ об отречении сфабрикованной республиканцами подделкой.

— И первым делом барон Динский пообещал мировому сообществу приложить все усилия для передачи Лиге Наций контроля над Эпицентром.

— Тварь!

— А то ж! — усмехнулся Карл, поднимаясь из-за стола. — Ну что, пойдем обществу покажемся?

Еще недавно от одной только мысли об этом меня бросило бы в дрожь. Да что там говорить — я бы как минимум месяц клуб десятой дорогой обходил, но тут деваться было некуда, кивнул.

— Идем!

Дежуривший на входе плечистый вахтер в напоминавшей мундир ливрее с золочеными пуговицами мигом поднялся с табурета, но Карл покровительственно похлопал его по плечу.

— Расслабься, Серж, он со мной. И вообще запомни — это Петя Линь, член клуба.

Вахтер глянул без всякой приязни, его взгляд аж царапнул, до того оказался пристальным, но пройти внутрь мне все же позволили, обошлось без требования предъявить студенческий билет.

В зале оказалось далеко не столь людно, как в прошлое воскресенье, незамеченным наше появление не осталось, да еще Карл прямо с порога громогласно объявил:

— Смотрите, кто пришел! — А уже тише, только для меня, добавил: — Нина — за дальним столом.

Я отсалютовал всем бокалом с элем, а мой спутник, предупреждая расспросы, сказал:

— На пароход Пьер не попал по уважительной причине, и он сам обо всем расскажет, если только сочтет нужным!

Послышались смешки, и мне захотелось оказаться где-нибудь подальше отсюда, ситуацию спасла Лия.

— Петя, привет! — Девчонка подскочила ко мне и потянула за свой стол. — Идем, надо поговорить! Да идем же, идем!

Сопротивляться такому напору не было никакой возможности, поздоровался с Виктором, уселся на свободное место. Ожидал чего угодно, только не того, что красавчик вдруг заявит:

— С тобой хочет встретиться Александр Петрович.

— Профессор Палинский! — вроде бы пояснила Лия, но стало только хуже.

Профессор Палинский, заведующий какой-то там кафедрой в РИИФС, хочет встретиться с недоучившимся оператором девятого витка?

Серьезно? С чего бы такая честь? Неужели...

— Это из-за Льва! — подсказала Лия, верно оценив причину охватившего меня замешательства. — Профессор собирается пригласить его в один из проектов, а Лев ни с кем, кроме тебя, не общается!

Безумная надежда погасла, толком не разгоревшись, но разочарования я не выказал и вполне резонно поинтересовался:

— А как же лечащий врач? Разве нельзя передать сообщение через него?

Виктор покачал головой.

— Лечащий врач самоустранился, поскольку считает неэтичным оказывать давление на пациента, даже если это всего лишь такая мелочь.

Я развел руками.

— Ну ладно. Что от меня требуется?

— Александр Петрович каждый день в час пополудни обедает в рестораци́и «Жар-птица», — просветила меня Лия. — Сможешь завтра туда подойти?

Судя по характерной фамилии, Александр Павлович был из бывших, и никакого желания встречаться с ним у меня не возникло, но и отмахнуться от просьбы я позволить себе не мог, поэтому уточнил:

— «Жар-птица» — это где?

Лия вопросительно посмотрела на спутника.

— Виктор, как проще объяснить?

— Знаешь, где находится главный корпус института сверхэнергии? — уточнил у меня тот. — Нет? Серьезно? Ну ладно... В общем, на трамвае первого, третьего или четвертого маршрутов доедешь до кольца, там увидишь церковь Ильи Пророка, минуешь ее и выйдешь к кампусу. Никуда не сворачивай, иди вдоль ограды до фонтана. Ресторация занимает первый этаж здания напротив. Найдешь?

— Да уж разберусь как-нибудь, — сказал я, поднимаясь из-за стола, и уточнил: — В час дня?

— Да.

Я попрощался, допил имбирный эль и отошел к стойке бара, вроде бы — поставить на нее стакан, а на деле едва удержался, чтобы потихоньку не ретироваться из клуба. Увы, такое поведение опустило бы мою репутацию ниже некуда.

Кабы не полученное задание — плевать! Но мне же нужно врастать в студенческое сообщество, заводить связи и знакомства! Смешным я быть могу, смешон — нет.

Завязывать знакомства я сроду не умел, ладно хоть еще начало было положено на прошлой неделе, так что пересилил себя, подошел к столу, за которым в компании трех подружек сидела Нина, и немного скованно помаячил девицам рукой.

— Привет! — А когда на меня соизволили обратить внимание, сказал: — Нина, можно тебя на пару слов?

Ну да, Нина. И неожиданно не просто светленькая, а с явственной рыжинкой на концах аккуратно подровненных прядей. И лицо очень даже симпатичное — лисичка, да и только. А вот что высокая, худая и самую малость нескладная — это запомнил верно.

Нина решила выдержать театральную паузу, за что немедленно и поплатилась.

— Да можно, не спрашивай даже! — рассмеялась ее русоволосая подружка, спортивная и подтянутая, будто гимнастка.

— И не только ее! — добавила черноволосая, крепко сбитая девчонка с лицом, плечами и руками, усыпанными бессчетным количеством веснушек.

— А меня и не только на пару слов! — выдала миг спустя и последняя из барышень, томно похлопав длинными ресницами.

Нина фыркнула рассерженной кошкой и поднялась из-за стола, оказавшись лишь на несколько сантиметров ниже меня. Ее бы откормить...

Я бы и сам не отказался от второго ужина, но сразу выкинул мысли о еде из головы и подал девушке руку.

— Может, на свежий воздух выйдем? — предложил после этого.

— Давай! — покладисто согласилась Нина.

Мы покинули клуб и расположились на лавочке напротив террасы. Я понятия не имел, как следует начинать такие разговоры, бухнул первое, что пришло на ум:

— Извини, что в тот раз пропал.

— А мне-то что? — передернула худенькими плечиками Нина.

— Ну, мы не договорили...

— О чем?

Тут уж я не сплоховал и с улыбкой заявил:

— Как же? Об урбанизации!

Нина рассмеялась.

— И что же тебе помешало продолжить дискуссию?

Я смутился совершенно искренне, ни о каком лицедействе уже и речи не шло.

— Ты понимаешь, никогда раньше столько не пил. Все хорошо было, и соображал нормально, а потом живот скрутило так, что отплытие парохода пропустил.

— Да-а-а, набрался ты в тот день изрядно! — подтвердила девчонка. — Я уж думала, меня и не вспомнишь вовсе...

И вновь я сделал над собой усилие, предложил:

— Может, сходим куда-нибудь?

Нина строго глянула в ответ.

— Не знаю, чего ты там себе навоображал, и можешь смеяться над моими мещанскими предрассудками, но я намерена расстаться с девственностью в первую брачную ночь! Поматросить и бросить — это не ко мне!

Не покраснел от такой откровенности, наверное, только по причине сильнейшего удивления. Как ни крути, в прошлое воскресенье Нина вовсе не показалась столь целомудренной особой. Об этом и не преминул ей напомнить.

— А кто меня целоваться учил?

— А я учила? — удивилась она и лукаво улыбнулась. — Думала, мы просто целовались.

И вновь я сделал над собой усилие, положил руки на талию собеседницы и, уловив легкую дрожь, подался вперед. Рисковал схлопотать пощечину, но против поцелуев до замужества Нина определенно ничего не имела, просидели в обнимку с минуту, не меньше.

— Не будем возвращаться в клуб? — с хитрым прищуром предложила девчонка.

— Не будем, — подтвердил я.

— И куда пойдем? На танцы в горсад?

На улице давно стемнело, и по-хорошему следовало возвращаться в расположение, но вот так сразу убегать я не решился и поднялся, протянул руку Нине.

— Пойдем лучше поужинаем. А в горсад — завтра.

Нина встала вслед за мной и насмешливо поинтересовалась:

— Тоже считаешь, что я слишком тощая?

— Я есть хочу, — признался я. — Понимаю, звучит не слишком романтично, но из-за тренировок постоянно голодный.

— Тренировок?

Я определенно сболтнул лишнего, но вида не подал и пояснил:

— Ну да, я же только три недели назад инициацию прошел, нас на пик румба усиленно выводят.

— А, точно! — сообразила она. — Ладно, идем. Тут хорошее кафе в соседнем квартале есть. Может, получится свободный столик найти.

Свободный столик нашелся, да и кафе оказалось просто замечательным, загвоздка заключалась в том, что моего денежного довольствия на регулярное его посещение не хватило бы даже близко. И это при том, что Нина ограничилась десертом и больше болтала, чем ела. Сначала она расспросила меня о событиях прошлого воскресенья, потом мы немного поспорили о плюсах и минусах урбанизации, ну а затем девушка говорила за нас обоих, вывалив на меня просто невероятное количество подробностей о расчетах при построении сложных энергетических конструкций. Не понял из всего этого шквала информации ни слова.

Когда я расправился со своим бифштексом, не слишком прожаренным, но безумно вкусным и по моим доходам — более чем дорогим, мы решили пройтись до институтского кампуса, как именовался обособленный комплекс студенческих общежитий, пешком. И прошлись, благо располагался институтский городок почти в самом центре города. Всюду на улицах горели электрические фонари и прогуливалась припозднившаяся публика, местами из тарелок ретрансляторов доносилась танцевальная музыка, а я шел под ручку с симпатичной девушкой и был этому обстоятельству откровенно рад, не сказать — счастлив.

Но не вполне, чего уж душой кривить. Будто и не я шел, а кто-то другой. Это напрягало.

— А вот наша комната, — указала вдруг Нина на один из темных оконных проемов на третьем этаже.

С улицы в здание было не попасть, дошли до проходной на территорию кампуса, там я вновь обнял девушку за талию и уточнил:

— Завтра в четыре в клубе? У меня раньше не получается, но зато буду свободен до самого вечера.

— Давай так, — улыбнулась Нина и поцеловала меня, на этот раз сама.

И снова простояли в обнимку какое-то время, проходившая мимо компания студентов даже одобрительно засвистела. Ну а потом девушка скрылась на проходной, а я задержался перевести дух.

Все словно не со мной. Все будто фрагмент чужой жизни, ровно как в кино. Теплый вечер, прогулка, назначенное на завтрашний день свидание, едва уловимый аромат духов...

«А теперь пора возвращаться к привычному существованию». — Мысль эта царапнула неприятным холодком, и я завертел головой по сторонам, пытаясь сориентироваться на местности. Стоило поторапливаться, пока не подошел к концу запас везения. Если в расположении вдруг заметят мое отсутствие, придется лихо.

Я пошел было вдоль общежитий, но тут откуда-то из-за домов на другой стороне улицы донесся четкий перестук трамвайных колес, тогда развернулся и побежал напрямик через дворы. В отличие от освещенного электрическими лампами бульвара там царили потемки, и все же каким-то чудом не заплутал, а вместо этого, сам не понял как, вскоре выскочил к широкой дороге с трамвайными путями.

Добрел до ближайшей остановки, а когда минут через пять прикатил трамвай третьего маршрута, зашел в вагон, оплатил проезд кондуктору, и поехали.

В облаву угодил уже на подъезде к своей остановке. Мы вдруг остановились посреди пустынной улицы, с двух сторон подкатили броневики, резанул по глазам яркий свет фар. Немногочисленные пассажиры отнеслись к задержке как к должному и принялись заранее готовить документы, а немного погодя в вагон зашли три бойца в городской форме с нашивками ОНКОР: младший сержант, ефрейтор и рядовой, все — с шоковыми дубинками и пистолетами в открытых кобурах.

Я стоял наособицу от остальных, с меня и начали. Протянул служебное удостоверение, произнес так, чтобы не услышали другие:

— Тайга-восемь.

Сержант остро глянул в ответ и столь же внимательно изучил удостоверение, потом вернул его и, пожелав доброго вечера, отошел. Столь же гладко прошла проверка документов у пассажиров, и уже через пять минут вагон покатил дальше под бодрый перестук колес на стыках рельс.

Напрямую к комендатуре ветка не подходила, я выгадал нужный момент и спрыгнул с задней площадки на мостовую. Там проскочил два темных квартала, обогнул склады, а потом минут десять искал в траве переброшенную через забор доску. Уже покрылся испариной и вконец разнервничался, когда наконец ее отыскал. Приставил к забору и, ухватившись за верхний ряд кирпичей руками, не забыл толчком ноги опрокинуть свою импровизированную приступку, дабы она никому не попалась на глаза. Дальше — проще: подтянулся, заполз на кирпичную ограду, перевалился на территорию.

Завернутая в полотенце спортивная одежда никуда не делась, быстренько натянул трико и майку, поспешил к себе. В корпус пробрался, ни на кого не нарвавшись, а вот в комнате Василь сонно заворочался на своей койке, зевнул и спросил:

— Ты где пропадал?

— То тут, то там, — неопределенно ответил я, раздеваясь. — А что?

— Федя тебя спрашивал, — ответил мой сосед, перевернулся на другой бок и размеренно засопел.

Ну а я выдохнул беззвучное проклятие. И чего от меня могло понадобиться Барчуку? Не к добру это. Ох, не к добру!

ГЛАВА 4

На утреннем построении обошлось без неожиданностей, а сразу после команды «разойдись» подгреб Федор Маленский.

— Ты где вчера пропадал? Я тебя искал, на спортивной площадке никого не было.

— А что такое? — выразил я удивление, воздержавшись от какого-либо ответа. — Зачем искал?

Федя перестал сутулиться и враз оказался выше меня, глянул сверху вниз, неприятно скривился, но, как ни странно, выволочки устраивать не стал, лишь коротко бросил:

— Не важно уже, — и отошел.

Боря Остроух последовал за ним, во всеуслышание объявив:

— Да этот задохлик наверняка опять в библиотеке штаны просиживал! Точно тебе говорю!

Я с облегчением перевел дух. Не из-за того, что не был заподозрен в самовольном оставлении части, просто Федя меня пугал. Так-то ничего особенного — высокий, нарочито сутулый, длиннорукий, а на деле какой-то очень уж жесткий. Чувствовалась в нем внутренняя сила, не сказать — порода, хоть этого слова я не любил и не терпел. И старше он, такое впечатление, остальных; серьезней — так уж точно.

После завтрака все начали готовиться к выходу в город, я же переоделся и поплелся на спортивную площадку. Там, несмотря на неурочное время, уже отрабатывал сложные связки ударов Матвей Пахота. Двигался громила на удивление технично, будто занимался боевыми искусствами с раннего детства, а не ломал носы в сшибках на кулачках, разве что изредка допускал ошибки и выбивался из заданного ритма.

— Ну дела! — невольно присвистнул я, пораженный увиденным.

Так увлекся, что даже пропустил приближение сержанта. Тот подошел со спины и усмехнулся.

— Гипноз и технология двадцать пятого кадра творят чудеса, но бойцу, помимо рефлексов, требуется еще и хорошая физическая база.

Я уже успел выяснить, что «двадцать пятым кадром» именовалась вклейка нужных изображений в кинопленку, и вздохнул.

— У меня нет ни того ни другого, а гипноз и вовсе не воспринимаю.

— Это всего лишь эксперимент, и неизвестно, чем все обернется в итоге. Традиционные тренировки надежней, — покачал головой Александр Малыш и потребовал: — Разминайся!

— Хорошо бы сегодня без синяков обойтись, — многозначительно заметил я, начав вращать плечами.

Сержант только ухмыльнулся в ответ и отошел.

Что в итоге порадовало — шестом он сегодня вооружаться не стал, что огорчило — на смену злосчастной палке пришел традиционный самурайский меч с длинной рукоятью для двуручного хвата и небольшой круглой гардой — по счастью, деревянный.

— Зачем это? — невольно поежился я, когда тренировочный меч со свистом рассек воздух.

— Врага надо знать в лицо! — объявил наставник. — Война с Нихоном неизбежна, и хорошо если обойдется малой кровью. Пусть узкоглазые и не обладают нашей научной базой, собственный вторичный источник сверхэнергии, культ личного могущества и богатая традиция боевых искусств делают их чрезвычайно опасными противниками.

— Войну выиграют танки и аэропланы!

— Тебя это мало утешит, когда получишь мечом по голове!

Возразить на это было нечем, да ничего возражения и не изменили бы, сержант уже кинул меч мне.

— Бокен имеет баланс боевого оружия, — сообщил он и потребовал: — Атакуй!

На шаге вперед я резко рубанул мечом сверху вниз, метя по голове, и ожидаемо удар цели не достиг. Сержант качнулся навстречу, вскинул руки и зажал деревянный клинок меж ладоней, а затем ловким движением меня обезоружил.

— Понял? — уточнил он.

Я покачал головой, вновь принял бокен и повторил замах, затем еще и еще.

А потом потерявший терпение наставник перевел обучение в куда менее приятную, но несравненно более эффективную плоскость. Взял и рубанул деревяшкой меня самого. Бил Александр далеко не в полную силу, не сказать — нарочито медленно, только это и позволило уклониться. Тут же последовал новый замах, его я непроизвольно блокировал предплечьем и снова отступил, а потом решился и повторил движение наставника, перехватив клинок ладонями. Удержать — удержал, выдернуть из рук не сумел.

Сержант отступил и кивнул.

— Не так уж и плохо. Сам скажешь, что сделал неправильно, или подсказать?

— Меч не выдернул?

— Нет, это дело техники. Увернулся — молодец, а вот стандартный блок опытный боец пробьет, и останешься без руки.

— Я задействовал сверхсилу!

— И твой противник тоже задействует, пропустит ее через клинок. В итоге останутся сталь и рука. Результат вполне предсказуем, не так ли?

Я невольно поежился и кивнул. Ну а потом то ловил меч ладонями, то уклонялся или отбивал его боковыми шлепками. Изредка удавалось провести прием и обезоружить наставника — дело тут оказалось не только в правильном приложении физических усилий, но и в рывке энергией, ничуть не реже пропускал удары и далеко не всегда в этом случае успевал защититься с помощью сверхспособностей.

— Импульс! — орал на меня Александр Малыш всякий раз, когда не получалось выдернуть деревянный меч. — Да не тяни ты бокен, передавай ему импульс! Задействуй сверхсилу!

Я пытался, но без особого успеха. Просто толком даже не понимал, как можно передать импульс, и действовал наугад, а от конкретных советов сержант по непонятной причине воздерживался. Ладно хоть еще сегодня бил куда медленней обычного, и обошлось лишь несколькими длинными отметинами на корпусе, покрасневшими и чуть припухшими.

Когда тренировка подошла к концу, я оказался выжат, словно лимон. Хотелось просто повалиться на песок и бездумно пялиться в небо, так и поступил. Ну, за исключением того, что не терял времени попросту, а погрузился в легкий транс и принялся разгонять по организму сверхэнергию, ускоряя восстановительные процессы.

Вдох-выдох. Вдох-выдох. Вдох-выдох.

И точно так же прокачивал через тело силу, надуваясь подобно воздушному шару и пытаясь выдавить излишки энергии, но не общим выбросом, а мельчайшими капельками, словно бы через поры кожи. Сегодня это упражнение далось легче, жаль только эффективности не прибавилось ни на грош.

Но и так, когда минут через двадцать поднялся с песка, уже ощущал себя если и не полностью восстановившимся, то и не полумертвым. Матвей, который последние полчаса занимался растяжкой, к этому времени тоже закончил тренировку, стянул майку и вытер ею раскрасневшееся лицо.

— В душ? — спросил он.

— Ага, — кивнул я.

Ну и двинулись. Ни о чем не разговаривали, просто шли молча. И надо ж такому случиться — у медсанчасти наткнулись на Казимира. Тот спустился с крыльца в больничной пижаме и тапочках; голова его с левой стороны оказалась частично обрита, проплешину закрывал лейкопластырь.

— О, тебя уже выписали? — удивился Матвей, протягивая руку.

— За вещами отпустили, — ответил Казимир, загородив мне дорогу. — Ты иди, мне с Петей поговорить надо.

Прозвучало зловеще, но испытал я не страх, а досаду. На ногах еле держится, а все туда же — поговорить!

Матвей пожал плечами и пошел дальше один, а Казимир прошипел:

— Хана тебе, урод!

Я не стал говорить, что мы квиты, только спросил:

— Ты о последствиях подумал?

— Чего?!

— Тронешь меня — доложу старшине. Теперь все знают, что у тебя на меня зуб, Федя прикрыть не сможет.

Казимир скривился в неприятной ухмылке.

— Гауптвахтой напугать вздумал? Совсем дурак?

— У тебя уже один залет есть, так и до отметки о неблагонадежности недалеко. И куда ты потом? Обратно коровам хвосты крутить?

Мои слова угодили точно в цель, не иначе кое-какая воспитательная работа была проведена, очень уж напрягся Казимир, аж зубами заскрипел от бешенства.

— Без синяков отделаю. Ничего не докажешь!

— Да сам головой о стену и ударюсь. Веришь?

С ответом крепыш не нашелся и стиснул кулаки, но держался он на ногах не слишком твердо, и я обошел его по дуге, поспешил к бане. Там наскоро сполоснулся в летнем душе и сам не заметил, как вновь пришел в приподнятое расположение духа. Увольнение! Весь день свободен как ветер!

Василь и Варя дожидаться меня не стали, но я по этому поводу нисколько не расстроился, куда больше огорчило опоздание на сдвоенный киносеанс. Успел попасть только на второй фильм, а своих товарищей по мотоциклетной команде не заметил ни в зале, ни уже после — на улице.

Но и не важно — в любом случае уже приближалось время встречи с профессором Палинским. Трамвайная ветка проходила по соседней улице, а стоило только через три остановки выйти на кольце, как стал понятен взгляд, которым наградил меня Виктор, объясняя, как добраться до главного корпуса РИИФС.

Монументальное здание было возведено в новомодном триумфальном стиле, башенки над левым и правым крыльями особой высотой похвастаться не могли, а вот шпиль центральной, выстроенной несколькими уступами, вздымался на воистину головокружительную высоту двадцати этажей. В небе над институтом барражировал дирижабль ОНКОР, на фоне помпезного строения он казался не таким уж и большим.

Увидел я и упомянутую в качестве ориентира церковь Ильи Пророка, но обошелся бы и без этой подсказки. Прогулялся вдоль ограды институтского городка, вывернул к скверику с фонтаном у центрального корпуса и остановился пропустить мотоцикл и три сверкавших хромом и свежей полировкой автомобиля — вытянутых, приземистых и на удивление элегантных по сравнению с легковыми вездеходами и броневиками корпуса. Над капотом первой из машин трепетал флажок с вписанной в пентагон синей пятиконечной звездой Лиги Наций, вторую украшал вымпел с красным айлийским львом, а третью отмечала надпись «Общество изучения сверхэнергии».

Автомобили повернули к институту и на полном ходу проскочили в распахнувшиеся перед ними ворота. Замыкавший процессию броневик на территорию не заехал, вместо этого развернулся, полностью перегородив проезд.

Я, в отличие от студентов, глазеть на него не стал, двинулся в противоположном направлении и почти сразу углядел вывеску с красно-золотым изображением сказочной птицы. Мне — туда.

Легкомысленный наряд совершенно точно не соответствовал уровню заведения, поэтому вахтер и не подумал потянуться к дверной ручке, просто стоял и без всякого интереса наблюдал за моим приближением. Еще пару недель назад столь холодный прием заставил бы смутиться и начать что-то мямлить о назначенной встрече, справляться о профессоре, потеть и нервничать, сейчас же я коротко обронил:

— Линь к Палинскому.

Мог бы и вовсе ограничиться заявлением, что меня ждут, но решил избежать возможного недопонимания и, как видно, выбрал верный тон, поскольку вахтер немедленно распахнул дверь и пригласил проходить.

Метрдотель тоже оказался в курсе назначенной мне встречи и самолично отвел к столу у окна, за которым обедал сухопарый человек лет пятидесяти на вид с худым и волевым лицом, чисто выбритым и ничуть не загорелым. Он не поднялся и руки не протянул, лишь улыбнулся с профессиональным радушием и предложил присаживаться.

Я так и поступил, ощутив мимолетный приступ неуверенности. Все кругом показалось вдруг неправильным, а виной тому был этот пожилой господин безобидной наружности. Сила и власть. Я буквально физически уловил переполнявшую профессора сверхэнергию, она гребенкой разрядов статического напряжения прошлась по коже и заставила встать дыбом волосы на предплечьях, но уже миг спустя неприятные ощущения сгинули без следа, словно бы сравнялась разность потенциалов. Невольно закралось подозрение, что руку мне не подали вовсе не из снобизма, просто в этом случае вполне могло тряхнуть электрическим током.

Метрдотель отходить не стал и протянул меню, я принял книжицу в кожаной обложке с золотистым тиснением, неуверенно открыл ее и перехватил понимающий взгляд Александра Петровича.

— Каре ягненка, — посоветовал профессор, снял заткнутую за ворот салфетку и отодвинул от себя пустую тарелку. — Сегодня оно просто великолепно.

— Как и всегда, — не смог промолчать метрдотель.

— Сегодня — особенно.

Я не стал врать, будто не голоден, заказал каре ягненка, жареный картофель с грибами и черный чай. Хотелось верить, что оплатит счет профессор, ну а нет — выкручусь как-нибудь; на цены смотреть не стал.

— Думаю, нет смысла ходить вокруг да около, — заявил Палинский, когда метрдотель отошел. — Я заинтересован в работе с твоим другом и мог бы изыскать возможность передать ему предложение самостоятельно, просто не хочу зависеть от персонала клиники. Нужен человек, который послужит курьером хотя бы на первых порах. Это понятно?

— Да, Александр Петрович, — подтвердил я.

— Вот и чудесно, что мы понимаем друг друга, — улыбнулся профессор. — Скажу сразу, мое финансовое положение не позволяет назначить достойную оплату за посреднические услуги...

Я и глазом не повел, хоть, судя по дорогому костюму и шелковому галстуку с золотой булавкой, мой собеседник откровенно прибеднялся. Впрочем, в среде бывших принято держать марку, невзирая на траты, — вполне может статься и так, что все профессорское жалованье уходит на квартиру, костюмы и оплату прислуги.

В любом случае я торговаться не собирался и прямо заявил:

— В этом нет нужды...

Договорить мне не дали, Палинский выставил раскрытую ладонь и покачал головой.

— Нет. Любой труд должен быть вознагражден. Иначе то, что сейчас ты считаешь дружеским одолжением, очень скоро превратится в обременение и обузу. Поверь, я знаю, о чем говорю.

И вновь я не стал вступать в пустые препирательства и выжидающе посмотрел на собеседника.

— В качестве компенсации затраченных усилий могу предложить зачисление в вольные слушатели института по квоте моей кафедры, — объявил профессор, тем самым поставив меня в тупик.

Пришлось даже напомнить:

— Я учусь в энергетическом училище.

— Ну не вечно же ты будешь там учиться! — снисходительно улыбнулся Александр Петрович. — Знаешь, чем отличается среднее специальное учебное заведение от высшего? Если не брать в расчет более обширный перечень преподаваемых дисциплин и уровень образования?

Я покачал головой.

— В училище тебя доведут до пика румба. В институте — до пика витка.

И вот тут сдержать удивления не получилось.

— Разве такое возможно?

— В рамках одного витка — вполне. Но для этого, помимо определенных практик, требуются специфические препараты, воздействие профильных специалистов и занятие на экспериментальных установках. Вольные слушатели не получают диплома о высшем образовании, лишь справку об окончании курсов, но разве это так важно?

У меня даже голова пошла кругом от открывающихся перспектив. Пусть и буду выдавать максимальную для витка мощность даже на своем тридцать втором румбе, переход на семнадцатый увеличит время резонанса почти вдвое. С учетом геометрической прогрессии роста притока сверхсилы это обернется увеличением эффекта в шесть-семь раз! Если брать тротиловый эквивалент, то вместо двух килограммов окажусь способен выдать четырнадцать, и не просто выдать на-гора, как штангу рывком поднимают, но именно таким объемом энергии смогу оперировать в дальнейшем. Возможности это расширит кардинально!

— Как тебе такое предложение? — поинтересовался профессор.

— Льву решать, — прямо заявил я в ответ. — Если он сочтет ваше предложение интересным, буду рад посодействовать его реализации.

— Вот и чудненько. Это для Льва. — Палинский передвинул мне пухлый конверт, поднялся из-за стола и улыбнулся. — Ну, не буду отвлекать от ягненка...

И точно — официант уже нес поднос с заказанными блюдами и чайничком, так что профессор снял с крючка легкую модную шляпу-трилби и с ней в одной руке и тростью в другой направился к выходу. Я же никуда торопиться не стал и приступил к обеду. Судя по всему, платить за него предстояло мне, поэтому имело смысл получить от еды все возможное удовольствие.

Напрасно опасался — профессор распорядился записать угощение на свой счет. И вроде бы стоило порадоваться этому обстоятельству, но всю дорогу до клиники размышлял на тему оставшегося после разговора неприятного осадка. Будто царапало что-то, а что именно — никак не получалось сообразить. Потом только понял, какой трюк провернул ушлый интриган: своим обещанием зачислить в вольные слушатели он легко и непринужденно перетащил меня на свою сторону. Теперь я был всерьез заинтересован, чтобы Лев принял предложение, и вполне мог на своего товарища повлиять. Более того — повлияю, просто передав письмо и рассказав о предложенном мне вознаграждении.

Расстроился по этому поводу жутко. Возникла даже мысль выкинуть конверт в первую попавшуюся урну, едва сдержался. Пнул изо всех сил подвернувшийся под ногу камень, но особо выплеск злости настроения не улучшил.

Впрочем, все эти нелегкие раздумья мигом вылетели из головы, стоило только спуститься в палату Льва. Обстановка в той за прошедшую неделю преобразилась самым удивительным образом: один из углов обили досками, там с потолка на толстых лесках свисали металлические шары, развешанные в нарочитом беспорядке и на разной высоте. Книг еще прибавилось, а ширму унесли вовсе.

— Это чего тут такое? — опешил я, замерев на пороге.

— Петя, привет! — Лев поднялся с матраца, убрал пухлый учебник на одну из стопок и указал на угол. — Ты об этом, что ли?

— Ага, — кивнул я, оторопело пожимая протянутую руку.

— Раскачай, — попросил мой товарищ. — Смелее! Они легкие, пустотелые. Как елочные игрушки, только не бьются.

Я решил не тратить время на расспросы и выполнил просьбу, а Лев натянул на голову наволочку и как ни в чем не бывало шагнул в беспорядочный хоровод шаров, дошел до стены и вернулся ко мне, не задев при этом ни одной из подвесок.

Увиденное так меня поразило, что сумел выдавить из себя лишь:

— Но как?!

— Ясновидение конечно же! — с усмешкой пояснил Лев и вернулся обратно в угол, только на этот раз не стал выбирать траекторию движения, которая помогла бы избежать столкновения с шарами, а принялся отбивать их, все ускоряя и ускоряя темп.

Мне было известно о тяге товарища к восточным единоборствам, но и подумать не мог, что тот столь далеко продвинулся в своем экзотическом увлечении. Если ясновидение еще могло нивелировать надетую на голову наволочку, то отточенность движений обеспечивалась лишь долгой практикой. Тот же Матвей отрабатывал удары куда неряшливей. Да именно поэтому он их и отрабатывал, а не почивал на лаврах!

Металлические шары отскакивали, кружились, подпрыгивали и совершали непредсказуемые маневры, но Льва не коснулся ни один, а его удары стали едва различимы невооруженным глазом. Но продлилась демонстрация возможностей недолго, мой товарищ уже секунд через тридцать выскочил из угла, сорвал с головы наволочку и повалился на матрац, пытаясь восстановить сбившееся дыхание.

— Ускорение идет за счет сверхэнергии, — пояснил он некоторое время спустя и начал приглаживать ладонями взъерошенные волосы. — И в полной мере эта техника работает только в связке с ясновидением. Обычные органы чувств почти бесполезны на таких скоростях.

Я озадаченно хмыкнул и присмотрелся к набитым поверх войлока доскам. Те пестрели вмятинами, от которых во все стороны расходились паутинки трещин, словно лопались поврежденные ударами волокна.

— А это что? — не удержался я от вопроса.

Лев проследил за моим взглядом и уселся на матраце.

— Немного экспериментирую с техникой открытой руки.

Я нахмурился.

— Открытая рука — это как?

— Ну смотри — тебя учат управлять сверхэнергией внутри организма, а тут она выплескивается вовне.

— Подожди-подожди! — замахал я руками. — Нас учили, что такое невозможно. Для этого сверхсилу нужно трансформировать в другой вид энергии!

Лев только усмехнулся.

— Гнать большие объемы на значительные расстояния не получится — факт, но мне-то доступны крохи, не забывай!

Он встал напротив одной из досок и стукнул по ней кулаком — несильно, но резко. Легонько треснуло, и по дереву побежали трещины; я присвистнул.

— Фокус в том, что энергия не выбрасывается в пространство, а передается при контакте, — пояснил Лев. — Тебе, кстати, этой технике тоже нелишним будет поучиться.

— Да уж ясное дело!

— Нет, Петя, ты не понял. Давай покажу фокус. Вот начни собирать сверхсилу...

Мне становиться подопытным кроликом в непонятном эксперименте нисколько не хотелось, но Лев прицепился, словно клещ, пришлось уступить. Да и самому, честно говоря, стало интересно, что же такое он собирается показать, вот и позволил себя уговорить.

Несмотря на то что подземная больничная палата была экранирована, дотянуться до сверхсилы получилось без особого труда, я втянул ее в себя, закрутил и выжидающе глянул на Льва. Тот медлить не стал, подступил и несильно вроде бы толкнул меня в плечо. Резкий тычок разрушил сосредоточенность, и на какой-то миг я утратил контроль над энергией, ее бешеный волчок задергался и пошел вразнос, единственное, что успел сделать, — это мысленным усилием толкнуть его в сторону.

Большинство жестяных шаров сорвало с лесок и со всего маху приложило о стену, смяло и сплющило, а немногие уцелевшие принялись раскачиваться и скакать. И надо сказать, это мы еще легко отделались, все могло обернуться куда как хуже!

— Ну, Лева! Ну ты даешь! — только и выдохнул я, потирая отсушенное ударом плечо.

— Сам не ожидал, — признался тот. — Думал, энергия просто рассеется.

— Рассеется?! — фыркнул я. — А про закон сохранения забыл, да?

— Ладно, не кипятись! — попросил Лев. — Вот отработаю технику и тебя научу.

Я не стал раздувать из мухи слона и спросил:

— Правильно понимаю, что точечный выплеск разрушает чужой контроль над сверхэнергией?

— Ага, — кивнул мой товарищ. — Есть нюансы, но суть ты уловил верно.

— Однако! — только и оставалось что протянуть мне.

В отличие от наших упражнений по отсечению от сверхэнергии более слабого оператора, тут речи не шло не только о превосходстве в силе, но даже и о простом паритете мощностей. При некоторой удаче Лева вполне мог на время обезвредить даже перворазрядника. Теоретически.

И я еще раз повторил:

— Однако! — потом спросил: — И где информацию об этой технике раскопал?

— Поделились люди добрые, — неопределенно ответил мой товарищ и поспешил перевести разговор на другую тему: — Да! Я ведь в медитации продвинулся, уже понемногу начинаю с людьми общаться. — Он помолчал и добавил: — Правда, пока больше чем на пару минут меня не хватает.

— Совсем забыл! — Я хлопнул себя ладонью по лбу и вытащил из кармана сложенный надвое конверт. — Тут один профессор тебе сотрудничество предложить хочет. Вот, почитай.

Лев уставился с нескрываемым удивлением; пришлось пояснить, каким именно образом оказался впутан в это дело.

— Случайно все получилось, — подытожил я свой рассказ.
— И тебе этот Палинский не понравился?
Я поморщился.
— Он из бывших.
— Люди благородного происхождения обычно весьма щепетильны в вопросах чести, — отметил Лев, не спеша вскрывать конверт.
— Благородного происхождения?! — окрысился я. — А мы себя на помойке нашли, да? И щепетильны они только в своем кругу. Что чернь подумает — плевать!

Лев прижал пальцы к вискам и болезненно поморщился, затем рассмеялся.

— Все же я тебя, Петя, достал! Крепко ты аристократов не любишь, вот и вышло ментальную защиту пробить. Профессор тебе что-то предложил за содействие, так?

— Вольным слушателем пообещал взять, — сказал я, злясь на весь белый свет.

Лицо моего товарища приобрело озадаченное выражение.

— Да неужели? — хмыкнул он и уселся на матрац, по-восточному скрестив ноги. — Ладно, давай посмотрим...

Лев вскрыл конверт и углубился в чтение вложенного в него послания, а я встал перед одной из набитых на стену досок, примерился и резко ударил, попутно выплеснув из себя малую толику сверхэнергии. Дерево прыснуло щепой, а в костяшки, запястье и локоть стрельнула столь резкая отдача, что даже зашипел сквозь судорожно стиснутые зубы.

— Ах-х-х!

По сравнению с техникой закрытой руки тут определенно требовалось воистину виртуозное использование сверхсилы — малейшая ошибка была чревата самыми серьезными последствиями. Да и оперировать следовало куда меньшими объемами энергии. Я на такое способен попросту не был. Пока.

— Не покалечился? — участливо поинтересовался Лев.

— Нет, — ответил я, помахивая рукой. — Что профессор предлагает, если не секрет, конечно?

Раньше и не подумал бы лезть в чужие дела, но сейчас сдержать любопытства не смог. Очень уж хотелось попасть в вольные слушатели РИИФС. Умом понимал, что в первую очередь предложение должно показаться интересным Льву, но ничего с собой поделать не мог. И потому на душе было на редкость маетно, так и покрыл бы Палинского последними словами.

Но не покрою, нет. И не из-за правил приличия и собственной воспитанности, просто прекрасно помню, сколь явно ощущался вокруг него фон сверхэнергии. Щелкнет пальцами — и взорвется голова, несмотря на всю мою сопротивляемость. И тридцатипроцентной уязвимости за глаза хватит.

Лев тяжело вздохнул и убрал письмо обратно в конверт.

— Профессору нужен мул, — сообщил он после этого.

— Что, прости? — переспросил я, решив, будто ослышался.

— Мул!

— Гибрид осла и кобылы?

— Бесплодный гибрид осла и кобылы, — поправил меня Лева. — Ключевое слово — бесплодный. У операторов первого витка — наиболее продолжительное время нахождения в резонансе, но во время оного не происходит геометрического увеличения притока сверхэнергии, идет лишь обычное линейное накопление.

Я кивнул.

— В курсе. Это у первых и последних трех витков такое. Нам рассказывали. Только не объяснили почему.

— Да не важно! — отмахнулся Лев. — Профессор предлагает достичь эффекта синергии с одним из своих учеников и тем самым, насколько получится, пусть даже и всего на несколько секунд, подтянуть время его резонанса к моему. Эффект будет колоссальный, но, по сути, я стану тем самым мулом. Или, если угодно, рабочей лошадкой.

— Ерунда какая-то, — фыркнул я. — Ты ведь не единственный, кто прошел инициацию на первом витке!

— Таких очень немного, — покачал головой мой товарищ. — И техника наверняка еще не отработана до конца, вот и понадобился для ее отладки кто-то с эталонной чувствительностью. — Он махнул рукой. — Ладно! Будь добр, передай профессору, что я беру паузу, чтобы все хорошенько обмозговать. Думаю, соглашусь, но предварительно должен согласовать кое с кем свое участие в этом проекте.

Такое решение товарища конечно же разочаровало, но склонять его к сотрудничеству с Палинским я, по понятным причинам, не стал, только уточнил:

— С лечащим врачом проконсультируешься?

Лев криво ухмыльнулся.

— Не только. Ты ведь не думаешь, что мне создали все эти условия из простого человеколюбия? Пришлось взять на себя определенные обязательства. Только Палинскому об этом знать не стоит. Хорошо?

Я кивнул. Условия, на мой взгляд, Леве создали не из лучших, но легко судить со своей колокольни, а очутился бы на его месте и совсем другие песни запел. Правда, совершенно непонятно, кто именно его опекает. Ну да сочтет нужным — расскажет.

После мы сыграли несколько партий в шахматы, а затем я начал собираться.

— Извини, пора на свидание бежать.

Лев расплылся в довольной улыбке.

— Кстати, Петя! Давно ничего не слышал от тебя об Инге!

Я невольно покраснел.

— Она-то тут при чем?

— Да просто раньше ты никогда не упускал случая о ней поговорить, — напомнил Лева. — А тут как отрезало!

— Да как-то повода не было...

— Нет, Петя, вовсе не из-за этого. Мы ведь были в нее влюблены: ты, я, Аркаша, остальные в ячейке...

Столь бесцеремонное вмешательство в личную жизнь нисколько не порадовало, и я начал закипать.

— Ты к чему все это начал?

— А теперь как отрезало, да? — уточнил Лев, проигнорировав мое раздражение.

Пришлось кивнуть.

— Мы улавливали доносившиеся от нее эманации сверхэнергии, не более того. Видишь ли, некоторые люди оказываются связаны с Эпицентром еще до полноценной инициации, их сверхсила исподволь влияет на окружающих. Неспроста из ячейки отобрали сразу пятерых, а сама Инга вытянула золотой билет!

Я задумался над словами товарища, припомнил свои впечатления от последней встречи с девушкой и спросил:

— А после инициации мы переключились на Эпицентр, так?

— Именно. К тому же Инга теперь способна контролировать свою силу, — добавил Лев и вздохнул. — Меня отпустило в первый же день, как сюда попал, но я все равно по ней скучаю. Мне ее не хватает.

Ну да, а проведать его в клинику пришла не Инга, а Лия. Но говорить вслух этого не стал, поднялся и протянул руку.

— Увидимся.

На этой минорной ноте мы и распрощались.

На свидание я не опоздал, более того — подошел к «Сверх-Джоулю» за пятнадцать минут до назначенного времени, чем и не преминул воспользоваться, заглянув внутрь.

На входе сидел незнакомый вахтер — круглолицый, рыжий и конопатый, я не стал ничего выдумывать и заявил:

— Я — Петр Линь.

Круглая физиономия вахтера расплылась в широченной ухмылке.

— Наслышан! Проходи.

Наслышан он! Вот еще номер!

Но вступать в пикировку я не стал и двинулся в зал, а внутри, к своему немалому разочарованию, не обнаружил Лии, лишь ее новый знакомец Виктор играл в карты со старшекурсниками. Пришлось по окончании партии отозвать его и рассказать о решении Льва. Красавчик никакого разочарования не выказал, только кивнул:

— Понял, передам. — И вернулся за стол.

Я не задержался в клубе, вышел на улицу, а там и Нина появилась. Пришла на свидание она в компании давешней русоволосой подружки. Та нарядилась в легкую блузу и юбку выше колен, а узкое платье Нины хоть и было существенно длинней, скромнее от этого нисколько не смотрелось: и плечи оставались открытыми, и в высоком разрезе нет-нет да и мелькало стройное бедро.

Все бы ничего, но я настроился на продолжение вчерашней прогулки, а тут откровенно растерялся и чуть не позабыл сдернуть с головы панаму. Поцелуй в сложившихся обстоятельствах был не слишком уместен, поэтому осторожно пожал Нине пальчики протянутой руки, то же повторил и с ее подругой.

— Маша, — первой представилась студентка, которую за спортивную фигуру и жилистые икры и предплечья я до того мысленно окрестил гимнасткой.

В голове у меня царил сумбур, бездумно выпалил:

— Пьер! — Но тут же поправился: — Э-э-э... Петр!

Девчонки рассмеялись.

— Не переживай, ты не первый, кому Карл голову задурил, — успокоила меня Нина и указала на спутницу. — Она вот Мишель. А когда они в ссоре, то Кровавая Мэри!

— Только Нину не вздумай Нинет называть, — не полезла за словом в карман «гимнастка». — Она этого терпеть не может. Как-то на теоретическом курсе...

Лисье личико моей — подруги?.. Ну да! Именно подруги! — мигом покраснело от возмущения.

— Маша! — резко одернула она спутницу.

Та только руками развела.

— Увы, Петя, мои уста запечатаны. Ее — тоже. Расскажет, когда дозреет. Или даже... Молчу-молчу!

Девчонка звонко рассмеялась и ушла в клуб, как она выразилась, освежиться.

— А Карл — действительно Карл? — спросил я, желая прервать неловкую паузу.

Нина прыснула от смеха.

— Скажешь тоже! — Она улыбнулась, поправляя соломенную шляпку с широкими полями. — Мефодием его крестили. Карл — по фамилии.

— Мефодий Карл?

— Мефодий Карлуша. Мы, кстати, его ждем. Надеюсь, ты не против, что они с Машей к нам присоединятся?

— Нисколько! — ответил я, ни в малейшей степени не покривив душой.

В синих глазах Нины сверкнула смешинка.

— В самом деле?

— Ну, если только немножечко...

Девушка снова рассмеялась, приподняла шляпу и чмокнула меня в щеку.

— Будет весело! — пообещала она.

Вот в этом как раз я нисколько не сомневался. Карл, насколько успел понять, был не тем человеком, в компании которого можно заскучать. Опять же, мне поручили вписаться в студенческое сообщество, и в этом плане дружеские отношения с упитанным балагуром значили даже больше, нежели общение с Ниной. Вот только положа руку на сердце предпочел бы сегодня забыть о делах и провести этот день в обществе девушки. Удивительно, но факт.

— А вот и я! Уже соскучились? — Невесть откуда взявшийся Карл хлопнул меня по спине, поцеловал руку Нине и поинтересовался: — А где же моя несравненная Мишель?

— Сейчас выйдет, — пообещала Нина.

— Значит, полчаса у нас в запасе есть, — пошутил Карл и предложил: — Выпьем квасу?

Мы отказываться не стали, благо ближайшая бочка располагалась в прямой видимости от клуба и отойти к ней можно было, не опасаясь разминуться с Марией.

Квас оказался чуть теплее, чем мне того бы хотелось, поэтому привычно уже охладил все три кружки и в своем случае даже немного переборщил — после пары глотков от холода заломило зубы.

— Пьер, смотри! — шепнул вдруг мне Карл и указал глазами на шествовавшую по тротуару компанию.

Молодые люди в элегантных прогулочных костюмах сопровождали барышень в длинных платьях, аккуратных шляпках и с зонтиками от солнца; лишь одна из девиц надела вызывающе узкую юбку до колен. Несколько человек курили папиросы с золочеными ободками на концах бумажных мундштуков, хватало и дорогих украшений, не бижутерии какой-нибудь.

— Местное дворянское общество, — подсказал Карл, недобро прищурив глаза. — Завсегдатаи клуба «Корона и скипетр».

— Какая безвкусица! — фыркнула Нина. — Эти фасоны устарели лет пять назад!

Возражать девушке я не стал, хоть в одном из журналов Лии и мелькали фотографии моделей именно в таких платьях, подававшихся последним писком заграничной моды.

— И обратите внимание, — негромко продолжил наш упитанный спутник. — Очень хорошо видно, кто из старых и преуспевающих, кто обеднел, но держит марку, а кто — примкнувший к ним нувориш.

И в самом деле — компания казалась однородной лишь на фоне других прохожих, а так и манерой держаться, и качеством костюмов монархисты заметно друг от друга отличались. Сам бы не отметил этот момент, лишь после подсказки внимание обратил.

Карл задумчиво хрустнул костяшками пальцев, но тут появилась Маша, сбежала с крыльца и в театральном порыве бросилась ему на шею. Впрочем, обошлось без прилюдных поцелуев и у этой парочки; чмоканье в щечку не в счет.

Только тут я обратил внимание, что в рубашке навыпуск и свободного кроя прогулочных брюках Карл вовсе не кажется толстым, теперь на эту мысль могли натолкнуть лишь его упитанное лицо с румяными щеками да мясистые запястья.

— Итак, дамы и господа, куда идем? — поинтересовался он, сдвинув на затылок федору.

Девушки возжелали мороженого, и мы двинулись в какое-то особенное кафе, где это лакомство и в самом деле показалось мне куда вкуснее обычного. Дальше направились в горсад. Шли по тенистому бульвару без всякой спешки, от одной палатки с газированной водой до другой, частенько присаживаясь на лавочки, а попутно болтали о всякой ерунде, и такая вот неспешность подкупила меня своей неподдельной расслабленностью. Будто на воды или море приехал, а впереди не остаток выходного дня, а целый отпуск. Красота, да и только!

Горсад оказался изрядных размеров частью соснового бора, окружавшего систему гранитных карьеров. Заполнявшая их вода искрилась под лучами летнего солнца, с каменных островков-скал в нее сигали мальчишки, а солидная публика предпочитала пологие песчаные пляжи; тут же можно было оформить напрокат катамаран.

— В следующий раз берите купальники! — сказал Карл.

— В следующий раз поедем на водохранилище! — заявила в ответ Маша.

С одной стороны карьеров среди деревьев располагались площадки для игры в городки, волейбол, бадминтон и даже высились трибуны футбольного стадиона, а тенистые тропинки на другом берегу вели к летней эстраде. Сцена перед просторной танцевальной площадкой пока что пустовала, и хоть из тарелок ретрансляторов разносилось танго «Магнолия», публика предпочитала прятаться от солнцепека в многочисленных окрестных кафе. Мы заняли столик на открытом воздухе под зеленым навесом. Карл с Машей заказали белое вино со льдом, мы с Ниной ограничились газированной водой без сиропа. И точно не из желания сэкономить — в такую жару ничего другого просто не хотелось, а квас тут не подавали. Пиво? Памятуя о коварстве этого напитка, пиво я сегодня решил не пить.

Когда перекусили сэндвичами и мои спутники перемыли косточки общим знакомым, солнце понемногу стало клониться к горизонту и слегка посвежело, начались танцы. Пришлось Нине учить меня движениям танго и медленного фокстрота. Как ни странно, ни малейшего смущения по поводу своей неуклюжести я не испытал, смеялись мы просто беспрестанно, раскраснелись, устали и вернулись за стол.

Время от времени подходили поздороваться знакомые; кому-то меня представляли, с кем-то уже доводилось общаться в «СверхДжоуле», но большинство из них знал только в лицо.

— Сегодня решили провести выездное заседание клуба на свежем воздухе, — пояснил Карл, отпив вина и закусив персиком.

Я невольно поежился. Выездное заседание? Ну и дела! Прошлый выход студентов в свет чуть расстрелом не закончился, а ну как сегодня повторная попытка случится?

Мигом вспотели ладони и участилось сердцебиение, совершенно непроизвольно я дотянулся до сверхсилы и завертел головой по сторонам. Но нет, все спокойно, и никаких подозрительных личностей в зоне видимости не наблюдается. Разве что молодых людей в парке собралось определенно больше, чем девушек, и время от времени этот дисбаланс провоцировал конфликтные ситуации, но пока обходилось без драк. Горячие головы остужало присутствие полицейских: тут и там мелькали белые мундиры и фуражки постовых, изредка по аллеям проезжали мотоциклетные патрули комендатуры.

Присутствие коллег успокоило окончательно. При таком раскладе и хулиганы сверхсилу в ход пустить побоятся, и террористы не сунутся. Можно расслабиться.

Я и расслабился, но поглядывать по сторонам не перестал. Просто так, на всякий случай.

Несколько раз к нашему столику подходили сомнительного вида молодчики, но пригласить на танец Машу или Нину никто из них не решился — как замечали Карла, так сразу и отправлялись восвояси. Это заставило задуматься о репутации моего нового знакомого, но, когда девушки упорхнули в дамскую комнату, спросил я о другом:

— Не будет проблем с воздыхателями Нины?

— Брось! — рассмеялся Карл, махнув пухлой ладонью. — Она, конечно, не синий чулок, но на пик румба только в мае вышла, раньше ей просто не до развлечений было.

— Свежо предание, да верится с трудом.

Ответом стало пожатие плечами.

— Увивался вроде какой-то заучка. Не бери в голову, с ним проблем точно не будет.

Стало даже как-то немного обидно.

— Да я и сам вроде как примерный ученик.

Карл басовито рассмеялся.

— Ты? На руки свои посмотри!

Я взглянул на ссаженные костяшки, привести в порядок которые не могли никакие медитации, не без труда подавил желание спрятать их под стол и заметил:

— Техники разные бывают. А с моим девятым витком...

— Ерунда, — вновь отмахнулся Карл. — Если человек не боец, это никакие сверхспособности не исправят. Уж поверь на слово.

Мне показалось разумным промолчать и не говорить, что и сам вовсе никакой не боец. Зачем выставлять себя форменным чудаком? Ни к чему это.

Начало вечереть, появилось еще больше знакомых лиц. Все столики под нашим навесом оказались забронированы для членов клуба, студенты собирались небольшими группками и что-то горячо обсуждали. Наши спутницы перебрались к шумной компании барышень, и на тот стол официант принес бутылку шампанского в ведерке со льдом, а мы с Карлом прошлись по кафе, прислушались к разговорам, приняли участие в нескольких спорах.

Темы занимали студентов самые разнообразные: кто-то делился принципами построения энергетических конструкций, кто-то рассуждал об итогах недавних парламентских выборов. Не осталась без внимания и внешняя политика: говорили о провокационных заявлениях правительства в изгнании, требованиях передать Эпицентр под контроль Лиги Наций, очередном демарше Срединского воеводства и экономическом кризисе в Центральной Латоне, который поспособствовал приходу к власти реакционных сил.

— И за океаном дела ничуть не лучше обстоят! — заявил кто-то из собравшихся, но меня заморские дела нисколько не волновали.

А о каком таком аншлюсе зашла речь дальше, так и вовсе не понял. Вот что значит на две недели без свежей прессы остался!

Но в дискуссиях о гражданской войне в Домании, значимости индустриализации и неконструктивной политике сената я отметиться не преминул. Постепенно мы сделали полный круг и вернулись к столу, но Маша с Ниной так и продолжали общаться с подружками, поэтому решили с Карлом выйти на противоположную от танцплощадки террасу, нависавшую над небольшим карьером.

Только двинулись к выходу — и навстречу попалась компания учеников профессора Чекана. Карл раскинул в стороны свои мощные ручищи и громогласно объявил:

— Жакоб! Мое почтение!

Плечистый блондин поздоровался с моим спутником и попросил не опаздывать к началу дискуссии, тогда захмелевший Карл принялся приветствовать остальных:

— Николас! Поль! Антуан!

Я тоже кивал и улыбался, меня большей частью игнорировали. Что неприятно покоробило — Инга и вовсе не заметила, прошла мимо, увлеченно болтая с парочкой барышень. Задержался протянуть руку только рыжий Антон.

— Привет, Петя!
— Привет!

Идти на террасу мы в итоге раздумали и вернулись в кафе. Сама дискуссия меня впечатлила мало, с куда большим удовольствием побродил бы по темным аллеям в обнимку с Ниной, а так в чужие разговоры не лез, больше слушал и поглядывал по сторонам. Рассуждения о передающейся по наследству предрасположенности к управлению сверхэнергией и возможном появлении в недалеком будущем расы сверхлюдей были для меня из разряда переливания из пустого в порожнее на тему «есть ли жизнь на Марсе», а слова «евгеника» и «генетика» — пустым сотрясанием воздуха.

И не для меня одного. В одной из компаний обсуждался визит в институт делегации Лиги Наций, и смутно знакомый паренек, худощавый и вихрастый, взволнованно вещал о последних слухах на этот счет.

— Это все неспроста! — горячился он. — Позавчера в новостном листке Международного телеграфного агентства опубликовали требование канцлера Оксонского протектората к Лиге Наций об увеличении их квоты на инициацию до трех тысяч человек! В противном случае он пригрозил восстановить вооруженные силы и начать проводить самостоятельную внешнюю политику.

— Жан, это требование — лишь предлог! — заявил Карл. — Их канцлер возглавляет национал-социалистическую партию, он пришел к власти на обещаниях восстановить суверенитет. И армия там есть, просто называется полицией.

— Подождите, а разве не он энергию Эпицентра называл грязной? — припомнил я. — Вроде даже грозился отправить экспедицию на поиски истинного источника!

— Совсем с глузду двинулся! — ругнулся кто-то из студентов. — Они же там куда-то вторглись на днях!

— Это еще не все! — замахал руками вихрастый Ян. — В Средине требуют не просто увеличить их квоту, а обеспечить инициацию и обучение всех соискателей, которых они нам пришлют! Так и до войны недалеко!

На этот счет и разгорелась дискуссия. А пока шли прения, я нет-нет да и кидал взгляд на Ингу и в итоге пришел к выводу, что предположение Льва на ее счет не стоит и выеденного яйца. Инга красива, спортивна и харизматична, сегодня она уже нисколько не терялась на фоне старшекурсниц и больше не тушевалась, отстаивая свою точку зрения, которая далеко не всегда совпадала с мнением других учеников профессора Чекана. К ней прислушивались, к ней присматривались. Уверен — не вырви меня из ее орбиты столь радикальным образом, так и таскался бы по пятам вечно унылым Пьеро, не поменялось бы ровным счетом ничего. Да, какая-то магия пропала, это прекрасно осознавал и сам, но по отношению к Нине я не испытывал и малой толики тех чувств, которые еще недавно будила в душе Инга. Об этом стоило хорошенько поразмыслить на досуге.

Постепенно начало поджимать время, но скомканно прощаться и убегать, дабы не опоздать на вечернее построение, не пришлось: у Нины с подружками на утро понедельника была запланирована какая-то сложная работа, допоздна сегодня они засиживаться не стали. Карл и еще несколько молодых людей взялись своих пассий провожать, и хоть шли до кампуса мы, разбившись на парочки и в обнимку, это было все же совсем-совсем не то. Даже не поцеловались толком, что меня расстроило куда сильнее, нежели того стоило ожидать.

А еще на миг ощутил себя брошенным псом. Все скрылись на проходной, только я остался на улице.

— Увидимся! — улыбнулась Нина, чмокнув меня на прощанье.

Я помахал в ответ и в расстроенных чувствах поплелся было по улице, но тут же опомнился и ускорил шаг, поскольку давно пора было поторапливаться.

Ну и поторопился на свою голову. Решил, что уже хорошо ориентируюсь в округе и вновь без труда выйду прямиком к остановке трамвая, а в итоге минут десять плутал по проходным дворам, то забредая в тупики, то выворачивая куда-то совершенно не туда. Наконец расслышал перестук колес на стыках рельс и ринулся в том направлении, а когда меж домов уже замаячили проезжая часть и трамвайные пути, навстречу шагнула темная фигура.

— Закурить есть?

Вопрос заставил машинально обернуться, и точно — откуда-то сзади вынырнули еще двое, оба в кургузых пиджачках, широких штанах и кепках. Особо крепким сложением хулиганы не отличались, но при таком численном превосходстве силачами быть и не нужно.

Вот это я срезал путь так срезал!

Еще недавно попытался бы отбрехаться, а тут на чистых рефлексах потянулся к сверхсиле, но в голове невольно мелькнула противная мыслишка: «Если и в этот раз с синяками из увольнения вернусь»...

Меня будто под руку толкнули, и только-только закружившийся внутри энергетический волчок разом вышел из-под контроля. Вместо того чтобы сбить резким выбросом загородившего дорогу хулигана, сила выплеснулась сразу во все стороны, закрутилась пыльным смерчем, затянула все непроглядной серой пеленой.

За спиной послышались кашель и ругань, а парень, избежавший по моей оплошности сфокусированного силового удара, резко махнул рукой, и волна пыли обошла его стороной. Но тут уж я не растерялся, шагнул вперед и со всей мочи пнул его под колено, заставив заскакать на одной ноге, а после не стал развивать атаку и бросился наутек.

Выскочил из переулка, увидел отъезжающий от остановки трамвай и припустил вслед за ним. Вместе с адреналином в кровь, такое впечатление, выплеснулась сама сверхэнергия, буквально не бежал — летел.

Вдогонку понеслись ругательства, потом издевательское улюлюканье и презрительный свист. Даже не оглянулся. Заскочил на последнюю площадку и покатил прочь. И даром мне такие приключения не сдались...

Вторая неожиданная встреча случилась уже у комендатуры — там рядом с темной подворотней переминались с ноги на ногу Илья Полушка и Сергей Клевец.

— Вы чего тут? — поинтересовался я, замедлив шаг.

— Проходи, — неприветливо буркнул Илья.

Я бы так и поступил, но тут из подворотни донеслись приглушенная ругань и шум какой-то возни. Сергей досадливо поморщился и пояснил:

— Да агитатор легионеров завелся, уму-разуму учат.

Надо понимать, эта парочка сообразно с лозунгом «пролетарии всех стран, соединяйтесь» сошлась с политическими единомышленниками из числа старослужащих, поэтому я лишь предупредил:

— На построение не опоздайте, — и отправился на пропускной пункт.

И своих проблем хватало, чтобы чужими голову забивать.

ГЛАВА 5

Утренняя зарядка далась всем на удивление легко — не иначе сказались полтора дня отдыха. От Дыбы сей факт не укрылся, и на беге с препятствиями он загонял отделение до головокружения и серых точек перед глазами. Не особо утешил даже тот факт, что остальным пришлось даже хуже моего, а лицо Бори Остроуха и вовсе сравнялось цветом с вареной свеклой.

— Хорошо бегаешь, задохлик, — выдал он, сплюнув под ноги длинную струйку слюны. — Теперь сможешь от хулиганов ноги унести!

Шутка была так себе, но кто-то захихикал, захотелось ухватить сослуживца за волосы и со всего маху шибануть коленом в челюсть. Отвернулся, промолчал. Может, и зря, но не устраивать же драку!

Интересно, на рукопашном бое меня снова с Борей в пару поставят? Я поймал себя на мысли, что вовсе не против такого развития событий, и мотнул головой, прогоняя дурной азарт. Только очередного конфликта для полного счастья не хватает!

В училище поджидал сюрприз: после занятий на генераторах наше отделение вновь навестил лектор — тот самый, который читал вводный курс по управлению сверхэнергией.

— Поздравляю с успешной сдачей первого зачета! — объявил похмельного вида господин и с благодарностью кивнул Савелию Никитичу, приняв у того стакан с водой. — Вы как минимум небезнадежны, а это уже немало. — Он сделал несколько длинных глотков и продолжил: — Тот, кто не спал на моих лекциях, знает, что операторы сверхэнергии не проводники в чистом виде, а скорее преобразователи. Сама по себе сверхсила никак себя не проявляет, ваши выплески — лишь разновидность ударной волны. Отсюда — проблемы с управляемостью и быстрое угасание импульса.

— Да все нормально управляется, если руки прямые! — заявил Борис Остроух, кинув на меня презрительный взгляд, но никто не обратил на эту едкую реплику никакого внимания.

Пропустил ее мимо ушей и лектор.

— Если не брать в расчет построение энергетических конструкций, оптимальная возможность оперирования сверхсилой заключается в ее трансформация в иной вид энергии, — заявил он, поднял руку, и меж пальцев сверкнула искра. — Эталонным и наиболее простым преобразованием считается генерация электричества. Именно по этому параметру рассчитывается мощность оператора. Выработка иных видов энергии, если не брать в расчет некие индивидуальные предрасположенности, всегда имеет более низкий КПД. Опять же, не стоит забывать об энтропии!

С раскрытой ладони лектора к потолку взвился длинный язык пламени, который миг спустя опал и погас.

— Энергия имеет свойство рассеиваться. Именно поэтому вас и не учат швыряться огненными шарами. Работа с тепловым излучением — удел предрасположенных к этому пирокинетиков.

— Да нас вообще ничему не учат, — раздраженно шепнул мне Василь.

— Помимо электрической и тепловой энергии, можно упомянуть световое излучение. — Фигура преподавателя замерцала, а потом медленно растворилась в воздухе, оставив после себя лишь едва заметную рябь. — Да-да! Оптические иллюзии проходят именно по этому разделу.

Лектор вновь появился на прежнем месте.

— Радиоизлучение, давление, звуковые волны и даже гравитация — при желании сможете специализироваться и на работе с ними, но обычно подобного рода практики используются лишь на этапе обучения для отработки комплексных навыков контроля сверхсилы. К примеру, на этой неделе вы начнете изучать оперирование кинетической энергией.

— А как же молнии? — возмутилась Маша Медник. — Мы тоже хотим...

Под раздраженным взглядом преподавателя она осеклась и замолчала, но присутствия духа не потеряла и глаз в сторону не отвела.

— Работа с электричеством не научит вас ничему новому и не расширит диапазон доступных возможностей! — отрезал лектор. — Что касается молний — по завершении базового курса сможете создавать их по щелчку пальца. Если, конечно, осилите учебник физики. — Он похлопал в ладоши. — А теперь шагом марш в кинозал! У меня голова взорвется вам базовые принципы работы с кинетической энергией объяснять!

Такое развитие событий меня нисколько не порадовало, вслед за остальными на выход я не пошел.

— Вам отдельное приглашение требуется, молодой человек? — нахмурился преподаватель.

— Пусть его! — махнул рукой Савелий Никитич. — Почти эталонный абсолют, нечего ему в кинозале делать.

Лектор только руками развел.

— Тут я бессилен.

— Иди! — указал мне Савелий Никитич на одну из дверей. — Попробуй сам с тренажером разобраться. Будут вопросы — обращайся.

Ну я и пошел. В соседнем помещении вдоль дальней стенки рядком выстроились странного вида агрегаты, будто поставленные набок печатные машинки, только куда более массивные. Крупные бакелитовые клавиши располагались почти впритирку друг к другу, у каждого аппарата их было по сотне — квадратом десять на десять.

Савелий Никитич заглянул следом и подсказал:

— Начинай с пары метров. Базовых упражнений два: пытаешься утопить один конкретный стержень или все разом. После каждой попытки сбрасывай счетчики, в зачет пойдут три лучших результата.

— И оперируй не давлением, а кинетической энергией! — крикнул ему через плечо лектор, а потом эта парочка закрыла дверь, оставив меня стоять перед тренажером и пялиться на него, словно баран на новые ворота.

Вот ведь озадачили так озадачили! Ну да ладно — разберусь. Кинетической энергией обладают движущиеся предметы, значит, кнопкам-клавишам нужно придать ускорение путем соответствующего преобразования и фокусировки сверхэнергии. Звучит просто, а попробуй разберись!

Для начала я пошел самым простым путем и вдавил одну из кнопок, попросту надавив пальцем. Это потребовало вполне ощутимых усилий, а только ослабил нажим, и та под воздействием тугой пружины немедленно вернулась на место. Тогда утопил сразу несколько, как выразился инструктор, стержней и обнаружил, что три смонтированных на крышке агрегата счетчика показывают величину приложенной силы, время воздействия и количество задействованных кнопок. В общем-то, с процедурой все было предельно ясно. Оставалось лишь разобраться с преобразованием сверхэнергии.

И вот с этим возникли серьезные проблемы: примитивный выплеск силы тут не годился, требовалось использовать принципиально иной подход, а я понятия не имел, какой именно. Сверхэнергия упорно не желала переходить в требуемую форму, сколько ни бился, так ничего путного и не вышло.

Хотелось бы сказать, что нашел решение, только нет — не нашел. Но, когда вернулись сослуживцы, приставать с расспросами не стал, встретил их, сидя на лавочке, с видом невозмутимым и немного даже самодовольным.

То была лишь видимость, у самого в душе все так и кипело. Не овладею новой техникой — и запросто из разряда отстающих перекочую в неперспективные. И никакой двадцать пятый кадр не поможет, на гипноз тоже надежды нет, а как без них уместить в голове премудрости трансформации сверхсилы, просто не представляю.

Подошел Василь и спросил:

— Ты чего с нами не пошел?

— Да мне не нужно, — отделался я полуправдой. При других обстоятельствах спросил бы совета, а так только и оставалось, что хорошую мину при плохой игре держать.

Да еще Федя Маленский не смог пройти мимо, прицепился.

— Ну так похвастайся успехами! — попросил он. — Покажи, чего добился!

— Ага, — кивнул я. — Покажу. Только дай немного дух перевести. Умаялся.

Пока пыжился, пытаясь разобраться с преобразованием энергии, натуральным образом взмок, поставить под сомнение заявление об усталости никому и в голову не пришло. Да и не до меня курсантам было: мигом разошлись по тренажерам, начали разбираться с ними, залязгали железом.

Вложенные в голову с помощью двадцать пятого кадра знания требовалось лишь обкатать на практике, и много времени на это не ушло. Как видно, новый навык оказался не так уж и сложен. А если так — то не перехитрил ли я сам себя? Быть может, решение лежит на поверхности?

Минут десять я следил за курсантами, пытаясь уловить, каким именно образом реагирует пространство на их действия, а потом в голове забрезжило воспоминание о весьма схожей связке «усилие—отклик», которой меня пытались обучить совсем недавно, буквально на днях.

Ну конечно же! Именно таким образом наставник по рукопашному бою учил обезоруживать противника, вырывая из его рук меч! Просто там импульс требовалось направить к себе, а не от себя, и был контакт с объектом приложения силы.

Итак, импульс и объект приложения силы. Мощность. Работа. Но в первую очередь — импульс.

Прежде чем успела оставить решимость, я поднялся со скамейки и вышел на двухметровый рубеж. Вдох-выдох и не толчок, но импульс в нужную точку пространства.

Тренажер дрогнул, часть кнопок оказалась вжата, а миг спустя они с лязгом отскочили обратно. На счетчике высветилось число «пятьдесят семь».

— Ну ты дал! — присвистнул Василь. — Чуть аппарат не сковырнул!

— Наш храбрый портняжка семерых мух одним ударом приложил! — рассмеялся Борис.

Я согнулся и уперся ладонями в колени, пытаясь перевести дух. Голова кружилась, сердце колотилось часто-часто. Но получилось! Получилось ведь!

— На зачет нужно одну конкретную выжать, — предупредил Миша Попович, занимавшийся на соседнем тренажере. — Или ты пытался утопить все разом? Там время учитываться будет.

— Спасибо, — выдохнул я и выпрямился.

У меня получилось, а это главное. Что же до проблем с фокусировкой, то аппараты и у других поначалу от ударов тряслись, приноровлюсь!

Второй подход оказался более точным и взвешенным, на этот раз весь импульс пришелся на стержни, да и площадь приложения силы уменьшилась до сорока четырех клавиш. Ну и пошло-поехало!

К моменту, когда нас своим вниманием почтил Савелий Никитич, показавшийся самую малость подвыпившим, данные счетчика на моем тренажере уже несколько подходов не превышали тридцати. Но вот завести их во второй десяток не получалось, сколько ни прилагал усилий к фокусировке импульса.

Савелий Никитич похлопал в ладоши, привлекая к себе внимание, и объявил:

— А теперь давим! — Для наглядности он сделал характерный жест пятерней и задерживаться не стал, скрылся за дверью.

— Они там с лектором за воротник закладывают, — сообщил мне Василь. — Представляешь? С утра пораньше квасят! Еще и одиннадцати нет!

— У меня батя всегда говорил: с утра выпил — весь день свободен! — пошутил Илья Полушка.

— Да он не только говорил! С самого утра на пару с моим за воротник по воскресеньям закладывать начинал! — поддержал приятеля Клевец. — И эти туда же. А лектор еще интеллигента изображает, шляпу носит!

— Ой, да что вы к человеку привязались?! — возмутилась Варя. — Вам-то какое дело?

Тут же разгорелся жаркий спор. Не думаю, что тема так уж задела всех за живое, просто появился повод отвлечься от изматывающих упражнений.

Я в дискуссии участия не принимал, вместо этого обратился к сверхсиле и закрутил ее внутри себя, чтобы миг спустя перевести в импульс. На этот раз упор на фокусировку не делал и продавил все сто кнопок, но вот удержал их в таком положении лишь немногим больше секунды.

И даже так оказался результатом удовлетворен, поскольку накрыть все поле разом сумели только два-три человека из отделения, а показатели секундомера у меня так и вовсе оказались лучшими.

Из класса для практических занятий я выскочил сразу после звонка, рысью выбежал в вестибюль и справился у вахтера, где принимает консультант института сверхэнергии.

— В очередь становись! — указал усатый дядька куда-то за спину.

Я обернулся и едва не чертыхнулся в голос. К нужному мне кабинету рядком выстроились четверо юношей и одна девушка. Елки-палки, если опоздаю на тренировку по рукопашному бою, сержант с меня точно шкуру сдерет! И не один раз!

Но подошел и встал молча, не стал пытаться пролезть без очереди. Барышня была слушательницей медицинских курсов, перед ней стояли пограничник и связист, а самыми расторопными оказались представители энергетического училища. Тут попробуешь словчить — точно бока намнут.

К счастью, никто в кабинете надолго не задерживался, все лишь сдавали какие-то листки-анкеты и уже через минуту-две отправлялись восвояси. Я воспрянул духом, но вот меня Альберт Павлович промурыжил никак не меньше четверти часа. Выспрашивал о том, что видел и слышал, о настроениях в среде студентов и кто из них эти настроения определяет, интересовался основными компаниями и кружками. Под конец велел в подробностях изложить все на бумаге, но не сейчас, а в свободное время, и передать отчет через капитана Городца.

Покинул я училище озадаченным донельзя, но поразмыслить о подводных камнях поручения помешала банальная нехватка времени. Пришлось даже отказаться от традиционной покупки пирожков — бежал в расположение даже не трусцой, а в хорошем темпе. Заскочил переодеться и управился с этим делом буквально в пять секунд, но и так безнадежно опоздал.

Александр Малыш от замечаний воздержался, лишь покачал головой, но ближе к концу тренировки устроил мне спарринг с одним из учеников Анатолия Аркадьевича, и я дал себе зарок на будущее от опозданий воздержаться. Да еще на сегодняшнем занятии делали упор на низовые удары ногами, в итоге еле ковылял. А сержанта мое состояние нисколько не волновало, от работы с шестом он отказываться не собирался.

— А что скажете насчет техники открытой руки? — поинтересовался я, просто желая выгадать немного времени на отдых.

— Пустая трата времени, — объявил наставник, заметил промелькнувшее на моем лице недоверие и со вздохом спросил: — Что сказал инструктор по стрелковой подготовке касательно занятий рукопашным боем?

— Пустая трата времени, — ответил я, изрядно смягчив высказывание.

Сержант рассмеялся.

— Рукопашный бой развивает скорость реакции, координацию движений, физическую выносливость, ловкость и умение держать удар. Техника закрытой руки, помимо всего прочего, способствует более полному контролю сверхэнергии, а вот техника руки открытой — лишь ее надстройка, которая начисто проигрывает в эффективности энергетическим конструкциям. Это удел слабосилков и фанатов боевых искусств. — Он подошел к вкопанным в землю столбам, несильно ударил по прибитой на них доске, и та разлетелась облаком трухи и щепок. — Эффектно, но в твоем случае неэффективно.

— На вводной лекции говорили, будто создание энергетических конструкций не для операторов восьмого-девятого витка, — заметил я, справившись с удивлением.

— Ерунда! Все у вас с этим в порядке! Виртуозами не станете, но виртуозов и немного на самом деле, — отмахнулся сержант, потом глянул на меня и тяжело вздохнул. — Хочешь поупражняться?

Я закивал, желая не столько опробовать новую технику, сколько избежать очередного избиения шестом.

— Ладно! — махнул рукой Александр Малыш. — Может, тебе и на пользу пойдет. Но действуй на свой страх и риск, покалечишься — твои проблемы.

— Согласен!

— Согласен он... — без всякого энтузиазма в голосе проворчал сержант и прочел короткую лекцию, сделав упор на необходимости идеального расчета времени и контроля вкладываемых в удар джоулей. — Ошибешься — либо энергия выплеснется слишком рано и толку не будет, либо ускорит движение руки до такой степени, что сломаешь кости. Имеет смысл вторым потоком обеспечивать защиту, но ты пока многослойное оперирование не потянешь, даже не пытайся. Закрывать сверхсилой нужно не только кулак, но и запястье, и локоть. По сути, придется полностью дублировать энергией мышцы, связки и кости. И еще один момент — тренировки приведут к выработке соответствующих рефлексов, потом будешь долго переучиваться, чтобы уйти от управления сверхэнергией с помощью жестов. Усек?

— Усек. А можно попробовать?

— В другой раз!

В ход пошел шест, пришлось уворачиваться и блокировать удары. Погасить больше трех-четырех замахов подряд никак не получалось; досталось мне в итоге изрядно. Не особо помогла после тренировки даже короткая медитация — на обед едва прихромал.

В столовой постоянно ловил на себе взгляды Феди, Бори и Маши, севших наособицу от остальных, но не могу сказать, будто из-за этого кусок в горло не лез; смолотил все до последней крошки: и стандартную порцию, и усиленный паек. И даже тот факт, что эта троица то и дело покатывалась от смеха, определенно потешаясь надо мной, настроения испортить не смог. Плевать!

После обеда настало время самоподготовки и курсанты оказались предоставлены сами себе, я же потащился на склад. Там Михаил Дмитриевич сразу выставил на стол бидон, а стоило только охладить его содержимое, наполнил две кружки квасом и велел тащить манекен.

— Давай полюбуемся на твое художество! — заявил прапорщик, потом вздохнул. — Да-а-а! Коряве́нько...

Я не обиделся, хлебнул холодного кваса и развел руками.

— Как получилось.

— Плохо получилось! — отрезал кладовщик и достал нож с необычной формы железными упорами. — Это нож разведчика. И это в первую очередь не оружие, а инструмент. А еще — преимущество. Не слишком большое — примерно как козырная шестерка, поэтому, если возникнет желание кого-нибудь зарезать, пусть лучше твоему недругу кирпич на голову упадет. Нож — на самый крайний случай.

Я кивнул и даже не заметил, как прапорщик резко развернулся и воткнул клинок в ногу манекена, чуть ниже паха с внутренней стороны.

— Ну, неуч, какие сосуды были повреждены? Какие последствия повлечет ранение и как сильно скажется на дееспособности противника?

Да уж — лучше бы с разрисовкой манекена так не спешил. Теперь придется отдуваться...

Дальше дни полетели, будто листки отрывного календаря, — только успевай отсчитывать. Двадцать пятое, двадцать шестое, двадцать седьмое! И никакого просвета.

С утра брал в оборот Дыба, заставлял рвать то связки в растяжке, то жилы в поднятии всяческих тяжестей. Потом выкладывались, генерируя электричество и пытаясь совладать с кинетической энергией на тренажерах. Ну а дальше в меня вколачивал премудрости рукопашного боя Александр Малыш. Вколачивал — это в буквальном смысле слова, без дураков; если б не медитации с самоисцелением, точно бы в медсанчасть загремел, и как бы еще не в одну палату с Казимиром.

Ситуация с ним тоже давила на нервы, поскольку выписка злобного урода должна была состояться со дня на день, и ничего хорошего мне это обстоятельство точно не сулило. Но тут уж жалей не жалей, ничего не изменишь.

Еще нисколько не радовали походы на склад. Привык считать себя умным и сообразительным, но прапорщик не был доволен никогда и ничем, меня он иначе как неучем и тупицей не называл. Что обидней всего — ругался старый хрыч не просто так, а неизменно по делу. Ударил не туда, не так и не под тем углом. Перепутал название артерий, не сумел вспомнить последствия рассечения тех или иных кровеносных сосудов, значит — туп, глуп, ленив, криворук и слабоумен. В особо запущенных случаях — все разом.

Подобных эпитетов Михаил Дмитриевич знал превеликое множество и сыпал ими, не повторяясь. Я бы даже плюнул на все, да только уйти и хлопнуть дверью не было никакой возможности, а перетаскивание неподъемных ящиков из одного конца склада в другой меня не устраивало куда больше, нежели выслушивание оскорблений. Впрочем, кое-что, по мнению прапорщика, я все же делал хорошо. Ну да — охлаждать квас с каждым разом получалось все быстрее и с меньшими усилиями.

Просто перестал вытягивать связанную сверхсилой тепловую энергию из жидкости, а вместо этого приноровился нейтрализовать ее прямо в бидоне. Процесс заметно упростился, и я начал управлять им на каком-то подсознательном уровне, что позволило плавно регулировать температуру напитка, не боясь переборщить, выдав десяток лишних килоджоулей. Теперь всегда знал, сколько именно усилий остается приложить и когда следует остановиться. Пустячок, а приятно. Вроде как не совсем безнадежен.

Еще некоторые подвижки наметились в обращении с шокером. После инцидента с Казимиром сержант ни к кому в пару назначать меня не стал, вместо этого использовал для демонстрации приемов работы с дубинкой, а заодно — ударов, захватов и бросков. Усваивался так материал куда лучше, нежели в спаррингах с другими курсантами, только вот Боря невесть с чего возомнил, будто я сам попросил об этом инструктора, лишь бы только не сталкиваться с ним, и просто-таки раздулся от самодовольства.

— Убежал под юбку к мамочке! Ко-ко-ко!

Если б тут же не скалил зубы Федя Маленский, точно врезал бы уроду, а так не стал на неприятности нарываться. Пусть брешет, не угомонится — рано или поздно свое получит. Неприкосновенным дружба с заместителем командира отделения его вовсе не делала.

Как по секрету рассказал Василь, в прошлое воскресенье Боря вознамерился подкатить с ухаживаниями к одной из сестер-двойняшек, и приятели-«псы» крепко намяли ему бока, но втихую, так сказать, кулуарно. И Федя спустил им это — видно, побоялся связываться с местной ячейкой пролетарского совета.

— Боря потому так выписки Казимира и ждет, — пояснил сосед по комнате. — Думает с «псами» поквитаться.

— А что там с выпиской? — поинтересовался я, невольно передернув плечами.

— Раньше воскресенья точно не отпустят. Слышал, Казик уже на стены лезет от безделья. Еще немного — и на луну выть начнет. Ты поаккуратней с ним.

Я ничего не сказал. Да и что тут можно было сказать? Если Казимир не внемлет голосу разума и решит поквитаться, мне придется лихо. Федя точно в стороне останется, а вот у Бори на это мозгов не хватит. И против этой парочки даже заточка не поможет — если только первому бить и наповал. Но «первым и наповал» сулит такие проблемы, что от одних мыслей о них мошонка съеживается и внизу живота словно кусок льда ворочаться начинает.

Решением мог стать прорыв в управлении сверхэнергией, но вот в этом плане как раз никакого прогресса и не было — тут банально уперся в потолок возможностей. Нормально сфокусировать импульс попросту не получалось — даже с минимальной дистанции тот накрывал никак не меньше двух десятков штырей. При этом Федя, Миша и Василь уже вполне уверенно работали по конкретным позициям с расстояния в пять—десять метров.

Утопить все кнопки на сколь бы то ни было продолжительное время тоже не выходило. Накопив побольше силы и выплеснув всю ее разом, я буквально вбивал их в тренажер, но вот зафиксировать в таком положении уже не мог. Мощность вполне позволяла проверить такой трюк, проблемы возникали на стадии преобразования сверхэнергии в обычную кинетическую — входящий поток никак не удавалось должным образом обработать, нарушалась стабильность трансформации, штыри начинали «гулять», и очень быстро ситуация выходила из-под контроля.

Что обидней всего — двойняшки Фая и Рая хоть и не особо преуспели в точной фокусировке, зато без всякого труда удерживали вжатыми все кнопки любое требуемое время. Остальные в этом плане от них серьезно отставали, но постепенно набивали руку, а вот я застрял.

Разумеется, сослуживцам вложили все необходимые знания с помощью двадцать пятого кадра, и теперь они просто нарабатывали навыки, а мне приходилось разбираться во всем самому, но это как-то даже особо не утешало. Не приходилось удивляться тому, что нет-нет да и закрадывались мысли о собственной бездарности, единственной отдушиной были выезды на стрельбище да ежевечерние чаепития с Василем и Варей. Пусть с переходом на усиленное питание в столовой голод меня особо не донимал, приятно было смолотить в компании товарищей по мотоциклетной команде упаковку печенья или кулек драже и просто посидеть рядом, не принимая участия в разговоре. Такой вот кусочек нормальной жизни.

После я оставлял Василя с Варей прибираться, а сам шел на спортивную площадку отрабатывать на досках технику закрытой руки. Еще бил с выплеском сверхсилы. Тут сложнее всего оказалось даже не синхронизировать физическое и мысленное усилия, а верно дозировать энергию. Обычно перебарщивал, и тогда доски разлетались на щепки, боль пронзала руку от запястья и до плеча. Несколько раз и вовсе чуть не выбил костяшки, запоздав с выплеском сверхсилы и до предела усилив за счет этого удар. Но упражнений не оставлял, пытался, пытался и пытался отработать технику открытой руки. Вроде бы даже контроль энергии понемногу улучшался, но это не точно.

Помимо меня, на спортивной площадке неизменно околачивался Матвей Пахота. Я по его примеру тоже стал завершать тренировки отработкой обычных ударов без задействования сверхэнергии на боксерских грушах.

— Голова постоянно болит, — пожаловался здоровяк, когда мы присели на скамейку немного отдохнуть. — Глаза закрою, а там кино крутят. И не уснуть, пока приемы не разберу.

— Кошмар.

— Не то слово! — тяжко вздохнул Матвей. — Еще всякие книжки читать заставляют. Уставы и порядки. Я в жизни столько не читал! А мне говорят: ты теперь в штурмовом взводе, отрабатывай повышенное довольствие!

— Ну если повышенное...

— Да знал бы наперед — в трактористы бы пошел! — с нескрываемой злостью высказался громила. — Выспаться толком не получается, глаза закрою, а мне кино показывают, как людей калечить. Говорил уже, да? Ну вот, заговариваться начинаю!

Невольно подумалось, так ли плохо, что сам невосприимчив к методике двадцать пятого кадра, именно поэтому на следующую реплику собеседника кивнул совершенно автоматически. А зря.

— Здорово! — обрадовался Матвей и вскочил на ноги. — У меня этот прием никак из головы не идет, будто гвоздь в темечко вбили! До утренней тренировки точно не дотерплю! Череп треснет!

Тут-то я и сообразил, что совершил опрометчивую глупость, но пойти на попятный не решился, встал со скамейки и предупредил:

— Ты только силу контролируй...
— Ага!

Матвей расплылся в столь воодушевленной улыбке, что сделалось не по себе и захотелось бежать отсюда без оглядки, только я не побежал — сначала полетел, затем покатился. Но в чем в чем, а в умении правильно падать я демонстрировал невиданные успехи, не расшибся и даже не оцарапался, уверенно поднялся на ноги. Правда, так и не понял, какой именно прием провел мой оппонент.

— Еще разок? — предложил он.
— Ну давай попробуем, — без всякой охоты согласился я.

Так с тех пор и повелось. Традиционно минут десять—пятнадцать под конец тренировки тратили на отработку приемов, а завершал все короткий спарринг, в котором меня не слишком сильно, зато предельно технично валяли по спортивной площадке. Едва ли от этих упражнений была хоть какая-то польза, но во время схваток в кровь выплескивалось столько адреналина, что после я просто падал на кровать и засыпал как убитый, а не ворочался и не мучился ненужными сомнениями и переживаниями. Это дорогого стоило.

Прорыв случился в пятницу. В пятницу вообще много всего случилось, но обо всем по порядку.

Тон дню задал старшина. На утреннем построении он оглядел нестройную шеренгу курсантов и объявил:

— В связи с выдающимися успехами в учебе Михаилу Поповичу и Василию Коросте присваивается очередное воинское звание — ефрейтор. Последний также назначается командиром мотоциклетной команды в составе курсантов Петра Линя и Варвары Клин.

И вот тут мне стало обидно как никогда. Ну почему? Почему Василь, а не я? Чем я хуже его? Невольно на глазах выступили слезы, и пришлось часто-часто заморгать в надежде, что никто не успел их заметить.

Ладно хоть еще всеобщее внимание привлекла к себе Маша Медник.

— А ефрейторами назначают только мальчиков, да? — поинтересовалась она с непосредственностью кисейной барышни.

Уж не знаю, сказались ли надутые губки и плаксивый тон вкупе с неуставным обращением или Дыба просто встал не с той ноги, но он враз побагровел и во всю глотку гаркнул:

— Ма-а-алчать! Наряд за болтовню в строю!

Девушка растерянно захлопала длинными ресницами.

— Я же просто...

— Два наряда!

До Маши дошло, что ее женское обаяние дало сбой, она поджала губы, но сразу совладала с собой и отчеканила:

— Есть два наряда!

Старшина шумно выдохнул, покрутил из стороны в сторону мощной шеей и распорядился:

— Ефрейтор Маленский, проконтролировать, чтобы к отбою уборные в корпусе были отдраены до блеска!

Федор и не подумал вступаться за пассию, вытянулся по струнке и гаркнул:

— Будет исполнено, господин старшина!

Лицо Дыбы понемногу перестало напоминать цветом спелый помидор, и командир отделения махнул рукой.

— К разминке приступить!

Ну а дальше сказалось мое разочарование. Ушел в себя и на забеге пропустил подножку от Бори Остроуха. Просто никак не ожидал от него подобной пакости и, вопреки обыкновению, не успел сгруппироваться и погасить скорость перекатом через плечо, а плюхнулся плашмя, ободрал запястье и локоть.

Вскочил, рванул вдогонку за обидчиком, но только ухватил его за руку и гаркнул:

— Совсем обалдел?! — как понял, что совершил ошибку, проделав это на глазах у старшины.

— Отставить! — коротко рыкнул Дыба и потребовал объяснений: — Что опять стряслось? Линь, отвечай!

— Он мне подножку поставил, — сказал я, чувствуя себя глупее некуда.

Имелось большое желание промолчать, но с Дыбой шутки плохи — если взбесится, может и без увольнения оставить, нарядом вне очереди не ограничится.

— Господин старшина! Это ложь! — немедленно вступился за приятеля Федор Маленский, который, как обычно, финишировал первым. — Курсант Линь сам упал, я видел!

Дыба недобро улыбнулся и объявил:

— По дополнительному кругу обоим! Бегом марш!

Боря не сдержался и спросил, рискуя нарваться на дополнительное наказание:

— За что, господин старшина?

— В следующий раз повода давать не будешь. Бегом, кому сказано!

Ну мы и побежали. На тот момент я опережал Борю на круг и оказался сбит с ног на финишной прямой, так что в первую очередь наказал старшина именно толстозадого урода, вот только справедливым такое решение мне отнюдь не показалось. А из-за беспардонного вранья Феди и вовсе откровенно потряхивало. Но ситуацию счел неприемлемой отнюдь не только я. Уже перед столовой заместитель командира отделения поднял руку и объявил:

— Минуту внимания! Объявляю товарищеский суд из-за недопустимого поведения Линя!

Я откровенно растерялся, а вот Варя за словом в карман не полезла.

— Устав почитай! — посоветовала она Феде. — Какой еще товарищеский суд?

И уж не знаю, вступился бы за меня Василь или промолчал, но тут счел нужным высказаться и он.

— С остальными что хочешь устраивай, а мою, — упор оказался сделан именно на этом слове, — мотокоманду не трожь!

Маленский презрительно скривился и, повысив голос, заявил:

— Выношу на голосование вопрос о бойкоте! Кто за — поднимите руки! — И сам первым проделал это, подавая пример остальным.

Проголосуют курсанты единогласно или кто-нибудь воздержится, я смотреть не стал — вслед за Василем и Варей вошел в столовую, нисколько не сомневаясь в итоге подсчета голосов. Дураков нет — долгие прения перед завтраком устраивать.

Что же касается меня — плевать. Я так и так ни с кем из сослуживцев не общался, пусть хоть забойкотируются. А Полушке и Клевцу еще и под шкуру залезу, попеняю за конформизм и соглашательство. Тоже мне, пролетарии! Какой-то барчук на раз-два под себя подмял.

Немудрено, что в училище я пришел заведенным донельзя и на генераторах с ходу взял рекордную для себя планку в двадцать восемь киловатт, что составляло немногим больше шестидесяти процентов от пика румба. Но и тут не обошлось без ложки дегтя — совершено неожиданно для всех и в том числе для себя самой достигла потолка в развитии Варя.

И пусть предел первого румба девятого витка превышал мой текущий уровень лишь на четверть, значение имел сам факт того, что я столь быстрым продвижением похвастаться отнюдь не мог.

Да еще Маша Медник всплеснула руками и выдала елейную улыбочку.

— Ой, Варя, как я завидую! Тебе теперь и залететь не страшно!

Варвара покраснела почище вареной свеклы.

— А ты ноги перед Федей пореже раздвигай, и бояться не придется! — не сдержалась она, и только общими усилиями удалось растащить уже вознамерившихся выцарапать друг дружке глаза барышень.

Сверхсилы сверхсилами, а ногтями по лицу пройтись — это святое.

И вроде меня это происшествие никак не коснулось, но и на пользу душевному равновесию оно точно не пошло. Спустился в подвал, вполуха прослушал лекцию о защите от выплеска сверхсилы путем изменения его вектора дополнительным импульсом, а затем прошел в соседнее помещение, глянул на тренажер и сразу понял, что на тонкую работу с кнопками сейчас попросту не способен. Вот долбануть со всей мочи — это да, и пусть аппарат с одного удара не сковырну, толку от такой тренировки точно не будет.

Требовалось срочно успокоиться и взять эмоции под контроль, и я размеренно задышал и постарался отрешиться от лязга агрегатов, мерцания лампочек под потолком, шороха и покалывания разрядов статического электричества, радостных и огорченных возгласов сослуживцев. Ну и отрешился в итоге. Почти.

— Эй, Линь! Ты уснул, что ли? — окликнул меня Федя Маленский.

Я выставил в его сторону руку и напомнил:

— Бойкот!

Уж не знаю, сработало это напоминание или заместитель командира отделения попросту опешил от такой наглости, но дальше отвлекать он меня не стал. А я вогнал себя в медитативный транс, обрел истинное равновесие центра мироздания, прикоснулся к сверхэнергии и потянул ее в себя. Ничего не предпринимал, только тянул и тянул.

Вышел на свой нынешний предел в тридцать секунд, и переполнившая меня сила уплотнилась, стала неподатливой и какой-то даже вязкой, размеренное вращение внутреннего маховика сделалось прерывисто-неровным. Теперь приходилось не только обеспечивать стабильность входящего канала, но и удерживать заряд внутри себя. Дабы хоть как-то упростить задачу, я начал уже привычным образом разгонять энергию равномерно по всему телу, и сразу стало легче дышать. Секунд на десять — так уж точно.

Ну а потом вернулось прежнее давление, и я ощутил нешуточный дискомфорт, меня словно растягивали, но не в физическом плане бытия, а в его нематериальном измерении. Вновь провернул трюк со стабилизацией и равномерным разгоном сверхсилы по организму, и вновь он сработал, только теперь эффект оказался не столь выраженным, а третий подход и вовсе облегчения не принес. Каким-то интуитивным чутьем ощутил — это предел.

И тогда я мало-помалу принялся стравливать из себя излишки, как и при попытках самоисцеления: равномерно, практически через поры кожи, чтобы, не дай бог, не нарушить однородность наполнявшей меня энергии — сконцентрированной и стабилизированной, насколько вообще мог ей такое состояние придать.

Теперь не было нужды работать напрямую с неподатливым входящим потоком и обрабатывать сверхсилу на лету. Теперь она переполняла меня и при этом продолжала беспрестанно прибывать, и так же беспрестанно сбрасывались излишки вовне. Оставалось лишь выдерживать правильный баланс для сохранения оптимальной плотности, которая позволяла даже человеку с моей аховой восприимчивостью получать требуемый эффект элементарным усилием воли.

Я коснулся резерва, перегнал ставшую податливой энергию в импульс и мягким, точно рассчитанным усилием вдавил все поршни до упора, да там их и зафиксировал. На это ушла лишь малая толика внутреннего заряда, потраченные сверхджоули немедленно восполнились, и возобновился отток, лишь чуть менее интенсивный, нежели прежде.

По факту не изобрел ничего нового, просто собрал воедино уже отработанные до того элементы разных техник, а в результате получил нечто отличное от всего, что практиковал прежде. Единственным не слишком приятным эффектом стал легкий внутренний жар, но обошлось без болезненных ощущений, просто пробил пот. Такое впечатление — где-то в груди начал теплиться затравочный язычок газовой горелки, а только понадобится усилить нажим, и полыхнет пламя, пережжет энергию, перегонит ее в новую форму.

Я простоял так, наверное, с минуту, прежде чем подошел Савелий Никитич.

— Освободи периметр, — попросил он, и выполнить это распоряжение оказалось на удивление легко, только сместил внимание, и вдавленным остался квадрат девять на девять.

Дальше последовали новые указания вроде работы с конкретными кнопками, а какие-то из них даже требовалось утопить лишь до середины, а не до упора, но справился. Пришлось помогать себе жестами, а внутри пекло все сильнее, но зато инструктору поставить меня в тупик так и не удалось.

Какое-то время он задумчиво шевелил губами, затем будто что-то сообразил и нацепил на нос очки, а точнее — конструкцию из полудюжины линз, некоторые из которых перекрывали сразу оба окуляра. Немного поврашав стекла для более точной подстройки, Савелий Никитич озадаченно хмыкнул и спросил:

— Сам придумал или подсказал кто?

— Сам! — гордо признался я.

— Туши печь, пойдем поговорим.

Я развеял созданный собственной волей маховик, и приток сверхэнергии тут же сошел на нет, а стоило лишь расслабиться, и понемногу начал рассеиваться и внутренний запас. Жаль. Под тысячу килоджоулей — не такие уж и крохи, кое на что сгодились бы и они.

Савелий Никитич завел меня в свою каморку, уселся на табурет, указал на другой.

— Как ты знаешь, преобразование сверхсилы в разные виды энергии идёт с различной эффективностью. Стандарт — генерация электричества, его коэффициент полезного действия принят за единицу, во всех остальных случаях он ниже. Но! У некоторых операторов имеются индивидуальные склонности. Пирокинетикам проще работать с теплом, при левитации идёт управление гравитацией, при телекинезе — кинетической энергией. Понимаешь, к чему я веду?

Я покачал головой.

— Не вполне.

— Ты задействовал технику алхимической печи для перегонки сверхсилы в некое нейтральное состояние, легко принимающее любые формы. По сути, усложнил процесс, введя дополнительную стадию переработки, что заведомо понижает коэффициент полезного действия. Алхимическую печь начинают практиковать уже в институте после освоения всех отдельных трансформационных процессов и отработки техники вхождения в резонанс. Да и назначение у неё несколько иное.

После этих слов у меня забрезжила догадка, к чему затеян этот разговор, и она мне категорически не понравилась.

— Сейчас вы учитесь управлять кинетической энергией, — напрямую заявил инструктор. — Именно кинетической. Напрямую. Понимаешь?

— Зачёта мне не видать, — произнёс я с тяжёлым вздохом.

Савелий Никитич кивнул.

— Мы ведь не только выявляем индивидуальные наклонности операторов, — пояснил он, — но и закладываем базовые принципы создания энергетических конструкций. И если ты не освоишь этот блок, то в дальнейшем не сможешь полноценно применять целый спектр навыков. Поэтому иди и работай. Принцип ты понял, дальше будет проще.

Но проще не стало. Да, теперь на некоем интуитивном уровне представлял, как именно следует формировать импульс для достижения того или иного результата, но вот обработка входящего потока с трансформацией энергии в кинетическую на лету давалась с превеликим трудом. Навыки требовали столь длительной и тщательной шлифовки, что при одной только мысли об этом становилось нехорошо. Тут неделей никак не обойтись...

Реванш у всех сегодняшних неудач я решил взять на занятиях по рукопашному бою. Разогрелся, размялся, растянулся.

Неплохо отработал основную часть, а потом несколькими глубокими вдохами погрузил себя в легкий транс и уже через пару минут разжег внутреннюю алхимическую печь, ну а дальше без особого труда начал отбивать все выпады наставника, а не пять-шесть первых ударов шестом, как раньше. Главное было успеть выставить блок, с переброской внутренней энергии никаких проблем больше не возникало.

Сержант, как видно, что-то такое уловил, отступил на шаг назад, оперся на палку и усмехнулся.

— Алхимическую печь освоил? Ну что ж, не самый плохой для тебя вариант, если разобраться. И как ощущения? Сильно печет?

Уж не знаю, на чем основывался его вывод, но угодил наставник в яблочко и без всяких странных окуляров. Отнекиваться я не стал и пожал плечами.

— Печет немного. Терпимо.

— Знаешь, в чем слабое место этой техники? — спросил вдруг Александр Малыш.

— Она требует долгой предварительной подготовки, усиленного контроля и снижает эффективность преобразовательных процессов, — сказал я, со свистом втягивая в себя воздух.

Всего лишь минутная схватка, казалось, выпила все силы, комбинезон так и вовсе насквозь промок от пота.

— Ее слабое место — это ты, — последовал ответ, а затем нижний конец шеста метнулся к левому колену.

Я едва успел вскинуть ногу и принять удар на щиколотку. Палка крутанулась и боковым замахом едва не зацепила голову, тут закрылся предплечьем, ну а тычка в солнечное сплетение попросту не заметил, до того он оказался быстр. Хоп! И уже валяюсь на песке.

Сержант подошел и протянул руку, чего прежде никогда не делал. Я от помощи не отказался, доковылял до лавочки и плюхнулся на нее, пережидая, пока отступит дурнота. И вызвал ту вовсе не финальный тычок, просто перенапрягся.

Наставник присел рядом и заявил:

— Ты не готов работать на нормальных скоростях, и никакая сверхсила сама по себе этого не исправит. Только тренировки вкупе с переходом к более интенсивному использованию техники закрытой руки. Что касается алхимической печи, она позволяет решать множество узких задач, но не пользуется популярностью у бойцов в первую очередь из-за неизбежного возмущения энергетического поля.

— Как так?

— Ты втягиваешь в себя сверхсилу, перерабатываешь ее и некую часть используешь, а излишки скидываешь. Они тебя не просто демаскируют, для понимающего человека это как отпечаток пальца.

Я обдумал услышанное и кивнул.

— И что теперь?

— А что теперь? — хмыкнул сержант. — Когда достигнешь пика румба, начнешь работать с тонкой настройкой входящего потока. А пока — продолжим тренировки. В первую очередь будем наращивать скорость реакции.

Я вздохнул и спросил:

— Наверняка ведь есть более подходящие мне техники?

— Самым подходящим для тебя будет не использовать никаких техник вовсе, а заниматься контролем сверхэнергии силой воли. Но это сложный и долгий путь самосовершенствования, не всякому он под силу. Ты нашел инструмент, облегчающий работу, применять его или нет — решай сам. От себя могу сказать, что алхимическая печь способна заменить целый комплекс практик, глупо отказываться от такого преимущества. Но выбор за тобой.

Александр Малыш похлопал меня по плечу, поднялся со скамьи и ушел, а я какое-то время еще размышлял над его словами, затем погрузился в медитацию. Пусть сегодня мне и досталось меньше обычного, пришпорить восстановление организма лишним точно не будет.

Остаток дня провел в раздумьях о дальнейшем развитии. Срезать угол и пойти легким путем, чтобы выиграть у остальных фору, но с риском упустить какой-нибудь базовый элемент, или не торопиться и для начала заложить стандартный фундамент? А быть может, совместить одно с другим? Только получится ли в этом случае подобрать верный баланс? Точнее, хватит ли меня и на то и на другое?

Как видно, сегодня я был даже молчаливей обычного. Варя отметила это и попыталась утешить:

— Да наплюй ты на этот бойкот, Петя! Ерунда на постном масле! Нашел из-за чего переживать!

— Федя просто свою значимость показывает! — поддержал девушку Василь. — На следующей неделе о бойкоте и не вспомнит никто!

Я отмахнулся.

— Да не в этом дело. Размышляю, как зачет по кинетической энергии сдать.

— А ты разве не сдал сегодня? — удивился мой сосед по комнате. — Думал, у тебя все на мази.

— Не вполне, — поморщился я и прищелкнул пальцами, разыграв озарение. — Да! С повышением тебя! Денек сумасшедший выдался, даже поздравить забыл!

— А я не забыла! — многозначительно улыбнулась Варя. — Ты, Василь, большой молодец, и мы тобой гордимся!

— Спасибо! Но тут ничего особенного, уже три ефрейтора в отделении.

— Честно говоря, не ожидал такой прыти от Поповича, — признал я. — Вроде тихоня тихоней.

Василь покачал головой.

— Это ты зря. Нигилист — парень башковитый, вечно с лекторами на переменах спорит, в такие теоретические дебри залазят — все слова понимаю, а смысл ускользает. Его Савелий Никитич натаскивать взялся с разрешения старшины.

— Стой! — нахмурился я. — А почему Нигилист?

— Так у него папенька — поп. Категорически против был, чтобы сынок бесовской наукой занимался, а Миша вещички собрал и втихаря из дома удрал, никого не спросив. Авторитетов вообще нет, все лучше всех знает. Вот и прозвали. Если б с Прохором не сошелся, ему бы давно бока намяли либо Казимир с Борей, либо «псы».

Я озадаченно хмыкнул, допил чай и поднялся с кровати.

— Ладно, пойду пока груши поколочу.

Варя закатила глаза.

— Откуда у тебя только силы берутся? У меня к концу дня ноги просто отваливаются!

— Да вроде нормально.

И в самом деле — эту неделю тренировки больше не казались такими уж выматывающими, втянулся в ритм, даже забитые мышцы уже просто ныли, а не болели, как в первые дни. Нет, на четвертом подходе едва руками двигал, подтягиваясь или со штангой работая, но восстанавливаться стал куда быстрее.

— Только не торопись, — едва слышно выдохнул Василь, прикрывая за мной дверь, и выразительно подмигнул.

— Как скажешь, — усмехнулся я и отправился на спортивную площадку.

Ну а там наскоро размялся, до предела уплотнил втянутую в себя энергию и усилием воли разжег алхимическую печь, принялся выдавать связки ударов в технике закрытой руки. Отработал в хорошем темпе никак не меньше минуты, прежде чем начал сказываться повышенный расход сверхсилы, упала плотность и сделался нестабильным процесс трансформации. Тогда-то и стало ясно, что, хоть новая техника и помогает устранить кучу не преодолимых без нее сложностей, панацеей все же не является.

Расстроился, конечно, но не слишком сильно. Дождался, когда стихнет жжение в груди, и начал оперировать непосредственно входящим потоком. Обрабатывать его на лету получалось не лучшим образом, и время от времени удар по доске отдавался резкой болью в костяшках, но тут уж ничего не попишешь — тяжело в учении, легко в бою.

Пытаться совместить алхимическую печь и технику открытой руки я не рискнул, в несколько тычков расщепил одну из досок, прибрался на площадке и перешел к боксерским грушам. Ну а потом традиционно меня валял по песку Матвей.

Дальше посидели на лавочке, а после недолгой медитации сходили в летний душ и разошлись по корпусам; Матвей теперь с нами не жил, давно уже перебрался в казарму штурмового взвода. Жаль. Может, и вступился бы, не пришлось бы дело до крайности доводить...

На Федю Маленского наткнулся у входа в корпус. Что заместитель командира отделения не просто так подпирает стену, а дожидается меня, понял сразу, даже раньше, чем с другого бока подступил Боря. В животе противно засосало, проявилась слабость в ногах.

— Ну-ка, пойдем поговорим! — распорядился Маленский.

— Не о чем нам разговаривать. Бойкот же! — попытался отбрехаться я, но это, разумеется, ничего не изменило.

Барчук неожиданно цепко ухватил меня за плечо, заставил подняться на крыльцо и затянул в уборную. Боря зашел следом, захлопнул дверь и с гаденькой улыбочкой подпер ее плечом.

— В отделении ты, Линь, слабое звено! — заявил Федя, вытолкав меня на середину комнатушки, освещенной одинокой лампочкой под потолком. — Больше так продолжаться не может! Мой долг как заместителя командира отделения принять незамедлительные меры для твоего перевоспитания.

Чужая воля вмиг отрезала от сверхэнергии, и будто разом хуже слышать и видеть стал, а попытался сбросить блокировку — так чуть носом кровь не пошла от перенапряжения. Если в противостоянии с Василем я еще улавливал слабину и время от времени перебарывал его, то сейчас словно в кирпичную стену уткнулся. Не превозмочь.

Наверное, стоило начать протестовать, я же молча сунул правую руку в карман трико, даже вырываться не стал.

— С сегодняшнего дня будешь драить уборные! — приказал Маленский, приняв молчание за покорность, ну или как минимум — страх.

Впрочем, чего уж греха таить — страх я и в самом деле испытывал. Только его совершенно неожиданно перекрыл азарт. А еще — лютая подсердечная злоба. Если разобраться, если быть до конца честным с самим собой, ждал этого все последние дни. С Казимиром поквитался, пришло время Барчука...

— И талоны на усиленный паек нам отдавать станешь! — добавил от двери Боря.

«Кто о чем, а вшивый о бане», — ворохнулась какая-то очень уж отстраненная мысль, а вслух я спросил:

— Разве не Маша сегодня моет?

Вопрос Федору по душе не пришелся, он жестко встряхнул меня и угрожающе прорычал:

— Мыть будешь ты! А Боря проконтролирует! Или доступней объяснить? А? Объяснить?

Маленский замахнулся свободной рукой, но удара не последовало — просто решил надавить психологически. Только вот в эту игру можно было играть вдвоем, я и сыграл. Левой ухватил обидчика за ворот, а правую вскинул так, что острие кустарной заточки замерло в сантиметре от его глаза. И в тот же миг сгинуло нематериальное давление чужой воли, сверхспособности снова вернулись ко мне и будто стало легче дышать, а то и думать.

Или это адреналин мозги прочистил? Да плевать!

— Ну что, Барчук, заткнулся? Язык проглотил?

За спиной сипло выдохнул Боря, и я толкнул обмершего Федю, заставляя его попятиться к противоположной стене. Под ноги попалось ведро, мы опрокинули его, по кафелю разлилась вода.

— Не дури, Линь! — попросил Маленский, когда отступать оказалось некуда.

— А никто и не дурит, Федя! — расплылся я в широченной и дурной, при этом совершенно искренней улыбке. — Я вашу паскудную породу до икоты ненавижу, всех бы до единого к стенке поставил. А начну с тебя. Убить не убью, но два глаза такому уроду совершенно ни к чему, один точно лишний!

— Успокойся!

— А я спокоен, Барчук. Я спокоен. Просто еще не решил, какой глаз тебе оставить, — правый или левый. Есть пожелания, а? — Заместитель командира попытался напрячься, пришлось слегка приблизить острие и прошипеть: — Замер, мразь! А то рука дрогнет, и не глазное яблоко вырежу, а сразу в мозг заточку засажу!

— Тебе это даром не пройдет! Под трибунал отправят!

— Плевать! — буквально выхаркнул я это слово в побледневшее лицо Феди. — Ты, мразь, кем себя возомнил? Барином, да? Думаешь, я твой крепостной? Так вот, фиг ты угадал! Я тебя, паскуда, на лоскуты порежу, и плевать, что потом будет! Дальше Кордона не сошлют! А тебя спишут, потому как одним глазом дело не ограничится, это я тебе гарантирую...

За спиной чавкнула по воде резиновая подошва кеда, и я резко повернул голову, прикрикнул на Борю:

— Замер, жирдяй! Я его сейчас без глаза оставлю!

И жирдяй замер, а вот Федя воспользовался случаем и перехватил мое запястье, но рука даже не дрогнула — инстинктивным усилием влил в нее сверхсилу, и та полностью погасила рывок. В свою очередь, я слегка надавил, корявое лезвие уперлось в скулу жертвы чуть ниже глаза, из разреза на коже начала сочиться кровь.

И все бы ничего, но показная истерика оказалась для измотанной психики той самой соломинкой, что переломила хребет верблюда. Повернул голову туда-обратно и будто висевшую под потолком лампочку толкнул, превратил ее в размытое колесо фортуны, ну а дальше и моргнуть не успел, как неподвижными стробоскопами зависли тринадцать электрических фонарей.

Светлее в уборной не стало, лишь ощутимо похолодало, заледенела на кафеле разлитая вода, а в меня хлынула жегшая студеным морозом сверхэнергия. Ее приток все усиливался и усиливался с каждым ударом бешено колотившегося сердца, меня едва не захлестывало с головой, и стоило поскорее заканчивать этот балаган, но уже понесло.

— Поиграть решил? А давай поиграем! Только, чур, ставь на кон глаз! — прошипел я в лицо Феде, который пытался и не мог отодвинуть в сторону руку с заточкой. А вот мне его ткнуть было — раз плюнуть.

Так почему бы и не ткнуть? Ну вот почему бы и нет, а?

И тут Боря сорвался с места, отвлекая внимание на себя. Предотвратить его рывок не составило ни малейшего труда даже и без алхимической печи — сейчас все было предельно просто и понятно, управление кинетической энергией представлялось сущей чепуховиной, погасил импульс гаденыша одной-единственной мыслью. Ну а дальше легким усилием воли заставил Борю заскользить по льду в обратном направлении, припечатал его к стене и понял: если нужно, в тонкий блин размажу. Стоит только надавить чуть сильнее, стоит просто этого захотеть — и раздавлю. Одно лишь кровавое месиво и останется.

Осознание этого отрезвило почище опрокинутого на голову ведра студеной колодезной воды. Каким-то запредельным усилием воли я отгородился от вливавшейся в меня энергии, и немедленно погасли двенадцать лампочек над головой, осталась только одна. Меня вышибло из резонанса, и все бы ничего, но на смену иллюзии всемогущества пришла реальная слабость. Голова закружилась, ноги стали ватными, руки потеряли недавнюю твердость.

Прежде чем Федя успел это подметить, я белесым облачком пара выдохнул ему в лицо:

— Полезешь — урою!

Быстро отступил и скользнул по наледи к входной двери.

Боря так и стоял у стены; возник соблазн врезать ему левой, но в голове уже прояснилось, и сдержался, поспешно выскочил — точнее вывалился — в коридор.

Кое-как добрел до комнаты и прямо в одежде без сил повалился на койку, тем самым изрядно удивив Василя и Варю. Они пристали с расспросами, и я отмалчиваться не стал, рассказал о конфликте с Федей, лишь бы только отстали. Голова шла кругом, и кругом шла комната, как плюхнулся на койку, так и начало мотать. Такое впечатление — снова напился, вот ведь ерунда какая!

Спать, спать, спать...

Суббота преподнесла неприятный сюрприз. Нет, поначалу все шло просто идеально, и Федя с Борей меня демонстративно не замечали, впрочем, как и остальное отделение, но вот на вечернем построении Дыба мрачно всех оглядел и объявил:

— Неправильно рассматривать наряд по чистке уборных в качестве наказания. Наряд по чистке уборных следует рассматривать в качестве возможности поразмыслить о том, что было сделано неверно и как не допустить этого впредь. Согласен, курсант Остроух?

— Так точно, господин старшина! — без промедления выпалил Боря.

— Как думаешь, ефрейтор Маленский нуждается в подобном времяпрепровождении?

Боря судорожно сглотнул и ответил уже далеко не столь уверенно:

— Не могу знать, господин старшина!

— А должен бы, — хмыкнул Дыба и объявил: — Покажешь завтра после побудки ефрейтору фронт работ, вам точно не помешает поразмыслить о своем поведении. Отделение, разойдись!

— Но завтра воскресенье! — охнула Маша Медник и в испуге прикрыла рот ладошкой.

Старшина потрепал ее по плечу.

— Да, красавица, придется тебе идти на танцы с кем-нибудь другим, — посмеялся он и отошел, а я зло глянул на Василя, но при всех устраивать ссоры не стал.

— Стукач... — донесся шепоток Бори, и сделалось не по себе.

Нет — так этой парочке и надо, сами напросились. Только вот психический не стал бы кляузничать старшине. Настоящий психический о вчерашней стычке не упомянул бы ни одной живой душе. А тут — такое. Теперь вообще непонятно, чего ждать!

Да еще старшина, который уже успел отойти метров на двадцать, вдруг обернулся и гаркнул:

— Курсант Линь! Бегом сюда!

Пришлось подбежать, но, вопреки ожиданиям, о вчерашнем инциденте речи не зашло.

— Тебя хочет видеть комиссар Хлоб. Только не ходи в таком виде, сначала в порядок себя приведи.

— Будет исполнено! — машинально отрапортовал я, теряясь в догадках, с чем связан этот вызов.

Дыба потопал дальше, а я решил для начала прояснить ситуацию и насел на соседа.

— Какого черта, Василь? Ты зачем старшине о вчерашнем рассказал? Кто тебя за язык тянул?

— Петя, ты чего? Это не я!

— А кто тогда?

— Мне откуда знать?

— Слушай...

Я подступил вплотную к соседу, но между нами вдруг вклинилась Варя.

— Это я рассказала, — призналась она. — Думала, Федю с должности снимут. Извини, Петя, что так вышло...

Только и оставалось, что закатить глаза. Ну за что мне это все? Вот за что?!

Но впадать в уныние не стал, махнул рукой, потопал прочь. Умылся, причесался, поспешил на встречу с комиссаром. Мариновать меня в приемной не стали, секретарша сразу велела проходить в кабинет.

Несмотря на поздний час, Хлоб покидать рабочее место определенно не собирался и разбирал какие-то табеля. Но мне, такое впечатление, он даже обрадовался.

— А вот и наш мотоциклист!

— Здравия желаю, господин комиссар...

— Вольно! — отмахнулся хозяин кабинета. — По управлению мотоциклом все зачеты сдал? Можешь не отвечать — знаю, что все. С завтрашнего дня переводим тебя в бронетанковый дивизион. Прямо с утра выдвигайся на Кордон, будешь студентов к Эпицентру сопровождать. Командировочное удостоверение заберешь у командира отделения.

От неожиданного известия даже голова кругом пошла. Бронетанковый дивизион? Завтра? Кордон?! Но завтра воскресенье! Завтра — увольнение! И дело даже не в том, что Георгий Иванович и Альберт Павлович такому повороту точно не обрадуются, мне и самому развеяться хотелось! Елки-палки, я с Ниной встретиться собирался! А тут — такое!

Но все эти сомнения я оставил при себе, сглотнул и через силу выдавил:

— Разрешите вопрос, господин комиссар!

— Спрашивай.

— Это надолго?

Хлоб пожал плечами.

— Август точно там пробудешь, а дальше — как пойдет. Не переживай — учебная часть на Кордоне энергетическому училищу ничуть не уступает, натаскают тебя со сверхсилой работать в лучшем виде, от остальных не отстанешь. И всю командировку будешь получать денежное довольствие в полном объеме не как курсант, а как рядовой. — Он заглянул в листок. — Со всеми надбавками в месяц станет выходить сто тридцать рублей. Еще вопросы?

— Никак нет!

— Свободен.

Я на подгибающихся ногах покинул кабинет и вышел на крыльцо подышать свежим воздухом, а заодно привести в порядок мысли, но на улице было жарко и душно, да еще у входа в медсанчасть в компании Феди и Бори стоял наряженный в больничную пижаму Казимир. Заметив меня, он выкинул окурок в урну и провел пальцем поперек горла.

Тут-то и закралось подозрение, что мое откомандирование случилось как-то на редкость своевременно, иначе эта троица точно попыталась бы устроить темную. А так — ищи ветра в поле!

Я развернулся и вошел в корпус, поднялся к кабинету капитана Городца и, ни на что особо не рассчитывая, постучал, но сегодня удача определенно была на моей стороне: Георгий Иванович не только оказался на месте, но и не выставил за дверь.

— Заходи, Линь, — махнул он рукой, вдавил папиросу в пепельницу и спросил: — Что у тебя?

Я рассказал о назначении в бронетанковый дивизион, и капитан нахмурился.

— Ну и чего ты хочешь? — спросил он.

— Но у меня же задание...

— Хоть представляешь, какой у нас дефицит водителей и мотоциклистов? Да проще у голодного пса кость забрать, чем тебя у комиссара отбить! Подождет твое задание, ничего с ним не станется!

Если и прежде подозревал, что в студенческой среде есть и другие информаторы, то тут уверился в этом окончательно. Впрочем, плевать.

— Не об этом речь, господин капитан. Просто были планы на завтрашний день. Если пропаду, никого не предупредив, меня всерьез воспринимать перестанут. На пользу делу это не пойдет!

Георгий Иванович пригладил жесткую полоску усов и коротко бросил:

— Излагай!

— Я бы в самоволку ушел и всем рассказал об отъезде. Только на случай проверки хорошо бы кодовое слово знать, чтобы в неприятности не влипнуть...

Капитан Городец на миг задумался, потом сказал:

— Белый слон.

— Спасибо!

— Проваливай!

Так я и поступил. До наступления темноты перебираться через забор не рискнул, отправился пить чай. Увы, разговор не клеился, да еще когда Варвара отправилась мыть посуду, Василь немного помялся, а потом сказал:

— Петь, сможешь сегодня без внезапных возвращений, а? Мне бы с Варей... Ну, ты понимаешь, да?

Невесть с чего стало немного обидно, но виду я не подал и беспечно улыбнулся.

— Не переживай, сегодня два часа у вас точно будет.

— Гарантируешь?

— Железно!

О своем отъезде на Кордон говорить пока не стал, сам не знаю почему. Просто, наверное, с этой мыслью еще толком не свыкся. Завтра расскажу. Утра вечера мудренее.

Я подмигнул соседу, спустился на первый этаж и вышел в вечерний сумрак. Стороной обошел спортивную площадку, откуда доносились глухие отзвуки ударов по боксерской груше. У крайнего гаражного бокса автохозяйства переоделся в штатское, а потом отыскал в траве обрезок доски, приставил его к забору и легко забрался на ограду, перевалился через нее на другую сторону. Все, ходу!

Напрямую от комендатуры никакие трамвайные маршруты в сторону клиники не шли, но пробежать в хорошем темпе несколько километров для меня уже не составляло никакого труда; запыхаться — запыхался, но толком даже не вспотел. Только раз холодная испарина прошибла, когда по глазам резанули лучи поворотного фонаря патрульного автомобиля. Обошлось. Предъявил коллегам служебное удостоверение, сказал условную фразу, побежал дальше.

Ну да, первым делом я решил оповестить о своем отъезде Льва. Разумеется, в неурочное время меня к товарищу не пустили, но записку обещали передать.

Дальше сел на трамвай и покатил в центр города, доехал до кольца, двинулся к студенческому кампусу, ориентируясь на подсвеченные шпили главного институтского корпуса. Фонтаны тоже оказались освещены, из скверика доносились смех и радостные возгласы, кто-то даже играл на гитаре.

Захотелось позабыть о тревогах и заботах, вытянуть из общежития Нину и провести с ней вечер в окружении беспечных студентов, но выкинул эту мысль из головы. Да и просто увидеться с девушкой получилось далеко не сразу.

Пройти на территорию институтского кампуса не рассчитывал изначально, при этом надеялся, что вахтеры не откажут в просьбе вызвать одну из студенток, да только куда там! Они даже слушать ни о чем не стали. А предложил денег, и послали куда подальше, еще и предупредили:

— Вздумаешь по водосточной трубе лезть, полицию вызовем!

Пришлось уйти с проходной несолоно хлебавши. Ладно хоть еще сумел отыскать нужный корпус и даже определился с правильным окном. В том горел свет, и хоть девушки в комнате могло и не оказаться, крикнул:

— Нина!

Вроде бы пересилил себя и поборол смущение, но возглас вышел сдавленным и едва слышным. К щекам прилила кровь, сердце забилось чаще, и второй раз позвал громче, в окнах первых двух этажей замелькали силуэты студенток, послышался девичий смех.

Торчать тут в качестве всеобщего посмешища нисколько не хотелось, и я уже во всю глотку рявкнул:

— Нина!

Из распахнутых окон посыпались шуточки, а какая-то истеричка потребовала убираться и даже плеснула водой, но — плевать. Главное, что наконец-то выглянула Нина.

— Петя? — охнула она. — Ты чего пришел? Я сегодня не смогу выйти!

— А я смогу! — немедленно донесся чей-то смешливый голосок.

— И я! Красавчик, я свободна!

— Нина, на пару слов! Спустись на минутку!

Возможно, при других обстоятельствах из этой затеи ничего бы и не вышло, сейчас же наш разговор комментировали все кому не лень, и мне велели идти к проходной.

Когда Нина выпорхнула на улицу, я обнял ее за талию и попытался поцеловать, но она уперлась в грудь руками и строго спросила:

— Что случилось?

Я рассказал о поездке к Эпицентру, и, как ни странно, ситуация Нину нисколько не удивила, она лишь картинно закатила глаза.

— Ой, да обычное дело! У нас тоже постоянно графики меняют, и что с того?

— Слушай, я там и месяц могу проторчать!

— Месяц? Петя, у тебя настолько понижена чувствительность к сверхэнергии?

— Ага.

Нина вздохнула.

— И все равно, не стоило представление под окнами устраивать, мог бы просто написать!

— Куда написать? — начал я понемногу закипать. — На деревню дедушке?

— Ладно, не злись, — попросила она и соизволила меня поцеловать. — Пиши в институт на кафедру теоретических расчетов. А фамилия моя Ворота. Не Ворота, — тут же предупредила она, сделав ударение на втором слоге, будто этот нюанс можно было передать на бумаге, — а Воротá!

— Нина Воротá, — повторил я с упором на окончание фамилии. — Пришла беда, открывай ворота!

— Не смешно! — обиделась Нина. — Кому ни представишься, все эту поговорку вспоминают! Как сговорились!

— Не злись, — попросил я.

— Не буду, — покладисто согласилась она. — Пиши. А как вернешься, сходим на танцы.

— Заметано!

С проходной вышел покурить усатый вахтер, но это не помешало мне поцеловать девушку. Правда, Нина почти сразу высвободилась и убежала, помахав на прощанье узкой ладошкой.

— Пока, Петя! Увидимся!

Не стал задерживаться у проходной и я, ушел под неодобрительное ворчанье вахтера:

— Молодежь!

На этот раз, памятуя о стычке с местным хулиганьем, срезать через проходные дворы побоялся и до ближайшей трамвайной остановки шел освещенными улицами. А там покатил на окраину и соскочил с задней площадки на мостовую прямо на ходу, не дожидаясь остановки вагона. Юркнул в знакомый переулок, миновал склады, и впереди уже замаячил примыкавший к ограде комендатуры пустырь, когда от стены черным пятном отлипла едва различимая в темноте фигура.

Стремительное движение я скорее угадал, нежели увидел. Пригнулся, резко подался в сторону, и железная труба не размозжила висок, а лишь сорвала с головы панаму. В развороте я прикрылся от следующего замаха рукой и едва ли не бездумно втянул в себя крупицы сверхсилы и толкнул их в предплечье.

А-ха!

Жалких джоулей не хватило для полного гашения энергии железной трубы, и меня словно палкой по руке приложили. Обошлось без перелома, но отбитая конечность потеряла всякую чувствительность и обвисла. И вновь загудел воздух; диагональный мах должен был раздробить ключицу, но оказался слишком прямолинейным и безыскусным, его я блокировал раскрытой ладонью. На этот раз удалось в полной мере воспользоваться сверхспособностями, и лишь стрельнуло болью в запястье, не более того.

Но обольщаться не стоило — пусть противник и обращался с трубой далеко не так ловко, как сержант Малыш действовал шестом, грубых ошибок он не совершал и продолжал напирать, все яростней размахивая своим оружием.

Удар! Удар! Удар!

Алхимическую печь я разжечь не мог и сейчас оперировал теми крохами энергии, которые едва успевал вытягивать извне, а это умение к сильным сторонам моего таланта никак не относилось. Войти бы в резонанс — да не выгадать ни мгновения передышки. А на ходу — не могу. Просто даже не представляю как.

Уклониться, отбить, отступить. И снова — уклониться. Левая рука вновь обрела подвижность, но о контратаке не приходилось даже мечтать. Раз от раза столкновения со ржавой трубой становились все болезненней, а затем противник изменил направление удара и едва не размозжил мне колено; отдернуть ногу получилось не иначе чудом.

И тут начала сказываться усталость, не моя — его. Очень непросто в быстром темпе орудовать тяжеленной железякой, и очередной мах вышел хоть и мощным, но слишком уж прямолинейным.

— Да сдохни уже, тварь! — хрипло выдохнул нападавший, и я узнал голос.

Казимир, сволочь такая!

Сослуживец вновь долбанул меня сверху вниз, словно намеревался вколотить в землю, и я принял трубу на вскинутые руки, захватил ее, крутанул и дополнил рывок переданным железяке импульсом. Страх не позволил верно рассчитать силы, трубу вырвало из наших рук и отбросило куда-то в темноту. А миг спустя Казимир врезал мне правой.

Угоди кулачище в подбородок, тут бы все и закончилось, но я успел качнуться в сторону; лишь зацепило по уху. Из глаз сыпанули искры, но устоял на ногах и даже не поплыл. Только вот порадоваться успеху не сумел, поскольку миг спустя прилетело левой по ребрам.

Резким отскоком я разорвал дистанцию, легко ушел от прямого в голову и отступил, не позволив достать апперкотом. А потянулся к сверхэнергии и — опоздал.

Казимир первым вскинул руки и шумно выдохнул:

— Ха!

Выплеск силы ударил в грудь нематериальным тараном, меня опрокинуло на спину, но не покатило по земле — толчок для этого оказался все же недостаточно резок. Я совершил обратный кувырок и вновь оказался на ногах.

— Конец тебе, ублюдок! — радостно гаркнул Казимир и вновь атаковал, снова — сверхсилой.

Я нанес встречный энергетический удар, далеко не столь мощный, зато направленный под острым углом. Расчет оказался верен, сложение двух импульсов изменило вектор движения силового выплеска, и тот прошел стороной, шибанул по стене так, что штукатурка на землю посыпалась.

Сбежать бы, да только Казимир вошел в раж и без малейшей паузы шибанул сверхсилой и в третий раз. Фокусировка у него вновь подкачала — фокусировка, но не мощность. Я только и успел, что рубануть рукой воздух, разбивая турбулентностью ударную волну. Та расплескалась на отдельные потоки, и мне удалось устоять под натиском силового шквала. Точнее, так на миг показалось.

Ну а потом ноги оторвало от земли, сгустившийся воздух подхватил и отшвырнул на полдюжины шагов назад. И пусть ослабленный толчок сверхэнергии не сплющил грудную клетку, не порвал легкие и не сломал ребра, на ногах устоять не вышло и после банального удара спиной об угол склада. А только рухнул на колени — и получил ботинком в бок, распластался на спине. Казимир не стал больше полагаться на сверхспособности, навалился сверху, придавил к земле и принялся орудовать кулачищами.

Я закрылся предплечьями и прижал подбородок к груди, подставил под удары лоб и не позволил превратить в кровавое месиво лицо, а вот вывернуться не сумел, поскольку серьезно уступал противнику и силой, и весом. Оседлавший меня крепыш врезал еще пару раз, выругался и вдруг стиснул обеими руками шею.

— Допрыгался, задохлик! — прошипел он и до предела усилил хватку, намереваясь смять мою трахею.

Я перехватил запястья сослуживца и попробовал отодрать от себя его пальцы, но ничуть в этом не преуспел. Тогда правой несколько раз врезал гаду по ребрам, и тоже впустую — толком размахнуться не получилось; тычки вышли откровенно слабенькими.

И все — ни вывернуться, ни высвободиться, а в глазах уже вовсю мелькают серые точки, шумит в ушах, путаются мысли...

Сверхсила! Ну конечно же! Да я его сейчас...

Но не вышло. Только потянулся к энергии — и обнаружил, что не чувствую ни малейшего ее отклика, чужая воля заблокировала сверхспособности и спеленала почище смирительной рубашки.

— Самый умный, да? — оскалбился Казимир, и не думая прекращать удушения. — Сдохни, мозгляк!

Дело швах! Тут все решает голая мощность, оператора восьмого уровня мне никак не перебороть! Я судорожно задергался, но не вывернулся, лишь ухудшил свое и без того аховое положение. Сознание начало меркнуть, и, как вытянул из кармана заточку, не понял и сам, она просто оказалась в руке, а дальше ткнул, куда пришлось, и не попал!

Левой рукой Казимир успел перехватить мое запястье, пересилил и заставил стукнуть кистью о землю — раз! другой! третий! — пока отбитые пальцы не отпустили обмотанную шнуром рукоять заточки, и та не отлетела в сторону.

Только вот крепыш слишком увлекся и на какой-то миг позабыл о блокировке сверхспособностей, я вновь ощутил энергию высшего порядка, судорожным рывком втянул ее в себя. Сработал далеко не на пиковой мощности, лишь на трети или даже четверти от нее, но и так внутренний потенциал разом взлетел до нескольких тысяч сверхджоулей. Тратить время на их трансформацию в импульс, тепло или электричество не стал — просто побоялся упустить свой единственный шанс, взял и ткнул Казимира под ребра пустой ладонью и одновременно отработанным на тренировках мысленным приказом усилил тычок выплеском энергии.

Сослуживец охнул и отвалился от меня, скорчился в позе эмбриона, засучил ногами. Я даже встать не попытался, вместо этого, упираясь в землю подошвами, отполз к стене склада, где и принялся судорожно разминать и растирать передавленную шею. Хрипло выдохнул, сипло вдохнул и едва не потерял сознание от острой боли в гортани.

И тут Казимир бросил корчиться, приподнялся на локте и уставился на меня круглыми от изумления и бешенства глазами. Да что за дьявольщина?! Пусть половину энергии и погасила сопротивляемость, но такими ударами я доски в щепки разбивал! Да как так-то?!

На оперирование сверхэнергией я сейчас был попросту неспособен и зашарил взглядом в поисках заточки, а Казимир выхаркнул:

— Тварь! — И следом из его рта плеснуло черным. Кровью.

Я попытался подняться, но сумел только сесть, тогда-то и углядел заточку — в руке Казимира. Тот уперся пустой ладонью в забрызганную кровью землю и рывком встал. Шагнул ко мне, попытался что-то сказать и покачнулся, рухнул, словно подрубленное дерево, а головой шибанулся так, что аж стук по переулку разлетелся.

Тут уж я переборол оторопь, на четвереньках перебрался к поверженному противнику и разжал его стискивавшие рукоять заточки пальцы. Завладел оружием и почувствовал себя куда уверенней прежнего, а следом какое-то наитие заставило дотронуться до шеи Казимира.

Пошарил, прижимая подушечки пальцев тут и там, только все без толку — пульс не прощупывался. Тупой ублюдок был мертв. Вот же гад! Втравил меня в неприятности!

Я отодвинулся от сослуживца, вновь уселся на задницу, откинулся спиной на стену. В голове продолжало шуметь, а каждый вдох давался с трудом и отзывался болью в передавленной трахее, но как-то заставил себя сосредоточиться, начал осмысливать произошедшее. Точнее, осмыслить попытался.

И что теперь делать? Вот что, а? Стоит только сообщить об инциденте, и завертится такая карусель, что небо с овчинку покажется. А раз так — нужно ли следовать правилам? Если не наделаю глупостей, никто и никогда не выяснит обстоятельств случившегося. Ведь так?

«Потрудись не оставлять следов», — сказал капитан Городец. Он не сказал: «Немедленно доложи о случившемся», — совет был предельно конкретным и однозначным; от меня требовалось не наследить. Просто не наследить, и ничего сверх этого. Чем не руководство к действию?

Пусть даже Федя и Боря знали о планах этого урода — ничуть не удивлюсь, если именно они выследили меня и рассказали о самоволке Казимиру, — эти хитрованы будут держать язык за зубами. Просто побоятся пойти по столь паскудному делу хотя бы даже просто свидетелями — так и соучастниками или подстрекателями оказаться недолго. А капитан Городец обещал не топить.

Это ведь точно не шутка была. Такими вещами не шутят. Не шутят, ведь так, да?

Я титаническим усилием воли задавил истеричный всхлип, отыскал сбитую с головы панаму и попятился, попятился, попятился от Казимира, убеждая себя самого в том, что поступаю правильно.

Следствие точно придет к выводу, что курсант ушел в самоволку и нарвался на неприятности, ну а я расположения части не покидал. И значит, руки в ноги и бежать! Ходу!

Что чувствовал, когда оставлял валяться в переулке безжизненное тело самолично отправленного на тот свет человека? Да ничего особенного. Запас переживаний на этот счет в прошлый раз израсходовал до донышка, теперь надеялся лишь, что обойдется без чудесных воскрешений. Умер так умер. Туда этому выродку и дорога. Ну а мне теперь на Кордон — поближе к Эпицентру, подальше от проблем.

Черт, какая только ерунда в голову после сотрясения мозга не лезет...

СОДЕРЖАНИЕ

Часть первая. ИНИЦИАЦИЯ 5
Часть вторая. АДАПТАЦИЯ 102
Часть третья. ДЕФОРМАЦИЯ 214

ДОРОГОЙ ЧИТАТЕЛЬ!
Издательство просит отзывы об этой книге
и Ваши предложения
по серии «Фантастический боевик»
присылать по адресу:
125565, Москва, а/я 4,
«Издательство АЛЬФА-КНИГА»
или по e-mail: mvn@armada.ru
Информацию об издательстве и книгах
можно получить на нашем сайте в Интернете:
https://www.armada.ru

Литературно-художественное издание 16+

Фантастический боевик

Павел Николаевич Корнев
РЕЗОНАНС
Фантастический роман

Заведующий редакцией
В. Н. Маршавин

Ответственный редактор
Т. А. Стельмах

Художественный редактор
Н. Г. Безбородов

Технический редактор
А. А. Ершова

Корректор
Н. А. Карелина

Компьютерная верстка
А. Ю. Виноградова

Подписано в печать 11.08.21. Формат 84х108/32.
Гарнитура «Ньютон». Печать офсетная.
Бумага газетная. Усл. печ. л. 18,48. Тираж 3000 экз.
Изд. № 9112. Заказ № 7640.

ООО «Издательство АЛЬФА-КНИГА»
127015, г. Москва, Бумажный пр., дом 14, стр. 1, пом. I, комн. 22

Отпечатано в АО «Первая Образцовая типография»
филиал «Ульяновский Дом печати»
432980, Россия, г. Ульяновск, ул. Гончарова, 14

ФАНТАСТИЧЕСКИЙ БОЕВИК
ПРЕДСТАВЛЯЕТ

Павел КОРНЕВ
ГУБИТЕЛЬ ЖИВЫХ

В виртуальности все не по-настоящему. Ненастоящие орки не взаправду сражаются с такими же нереальными эльфами, жрецы понарошку накладывают благословения, а маги поражают врагов цифровыми иллюзиями боевых чар. Но любая игра — лишь часть чего-то неизмеримо большего, а люди всегда остаются людьми. Они непременно отыщут возможность извлечь выгоду или причинить вред, пусть даже для кого-то все и закончится реальными потерями или смертью, окончательной и бесповоротной.

Я — Джон Доу, некромант и поводырь мертвых. Но это лишь игровая личина, просто видимость, и не более того. На деле я пущенная по следу ищейка. И что совсем уж нехорошо — интересы моих нанимателей отнюдь не ограничены одной только игрой...

ФАНТАСТИЧЕСКИЙ БОЕВИК
ПРЕДСТАВЛЯЕТ

Павел КОРНЕВ
РЕВЕНАНТ

Небесный эфир пронизывает все сущее и делает возможной саму жизнь, но эта незримая стихия не способна исправить человеческую природу — от сотворения мира и до наших дней люди продолжают лгать, убивать и предавать. Филипп Олеандр вон Черен тоже не образец добродетели, хоть и посвятил себя выявлению чернокнижников и адептов запределья из числа ученого люда. Днем и ночью магистр держит под рукой покрытые колдовскими формулами пистоли и магический жезл, а его подручным не привыкать преступать закон и пускать в ход клинки и чары. Вот только оружие не в силах рассечь паутину чужих интриг. Улики пропадают, свидетели гибнут, время утекает сквозь пальцы, и все, что остается, — это следовать нитям заговора в надежде, что еще представится шанс сделать свой ход.

ИЗДАТЕЛЬСТВО
АЛЬФА-КНИГА
ПРЕДСТАВЛЯЕТ

ПАВЕЛ КОРНЕВ

Тетралогия в одном томе

Сиятельный
Бессердечный
Падший
Спящий
+ Сиятельный. Прелюдия

Сиятельный

В этом мире Средние века были не темными, а кровавыми. В этом мире люди всякий раз замирали от ужаса, когда небосвод затмевали крылья падших. В этом мире наука вернула человечеству свободу, и от океана до океана раскинулась Вторая Империя, империя людей. Воды морей бороздят боевые пароходы, на запасных путях ждут своего часа бронепоезда, а в небесах парят армейские дирижабли, но все же равновесие висит буквально на волоске. Эпоха пара уходит, эра всеблагого электричества только-только берет разбег, поэтому даже самая малость способна низвергнуть мир в пучину хаоса.

И как знать, не станет ли такой «малостью» Леопольд Орсо, детектив-констебль полиции метрополии? Он принадлежит к новой элите империи — сиятельным, но доставшийся от предков талант слишком мрачен, чтобы уповать на долгую спокойную жизнь. Леопольд наделен даром воплощать в реальность чужие страхи, а страх — вещь несравнимо более опасная, нежели шестиствольные пулеметы, ранцевые огнеметы и орды выходцев из преисподней, все вместе взятые.

ФАНТАСТИЧЕСКИЙ БОЕВИК
ПРЕДСТАВЛЯЕТ

Алексей ПЕХОВ
ТКУЩИЕ МРАК

С севера приходят все более тревожные вести — война приближается. Шаутты, демоны той стороны, вернулись. Вэйрэн, уничтоженный Шестерыми много веков назад, возрожден. И нет уже больше волшебников, способных противостоять его магии.

Теперь люди могут полагаться лишь на себя. На юге, в Рионе — великой столице герцогства Треттини, собираются те немногие, кто готов бросить вызов несущему мрак и выступить против демонов.

ФАНТАСТИЧЕСКИЙ БОЕВИК
ПРЕДСТАВЛЯЕТ

Константин КАЛБАЗОВ

ПИЛИГРИМ. РЕФОРМАТОР

Единое информационное поле Земли. Как выяснилось, на счастье Михаила, оно существует. В своем мире он всего лишь безнадежный больной. В этом — полон сил, задора и жажды действий. И пусть на дворе всего лишь одиннадцатый век, какое это имеет значение! За сравнительно короткий срок он сумел обзавестись друзьями, подняться от холопа до воеводы, построить город. Этот мир научил его многому, тому, о чем он не имел представления. Но и он готов одарить человечество тем, что знает сам.

Вот только жить наособицу, заручившись поддержкой союзников, не получится. Чужое богатство всегда манит жадных до наживы. Так уж вышло, что его городок Пограничный превратился в желанную добычу. И что теперь? Сидеть и ждать, откуда прилетит горячий привет? Вот уж дудки! Потому как лучший способ обороны — это нападение.

Татьяна СОЛОДКОВА
ПРИЗРАКИ МАРТА

Времена мирного сосуществования черных и белых магов в королевстве Реонерия давно прошли. После попытки государственного переворота черные маги лишены множества прав, вынуждены носить ограничивающие силы артефакты и воспринимаются людьми не иначе как злодеи и убийцы.

Мартин, молодой черный маг, работает на благо короны, сотрудничает с белыми и служит под их началом. Но никому не известно, что настоящее имя Марта — лорд Виттор Викандер. Он сын убитого много лет назад заговорщика и тот, кто намерен наконец изменить установившийся порядок и добиться для черных магов справедливости.